ぢん・ぢん・ぢん 上

花村萬月

JN262789

目次

序章

私は、思う。

なぜ、人前でこれ見よがしにキスをするのか。なぜ、平然と不細工な顔と軀《からだ》を他人の前にさらして、ねとねと粘っこい接吻ができるのか。この男と女は、鏡を見たことがあるのだろうか。自分たちが主人公になれる器《うつわ》であるとでも思っているのだろうか。北風の吹く公園をステージに、我々風転《フーテン》の民を観客に見立てて、自分たちの幸せを誇っているのだろうか。

だが、それにしても汚らしい。最近は、電車のなかであるとか、横断歩道の信号待ちであるとかで、所かまわずいちゃついて、平気でキスをしたりする子供たちが多い。

それはもちろん、薄っぺらな理屈のうえでは、自由だ。誰に迷惑をかけるというものでもない。そう主張する馬鹿もいるだろう。だが、それにしても、いちゃつく男女のすべてといっていいほどに、彼ら、彼女らが薄汚く、不細工なのはどういうことか。

薄汚く、不細工なものを人前にさらすのは、犯罪だ。当局は、なにをしているのか。印刷された陰部にめくじらをたてている場合か。これぞ猥褻《わいせつ》物陳列罪ではないか。

こいつらは、ひとことで言えば、恥知らずである。恥知らずには、恥を教えてやらなければならない。しかし、これほどまでに恥知らずだと、言葉は通用しないだろう。もっと、根本的な矯正手段が必要だ。抜本的改革というやつだ。

第一章　トマトタンメン

1

拳《こぶし》が頬骨に嚙んだ。会心の一撃だ。インテリの時田《ときた》さんのように抜本的改革云々《うんぬん》といった立派な演説はできないが、恥の核心にヒットした。衝撃が拳から肘の骨にまで突き抜けた。だから、もう一発、叩きこんだ。

こんども、あっさりきまった。

歯と拳がぶつかって、乾いた鈍い音が響いた。先ほどまで、ねちっこいキスをしていた男の唇が縦に裂け、とろ火で炙《あぶ》った鯣《するめ》のようにじんわりゆっくり捲《まく》れあがった。それから血の泡を吹き、落ち葉を散らした黒い土の上にすとんと尻餅をついた。イクオは拳の芯にかなり鋭い痛みを覚えたが、悟られないように、男を醒《さ》めた眼で見おろした。

男が呆然《ぼうぜん》とイクオを見あげている。顔の下半分が血まみれだ。幾条《いくすじ》もの血の筋が複雑で鮮やかな縦縞《たてじま》の模様をつくっている。血まみれの縞馬といった無意味な言葉がイクオの脳裏をかすめた。血の色で縞が描かれた赤白の縞馬の姿が意外なリアルさでうかんだ。

尻餅をついた男と視線を交錯させているうちに、ふたたび怒りがこみあげてきた。しかし拳に罅《ひび》がはいってしまったかもしれない。そんな懸念を抱いてしまったイクオは臆してしまい、もう拳をふるうことができなかった。だがそんな気持ちを周囲に気取られたくはない。自尊心の問題だ。精一杯の醒めた顔をつくって足を用いた。口を半開きにしてイクオを見あげている男の顔面を足裏で蹴り倒す。

怯《ひる》みがどこかにあるせいか、無様な蹴りであったが、怒りがその威力を倍加させた。衝撃で流血が乱雑な曲線を描いて飛びちった。さらに側頭部が地面にめりこむ方向に蹴りつける。顔の右側が地面に激突して、ちいさく跳ねかえった。冷気のせいで腐食することさえできずにいる黴《かび》臭い落ち葉の上に男が腹這《ば》いで転がった。呻《うめ》いている。呻いていると思っていたら、泣きだした。

「ちくしょお、僕がなにをしたって言うんだよお、僕がよお」

「おまえは人前でキスしてただろう」

「僕がキスしたら、あんたに迷惑がかかるって言うのかよお」

いちいち語尾が『よお』と持ちあがるのが煩わしい。涙声が鬱陶《うっとう》しい。イクオは男の後頭部を踏みつけて沈黙を強制することにした。男の顔が枯れ葉にこすれ、軋《きし》み、歪《ゆが》み、じわじわと地面にめりこんでいく。泥と血がこねあわさって、赤と黒の粘土と化す。

「いいわあ、ほっぺで潰《つぶ》れる霜柱の音。風流だわ」

時田さんではない。聞いたことのない声だ。低く凄《すご》みのある声なのに、まるで女のような言葉遣いだ。イクオはあわてて背後を振りかえった。

角刈りの男が冷気で赤らんだ頬を両手でさすりながら、イクオに近づいてきた。伸び放題の長髪で隠れているイクオの眼を、小首をかしげて覗きこむ。イクオはまず男の頬から顎にかけての髯《ひげ》の剃《そ》りあとの青褪《あおざ》めた鮮やかさに眼を奪われた。男は異様なほどに整った、まるでマネキンのような顔をしている。

「あたしにも踏ませて。麦踏みならぬ、人踏み。いいわあ」

「おじさん、誰」

「あら、やだ。あたしがおじさんに見える。あんた、どっかわるいんじゃない」

言いながら、角刈りの男が手をのばしてきた。イクオの額を中指で押した。女を羽交い締めにしている時田さんが涎《よだれ》をとばしながら得意そうに紹介した。

「この方が、かの有名な松代《まつよ》姉さんだよ」

イクオは動けない。というのも松代姉さんと称する角刈りの男の爪が、伸びて尖《とが》って鋭くて、それが額の中心にめりこんでいるので、へたに顔を動かすと、引っかき傷ができてしまいそうだからだ。男にはどこか猫科の獣を想わせる独特の噎《む》せかえるような体臭がある。イクオはさりげなく顔をそむけた。それにあわせるかのように松代姉さんが囁《ささや》いた。

「あたしにも、踏ましてくれる？」

イクオは抗《あらが》いがたいなにかを感じて、大きく頷《うなず》いてから、ちいさな声で応《こた》えた。

「どうぞ」

「うわあ、うれしい」

直後、イクオに蹴り倒されて腹這いに伏せていた男が痙攣《けいれん》しはじめた。松代姉さんのフレアしたジーンズの裾《すそ》から覗ける靴はイクオのスニーカーとちがって、踵《かかと》の高さが十センチ以上あるお化けのような革靴だ。七〇年代に流行したロンドンブーツというやつらしい。とにかく松代姉さんのブーツの踵は硬い。それで男の蟀谷《こめかみ》を狙って、したたかに踏みつけたのだ。

「死んじゃったら、適当に処分しといてね」

松代姉さんが風転《ブータロウ》たちに言った。風転たちが無言で笑った。そのとき、はじめてイクオはインテリの時田さんをはじめとするこの長閑《のどか》な浮浪者の集団に、ある恐怖を覚えた。

「イクオ君、この女の子は、まず君に権利があるよ」

黄ばんで反りかえった歯を剝きだしにして時田さんが言った。黄色い乱杭歯《らんぐいば》と無精髭の蒼《あお》の対比が鮮やかであるといえないこともない。しかしイクオはいままで感じなかった不潔さを時田さんに覚えた。

時田さんに羽交い締めにされている女はいかにも頭が悪そうだ。髪を乱して、やだ、やめて、やだ、やあだ——などといった声をあげ続けている。この、ごく少ない語彙《ごい》は不快感、あるいは拒絶を訴えているものなのだろうか。だが、切実さのかけらもない。

「僕は、いいや」

「なんで」

「なんか、このネーチャン、芋虫《いもむし》みたいだ」

「着膨れてるだけだって。けっこう締まるとこは締まってるよ」

「スタイルじゃなくてさ、顔が、こう芋じゃない。田舎臭いっていうのかな。鼻の下に髭が生えてるし」

「髭か。産毛だよ」

「どっちでもいい。平べったくて気分じゃないんだ」

「まあ、メリハリはないね」

「いちばん駄目なタイプなんだ。萎《な》えちゃうんだよね」

「そうかなあ。田舎者には、田舎者のよさっていうもんがあるんだが」

いきなり、羽交い締めにされている女が割りこんできた。

「あたし、東京生まれです」

皆、苦笑した。イクオは心底腹がたってきた。その腹立ちには、なんともいえない面倒臭さのようなものが大量に含まれていた。吐きだすように言った。

「やっちゃえ」

2

冬の午後だ。よく晴れわたってはいるが陽《ひ》の位置は低い。斜めに射《さ》しこむ木洩《こも》れ日に、白い裸身が浮かびあがっている。じっと凝視していると、白い肌が微振動して銀色に見えてくる。たいしたことのない、十人並みというよりは百人並みの女も、舞台によっては、それなりに引き立つものだ。

長年の垢《あか》の蓄積のせいで茶褐色の肌をした時田さんが女にのしかかっている。だから、女の肌の白さがよけいに引き立つのだ。木洩れ日も悪くない。ただ時田さんの喘息《ぜんそく》を患ったかのような息遣いがいささか心配だ。

屈んで凝視すると、時田さんが押し入っている景色が露《あらわ》に覗ける。時田さんの白髪まじりの萎《しな》びた陰嚢《いんのう》が揺れ、その動きに同調して女のその周辺が収縮律動するのがユーモラスでもある。

イクオは女を知らない。二十歳《はたち》になるが異性と満足に話したこともないし、かなりの奥手であるという自覚がある。引っ込み思案ばかりしているのだ。異性に対しては逡巡《しゅんじゅん》がまず先に立つ。自尊心や自意識といったものがじゃまをしているのだろう。肉体的には人並みであると思う。しかし精神的になかなか自意識を棄《す》てきれない。なにしろ他人がいれば週刊誌のヌードグラビアさえ満足に見ることができないのだ。

そんなイクオの多少歪んだ性的欲求を満たしてきたのは、読書だった。それも煽情《せんじょう》を目的とした露骨なポルノ小説などではなく、ごく抑制のきいた普通の小説や文学作品の活字の背後から立ち昇る暗示的気配に想像を刺激され、気持ちと肉体を昂《たか》ぶらせてきた。どちらかというと具体性をともなわぬ象徴的な空想がイクオを昂奮させるのだ。

しかし、それには限界がある。イクオの性的イメージには、常に明確なかたちの映像がなかった。核心は不明瞭で、ぼやけていた。どうなっているんだろう、そんな単純な好奇心を満足させてやることは難しい。

だから交媾《こうこう》の情景に興味津々《しんしん》であったはずなのだが、いざ、こうして目《ま》の当たりにすると、実際に凝視しているにもかかわらずどこか曖昧模糊《あいまいもこ》としている。本質が見えない苛立《いらだ》たしささえ覚え、器官の直接的な結合風景は逆にイクオを萎えさせた。動作する時田さんが壊れた機械にみえる。それを見つめている自分は、いったいなにをやっているのだろう。そんな徒労感と自己嫌悪らしきものがじんわりと迫《せ》りあがってきた。

先ほどまでは皆に付きあって視線を低くしていたイクオであったが、なし崩しに昂ぶりも失せ、かわりに倦怠《けんたい》が忍びよってきた。とたんに中腰の姿勢がつらくなり、ゆっくりと直立した。比翼檜葉《ヒヨクヒバ》という手書きのプレートを指先で弄《もてあそ》んで、常緑樹の幹に寄りかかる。そっと男を殴った拳に触れる。多少痛みは残っているが、骨に異常はないようだ。気が楽になった。イクオは腕組みをして輪姦の様子を見守った。ひどく馬鹿らしくなってきた。

「これがホントの輪姦学校なんちゃって」

悪ぶってあくびまじりに呟《つぶや》くと、かたわらの松代姉さんが鼻で嗤《わら》った。イクオは照れた。洒落《しゃれ》や冗談を言って受けたためしがない。間が悪いというのだろうか。とにかく向いていないのだ。

「原因はなに？」

血まみれで昏倒《こんとう》している男と犯されている女を交互に見較《みくら》べながら、松代姉さんが訊《き》いてきた。

「あの……まあ、理由は」

イクオは口ごもった。松代姉さんがまっすぐ見つめている。鋭い眼差《まなざ》しだ。曖昧さを許さない苛烈《かれつ》さがある。

「あいつら、人前で、これ見よがしにキスしてやがったんですよ」

とたんに松代姉さんが微笑した。

「なんか汚らしかったんです。絵にならないというか、目立ちたがっているだけというか、デリカシーに欠けるというか。こう、お互い見つめあって、唇突きだして、腰なんかこすりつけたりして。発情期の馬鹿犬って感じですよ。で、時田さんがいいかげん堪能《たんのう》したでしょうから、どこかに行ってくれませんかって丁寧《ていねい》にお願いしたんだけど、自分らの自由だって居直って、ますますねちっこいキスをはじめやがったんです。なんか、これ見よがしに舌を出し入れしたりしたんです。むかつきました」

イクオはいったん言葉を区切った。松代姉さんが促した。

「そうしたら、時田さんがいきなり演説をはじめたんですよ。薄汚く、不細工なものを人前にさらすのは、犯罪だ。猥褻物陳列罪だ、みたいな。僕はもっともだと思いました。こいつら、キスするにしても、なんかわざとらしいから腹が立っていたわけです。だから恥を教えてやったんです」

言うだけいうと、むなしくなった。ただの嫉妬《しっと》だったような気もする。幸せに見えるものすべてに対する嫉妬だ。しいていえば、幸せそうな日常の背後にひらいている裂けめを見抜くことのできない鈍感な男女に対する憤《いきどお》りといったところだろうか。もっともイクオはその思いを明確な言葉で表現できるわけではない。口を噤《つぐ》み、下を向いた。

松代姉さんが顎をしゃくって女の順番待ちをしている浮浪者たちを示した。

「あいつらも恥を知らないんじゃないの」

「ええ。でも、強姦はするかもしれないけど、すくなくとも人前でキスを見せびらかすような人たちじゃないと思う」

「なるほど。罪にならないからといって、人前でなにをしていいというものでもないわよね。確かに強姦のほうがよほどさっぱりしている」

「ええ。それに――」

「それに」

「なにも持っていない」

「なにもない」

「そう。軀ひとつ。僕もそうだから、あまり偉そうに言えないけど」

「あんたも浮浪者なの」

「いえ、まあ、そんなものかな」

松代姉さんが鼻に皺《しわ》をよせて、フンフンと犬じみた音をたててイクオの首筋から髪にかけての匂いを嗅《か》いだ。

「多少は汗臭いけど、資生堂《しせいどう》系の整髪料の匂いもする。まあ人並みじゃないかしら」

「昨日から、ここのベンチに世話になっているんですよ」

「その前は」

「サウナ。たしかにそこで資生堂のヘアトニックを使いましたよ。使い放題だと、つい、ぶちまけるように使ってしまう。貧乏性なんですね」

イクオの自嘲を無視して、松代姉さんが訊いてきた。

「お金、なくなったの」

「まだ一万円近くあるけど」

「わかった。サウナで迫られたね」

「そう。お姉さんみたいなおじさんに」

「臀《しり》くらい、貸せばいいじゃない。あんたなら五万くらいふっかけてもOKよ。美男子とは言いがたいけど妙な色気がある。あんた、まだ青臭いけど、目つきがちょっと危なくて、それなりに男の色気があるわ」

「勘弁してくださいよ」

「一万あるなら、カプセルにでも行けばいいじゃない」

イクオは投げ遣《や》りに答えた。

「なんか、どうでもよくなっちゃったんですよ」

「気力がなくなっちゃった」

「はい。めんどうになっちゃって」

「寒かったでしょう」

「でも、みんなが良くしてくれて……。焚《た》き火もあるし、餌場《えさば》から拾ってきたコンビニの弁当を御馳走《ごちそう》になりながら、酒盛りですよ。ほんとうに、良くしてくれた」

イクオは強姦の順番待ちをしている垢まみれの男たちを眼で示した。松代姉さんが頷いた。

「あいつら、本来は強姦とかする奴らじゃないんだけどね」

こんどはイクオが頷いた。

「ええ。そういう人たちには見えないし、そういうこととは縁がないと思っていたから、ほんとうに始めたときには、ちょっと驚きました」

「イクオといったっけ。あんたの暴力に火をつけられたって感じだね」

「僕のせいだっていうんですか」

「刺激されたことは事実よ。性的欲求さえも失いかけている連中なんだから。死ぬ気もないけど、生きる意欲もない。時田さんに言わすと、これぞ中庸《ちゆうよう》の徳なんだってさ。ま、そんな連中。でも、あんたのなにかに火をつけられた」

イクオは不服そうに口を尖らせた。元もと積極的に暴力をふるうようなたちではない。だが浮浪者たちを舐《な》めきって接吻を見せびらかしたこの男女は許せなかった。浮浪者が無力であると決めつけて、恥じることのない傲慢《ごうまん》が耐え難かった。時田さんが演説をはじめたときの眼の色が、なんだか憂鬱《ゆううつ》なくらいに暗く、悲しかった。

自分でも意外なほどに、冷静に殴りつけていた。僕の拳は、恥知らずに与えられた制裁だ。そんな自負がある。ただ、『やっちゃえ』と言いはしたが、浮浪者たちがほんとうに強姦するとは思ってはいなかった。

松代姉さんがイクオの不服そうに尖った唇を一瞥《いちべつ》した。眩《まぶ》しそうな、懐かしいものを見たかのような、なんともいえない感情が松代姉さんの瞳のなかで揺れた。イクオはそれに気づき、うれしさと、微妙な不気味さ、そのふたつが入りまじった不思議な気持ちに陥った。

「僕は、ただ時田さんの腕のかわりをしただけですよ」

「腕のかわり」

「ええ。時田さんは、暴力はからっきしだって言うし、他の連中も、いざってときには下を向いちゃうし。でも、みんな、腹を立てていた。だから、僕はみんなの腕になった。腕になって殴りつけた」

「みんなの腕ときたわ。言うじゃない。あんたの言いかたって、若い馬鹿たちがまだ革命を信じていたころの口調よ」

「なんですか。それは」

「その昔、日本はまだどこか半熟の卵で、うまく叩きつけると、パックリ割れて、どろどろしたものが飛び散って、まったく違った世界があらわれる可能性があったのよ」

松代姉さんの頬に、幽《かす》かだが赤みがさしたようにみえた。イクオは凝視した。すると松代姉さんが浮浪者を示してさりげない口調で言った。

「あいつら、どっち側の人間か見抜く眼だけは確かだからね」

「どっち側の人間か」

「そう。人間には二種類あるのよ」

「二種類」

松代姉さんが柔らかく笑った。それだけだった。イクオもしつこく訊く気にはなれなかった。際限なく犯される女の軀から血の混じったリンパ液と大量の精液が流れだしている。それを松代姉さんが醒めた眼差しで一瞥し、言った。

「あんた、訛《なま》りはないわね」

イクオは松代姉さんの視線を追い、女の流すピンクと白の液体を見つめながら答えた。

「僕は東京生まれだから」

「でも、都心じゃないね」

「わかるの」

「うん。なんとなくだけど。都下の人。多摩《たま》っ子。そうでしょう」

「はずれ。都下まではあってるけど、多摩っていうのは、はずれ」

「多摩じゃないの」

「うん。しいていえば西多摩郡に入るんだろうけど、武蔵野《むさしの》って感じじゃない。山のなか。ひたすら山のなか。檜原《ひのはら》村って知ってるかな」

「なんか聴いたことがあるような」

「島をのぞくと、東京で唯一の村」

イクオは得意そうに言った。しかし、どこか屈折したいろは隠せない。

「東京に村があるんだ？」

「うん。東京の西のはずれだよ。一九八一年に過疎地域に指定されたんだから」

「過疎地域に指定されたって……あんた、嬉《うれ》しそうに言うねえ」

「茸《きのこ》と山葵《わさび》がとれるくらい。なにもない。山しかない」

「で、新宿へ出てきた？」

「うん」

「新宿じゃ、茸も山葵もとれないじゃない」

「うーん」

「山のなかって言うけど、中央公園の茂みのなかだって、似たようなものじゃないか。獣の群だよ」

その比喩《ひゆ》は、獣に失礼だとイクオは思った。ともあれ垢まみれの獣たちにのしかかられた女は口を半開きにして放心状態だ。寒さからか恐怖からか、ときどき大きく痙攣気味に震える。

イクオは違う世界のできごとを見つめるような感じで、輪姦の情景を見守った。ふだんはあれほどおとなしい男たちなのに、集団発狂状態だ。しかし、それらはどこか色褪《いろあ》せた絵はがきを見ているようで、現実感がない。

時田さんが十数年ぶりに使ったという分身を、汚れで赤黒く変色した股引《ももひき》のなかにしまいこんでいた。時田さんは二度、射精したらしい。三度めに挑んだのだが、さすがにイクオの父親ほどの年齢である。三度めは硬度がたらずにどうしても彼女の中心をとらえることができなかったと自嘲気味に囁いた。

「俺も含めてだけど、みんなやたら早いね」

時田さんがぼやくような、照れたような口調で付け加えた。松代姉さんが頷いた。

「強姦は、早いのよ。強姦するときは、みんな早漏なのね」

時田さんがふぅーと息をつき、ちいさく胴震いした。イクオの隣の木の幹に寄りかかり、腕組みする。

「自分もやっておいて言うのもなんだけど、浅ましいなあ」

イクオは顔を向けた。時田さんが腕組みをとき、目頭を指圧した。首を左右に振る。

「恥ずかしいよ」

松代姉さんが引き取った。

「気持ちはわかるわ。イクオはずるい」

「ずるい……僕が？」

納得できない。満足に暴力もふるえない浮浪者たちにかわって、イクオはそれなりのリスクを負って拳をふるったではないか。

松代姉さんがイクオの頭に掌をおき、軽く圧迫をくわえながら感情のあらわれない抑えた声で言った。

「あの女は聖なる器なのよ。時田さんたち風転の精液を受ける器なの。あの女の子宮のなかで、風転たちはひとつに溶けあって、兄弟になる」

イクオは呆気《あっけ》にとられた。松代姉さんは新興宗教かなにかの教祖様か。なんとも大げさだ。思わずその顔を上目遣いで窺《うかが》ってしまった。松代姉さんはそんなイクオに頓着《とんちゃく》しないで続ける。

「でも、イクオは参加しないで、傍観する側にまわったわ。高みの見物よ。きっかけとなる暴力を働いたイクオはあっち側ではなく、こっち側の世界の住人ではあるけれど、風転階級に属することはできないということをはっきり示したわ」

なんだか強姦に参加しなかったことを糾弾《きゅうだん》されているみたいだ。イクオはうつむいた。たしかに、参加しなかったことに対する罪悪感はある。ずるいと言われてもしかたがないかもしれないと思う。うつむいていると、松代姉さんがさらに付け加えた。

「イクオは自分のことを僕って言うでしょ」

「それが、どうかしたんですか」

「自分をどう呼ぶか。私。僕。俺。それって自分が属する階級を無意識にあらわしてんのよ」

ずいぶん強引だと思った。しかし、なんともいえない羞恥《しゅうち》心を覚えた。軀が熱くなった。完全に顔をあげられなくなった。時田さんが、そんなイクオを柔らかな眼差しで見つめ、言った。

「だいじょうぶ。気にすることないよ。僕だろうが俺だろうが、関係ないさ。イクオは作家志望だから、吉川英治《よしかわえいじ》の宮本武蔵《みやもとむさし》を読んだことがあるだろう」

作家志望という言葉にさらに強烈な羞恥を覚えながら、だからこそイクオは醒めた口調で答えた。

「ない。題名なら知ってるけど」

「もう、三十年以上、いや、もっと前になるかなあ。イクオとおなじくらいの歳のころだよ。宮本武蔵という作品自体も凄かったけれど、イクオと同じように文学を志していた俺は、作品に添えられていた〈はしがき〉にひどく胸を打たれてね……」

時田さんが遠い眼差しをした。瞳のなかで、青く鮮やかな色彩が控えめに躍った。

「いまでも、その一節をはっきり覚えているよ」

時田さんが抑えた声で暗唱した。

――人間個々が、未生《みしょう》からすでに宿してきた性慾《せいよく》、肉体の解明という課題が、文学の大事ならば、同列の人間宿命といいうる闘争本能の根体《こんたい》を究明してゆくことも、大きな課題といってよい――

「性慾と闘争本能……つまり、セックスと暴力。イクオは闘争本能、暴力で俺たちの煩悩に加わった。俺たちは意気地がないから、暴力も満足にふるえないけど、イクオの暴力に刺激されて強姦した」

口を噤んで、時田さんが微笑《ほほえ》んだ。イクオは一瞬、時田さんにやさしく撫《な》でられたような気分になった。そう感じてしまったことが鬱陶しくて、イクオはよそを向いた。

「気にしなくていいからね、イクオ。松代姉さんはまだ若いから、言いかたがきつくなるんだ。それに、イクオが暴力をふるうところの一部始終を見ていたわけではない。イクオは男根のかわりに、拳でもって俺たちに参加したんだ。よくやったよ」

松代姉さんが苦笑した。時田さんはイクオに柔らかな微笑をむけ続けている。風転たちが思いを遂げ、吐きだしつくし、そそくさと木々の茂みのなかに姿を消していった。イクオはそんな彼らの背をぼんやりと見送った。時田さんの言うような華々しさや思索のあとなどかけらもない垢まみれの男たちだ。

たかが発作的な暴力であり、たまたま機会があったから女を犯した烏合《うごう》の衆ではないか。単なる欲求不満にすぎないのだ。そこにあれこれ理屈をつけて、正当化する。

なぜ、やりたかっただけだと言えないのか。なぜ殴りたかっただけだと素直に言えないのか。そのどちらも、ただの欲求不満ではないか。イクオの頭のなかで、中学のときに習った烏合の衆という台詞《せりふ》がぐるぐると駆けまわった。

唐突に、しかも心底から実感した。自分も、その他大勢であり、烏合の衆にすぎない。王様になるつもりで檜原村から新宿にやってきて、結局烏合の衆の一員にすぎないことをイクオは思い知らされていた。吐きだす息を白くかえてしまう外気よりも心が冷たくなった。

「この子、あたしがもらっていくよ」

松代姉さんが時田さんに言った。時田さんは首を縦に振った。イクオの肩に手をおき、まるで父親のような口調で言った。

「イクオは俺たちのように垢まみれになって、やがてはゴミ箱に頭をつっこんで凍死していくような人間じゃない。イクオにはまだ時間がある。松代姉さんについていって、いろいろ経験する時間がある。イクオはまだ奴隷になっていないし、流れ去る時間に搦《から》めとられてもいない」

イクオは溜息《ためいき》をついた。なんなのだ、この男たちは。台詞だけ聴いていると、いっぱし以上の人間だが、実際は浮浪者であり、オカマなのだ。

さあ、と松代姉さんが促した。イクオはいささか投げ遣りな気持ちで一歩踏みだした。靴底で踏みつぶされた枯れ葉が泣く。吐く息は白い。耳はぢんぢん凍えている。周囲の影はいつのまにか夜の気配を含んで濃く染まっていた。

去り際に、横眼で素早く昏倒している男を盗み見た。僕の……いや俺の拳でまったく動かなくなった男。生きているのか、死んでいるのか。

一瞬、男の胸が小刻みに上下しているように見えた。錯覚かもしれない。こんな男は死んでしまえばいい。若いからといって、なにをしてもいいというものではないのだ。ましてや、人前のキスなど。俺も若造だが、それくらいの自覚はある。

イクオは立ちどまった。さらに振りかえり、女を一瞥する。引きちぎられて汚れ放題になった服を引き寄せて、地面に転がったまま嗚咽《おえつ》している。体温で霜柱が溶けて、軀中にチョコレートをまぶし、こすりつけたかのように乱雑な泥模様が浮かびあがっている。

知ったことか。それが腐れきったおまえにふさわしい衣裳だ。この程度ですんだことを感謝しろ。

イクオは心のなかで悪態をつき、先を行く松代姉さんの背に視線を戻した。その瞬間だ。時田さんがなにか言った。しかし、なにを言ったかは聴きとれなかった。ふたたび振りかえる気にもなれなかった。

数歩行くと、幻聴を聴いたかのような気分になった。すべては幻だ。ただ、拳だけが鈍く疼《うず》く。拳だけが微《かす》かに熱をもっている。

3

イクオは恐るおそる訊いた。

「時田さんが、かの有名な松代姉さん、と言っていたけれど、有名人なんですか」

松代姉さんがにこっと笑った。イクオは松代姉さんの答えを待った。しかし、松代姉さんは笑顔をうかべただけだった。

「——じゃあ、職業は」

「飲食店経営者」

「なんかあたりまえの答えだな」

「副業に、ヤクザをしているよ」

「ヤクザ……」

「歌舞伎町界隈《かいわい》のタチカマは、あたしが仕切ってるの」

「タチカマ？」

「タチンボのオカマ。路地に立って、声かける。ねぇー、おにいさん。どぉ？」

イクオは失笑した。金髪、東南アジア、中国、韓国、そして日本……これだけいろいろな女があふれている新宿で、わざわざ男を、いや、オカマを買う男がいるのだろうか。イクオは小首をかしげた。松代姉さんがイクオの表情を読んで言った。

「ところがねえ、稼ぐタチカマは数年でチンケなマンションのひとつくらい買えるのよ」

「それだけホモが多いってこと？」

「ううん、ノンケでも多少酒が入っていると、ふらふらついて行ってしまうのよ。男なんて、そんなもの。俺には同性愛の気はないなんて息んでいる男ほど周囲を窺ってタチカマについてホテルに入る」

「それって、ホモっ気があるってこと？」

「ううん、ない男でも、とりあえず女みたいだからいいやって感じ。酔っ払いって、じつに節操がないのよ。だから、タチカマは酒がこの世からなくなったら、商売あがったりになっちゃうと思うな」

イクオはなんとなく頭をかいた。イクオはあまり酒が強くない。かといってまったく飲めないわけでもない。酔うことの愉《たの》しさは知っている。たしかに酔っぱらっていて、眼の焦点をぼかせば女にしか見えない男がかたわらにいたら、身をまかせるなり、のしかかるなりしてしまうかもしれない。

それにしても、松代姉さんにはいわゆるヤクザのもつ尖ったものやハッタリがない。だから、こうして並んで歩いていても、その七〇年代ファッションが人目を惹《ひ》いていささか恥ずかしいこと以外は、ごく気が楽だ。

「ほんとうにヤクザなんですか」

「まあね。組はあたしだけ野放しだけどね」

「野放し」

「誰よりも稼ぐから。拘束するよりも、自由にさせておいて上納金を吸いあげたほうが効率的だから」

イクオはふぅーん、と納得した。松代姉さんが中央公園南の交差点をすぎたところでタクシーを停《と》めた。連れて行かれたところはタクシーで五分もかからない白竜《はくりゅう》という中華料理屋だった。

「この店は、トマトタンメンが名物なのよ」

「トマトタンメン？」

イクオはお世辞にもきれいとはいえない店内を見まわした。まだ夕方の五時をすぎたばかりだというのに、店内はほぼ満員だった。

席についてしばらくすると、注文もしないのに、澄んだスープに丸のままのトマトが浮いたタンメンがふたつ運ばれてきた。他の客はあれこれ注文しているから、黙っていてもこうしてタンメンが運ばれてくる松代姉さんは常連なのだろう。しかし、店員は愛想のないことこのうえない。

「お食べ」

と、松代姉さんが言った。イクオは首をすくめるようにおじぎした。レンゲでスープをすくい、口にはこぶ。

セロリの香りが口いっぱいに拡《ひろ》がった。なんだか眩暈《めまい》さえ起きそうな鮮やかな緑色の匂いだった。

顔をあげる。松代姉さんと視線があう。松代姉さんが頷いた。イクオも頷きかえした。

「凄い」

独白するように頷くと、松代姉さんは嬉しそうに麵《めん》を口にはこんだ。どちらかといえば平打ちの麵が、いささか不自然な松代姉さんのおちょぼ口に吸いこまれていく。

イクオはタンメンに集中しながら、考えこんだ。うまいとか、まずいとか言うまえに、凄いというひとことが口からとびだす、そんなスープだった。正直なところ、うまいかまずいか、よくわからないのだ。ただ、この淡泊さはやはり凄いとしか言いようがない。

淡泊さの背後には緑の匂いやら、鳥のだしのエッセンスやらが絡みあい、溶けあって、浮かんでいるトマトを嚙めば鮮やかな酸味が口いっぱいに拡がる。この複雑な複合ぶりからすると、スープの色彩があまりにも地味で、透明で、現実味に欠ける。

たかが麺のスープに、現実味もへったくれもないものだ。現実味の現実の味とは、どんな味なのか。イクオは箸《はし》の先で麺を弄びながら苦笑した。その瞬間を狙っていたかのように、松代姉さんが尋ねてきた。

「あんた、作家志望なの」

「え、あ、いや」

羞恥と狼狽《ろうばい》が食道を逆流してきた。時田さんを怨《うら》んだ。吉川英治、宮本武蔵云々を時田さんが口にしたときに、ついでにイクオは作家志望だからと口ばしってしまったのだ。

「なに、赤くなってんのよ」

曖昧に苦笑しながら、スープに浮かんでいるトマトを一瞥した。こんな顔色になっているのだろうか。イクオは意を決し、しかし釈明の口調で言った。

「じつは、新宿にでてきた理由のひとつに、ゴールデン街があったんです」

「憧《あこが》れた？」

「はい」

「絵に描《か》いたような地方出身者ね」

ムッとした。出身は、一応は東京都だ。しかし、それを顔にださずに微笑をくずさない。

「僕って」

「俺」

「——俺って、お粗末な文学小僧だったんですよ。あまり言いたくないけど、友達がいなくて、家にも帰りたくなかったから図書館……図書館といっても檜原村ですから貧弱ですけど、とにかく図書館がいちばん落ち着く場所でした。とくに高校に入ってからは、図書館が自分の部屋みたいなものでした。そして、いちども小説なんて書いたことがないにもかかわらず、本を読み耽《ふけ》っているうちに漠然と小説家に憧れたわけです。作家という言葉に憧れた」

羞恥のせいで言葉数が多くなっていることを自覚した。イクオは口を噤んだ。

「よくあるパターンよね」

「はい。小説を書く才能なんてかけらもないのに、本ばかり読んでいるうちに、その気になってしまったんです。なんていうのかな、作家になってちやほやされているところを思い描いて、うっとりして。ああ、すげえ恥ずかしい」

「あんた、ゴールデン街に作家が出没すると思ってるの？」

「見かけませんでした。新宿にでてきてしばらくはあのあたりを歩いてみたり、少し不安だったけどそれっぽい店でちびちび飲んだりしてみたんです。でも、文学論や映画論をたたかわせるような人はいましたけど、プロの小説家と出会うことはありませんでした。俺、あわよくば編集者と知りあって、作家デビューなんて棚からぼた餅を考えていたんですけど、そんなに世の中甘くないですね」

「ところが、棚ぼたってあるのよ」

「はあ？」

「食べちゃお。のびちゃう前に」

イクオは松代姉さんに倣《なら》って無言で丼《どんぶり》に集中した。やがてイクオの額を汗が伝った。イクオは手の甲で汗を拭《ぬぐ》い、長髪を振るようにして顔をあげ、訊いた。

「あの」

「なに」

「御馳走してもらえるんですか」

「もちろん。これを食べたら、あんたはお店にでる」

「店」

「飲食店経営って言ったでしょ。あたし、ゴールデン街で店をやってるの」

イクオは箸をおいて、松代姉さんの顔を凝視した。

「棚ぼたはあるっていったでしょう。あるのよ。あたしの店には、作家がくる。たとえば吉田《よしだ》駿《しゅん》。知ってる?」

「名前だけは。無頼派ですね」

「そう。他にもよりどりみどり。純のつく不純な文学者からエロエロ文士まで。さらに無数の編集者がくるわ」

それから松代姉さんは一流出版社の名前をずらっと並べあげた。なんでも編集者の溜《た》まり場らしい。

「どう。棚ぼたってあるでしょ」

「俺、そこで、働かせてもらえるんですか」

「当然。おいやかしら？」

「おねがいします」

「あんたって、運があるのね。きちっと働けば、少なくとも作家と喋《しゃべ》れるし、編集者と知りあいになれる。そこから先は、あんたの実力だけどさ」

「俺、頑張《がんば》りますよ」

急に張りあいがでた。世界がひらけて光明を見た。お願いしますと頭をさげてから、残り少なくなった、いささかのび気味の麺を啜《すす》りこんだ。気が急《せ》いて、そのまま訊いた。

「で、松代姉さんはどんなお店を経営なさっているんですか」

「いきなり、敬語になったじゃない」

「いや、まあ、ははは」

「ゲイバーよ」

半開きになったイクオの口から薄黄色の麺が滑りおち、丼のなかに落ちた。スープが跳ね、頬を汚した。

4

松代姉さんがハンカチをとりだした。シルクだろうか。鮮やかな光沢がある。美しくはあるが、あまりハンカチとしての役目を果たしそうにない。それで無理やりすぼめたおちょぼ口の周囲を丁寧に拭った。

「もっと、なにか食べたい？」

松代姉さんが経営している店がゲイバーであるのは当然のことだろう。だが、想像できなかった。まったく脳裏にうかばなかった。松代姉さんがふたたび訊いてきた。

「ねえ、もっと食べたい？」

丼のなかで微かに揺れる淡いタンメンのスープを凝視しながら、イクオはかろうじて答えた。

「……いいえ」

松代姉さんは笑っている。微笑してイクオを見つめている。イクオはもういちど松代姉さんの表情を窺った。

やはり、笑っている。なんとも和やかで、柔らかな微笑だ。だが、眼は笑っていない。その瞳は爬虫類《はちゅう》や鳥類を想わせる。まっすぐイクオを見つめている。目尻に笑い皺をつくって、ひたすら眼を細めている。その奥の瞳は、ガラス細工のように冷たくて硬質だ。

イクオは悟った。それは、ヤクザの眼だった。ヤクザが自分の意志を押し通そうとするときの、一切の妥協のみられぬ瞳の光だった。イクオの背を汗が伝う。風転の時田さんのような人の良い曖昧さのかけらもない。ひたすら自分の無理を押し通そうとする苛烈さがあった。しかも松代姉さんの瞳には、暴力の裏付けを匂わせる危険な輝きがあった。

それにしてもゲイバーとは……。イクオは力なくうなだれた。まったくその気がないにもかかわらず、たかが一杯のトマトタンメンで拘束されてしまい、オカマにされてしまうのだろうか。

男の相手をしなければならないのだろうか。

だいたいゴールデン街を彷徨《さまよ》っているうちに、作家の夢などとっくに消え去っていたのだ。深夜の盛り場を彷徨《ほうこう》することによって、イクオは自分と自分の能力についてひたすら考え、見据え、見通してしまったのだ。そして、結論した。

自分はどちらかといえば無能力な、ただの人である。人間の性能からいくと、標準以下である。脳味噌の具合は人並みだろうが、世渡りをしていく押しの強さも、機を見て敏なる反射神経もない。あるのはうじうじとした内省と、自意識過剰からもたらされる羞恥心ばかりだ。

こういった自覚には、幻想の余地がなかった。身の程を知ってしまったのだ。

檜原村から新宿にでてきたときは、ひとかどの人間であると漠然と信じていた。ところが吐瀉《としゃ》物《ぶつ》の匂いの漂う盛り場の闇が、イクオの人間としての性能をあっさり、あからさまにしてしまった。現実がイクオを打ちのめした。所持金は見るみるうちにへっていき、なす術《すべ》もなく転げおちていった。気づいたら、ベンチに座っていた。時田さんをはじめとするホームレスとなんとなく口をきき、世話になっていた。

しかし、サウナで寝ていたとき、女装はしていないが松代姉さんのような性向の男に迫られ、小遣いをあげると囁かれても、相手をしなかった。相手をするどころか、かなり強い憤りの声をあげさえした。

にっちもさっちもいかなくなっても、男に身を売る気にはなれなかった。男が男に向かって囁く猫撫で声に耐え難い嫌悪感を覚え、軀が震えたものだ。だから、まだ金は一万円ほど残っているが、中央公園のベンチに座るようになったのだ。

それなのに、否応《いやおう》なしにゲイバーで働かされるのである。たまらない。おぞましい。だが、逆らえない。

泣きたくなった。行き場をなくして中央公園のベンチに座ってぼんやりと日が暮れていくのを見守っていたときよりも情けない気分だ。こんな憂鬱な気分になったのは大学入試に失敗して以来だ。

拘束されたくない。それがイクオに残された唯一の望みだった。だから同性愛者の誘いを断わって公園のベンチに座ったし、だらだらと続いていた浪人というある意味では優雅な身分を棄てて檜原村の家を出た。

イクオの思いは檜原村に飛んだ。作家の夢は、故郷を棄てるためのきっかけにすぎなかったのかもしれない。とにかく檜原村は村だった。あたりまえのことであるが、檜原村は、あくまでも村落共同体だった。

共同体のなかで秘密は存在しなかった。ありとあらゆることに干渉された。イクオの母が霊如《れいにょ》苑《えん》という宗教団体に狂って、父に内緒で山林を売り払ってしまったことなど、当の父よりもはやく近所の人たちが知っていた。

そんな村がいやでたまらず、作家の夢を自己正当化の材料にして、家を出て新宿にやってきたのだが、もちろん盛り場にも自由はなかった。所持している金が底をつきだすと同時に、盛り場はひどく不自由な場所に変化していった。

かといって、イクオは男に軀を売る気にも、時田さんたちのように浮浪者になる気にもなれなかった。正確にいえば浮浪者になるには若すぎたというべきか。ともあれ、そのどちらにも強烈な反撥《はんぱつ》を覚えたのだ。

「なにを考えてるの？」

松代姉さんの声に、イクオはあわてて顔をあげた。松代姉さんの笑いは先ほどの苛烈な鳥類の笑いではなかった。ちゃんと人の顔をしていた。しかし、沈黙していてはまずい気がした。漠然と思い描いていた将来のイメージが崩れていくそもそものきっかけとなった大学入試失敗について喋ることにした。

「俺、大学に行きたかったですよ」

「行けばいいじゃない。その気になれば、二部だってあるんだし、勉強したいならブランドにこだわることもないでしょう」

「いや、勉強したいわけじゃないんです。大学生という地位を手に入れて、オヤジやオフクロから離れて毎日をだらだら送りたかったんです。だから、一浪して、絶対に受かると思っていた大学まで落ちたときは、ほんとうに落ちこんだんです」

「ださい挫折《ざせつ》ね」

「まったく」

イクオは苦笑した。トマトタンメンの丼をぼんやり眺めた。残っているスープをそっと口に含んだ。スープは冷めていて、先ほどのような鮮烈な味わいは消えていた。

「よくある話かもしれませんけど、俺の家って、まったく家族全員そろってじつにださいんですよ」

「よくある話っていうのを自覚しているのは、いいことよ。まだ時間があるから話してごらん」

「ええと……兄貴は高校はおろか、中学も満足に行ってません。登校拒否ってやつ。ある日突然いなくなって、オフクロが必死で探しまくったら、荻窪《おぎくぼ》の風呂もないボロアパートにいました。なにをしていたかというと、パチプロです」

「いいじゃない。パチプロ」

「自称、なんですよ。オフクロが見つけだしたときはサラ金で金を借りまくって、破産状態でした」

「パチンコ代をサラ金で借りたんだ？」

「情けないですよ。パチンコですからね。で、そのパチンコもじつにへた。そのくせ、パチンコの雑誌で仕入れた知識だけはものすごいんですよ」

松代姉さんは笑った。その微笑にどのような意味があるのかイクオにはわからない。しかし、その微笑に誘いこまれるように口が動いた。

「オフクロは我慢強い人だったんです。ところが、ある日突然切れちゃった」

「切れた？」

「宗教。宗教に凝りだしたんです。やけに早起きするようになったんですよ。陽が昇る前から起きだして、出かけて行くんです。なにごとかと思ったら、御奉仕だって言って、もう眼が変なんですよ。焦点があっていないというか、どこを見ているかわからないというか」

「なんか、可哀想《かわいそう》な気もするけど」

「冗談じゃないですよ。可哀想なのはオヤジ。気づいたときには、もう山をぜんぶ売り払われていたんですから。宗教団体が、なぜか不動産屋を抱えているんですよ。山や土地だけじゃなくて、もう、なーんでも御寄付しちゃう」

「宗教を信じている人は、この世になんの価値も見いださなくなっちゃうからね。本人は幸せなんだよね。財産を投げだすことに凄い満足感があるのよ」

「程度問題ですよ。オヤジはもともと無口な奴だったけど、それ以来、完全に会話を忘れたお地蔵さん状態。かろうじて残った小さな畑で黙々とトマトをつくり、キュウリの苗を植え、おかぼの手入れをするのが生き甲斐《がい》になってしまった」

「おかぼ。カボチャのこと？」

「いや、なんていうのかな、稲ですよ。水田じゃなくて、畑に植えるんです。陸稲というのかな」

松代姉さんは頷いた。ふたりは店をでた。あたりはそれなりに広い通りではあるが、青梅《おうめ》街道から入ったところなので、意外に暗い。イクオは意を決して、しかし小声で訊いた。

「俺、ホモの相手をするんですか」

「仕事だからね」

「……お嫁とか……」

「才覚だよ。あんたの才覚。ホステスがみんな軀を売っていると思う？」

「はあ」

松代姉さんは立ち止まり、顎をしゃくって雑居ビルを示した。

「おいで」

雑居ビルの階段で、イクオは抱きしめられた。はじめ、あがいたが、松代姉さんが爬虫類のような眼をしたときのことを思いかえすと、身が竦《すく》んで、逆らえなくなった。松代姉さんはイクオを抱きしめながら囁き声で言った。

「あんたのオフクロさんが宗教に狂ったのは、じつは、あんたのせいなんだよ」

理不尽だ！　反射的にそう叫びそうになったが、黙っていた。そんなことよりも案外筋肉質な松代姉さんの軀の体温が自分に乗り移ってくるのが不気味だ。

松代姉さんが顔を寄せた。イクオはもちろん顔をそむけた。松代姉さんがイクオの耳朶《みみたぶ》を噛んだ。

痛みはほとんどなかったが、耳朶のちぎれる音が鼓膜に直接響いた。

松代姉さんはイクオの血を吸った。イクオは硬直して耐えていた。

「あんたの血って、凄くおいしい」

松代姉さんが囁いた。イクオは太腿《ふともも》に押しあてられた松代姉さんの股間が硬く大きくなっていることに気づいた。

イクオは心底からの恐怖を覚えた。松代姉さんはイクオの耳から血を吸いながら、ひたすら硬直した股間をこすりつけてくる。

　あ。

　短いが、なんとも切ない声が松代姉さんの唇から洩れた。びくん、びくん、小刻みに痙攣した。いま、松代姉さんは射精した。頭の片隅で、そう認識した。

「バカヤロウ」

　松代姉さんがいきなりイクオを突き放した。

「下着を汚しちまっただろ」

　吐きだすような声で言った。勝手にこすりつけて、勝手に射精したのだ。なんという理不尽さだ。

　しかし、イクオは諦《あきら》めていた。どうにでもなれという居直った心境だ。ふと思った。スローガン好きの時田さんならば、こんな居直った心境を、イナオリズムとでも名づけるのではないか。

第二章　イナオリズム

1

社内のトイレがウォシュレットに変わったのは数年前だろうか。秋元則江《あきもとのりえ》は便座に仕込まれた暖房の熱を臀に受けながら、両手を組んで頭《こうべ》を垂れ、微動だにしない。

会社において、このせまい個室だけが、尖り、ささくれだった自意識を休めることができる場所であった。この棺桶《かんおけ》のような形状をした空間だけが、則江を透明人間にしてくれた。

さすがにトイレのなかは暖房のききが悪いので、足許《あしもと》が冷える。手も冷たくなってきた。かじかんだ指先を絡ませ、こすりあわせた。暖かいのは臀だけだ。

しかし、ここから出たくない。編集部にもどりたくない。

腕時計を一瞥する。ここにこもって、かれこれ三十分以上になる。編集部のデスクの上には、ちょっと外出してきますというメモを残しておいた。

則江は覗きこんだ腕時計のベルトをそっとずらし、手首を露にした。

あの傷があらわれた。

十九歳の春につくったものだ。

透明人間になろうとして剃刀《かみそり》の刃を押しあてた結果、できあがった傷痕だった。

則江が自殺を試みたとき、まわりの者たちは大笑いした。人並みに手首を切りやがった、そう嗤った。

透明人間にはなれなかった。悪目《わる》立ちしただけだった。透明どころか、よけいに則江の輪郭がくっきりしてしまったというわけだ。

あのころ則江は『永遠の処女』と呼ばれていた。そして、いまも『永遠の処女』であった。則江は脳裏に履歴書を思いうかべ、そこに、
秋元則江、四十三歳、未婚、処女。

と、書きこむことを空想した。則江の脳裏の履歴書には、姓名と年齢、そして結婚の有無、処女かどうかを書きこむ欄しかない。

そんな漠然とした、しかし疎《うと》ましい空想に耽っていた則江であるが、空気が揺れて、我に返った。則江の座っている個室からいちばん離れた右側の隅の個室のドアが開閉する音がした。

そろそろここから退出しよう。足先、そして脹脛《ふくらはぎ》に力をこめた。

だが、動く気力がおきない。今日はこれから吉田駿の接待だ。最後の無頼派と呼ばれ、その抜

きんでた作家的風貌と作品の質の高さで抜群の人気を誇る売れっ子作家だ。

女ならば、吉田駿を前にしてときめかない者はいないだろう。

則江は気配をころして溜息をつき、そっと蟀谷《こめかみ》を揉《も》んだ。

首を支えているのが、つらい。

胸が軋んだ。

三十代の終わりだ。則江は吉田駿と男女の関係を持ちかけたことがある。

則江が求めたわけではなかった。分《ぶん》はわきまえていた。吉田駿から求められたのだ。

『俺はいままでいわゆるいい女ばかり描いてきた。いささか飽き果てているんだ。外見の巧みな女は、もう書く気がしなくなった。いま俺の小説に必要なのは絵に描いたような美女ではなく、実存としての女だ』吉田駿は、そう、則江を口説《くど》いた。

わたしは、実存としての女。

首を支えるどころか、このまま前かがみに倒れこんで化粧タイルに顔面を押しつけてしまいそうだ。

そのときだ。

離れた個室から、排泄《はいせつ》に附随《ふずい》するあのノイズがとどいた。小用、そして排便。生々しい音だ。

どうやら彼女は則江がこうして身を潜めていることに気づいていないようだ。

一昔前のトイレであったなら、排泄には必ず臭《にお》いがつきものだった。しかし、ウォシュレットに組みこまれている脱臭装置のおかげで、あの臭いは則江のところまでとどかなかった。

ウォシュレットは、快適だ。これに馴《な》れてしまうと、たとえば出張で地方のホテルに泊まったときなど、紙を用いることにかなりの抵抗を覚える。

だが、ないものねだりは無意味だ。そこでしかたなしに紙を用いる。だが、あまり綺麗《きれい》にならない。ついウォシュレット並みに、と丹念に処置する。すると皮膚が音をあげ、ヒリヒリする。

つまり、理論上も実際も、排泄後の後始末には紙よりもなによりも、ウォシュレットの湯がいちばんであるということになる。職場も自宅もウォシュレットになって、則江の痔《じ》はほぼ消滅してしまったほどだ。

しかし、脱臭装置まで必要なのだろうか。則江だって他人の排泄物の臭いなど嗅ぎたくない。自身の排泄物臭をさらけだす気もない。しかし、この潔癖さには、思い上がりと冷たい排除の論理が見え隠れしている。

彼女がトイレットペーパーを引きだした。からからからからからから……ウォシュレットで洗浄しているにもかかわらず、何メートル引きだすつもりだろう。

ドアを開閉する衝撃音にあわせて空気が揺れ、ふたたび則江独りになった。則江はうつむいたまま、きつく両手を絡みあわせ、独白した。

「消される臭いは、まるでわたしのようだ」

それきり、じっと、動かない。トイレ内にはびこっている湿り気だけが則江を包みこんでいる。則江は自分が死体であると感じていた。

どれくらい時間がたっただろうか。それでも虚《うつ》ろな眼差しを腕時計に向けた。膝に手をついて、どうにか立ちあがった。呼吸がひどく浅い。軀中から力が抜けている。眼の焦点も定まっていない。職業意識だけでトイレを出た。編集部にもどると、副編集長が近づいてきた。

「秋元さん。吉田先生の件だけど、今日はいいや。変わりに」

「変わりに？」

「うん。山ちゃんと一緒に王様を」

副編が哀願するように手を合わせた。則江は無表情に呟く。

「王様ですか」

「そう。急に呼び出しがかかっちゃってさ。橋田《はしだ》君、いま出張で福岡なんだよ」

橋田とは王様の担当編集者で、王様とは王滝《おうたき》という作家の綽名《あだな》であり、本人が周囲にそう呼ばせているのだ。しかし、口の悪い者は王様とは、裸の王様の略だ、などと言う。昨年、王様の書いた本が売れに売れた。いきなり、売れた。

「吉田先生は」

小首をかしげて訊くと、副編が顔の前で左右に手を振った。

「いや、先生のほうから今日の件は、都合が悪くなったって連絡があってね」

2

「あたしは女好きなんだ」

区役所前でタクシーから降りた松代姉さんがいきなり言った。俺の太腿をつかって射精したくせに、なに言ってやがる。そう思ったがイクオは愛想笑いをかえす。

「あんたでいったのは、特別。べつにあんたに魅力を感じたわけじゃないんだよ。あたしの弱点なんだ」

「弱点？」

「そう。弱点。血の匂いを嗅ぐと、血を味わうと、切れちゃうのよ。イクオが公園でアベックを殴って男を血まみれにしたのを目撃して以来、あたしは心中穏やかじゃなかったわけ」

「——血の匂いや味で、勃起しちゃうんですか」

「そう。因果なことに、ときどき血が欲しくなるんだ。血が欲しいと思うと、正気ではいられない。あたしには血の衝動があるの。だから、女房の生理のときなんか、仕事のとき以外は、一日中舐めてる」

イクオに言葉はない。松代姉さんは悔しそうに続ける。

「女房が生理だからって、店を休むわけにはいかないじゃない。だから、女房を店に呼びだして、トイレで舐めて、立ったままやっちゃうときもあるよ」

イクオは呆《あき》れ果てた。血に執着するただの変態ではないか。しかし、それは表情にはださず、血が固まって早くも瘡蓋《かさぶた》状になっている耳朶をいじりながら、気になっていることを訊く。

「血の衝動って言ったけど、たとえば人を殴って血を見て、それを解消するってことなんか、あるんですか」

「さあね」

松代姉さんは唇を口笛を吹くようなかたちにすぼめて、とぼけた。その表情は、明らかに暴力による解決を肯定していた。

なんでもいい。鼻血でも、刃物の傷からあふれる血でも、嚙みちぎった耳朶からの血でも、月経の血でも。そう、告げていた。

イクオは、松代姉さんがヤクザとして恐れられ、やっていける理由を理解した。血が見たいがために何でもするオカマ。血を生き甲斐にしている自称女好きのオカマ。勝ち目はない。

「あたしがおねえ言葉をつかってゲイバーを経営しているのは、あくまでも生活のため。商売のためなのよ。ヤクザなんて先行き短いじゃない。拠点が必要なのよ。根無し草のヤクザなんて、最悪」

イクオは調子よく頷いていた。トマトタンメンがいまごろ効いてきたみたいだ。麺が腹の中でふやけて膨らんで、空腹が満たされたとたんに、居直りが湧《わ》いた。ともあれ、なかば自棄《やけ》気味である。逃げだすことができないならば、腹を据えるしかない。

「ほんとうに女好きのオカマ?」

イクオはくだけた調子で訊いた。松代姉さんが器用にウインクし、もったいつけて答えた。

「野郎の持ち物に興味はないよ。まして、アヌスなんぞ」

なんといえばいいのだろう。イクオはこのとき松代姉さんに好意に近い不思議な気持ちを抱いた。野郎に興味はないと言いながら、松代姉さんはイクオの太腿にこすりつけて射精したのだ。

それが血の衝動からであっても、イクオの太腿は射精するためのまにあわせであっても、あのとき、あの瞬間には不思議な一体感があった。

もちろんあのときは当然、嫌悪感を覚えたのだが、いまになると、はるか彼方《かなた》の思い出のように妙に懐かしい感じがするのだ。もういちど迫られれば、逃げだすにきまっているが、あの瞬間の記憶は許容できる。

ホモ相手でもなんでもいいや、なるようになれだ。イクオは胸の裡《うち》で再度居直った。イクオが同性愛者と肉体関係をもたなければならないのかと訊いたとき、松代姉さんは、ホステスがみんな軀を売っていると思うかと答えた。問題は本人の才覚であると言った。

イクオはとりあえず松代姉さんに自分の人生をまかせてみようと思った。もはや作家になりたいなどという現実味のない大それた野心などきれいに消滅していた。もともとそれは単なる憧れにすぎず、いまだかつて短編小説さえ、いや作文以外に原稿用紙に字を書いたことさえないのだから。

つい先ほどまで、中央公園でなし崩しに死んでいくような状態だったのだ。ホモだろうがオカマだろうが、問題は本人の才覚だ。そう思ったとたんに、あの不気味な鳥の眼のような松代姉さんの瞳さえも魅力的に思えた。

そんなイクオの気持ちを松代姉さんは敏感に察したようだ。もういちど器用にウインクした。そして、周囲の人々が振りかえるほどの大声で言った。

「イクオにマツヨ、名前からして最強のコンビだぜ。ふたりでお笑い芸人としてデビューしちゃおう」

＊

松代姉さんの店はゴールデン街の奥まった場所にあった。〈松代〉という和紙をつかった料亭のようなディスプレイのある和洋折衷《せっちゅう》の外装の、カウンターだけの小さな店だった。ドアを開けたとたんに、巨大な鼠《ねずみ》が壁際を走り去り、ゴキブリたちがカサコソ散っていった。

「どぶ鼠？」

「そう」

「冬なのにゴキブリ」

「暦のうえでは、春ですわ」

松代姉さんは平然としたものだ。イクオも、そんなものかな……と肩をすくめた。開き直ってしまうと、気分は楽だ。なんでも許容できてしまう。

「うちがいくら始末しても、よその店からやってくるのよ。もう、根負けしたわ」

「松代姉さんは清潔好きそうだもんな」

「まあね。暇があると、これ見よがしに掃除するって、女房に嫌がられてるの」

だが言うことと違って店内は雑然としている。光の加減で目立たないが、片隅には抜けおちた頭髪まじりの綿埃《わたぼこり》がたまっていた。ひしゃげて潰れた煙草のフィルターがスツールの下にそのままだ。カウンターは合板で、それが剝《は》がれかけている部分もあるし、もともとは白かったであろう壁面や天井も、煙草の脂《やに》で焦げ茶色に染まっている。

　松代姉さんは看板に灯をいれず、カウンターに化粧道具をひろげた。頰杖《ほおづえ》ついて鏡を見つめ、眉間《みけん》に縦皺を刻んだり、唇の端を笑いのかたちに歪めたりしはじめた。

「ナルシストですね」

「うるさいよ。あんたは中に入って、洗い物、しな」

　イクオは肩をすくめ、カウンター内に入った。バーテンの経験はないが、洗い物くらいならどうにでもなる。洗剤の目星をつけ、スポンジを探しだし、流しに漬けてあるビヤタンブラーを洗いはじめた。アベックの男を殴りつけた右手が鈍く痛む。中指の付け根あたりだ。しかし、騒ぐほどではない。多少労《いたわ》りながら洗い物を続けていると、電気カミソリの音がしはじめた。

「それって、よくCMでやってるやつですね」

「そう。いろいろなシェーバー、試したけど、これが最高ね。ヘッドが動くのは、いいわよお。剃り残しなしのオカマ仕様」

「なんだかなー」

　呟いて洗い物に精をだす。単純労働ではあるが、鼻歌がもれそうな気分だ。気分が良くなってくると、手の痛みも薄れていくようだ。手を動かすことが、こんなに楽しいとは。願わくば、この楽しさが倦怠にとってかわられぬように。

　イクオは直観的に理解していた。馴れることによって、すべての行為は倦怠にとってかわられる。

はじめの緊張も、昂ぶりも、集中も失せ、単なるノルマに堕落する。

そして、人は無意識のうちにもそんな倦怠をなんとか打破しようとあがいて盛り場をうろつき、浮気し、ギャンブルに熱中し、ある者は暴力で解脱する。

ふと、ファンデーションの匂いが鼻を掠《かす》めた。洗い物から顔をあげると、松代姉さんと視線があった。

もうすこしでグラスを取り落とすところだった。松代姉さんは目敏《めざと》く、それを見逃さなかった。

「注意してよ、そのビヤタンは高いんだから」

イクオに言葉はない。口を半開きにして松代姉さんを見つめる。

「あたしの顔になにかついてるかしら」

「いえ……」

イクオはあわてて松代姉さんの顔から視線をはずした。頭は角刈りのままだが、メイクアップした松代姉さんは美しかった。男でもなく、女でもない生き物が、小指の先で唇を撫で、押さえ、深紅のルージュをなおしている。

気を取りなおしてイクオは洗い物を再開した。とはいっても、ビールのグラスがいくらかと、灰皿ぐらいで洗い物はたいした量ではない。しかたなしに、イクオはいちど洗った灰皿をもういちど念入りに洗った。

松代姉さんが携帯電話をとりだした。イクオは携帯電話のたぐいに一切興味がなかった。どちらかといえば電話の呼び出し音にびくっとするほうだ。だから、その仕組みさえよくわかっていない。店が混んでざわついているときは、どこにでも移動できる携帯電話が便利なのだろうといい加減に納得した。

「もしもし、あたし。着替え頼むわ。パンツ」

電話しながら、松代姉さんがイクオに向かって悪戯《いたずら》っぽく笑いかけた。化粧前であったらどういうこともなかっただろうが、イクオはどぎまぎして、下を向く。

「そう。パンツ。汚しちゃったのよ。何十年ぶりかで夢精しちゃったの。急いでね」

松代姉さんは早口で言って電話を切り、CDをセットした。天井の得体のしれない安っぽいスピーカーから流れてきたのはかなり古い録音のギター演奏だった。

「ミッキー・ベイカーのブルース」

天井のスピーカーを指して松代姉さんが言い、イクオは曖昧に頷く。

「ギター・ブルースのインストのオムニバス。ティーボーンやゲイトマウスみたいな大御所からタイニー・グライムズの四弦ギターまで網羅しているわ」

イクオは首をすくめるようにして頷く。まったく意味がわからない。松代姉さんが煙草に火をつけた。メイクしてなんとも妖《あや》しい美しさの松代姉さんにハイライトの青白のパッケージはどことなくそぐわない。

「電話で女房に夢精したからパンツもってこいって言ったら、絶句してたわ」

そこまで言って、松代姉さんは小首をかしげた。

「まてよ。絶句って言うんじゃないわね。正確に表現すると、呆れていたってとこかしら」

イクオは頭をかいた。かいてから、濡れた手を拭《ふ》いていないことに気づいた。頭の地肌に洗剤の泡まじりの水がしみた。壁の上の時計を見あげ、咳《せき》払いしてから訊く。

「何時から店を開けるんですか」

「九時に開けばいいほうかな」

「そして、朝まで？」

「そう。始発の時刻ね」

イクオはなんとなく納得した。不思議と金銭報酬の話をする気はしなかった。松代姉さんにまかせておけば悪いようにはならないだろうし、たとえタダ働きであってもかまわないような気さえする。

「俺のほかの従業員は」

「従業員とおいでなすったか。そんなもの、いないわよ。ついこのあいだまでいた子はお亡くなりになった」

「亡くなった」

「いちいちあたしにたてつくからさ」

イクオは絶句した。松代姉さんがイクオを指さして笑った。

「冗談よ。冗談。円満退社。コレが小金をもっているから、働かなくてすむわけ」

松代姉さんはコレと言いながら親指を立てた。つまり、男に男ができたということだろう。

イクオにとって、そこだけが不安だ。その趣味の人に迫られて、万が一酔っていたりして投げ遣りになり、先だけでも挿入《そうにゅう》されたら取りかえしがつかない。松代姉さんに悟られぬよう、ちいさく溜息をつく。とたんに松代姉さんが訊いてきた。

「あんたって、免許、もってるの？」

「ええ。一応。オートバイと車。オートバイは中型ですけど」

「見せて」

「いいですけど、なんで？」

「免許証の写真写りが見たいのよ」

イクオは肩をすくめて免許証を尻ポケットからとりだした。すっかり汚れて、湾曲してしまっている。

「これ、没収」

「はい？」

「あずかっとくわ」

「なぜ」

「人質みたいなもんかなあ。逃げたら、実家なんかにも押しかけちゃうかもしれない」

「冗談はやめて、かえしてくださいよ」

「わかってないのねえ。履歴書代わりよ。身元不明者を雇うわけにはいかないじゃない」

「じゃあ、本籍でもメモしてから、かえしてください」

松代姉さんが眼を細めた。見つめられた。

「あたしはヤクザだよ」

そのひとことで、逆らえなくなった。イクオはうつむいた。さしあたり車やオートバイを運転することもないだろうし、いざとなったら紛失届をだして再発行してもらえばいい。そう無理やり納得した。

緊張してはいたが、まあ、しかたがないと割りきることができた。免許証自体にもそれほどこだわりがなかった。松代姉さんの指示に従って、漠然とカウンター内の雑用をこなした。やがて、ドアがノックされた。松代姉さんはパンツがきたか……などと独白し、ドアを開いた。

「あなた。なにがあったの。下痢でもして汚したの?」

「ばかいえ」

「だって、このあいだ、カリントウを食べて、ひどい下痢をしたじゃない」

「あれは日向《ひなた》にほってあったから、油が悪くなっていたんだよ」

「まったく、いい歳《とし》をしてウンチ、もらすなんて」

「勘弁してよ。いや、もう」

「都合が悪くなると、おねえ言葉に逃げるんだから」

言いながら、松代姉さんの奥さんはイクオに向かってかるく目礼した。イクオはあわてて頭をさげた。

松代姉さんの奥さんは、凄い美人だった。年齢は三十代なかばといったところだろうか。たとえば若いころは売れっ子のモデルでしたといっても通用するような顔と軀つきで、松代姉さんよりもすこしだけ背が高い。

「家内の明日香《あすか》だ」

松代姉さんが夫のような口調で紹介した。いや、松代姉さんは夫だった。

「神崎《かんざき》がいつもお世話になっております」

明日香さんがにこやかに挨拶《あいさつ》した。イクオは狼狽して、つっかえながら応えた。

「お、俺、稲垣《いながき》イクオです」

「こいつの親父さんは考古学の教授でな、飛鳥《あすか》時代を専門に研究していたから、明日香って名づけたんだ」

「父は、もう十年以上前に亡くなったんですよ」

「はあ、どうも」

言ってしまってから、なにが『どうも』なのかと後悔した。とにかくメイクした松代姉さんと、ほとんどすっぴんの明日香さん、どちらも甲乙つけがたいほどに美しい。当然ながら性的魅力は明日香さんだ。惹かれてしまうのも明日香さんだ。

「イクオさんて言ったっけ」

「はい」

イクオは憧れの女教師に声をかけられた小学生のように気をつけをして返事した。

「うちの人は、最低のヤクザだから。いつまでも付きあってないで、適当なところで逃げだしたほうがいいわよ」

真新しいパンツのパッケージを裂こうとしていた松代姉さんが割りこんだ。

「よけいなことを言うな」

「じゃあ、あんたは最高のヤクザ?」

「……最低だ」

「それなら、黙ってなさいよ」

きつい表情で明日香さんは言い、顔を顰《しか》めて続けた。

「もう、趣味が悪いったらありゃしない。ホモっ気なんてまったくないくせに、ゲイのふりして同性愛の人を弄んで商売してるのよ」

どうやら、松代姉さん自身が言っていたとおり、女好きのオカマというのは事実らしい。

「とにかく、気をつけてね。凶暴だから。この人、幾人も殺しているのよ。でも、うまいことすり抜けてしまう」

「殺して――」

「うまいのよ。とんでもないことばかりしているくせに、前科もないの」

松代姉さんが曖昧に苦笑しながら、横を向いている。イクオは呆然としながら松代姉さんと明日香さんを見較べ、硬直した。松代姉さんの苦笑は明日香さんの言うことを肯定していた。

「とにかく、変な人なの。変人。昔のデビッド・ボウイが大好きで、こんな恰好《かっこう》をしているのよ。七〇年代の化石ね」

　明日香さんが説明してくれた。しかし昔のデビッド・ボウイと言われても、七〇年代の化石と言われても、イクオの脳裏にそれらは明確な像を結ばない。なにしろ、へたをすれば二十歳になったばかりのイクオなどまだ生まれていない時代のことなのだから。

　松代姉さんがパッケージを裂き、純白のブリーフをとりだした。拡げて顔の前あたりでつまみ、訊いてきた。

「イクオはブリーフかしら。それともトランクス派？」

　とっさに答えられなかった。まだ明日香さんの言った〈幾人も殺している〉という言葉が脳裏にこびりついていたせいだ。

「どっちなの。ブリーフ？　トランクス？」

「あ、俺はトランクスです」

「なぜ」

「なぜって、ブリーフはどことなく」

「不恰好？」

「いえ、その」

「いいのよ。イクオの気持ちはわかる。ブリーフは、やっぱり恥ずかしいよ。とくに純白は。なぜかというと、あれこれ染みが目立つ。その点トランクスはごまかしがきくものね」

「そうでもないですけど」

「いいのよ。あたしもどちらかというとトランクス派なんだから。だけど、昔、オートバイに乗っていたのよ」

明日香さんが割りこんだ。

「ハーレーよ。アメリカンて言うの？　チョッパーって言うのか。もう、大改造して、イージーライダーごっこをしていたの。ぶらさがり健康器みたいなハンドルに付け替えて」

松代姉さんが苦笑した。明日香さんを遮《さえぎ》って、言った。

「トランクスを穿《は》いてオートバイに乗っていると、股間の部分が徐々に臀の谷間に集まってきちゃうのよ。ほら、もともとダブダブでしょう。で、シートを跨《また》いでいるから、こすれて集まってきちゃうのね。そしてTバックみたいに肛門周辺にめりこんじゃう」

「気持ちいいんじゃないですか」

「バカ言ってんじゃないよ。こすれて赤剝《む》けよ」

「で、ブリーフに」

松代姉さんが頷いた。イクオはなんとなく微笑した。

「能書きたれてないで、はやく着替えちゃいなさいよ」

明日香さんが命じた。松代姉さんはいきなりズボンをおろし、いままで穿いていたブリーフを脱いだ。明日香さんに渡す。

イクオは眼のやり場に困った。いかに自分の店とはいえ、松代姉さんには羞恥心のかけらもないようだ。ともあれ松代姉さんの性器はごく標準的な大きさだった。威圧するほど立派ではないが、卑下するほどちいさくもない。

明日香さんが鼻を蠢《うごめ》かせた。ブリーフの染みを嗅いでから、腰をかがめて松代姉さんの匂いを嗅いだ。イクオは小首をかしげた。異様な光景である。人前なのだ。松代姉さんも相当のものだが、明日香さんはさらに上をいく。それともイクオなど男のうちに入らないのだろうか。

「あんた、ほんとうに射精したんだ?」

「ああ」

「なんで?」

「夢精と言っただろう」

明日香さんが首をねじ曲げ、イクオに訊いた。

「起きててするものなの?」

「夢精、ですか」

「そう」

松代姉さんが明日香さんにわからないようにウインクした。イクオはそれを受けて、神妙な顔して言った。

「はちきれそうにたまっている場合は、あり得ます」

明日香さんが疑わしそうに眉間に縦皺を刻んだ。松代姉さんを睨《にら》みつけて迫る。

「あなた。浮気したら、殺すわよ」

「なにを言ってるんだ」

さすがの松代姉さんも、明日香さんには頭があがらないらしい。イクオは、放りだされたままになっている松代姉さんの股間の触角と、青ざめた頬をしている明日香さんの顔を交互に見た。

松代姉さんが狼狽《うろた》え気味に釈明した。

「洩らしちまったんだよ。洩れちまったんだ。おまえのことを脳裏に描いたら……おまえの血を……」

「あたしの血？」

「そう。おまえの血」

明日香さんの肩から力が抜けていくのがイクオにもわかった。明日香さんが松代姉さんの前に膝を着いた。腕をまわし、松代姉さんの腰を抱いた。

イクオは、あまりの唐突さに息を呑《の》んだ。明日香さんが松代姉さんの触角にくちづけした。手をつかわずに、唇だけで松代姉さんを弄んだ。

たまらず松代姉さんが硬直させると、唇をすぼめて独特の技巧を用いはじめた。舌先が信じられない器用さで作動する。やがて松代姉さんは完全に含まれた。

松代姉さんの腰を抱いた明日香さんの頭がゆるやかに揺れはじめた。イクオは口を半開きにしたまま、立ち尽くしていた。いきなり常軌を逸した人々のど真ん中に放りだされたことを実感した。檜原村の長閑《のどか》さからは想像さえもできないことだった。不安と頼りなさに愕然《がくぜん》としながら、イクオは性の情景を凝視する。

3

終局の気配が濃厚になってきた。じっと見つめていると、異常な光景にも馴れが生じるものである。イクオは明日香さんの美しい横顔に向けていた視線を松代姉さんの臀にもどした。

松代姉さんの臀は、筋肉がきゅっともちあがり、皮膚はおろか毛穴までが緊張収縮している。痩《や》せて、骨ばった、お世辞にも綺麗とはいえない臀であるが、不思議と不潔感はなかった。臀のえくぼが微妙に揺れている。松代姉さんは脹脛の筋肉に爪先立つときのような力をこめて硬直させ、せりあがってくる衝動に耐えている。

イクオは松代姉さんの臀から顔に視線を移す。松代姉さんは酸素のたりない魚だった。顔全体を苦しげに歪め、喘《あえ》いでいる。額には稲妻のような血管が浮かびあがり、見開かれた瞳は血ばしっている。

大げさだ。よく、人前で恥も外聞もなくあんな顔ができるものだ。イクオは呆気にとられながら見守り、自慰をしているときを思いかえした。俺はもっと淡々としている。それとも、明日香さんの口や舌は、それほどまでに気持ちいいのだろうか。

松代姉さんが奥歯を噛みしめた。蟀谷がふるえている。呻きが洩れた。唐突に頬を汗が一筋伝い落ちた。それを涙と錯覚しかけ、イクオはあわてて視線を松代姉さんの臀にもどした。

松代姉さんの臀は小刻みに痙攣をはじめていた。その両手は明日香さんの頭をきつく掴《つか》み、烈《はげ》しく前後に揺すっている。いまや受け身ではなく、能動である。そのせいで明日香さんの髪は千々《ちぢ》に乱れて弧を描いていた。最初眼にしていたときは丁寧にまとめてあったので、それほど長い髪とは思わなかったが、ほどけて乱れて暴れる髪はかなり長い。

松代姉さんを含んだ明日香さんの口は、顎がはずれそうなほど開かれて、しかし唇は松代姉さんに密着して動じることなくぴったりすぼまっている。

明日香さんが左右の動きを加えながら、上目遣いで松代姉さんの表情を窺った。松代姉さんを含んだその顔全体に満足そうな笑みがうかんでいた。

イクオが我に返ったときは、もう終わっていた。松代姉さんが軀全体から力を抜き、肩で息をしていた。明日香さんのちいさな喉仏《のどぼとけ》が小刻みに動いた。すべてを飲み干したらしい。

明日香さんが舌と唇で松代姉さんの後始末をはじめた。丹念に、ありとあらゆるくぼみやみぞに舌を這わせ、舐めあげる。その仕草には愛情が充《み》ちていた。

呆れはて、疲れはて、イクオは首を左右に振った。ふたりだけの部屋で行なうならば、なにをしようとなんら問題ないのだが。それとも僕など、人間のうちに入っていないのだろうか。イクオは眼前の変態夫婦に苦笑をむけた。

明日香さんが松代姉さんに、幼児にしてやるように純白のブリーフを穿かせてやった。松代姉さんはまだ肩で息をしながら、されるがままになっている。明日香さんは松代姉さんの身支度《みじたく》をすべて整えてやると、イクオに向かってにこやかに笑いかけた。

「それじゃ、うちの人をよろしくお願いします」

イクオはワンテンポ遅れて、カウンター内から曖昧に頭をさげた。明日香さんが微笑したまま手早く乱れた髪をなおし、松代姉さんに視線をもどした。

「お父さん、頑張ってね」

＊

明日香さんが出ていったせいで店内に風が吹きこんだ。店内の空気が多少乱れたが、それもすぐにおさまった。

フィルターを掃除していないのだろう、エアコンはゴンゴンと唸《うな》りながら乾ききった温風を吐きだしている。

松代姉さんはしばらく惚《ほう》けたような顔をしていたが、眼をしばたたいてからイクオに湯を沸かすように命じた。

イクオはガス栓をひねった。カチカチと音がするばかりでガスコンロの圧電素子からは火花が飛ばなかった。

ちいさく吐息をつく。先ほどのできごとを思いかえしてみる。夢を見ていたかのようで、まったく現実感がない。

あいかわらずガスに火はつかない。コンロのかたわらに使い棄てライターがあるのに気づいた。それでガスに火をつけ、大雑把《おおざっぱ》に水を汲《く》んだやかんをかける。

強火の焔《ほのお》に、やかんに付着している水滴が見る見るうちにちいさくなって、消えていく。松代姉さんが満足そうに頷いた。

「あんた、あれこれ指図しなくてもそれなりにやるから、いいよ。けっこう、いい」

イクオは苦笑しながら応えた。

「でも、カクテルとかは何もできませんよ」

「そんなもん、この店じゃまず注文がないから気にしないで。でも、道具や材料はそれなりにあるから、いずれ教えてあげる」

言いながら松代姉さんがカウンター内に入ってきた。お客のボトルの棚、氷の割りかた、おつまみの乾き物の入ったブリキの缶。次々に示していき、イクオはいいかげんに頷く。

「覚えた?」

「べつに」

「べつに?」

「いや、実際に仕事に追われれば、いやでも覚えると思うから」

「あんた、妙なところで肚《はら》が据わっているね」

イクオは小首をかしげる。居直っているだけなのだ。だいたい自分は小心者だ。ときどき切れてムチャをするが、おおむね小心者だ。そんな自覚がある。肚など据わっていない。

「ちょっと、氷を割ってごらん」

松代姉さんに命じられて、イクオは流しの一角に置かれた四角い巨大な氷の端にアイスピックを叩きこむ。

透明がかった銀色に、白い亀裂がはいり、ちいさな氷片が飛び散った。氷片は頬に付着し、すぐに溶けたが、頬にはしばらく、冷たい緊張がのこった。

「あんた、才能あるね」

「氷を割る才能ですか」

「ううん、人を刺す才能」

イクオはアイスピックを持つ手をとめた。長年使っているのだろう、アイスピックの先端は氷で研がれて、過剰に鋭い。

「やめてくださいよ」

苦笑まじりに言うと、松代姉さんが不思議な微笑をかえした。イクオは顔をそむけた。松代姉さんの顔を正視することができなかったのだ。

「あたしもアイスピックの扱いはうまいよ。ふつう、アイスピックは使いこむと先端が磨耗して丸くなるものなのよ。でも、うちのは尖っているでしょう」

「そうですね」

「イクオは尖ったものを扱うときに、ためらいがない」

言われてみれば、そのとおりである。我ながら、絶妙の力の込め具合だと思う。でも、それは相手が氷だからだ。

「人間に対しては、使えませんよ」

「拳で人を殴るのと、アイスピックで人を刺すのと、どれだけの違いがあるというのよ」

「……公園でアベックを殴ったときは、なにも殺そうと思ったわけじゃないです」

「すべての暴力は、死へ収束するのよ。たとえ、口喧嘩《げんか》であっても、相手を否定するということは、死へ収束する」

イクオはかろうじて苦笑を抑えた。なにがすべての暴力は死へ収束、だ。まったくの屁《へ》理屈ではないか。

松代姉さんが敏感にイクオの表情を読んだ。口調をかえて言った。

「ジガーくらい知ってるでしょう」

「マジンガー？」

イクオは額を小突かれた。

「まったくこの小僧は冗談がうまいよ。ほら、そこにあるステンレスのメジャーカップ」

「あ、これだ」

「そう。これ。ジガーっていうの。覚えなさい。で、上と下、両方とも使えるの。一オンスと、二オンスが計れる。ワンフィンガー、ツウフィンガーってやつね。あー、付け根が痛い」

「なんですか、いきなり」

「今日、二度いったでしょう」

「はあ」

「あんたにこすりつけて一度、カミサンに舐められて一度。さすが、この歳だとしんどいね。腰というか、全身が気怠《けだる》い」

「驚きましたよ。まさか、人前で？」

「まあ、なんというか」

「驚くことじゃないわよ。あんただって身内なんだから」

「身内ですか」

「そうよ。身内」

「でも」

普通の人はたとえ身内であっても性行為なんか見せませんよ。胸の裡で呟いて、イクオは微笑でそれをごまかした。松代姉さんが仕込みをはじめながら、淡々とした口調で言った。

「あんたも明日香に舐めてもらえばいい」

イクオは絶句した。思わず手にしたジガーを取り落としそうになった。何をそんなおおげさな、といった表情で松代姉さんが肩をすくめた。

「かまわないから。たまって軀が重いときは、相談してご覧なさいよ」

「殺されませんか」

「誰に」

「……松代姉さん」

「あたし？　あたしがあんたを。なんで」

「だって、奥さんですよ」

「なに言ってんの。あんたは身内だよ。あたしの物は、遠慮しないで使いな」

イクオは松代姉さんの言葉を聞き流すことにした。

「それより、ジガーはなにに使うんですか」

「それ。それだけは覚えて。うちには風《ふり》のお客がけっこう来るわ。二丁目とかからお相手をもとめて遠征してくるの。そんな客は、もちろんボトルなんか入れない。水割り一杯、ロックを一杯。そんな注文ばかりよ」

「で、ワンフィンガー？」

「そういうこと」

頷きながら、松代姉さんがイクオの顔を凝視してきた。手を伸ばし、髪に触れる。イクオは逃げ腰だ。

「鬱陶しいから、カウンター内ではまとめておきな」

「はい」

「そこに輪ゴムがある」

イクオはいつのまにか伸びて、それなりの長髪になってしまった頭髪をまとめた。松代姉さんが耳元で囁いた。

「いいよ。色男」

イクオは即座に耳まで赤くなった。

4

店を開けると、すぐに常連らしい若い男のふたり組が入ってきた。路上で開店を待っていたようだ。彼らは松代姉さんと軽く言葉をかわすと、カウンターの隅に座った。

イクオは完全に無視された。まるで存在しないもののように扱われた。いきなり口説かれるのではないか、などと内心びくついていたイクオはあてが外れたというか、肩すかしの思いを抱いたまま、松代姉さんの指図で水割りをふたつつくった。

彼らは別に目立つ恰好をしているわけではなく、こざっぱりとしたセーター姿だ。色を合わせたのだろうか、それぞれ首まわりのデザインはちがうが、白みがかったクリーム色の毛糸で編まれている。それがいささか気持ちが悪いが、許容範囲ではある。タートルネックに、Vネック。これ見よがしにペアルックなどを着ている男女よりは抑制がきいているというものだ。壁にかけたコートも新しくはないが、やはり手入れが行き届いていてそれなりに好感がもてる。

頭上のスピーカーからは、先ほどからドスのきいた女のボーカルが流れている。どうやら黒人らしい。

しかし知っているメロディが流れるわけでもなく、こんな曲がブルースというのかな、などとイクオは漠然と考えた。幾つか曲が終わり、イクオが知っているメロディと歌詞が聴こえてきた。〈ハウンド・ドッグ〉だ。イクオは心のなかであわせてユエンナジバラハウンドドッグといい加減に歌い、松代姉さんに顔をむけた。

「これって、プレスリーの曲ですよね」

「冗談じゃないわよ」

かえってきた返事はかなり語調が荒かった。イクオは肩をすくめ気味にして、俺はまちがったことを訊いたみたいだと苦笑いした。

曲は続いている。やはり、この曲は〈ハウンド・ドッグ〉だ。プレスリーの曲だ。イクオは納得できなかったが、黙っていた。松代姉さんがいきなり言った。

「盗んだのよ」

「え？」

「プレスリーが盗んだのか、そのブレーンが盗んだのかはわからないけど、とにかく盗んでヒットさせた。オリジナルはいま歌っているビッグ・ママ・ソーントン」

「そうなんですか」

「そう。プレスリーなんて、腰の振りかたから歌唱法まで、なにからなにまで黒人の真似《まね》なのよ。窃盗って、なにも物だけじゃないのね」

そうだったんですか、と返事をしようとしたときだ。カウンターの隅のふたりが、じっとイクオを見つめていた。

イクオがそれに気づいて顔をむけると、ふたりはさっと視線をそらした。しかし唇にはわざとらしい微笑がうかんでいた。とってつけたような会話を再開した。

イクオは背筋に冷たいものを感じた。自分は狙われている。あるいは、値踏みされている。ふたりの男はわざとらしい受け答えをしながら、ふたたび素早くイクオを盗み見てきた。

　そして、見つめたときよりも素早く視線をはずし、顔を伏せ、口のなかでクックッとかウフッと含み笑いを洩らす。

　やがてふたりは居直った。ふたり揃って、まっすぐイクオを見つめた。こんどはイクオのほうが視線をそらした。彼らは唐突に立ちあがった。

「ママ、お勘定」

　彼らはつりのでないように小銭までかき集めてきっちりの額を支払うと、イクオをねっとりと眺めまわして、ゆっくりと背を向けた。手をつないで、もったいつけて店をでていった。指先が複雑に絡んでいた。

　最後に、

「あの子、うぶ」

　そんな囁きと含み笑いがイクオのところまでとどいた。彼らはわざとイクオに聞こえるように言ったのだ。

　頭に血が昇るのを感じた。一瞬、眩暈《めまい》がした。自分に立ち眩《くら》みをおこさせた感情がなんであるか、しばらくわからなかった。

　頭に昇った血が徐々にさがっていき、それが怒りであることを悟った。ほんとうに怒ったときは、即座にそれを怒りとは認識できないものだということを、イクオは知った。ここにカウンタ

——という障壁がなければ、イクオは彼らの後頭部にスツールを叩きこんでいただろう。

殺していたかもしれない。なぜ、これほどまでの怒りがこみあげてきたのかは、わからない。ただ、奴らの値踏みの視線であるとか含み笑いは、イクオの自尊心をひどく傷つけた。

「なに、ブーたれてんのよ」

「いえ……べつに」

「あんた、ムカついたかもしれないけど、女なんて、ああいった眼で値踏みされるのは、日常茶飯事じゃない」

イクオは溜息をついた。男に見つめられた。たったそれだけのことで、なぜこれほどまでに自尊心が傷つくのだろう。女はいつもこういうめにあっているのだろうか。

しかし、イクオは女から値踏みされる眼で見られても、これほどまでに怒りを覚えないと思う。なぜならば、嚙みあうからだ。女となら嚙みあう。値踏みされたら、傷つくだろう。腹も立つだろう。しかし、男と女の値踏みはお互い様だ。異性に向けるあれやこれやの視線は、いまの視線とは別物だ。

イクオは周期的に襲う怒りに耐えながらあれこれ考えたが、結局思考は錯綜《さくそう》して自分でもわけがわからなくなってきた。イクオは考えることを放棄した。

投げ遣りな気分だ。こうなると、居直るしかない。居直って氷を割った。

「あんた、客もいないのに、そんなに割ったら、溶けちゃうよ」

「ああ、すいません」

アイスピックをふるったせいだろうか、怒りはだいぶおさまっていた。イクオは氷に八つ当りした自分を嗤った。

5

十数分ほど暇だった。松代姉さんは低い声でCDにあわせてブルースを歌い、イクオは暇をもてあましてあくびまじりにボトルを磨いていた。

「おっ、見事に閑古鳥《かんこどり》」

中年男が白い息を吐きながら入ってきた。額が禿《は》げあがって、おでこの骨が突出したなかなか凄い顔立ちの小太り気味の男だった。イクオは男の鼻の下にたくわえられた手入れのあまり行き届いていないヒゲを一瞥して、いらっしゃいませと声をかけた。

「僕のヒゲ、気にかかる？」

「いえ」

「頭禿げると、ヒゲ生えるってね。有名なハゲの法則だよ」

イクオは苦笑した。ななめうしろから松代姉さんが声をかけた。

「こちら、小山内《おさない》先生。小説家よ」

小山内というペンネームも、その作品も、イクオは知らなかった。自称小説家というわけでもないだろうが、作家にもピンからキリまであるのが実感された。

小山内は店内の暖かい空気にくもってしまったメガネをはずし、駅周辺で配っているテレクラのティッシュをとりだしてレンズを磨きはじめた。

メガネをはずした小山内は、かけているときのどこか間の抜けた表情が消え、危ない感じがした。その危なさは、変態じみた危なさだ。

こういうオヤジが放火とかするんじゃないのか。あるいは、下着泥棒だ。イクオは腕組みして、盗み見た。鼻の下のヒゲに、一本だけ白髪がまじっているのが嫌らしい。

松代姉さんが眼で合図したので、イクオはボトルの棚をさがした。小山内のボトルはすぐに見つかった。ホワイトが三分の一ほど残っている。

「先生、水割りね」

松代姉さんが命じ、イクオはハイと返事して、ジガーを手にとった。小山内に気づかれぬように、松代姉さんが首を左右に振った。イクオは頷き、グラスに目分量でウイスキーを注《つ》いだ。

かなり濃いめの水割りができた。イクオが目配せすると、松代姉さんは満足そうに頷いた。要は濃い酒をのませてボトルを早く空にしてしまおうというわけだが、松代姉さんはイクオの読みの早さに満足し、イクオは商売上の松代姉さんとの連携が巧みに行なわれたことに快感を覚えた。

小山内先生がくもったメガネを拭きおえて、間抜けな顔で笑いかけた。なるほど眼のまわりから頰にかけて酔いに染まって真っ赤だ。これならウイスキーが多少濃くてもわかりはしないだろう。

「新人がはいったね」

「そうなの、先生。イクオっていうの。よろしくね」

しかし、先生という言葉がこれほど軽く響く人物もめずらしい。イクオは上目遣いでおざなりに頭をさげた。

「イクオです。よろしく」

「こんどのは女装してないんだな」

「ウン。この子ノンケだから」

「ノンケ、ノンケ、ノンケな父さん。そりゃ、わしのこと」

小山内が節をつけて歌うように呟いた。イクオは思った。このオヤジの書く小説なんて、絶対に売れないだろう。だが、まあ、どうやら同性愛者ではなさそうなので、気が楽だ。小山内が水割りを舐めはじめた。それはまさに舐めるという表現がぴったりの、薄汚い仕草だった。

「ほう、ほう、なるほど。早く空にさせちまおうってんだな」

小山内が酔いに据わった眼でボトルと水割りを見つめ、ひとりでニヤニヤと笑った。いやな奴だ。イクオは気づかれぬように顔を顰めた。顔や態度に似あわず、神経質というか、細かい性格らしい。松代姉さんは無視して、爪をヤスリで磨いている。小山内が唐突に顔をあげた。

「ねえ、ママ」

松代姉さんは聞こえないふりをしている。

「ねえ、ママ」

「──なあに」

「こんど、本がでるよ。新書だけどね」

「あら、それはおめでとうございます。このあいだ、確定申告しても金は返ってこない、逆に取られるんだとおっしゃっていたものねえ」

「あのね、そんな話じゃなくってね」

「だって、御自分がいかに高額所得者であるかを得々とお話しになっていらしたわよ」

小山内は酔いに羞恥の色をくわえて、ほんとうに真っ赤になった。禿げあがった額まで見事に赤い。イクオはピーナツをつまみ食いしながら、ニヤニヤしている。

「いや、ほんとうは、初版どまりの、永久初版作家なんだよ」

「その永久初版作家って台詞、このあいだ直木賞を受賞した大沢《おおさわ》先生の特許じゃない。ほんとうに売れない人が口にするとシャレにならないと思うわ」

小山内は曖昧に眼を伏せ、口のなかでなにかぶつぶつ呟きはじめた。イクオはそのうらぶれた風情に哀れさを感じたが、それ以上に鬱陶しさを感じた。早くグラスを空にしやがれと小山内を尖った眼差しで盗み見ていると、新しい客がはいってきた。

まず、藍《あい》色のダウンジャケットを着た男が馴れなれしく手をあげて、

「うーん、松代姉さん、逢《あ》いたかったよー」

などとおどけた声をあげ、その背後から、

「お久しぶりー」

と満面笑みの女が姿をあらわした。イクオは素早く凝視した。息を呑んだ。目を疑った。現実だった。凄いのがきたな、と呆れた。凄すぎる。不器量極《きわ》まりないオカマのたちのわるい悪ふざけかとも思った。それほど不細工な女だった。あらためてさりげなく一瞥した。女装したオカマではなく正真正銘の女であるようだ。なんだか同じ空気を吸うのが躊躇《ためら》われる。みんな、平気なのだろうか。先に入ってきた藍色のダウンの男が松代姉さんにぼやきの口調で言った。

「まいったよー。王様の接待だもん。編集者が作家の悪口言っちゃおしまいだけどねえ、いやー、まいった、まいった」

松代姉さんが受けた。

「王滝先生って評判悪いわねえ」

「最悪だよ。裸の王様。売れてるから、許されるけどね。あれで、売れなくなったら、俺なんか手が出ちゃうかもしれないね」

「作品が良ければねえ」

「そう。それなのよ。人格なんて問いません。作品が輝いていれば、たいがいのことは我慢します。でもね、売れてるだけで威張《いば》られちゃねえ。ああ、読者がわからんよ。なんで、あんなのが売れちゃうんだろうね」

酔って際限なく愚痴《ぐち》を洩らしそうな男の編集者を女の編集者がそれとなく諫《いさ》めた。男の編集者はそれを邪慳《じゃけん》に無視した。一瞬見せた眼差しは、そばに来るなといった棘々《とげとげ》しいものだった。女の編集者がめげずに松代姉さんに釈明するように言った。

「ちょっと、あったの。王滝先生とぶつかっちゃって。ただ、王滝先生の携帯に奥様から連絡がはいって、わりと早めに解放されたのよ。王滝先生が恐妻家で助かったわ。今夜はこれから松代姉さんの店で験《げん》直し」

松代姉さんは男の編集者を山ちゃん、女の編集者を則ちゃんと〈ちゃんづけ〉で呼び、ようやく気分がおさまってきたらしい山ちゃんから、見本があがってきたばかりでまだ書店に並んでいないという新刊を受けとって歓声をあげた。

どうやら、松代姉さんの店はホモばかりが集まる店ではないようだ。イクオは胸を撫でおろした。やはりその道の男たちは二丁目に集中しているのだろう。ゴールデン街という場所柄、マスコミ関係の客が多いという松代姉さんの言葉に嘘《うそ》はないようだ。

イクオはなんとなく気が楽になった。こんな店なら、いろいろな人々と知りあえるだろう。勉強にもなるだろう。いちばん最初のホモふたり組のような客は、適当にあしらってまっとうに相手をしないようにするに限る。イクオは機嫌よく水割りをつくり、ロックをつくった。

6

午前零《れい》時をすぎてから混みはじめた。ドアを開けて、煙で霞《かす》む店内を見まわして、座れねえのか……などと舌打ちして背を向ける酔っ払いもいた。

混みはじめてきたというのに、松代姉さんは先ほどの山ちゃんという編集者からもらった発売前のハードカバーを読みふけっている。まったくイクオを手伝おうとはしない。

しかしオーダーは水割りとロック、あるいはビールといったところだし、わからないことは客が教えてくれるので、なんとかなる。イクオはすっかりリラックスして働くことができた。

水商売は初めてだが、どうやら自分には適性があるようだ。どちらかといえば引っ込み思案なところがあると自分を分析していたが、どうやらサービス業向きらしい。

客のなかには幾人か同性愛者もいるが、最初のふたり組のホモとちがって、イクオにも軽口を叩き、冗談を言い、周囲の客ともテンポよくやりとりをして屈託がない。

イクオは絶妙な躁《そう》状態でカウンター内を動きまわった。それが自分のステージのように感じられた。イクオは有頂天《うちょうてん》だった。これが水商売の醍醐味《だいごみ》か、などと生意気なことも思った。

「あなた、よく動くねえ。いきいきして、気分がいい」

則ちゃんと呼ばれた女の編集者が頰杖をついて上目遣いで言った。イクオは愛想でペコリと頭をさげた。則ちゃんの視線がさらに絡む。客である。あまり無碍《むげ》にすることもできないが、おぞましい。

三日月のような眼をして則ちゃんがイクオに笑いかける。イクオはふたたび泣きそうな愛想笑いをかえす。無視できない粘っこいものが則ちゃんから発散されているからだ。隣の山ちゃんは酔いつぶれ、カウンターに突っ伏し、よだれを垂らしていびきをかいている。

イクオはもてあましながら、それでも則ちゃんを観察した。抽《ぬき》んでている。抽んでてひどい。

これほどの女が現実に存在することをイクォはある感嘆の気持ちさえもって見つめた。

彼女は太っている。不健康な太りかただ。太っている者にはそれなりの愛嬌があるものだが、その顔の造形に愛嬌のかけらもない。なによりも、大きすぎる。空気抵抗が大きくて燃費が悪いと呼ばれる類の顔だが、三頭身が実際に存在するのだ。腫《は》れぼったい一重瞼《ひとえまぶた》の眼は精一杯の愛想で三日月型にひん曲がっている。太っているのに目尻の皺は深い。その上の眉毛《まゆげ》には、老人のようにひょろ長いものが散見できる。頭髪は太く、硬く、艶《つや》がなく、ごわついているのが一目でわかってしまう。鼻の毛穴がクレーター状になっていて大きく目立つことと、頬のニキビあと、そして脂《あぶら》性気味であることを自覚しているのか、凄《すさ》まじい厚化粧である。

おそらく彼女は、自身の存在すべてが劣等感の元となっているのだろう。一見はしゃいでいるようにふるまっているのだが、どこか人の背後に隠れているようなところがある。そしてなによりもおぞましいのは、自分には性的欲望など無関係であるかのような顔をしていることだ。

しかし、酔いが彼女の抑制をとりのぞいてしまった。店に入ってきたときは妙に気取ってすかしていたのだが、いまや舌なめずりしそうな表情でイクォを見つめてくる。酔いがすすむにしたがって隠蔽《いんぺい》していた欲望が露になってきている。

イクォは、その物欲しそうな視線に閉口しながらも、最初のホモふたり組に対するようには邪慳にできず、腰の引けた愛想笑いをうかべ続けていた。則ちゃんが身をくねらせながら尋ねてきた。

「いま、幾つ？」

「歳ですか。二十歳です」

「いいわねえ。わたしなんか、幾つだと思う」

「ええと……二十八くらい」

「うまい。うまいわねえ、イクオくんは」

ほんとうは三十八と言おうと思ったのだ。しかし、思ったことをそのまま口にしないくらいの才覚はイクオにもある。十はさばを読みすぎかなと思ったのだが、見えみえのお世辞に、お客さんはご満悦だ。

ところが、イクオの愛想に、お客様は増長した。スプレーガンで吹いて厚塗りした壁のような頬を上気させ、口裂け女風に真っ赤に塗った唇を少女漫画の主人公のようにすぼめて訊いてきた。

「イクオくんは、恋をしたこと、ある」

「はあ」

よく聴きとれなかったので、イクオは小首をかしげた。正確には則ちゃんの容姿に恋という言葉が結びつかなかったのだ。

イクオはファンデーションを突き破る勢いの彼女の鼻の下の産毛をぼんやり見つめた。それはヒゲといってもいい濃さである。その産毛を水割りで濡らしている様は、やや恐ろしくもある。

則ちゃんが、焦《じ》れた。いささか苛立った声で口早に言った。

「恋よ、恋」

「花札ですか。高校のころ、すこし凝りましたけど」

するとと、聞き耳をたてていたのだろう、カウンターの隅でひとりで飲んでいた小山内が口から水割りを噴《ふ》きだした。

皆の視線が集中した。小山内はどうにか笑いをおさめ、投げだしてあったお絞りで汚したカウンターを拭きながら、調子をつけて歌うように言った。

「恋は、こいこい」

さらに、

「花は、はちはち、猪鹿蝶《いのしかちょう》。おまけに馬鹿花、オイチョカブ。よくよく見たら、がん札だ……なんてね」

なんとも和らいだ顔で続けた。しかし、最後のがん札だ、という部分には強烈な毒が含まれていた。がん札とは、言うまでもなく、いかさまに使う細工札のことだ。小山内は下を向いたまま、さらに口のなかでそっとつけくわえた。

「あんたは絶望的ながん札だよ。いうなれば、厚札だな」

松代姉さんが読んでいた本から顔をあげ、薄笑いをうかべた。イクオが『恋よ恋』という台詞を花札のこいこいと勘違いし、小山内がそれに引っかけて花札のやりかたを列挙したわけだが、最後の『厚札だな』と言った口調の毒は相当のものだった。

もちろん小山内は則ちゃんの度をすぎた厚塗りの化粧を花札のがん札、しかも通常の物よりも厚いことから厚札と呼ばれるがん札に引っかけて皮肉ったのだ。

劣等感の強い則ちゃんは意味がわからなくても自分に向けられた言葉には敏感だ。ニヤついている松代姉さんと、下をむいたままやはりニヤニヤしている小山内の表情を読み、勢いよく立ちあがった。

「なにかおっしゃった？　小山内先生」

そう、切迫した声をあげるのと同時に、座っていたスツールが後ろにゆっくり倒れ、鈍い音をたてた。その音は、則ちゃんの心が絞りだす悲鳴のようだった。

第三章　哀しき人々

1

　なにごとか、と、居眠りしていた山ちゃんが顔をあげた。真っ赤に充血した焦点の合わぬ瞳で周囲を見まわす。肝心の則ちゃんの姿は、あまりに近すぎてよく認識できていないみたいだ。あるいは、いっしょに来たにもかかわらず、則ちゃんという女性は山ちゃんにとって、とっさの寝起きのときには眼にはいらない程度の存在でしかないらしい。

「ねえ、なにかおっしゃった？　小山内先生」

　こんどは薄笑いをうかべ、ねっとりした口調で則ちゃんが迫った。先ほどの憤《いきどお》った調子よりも、こっちの口調のほうが不気味なのはいうまでもない。

「ねえ、先生。文学者でいらっしゃる先生」

則ちゃんは嫌みのいっぱい詰まった口調で小山内を睨《ね》めまわし、それからおもむろに腰をかがめて倒したスツールに手をかけた。

「ごめんなさいねえ、松代姉さん。恥ずかしいわ、わたしとしたことが」

小山内の言葉に松代姉さんもニヤついていたのを知っているから、スツールをおこす則ちゃんの松代姉さんに対する口調と視線にも、相当に険しいものがある。

しかし、松代姉さんはそのあたりは百戦錬磨、かるく会釈するだけで相手にせず、読みかけの小説に視線をおとした。

＊

イクオは息を詰めて成りゆきを見守った。怖いもの見たさとでもいうのだろうか。どうしても視線は則ちゃんこと秋元則江にむいてしまう。

あらためてイクオは則江を観察した。則江は顔が大きい。やたらと大きい。立ちあがるとそれがよけいに目立つ。その体型は新聞の政治漫画で戯画化されている政治家の三頭身そのままだ。さらに正視を躊躇《ためら》わせるほどに、視線をそらしたくなるほどに化粧が濃い。濃いだけではなくて、へたである。

哀れというべきか、呆れたものだといおうか。いささか常軌を逸している。職業柄、文学的素養は人並み以上にあるようだが、図形能力というか、自分の顔を描きなおす美的センスはかけらもない。

ただ、ただ、やたら目立つ鼻の毛穴とニキビあとのあばたを隠蔽しようと悪あがきした結果、それなら素顔のほうがよほどましといった状態にまで自分の顔を塗りたくってしまっている。

せめて派手にはりだしている頬骨をカバーするために髪をおろせばいいのに、それをすることは自分の劣等感を認めてしまう屈辱であるとでもいわんばかりに、ぴちぴちのひっつめ髪にして巨大な顔面を剝きだしにしているのだ。

則江がトイレに立った。わざと突きだした肘を小山内の後頭部にぶつけていった。凄まじいものだ。イクオは則江が消えたトイレを一瞥して苦笑した。

美人とは、もちろん美しい人のことであるが、自分の欠点を上手にカバーできるセンスのある人であるともいえる。

おそらく則江は小説や文学の美はそれなりに理解し、いい悪いはともかく批評までできるのだが、形態の美しさに対するセンスはほとんどゼロなのだ。

服だって、たとえば地味なブラウンや黒でまとめれば周囲にそれなりに溶けこむのに、なにを血迷い、舞いあがったか、その酔っぱらった頰よりも真っ赤な厚手の毛布のような生地でできたスーツの上下を着ている。

しかも、これ見よがしな大粒すぎるパールのネックレスが余剰だらけの無様な首筋を強調してしまう。ネックレスはかなり高価な代物ではあるが、これでは夜店のまがいものといったところ。やることなすこと、すべて裏目にでてしまうのだ。

そして、最大の不幸は、彼女に形態の美しさに対するセンスがないことの自覚がないことだ。自覚がないばかりか、劣等感の裏返しの自負心ばかりが強烈に発散されている。周囲の人間にとって、それはほとんど毒ガスである。

腕組みをしてイクオが物思いに耽っていると、酔って寝ていたはずの山ちゃんが唐突に顔をあげた。酔いに充血した瞳をイクオに据え、同僚についてを毒に充ちた声で囁いた。

「驚いたか。彼女はいまだに処女で、そして永遠の処女なんだ。小説を読むのが仕事だから、セックスのあれこれは充分知識があるが、オソソの穴には垢が詰まってふさがっているんだぞ」

イクオは不明瞭な笑顔でそれに応え、なんとなく頭をかいた。気疲れが激しい。則江に対する嫌悪感を隠すのに苦労しているからだろう。則江は、なぜここまで汚らしいのだろう。則江は、なぜ自分の醜さをしっかり認識していないのだろう。

＊

則江はトイレの壁面に額を押しあて、じっとしていた。冷たい壁が則江の顔を冷ます。小山内が口にしたがん札であるとか厚札といった言葉の意味は判然としない。しかし、自分に対する強烈な侮辱であることだけは十二分に感じとっていた。

凍えた吐息が洩れた。侮辱には馴れている。いまさらそれで傷つくこともない。ただ、少年の美しさを残したイクオという存在が則江を逸脱させた。侮辱を笑って受けながすことができなかった。

イクオという若者は、何者なのだろう。落ちこんでしまっては立ち直れない。則江はイクオに対する思いに集中した。イクオから発散される気配を冷静に分析した。

則江がイクオから感じとったのは、不思議な包容力だった。確かにイクオはわたしを避けている。腰が引けている。それはわかっているのだが、それを凌駕《りょうが》する不思議な気配を則江は感じとっていたのだ。

酔っているせいだろうか。

そうかもしれない。

酔って、幻想を抱いたのだ。

則江は、ふたたび凍えた溜息を洩らした。いまや涙など絞ってもでない。ただ、冷たい溜息だけが重たく吐きだされ、濡れて汚れた便所のタイルに落ちていく。

このまま消えてなくなってしまいたい。

しかし、それは、不可能だ。

ここは薄汚いゴールデン街の飲み屋なのだ。ここから逃げだすわけにはいかない。山ちゃんの誘いは、外交辞令のようなものだったのだ。だから王様の接待を終えて素直に自宅に帰ってしまえばよかったのだが、いまさら悔やんでもしかたがない。

それにしても王様こと王滝先生もひどい。則江が同席していることをあからさまに嫌悪した。不機嫌に怒声をあげ、明確な理由もないままに原稿を引きあげるとまで口ばしった。山ちゃんなど、今日の接待がうまくいかなかったことは則江のせいであると考えているだろう。

種々の負の方向の思考が則江の頭のなかで渦巻いた。それでも涙は訪れない。悲しみは胸の奥底に澱《よど》んで、いまや腐りはじめているのかもしれない。

則江は自嘲する気も喪《うしな》って、ただ、黙って額をトイレの壁に押し当て続けた。逃げだしたい。この場から、この世界から消えてしまいたい。

だが、凍えきった胸の片隅で疼くものがある。

イクオの顔がうかぶ。戸惑《とまど》いを含んだイクオの顔だ。

さぞや女にもてることだろう。しかし、それを意識していることからくる悪臭が感じられない。羞恥心のある男である。そんな気がした。

則江は幾度めかの溜息を深呼吸にかえた。酔った瞳を見開く。化粧ポーチを開き、手早く乱れたメイクをなおす。わたしは、負けない。奥歯を噛みしめ、ドアをひらく。

＊

則江がトイレからもどった。トイレに行くときと同様、肘で小山内の頭を小突いた。イクオは天を仰ぎたくなった。長いトイレだと思ったら、則江は中で顔に新たな壁面塗装を施してきたのだ。もはや、塗り壁状態である。

則江が強引に小山内の隣に座った。客たちは面白がって、成りゆきを見守っている。騒動こそが最高の酒の肴《さかな》だ。小山内が曖昧に苦笑した。なんとかこの場を丸くおさめようと画策しはじめているようだ。苦しまぎれに呟くように声をかけてきた。

「いや、ちょっと、バーテンのキミ。なんていったっけ？　イクオだ。イクオくんが花札に関して蘊蓄《うんちく》を傾けたから、僕もそれに参加しようと思って猪鹿蝶……」

なにが蘊蓄か、と醒めた眼をしながらもイクオは黙って聞いていた。結局小山内はしどろもどろになり、うつむいた。額にはべっとり脂汗が滲《にじ》みはじめている。

「先生、暑い？」

「いや、その」

「先生、汗びっしょり。お風邪をお召しになったのかしら、先生。でも、先生。なんとやらは風邪をひかないっていうし、先生がお風邪を召す可能性って、薄いと思うの。その頭の毛ぐらい薄い」

則江の反撃がはじまった。則江は嫌みのあいまにひたすら先生を連呼する。これだけ繰りだすと、先生という言葉にはなんの価値もなくなってしまう。あとに残るのは悪臭を放つ毒だけだ。

則江の反撃は続いている。その罵倒《ばとう》には苛烈さが増し、小山内の人格はおろか作品までをも強烈な言葉で否定しはじめていた。盗み見ると、小山内は対処に困って涙ぐんでいた。きっかけは小山内がつくったとはいえ、さすがに哀れになった。イクオはさりげなく松代姉さんを肘でつついた。

松代姉さんは面倒くさそうに読んでいた小説から顔をあげた。則江をつれてきた山ちゃんという編集者に向かって顎をしゃくる。

山ちゃんはまるで外人のように肩をすくめて投げ遣りに笑った。松代姉さんがきつい眼をした。山ちゃんが則江に向かって仕方なしに言った。

「ねえ、秋元さん。こんなんでも、いちおうは、先生なんだから」

屈辱に小山内の顔が白くなった。酔っぱらっている山ちゃんは気にしない。

「ね、秋元さん。先生にはうちでは仕事して貰うことはないにしても、他社であることないこと、あれこれうちの悪口言われると、それが他の作家さんにひろがらないともかぎらないじゃない。ここは丸くおさめて、まあ、飲もう」

山ちゃんは派手に酔っているから、本音まるだしである。松代姉さんが天を仰いだ。まいったわあ、と独白した。溜息をつきながら、苦笑した。

イクオは則江の横顔を盗み見た。則江の横顔には表情がなかった。むさ苦しく、暑苦しい顔であるにもかかわらず、凍えた印象があった。自分を哀しんでいるかのような気配を感じないでもないが、小山内に対する毒をじっくりとためこんでいるようにも思える。イクオは傍観者の気楽さで則江と小山内の顔を交互に見守った。

唐突に松代姉さんが立ちあがった。音をたてて本をとじた。なにをするのか。イクオが期待して見つめていると、松代姉さんは則江や小山内ではなく、イクオに向かって言った。

「あんた、今日は、もうあがっていいよ」

「はあ」

「則ちゃんを御自宅までお送りしなさい」

「僕が……？」

「僕じゃなくて、俺。以後、僕って言ったら罰金をとるよ。ほら、いちいちクエスチョンマークみたいな顔するんじゃないよ。お客様をお家《うち》までお送りする。きちっとベッドに寝かしつけてさしあげる。正しいバーテンのつとめよ」

ククク、といった薄笑いが店内でおこった。つられてイクオも苦笑した。冗談にまぎらわしてしまおうと思った。

則江は松代姉さんがなにを言ったか聞いているのだが、知らんふりしてとぼけて、小山内の顔を睨めまわしている。

「ほら、とっとと着替えちまいな」

松代姉さんが迫った。見据えられた。ヤクザの眼だった。イクオは逆らいきれず、うつむいた。水仕事で濡れた手を拭いた。

「ダラダラしてるんじゃないよ。秋元女史、お帰りィ」

松代姉さんが宣言し、イクオは肩を押されてカウンターの奥まった場所につれていかれた。

「いいか。あんたの今日の最後の仕事は、この小汚い婆さんの処女を奪ってヒイヒイいわすことだよ。この婆さんは男を知らない。アレの快感を知らないから、恥も知らないんだよ。しっかり教えておやり」

「教えておやりって……」

「人助けだよ。小山内の馬鹿も、秋元のババアも、これで助かる。あんたは善行を施したってことで極楽往生を保障される」
「でも、その前にこの世の地獄を味わわなければならないじゃないか！」
「でかい声、だすんじゃないよ。うまくおやり。婆さん、金はもってるよ。ここでバーテンして
るよりも、手っとり早く金が手に入る。しばらく帰ってこなくていいから。修行しておいで」
「無茶ですよ」
「ヒモは選《え》り好みしない」
「ヒモ？」
「そう。婆さんの臀の毛まで剃いておやり。あんたは漠然と小説家に憧れてた。でも、それって
人生に目的がもてないってのと同義語なのよ。小説家なんて男子一生の仕事じゃないわよ。腰掛
けがいいとこ。だから、あたしがあんたの人生目標を決めてあげる。稲垣イクオは今夜、この場
所から、ヒモとしての人生をスタートさせました。パチパチパチ」
「スタートって、ヒモなんて、あんまりですよ」
「素敵じゃない。ヒモ。男娼。ジゴロ、ジゴロ、嘉納治五郎《かのうじごろう》。やーね、講道館《こうどうかん》風おやじギャグ。
てめえで言ってて、情けない」
　いささか躁状態の松代姉さんを、イクオはあらためて見つめなおした。人生目標が、男娼こと
ヒモ。どうやらこの人には、徹底して常識が通用しないようだ。しかし、ここで屈してしまった
ら、二度とふたたび立ちあがることができなくなる予感がした。

「ヒモはともかく、あの女性のお相手は、ごめんです」

「いいじゃない、男の相手をするよりは」

松代姉さんが器用にウインクした。イクオは膨れっ面《つら》をかえした。と、イクオの額がピシッと鳴った。

痛てっ、

声にならない声をあげてイクオは額を押さえた。松代姉さんが中指の爪で弾《はじ》いたのだ。たかが中指。しかし、強烈だった。かるく内出血して、うっすら痣《あざ》になった。

「男の相手がいやなら、女の相手よ。あんた、男の相手はできないってんでしょう。なら、女の相手をなさいな。あれだって、一応、おまんたがついてるわよ。これは、あたしの温情。うちで働くってことは、そう言うことなの。いいこと。自分の才覚でナニして、なんらかのアガリをもって帰ってきなさい。バーテンなんて仮の姿。仕事というものをランク付けすると、頭を使う肉体労働がいちばん頂点に位置するの。わかる？　頭を使う肉体労働。頭だけ使う頭脳労働なんて、最低の奴隷労働にすぎないわ。頭を使う肉体労働、その究極の仕事がヒモ。そして、ヒモがあんたの商売なの。恋愛をするんじゃない。セックスを売るの。ひとつ忠告しておくけれど、逃げたら、必ず見つけだす。そして、殺す。わかった？　さあ、お行きなさい。しっかりお相手してきなさい」

松代姉さんに運転免許証を奪われたことに思いが至った。逃げたら見つけだすというのも、あながち単純な脅しではないわけだ。イクオはすがる眼差しで松代姉さんを見た。有無をいわさず、カウンターから押しだされた。松代姉さんが則江に向かって強圧的な口調で言った。

「うちの小僧が送っていくから、あんた、素直にお帰り」

則江が媚《こ》びを含んだ眼差しで、頷いた。小山内が屈辱と安堵《あんど》の入り交じった瞳で吐息をつき、生《い》け贄《にえ》のイクオにちらっと視線をはしらせた。

イクオは松代姉さんと山ちゃんを交互に見る。山ちゃんにすがりつくような視線を送る。あんた、同僚だろう。あんたが送っていくのがスジじゃないか。

だが、山ちゃんはイクオを無視してロックのグラスに口をつけた。飲み屋のバーテンなど、人ではない。そんな表情だ。

則江が満面笑みでイクオのかたわらにやってきた。イクオは露骨に顔を顰《しか》めた。則江の吐く息が胃液臭い。

女の酔っ払いがアルコール臭い汗の匂いをさせて近づいてくる。ふだん、すかしているのが透けて見えるだけに、たまらなく汚らしい。イクオは秋元女史に密着されてうなだれて店からでた。

2

路地を数歩行くと、客待ちのタクシーがドアを開く。物欲しそうに運転手が見つめる。景気が悪いのだ。酔客はたくさんいるが、電車の始発までうろついて時間を潰そうという貧乏人ばかりだ。

「うーん。タクシーの入れ食い状態ねえ」

店内でのできごとはどこへやら、則江はひたすら機嫌がいい。先ほどはイクオの腕をとろうとした。イクオはさりげなく逃げたが、いつまで逃げ続けることができるだろうか。

「入れ食い、入れ食い」

則江が連呼する。首を突きだすようにしてタクシーを見て歩く。

「でも、どのタクシーでもいいってわけじゃない。決して無駄足を運んでいるわけじゃないんだから。タクシー券が使える会社を探してるの。経費よ、経費。経費で落とすが編集のつとめ」

イクオは呆然と則江を見つめる。この女には羞恥心というものがないのか。イクオは淡い期待をもっていたのだ。外にでたら、この女も我に返り、俺を解放する。

だが、新宿の夜は赤青緑のネオンサインに彩《いろど》られて、人から恥を奪う。道行く酔っ払いが好奇心たっぷりの呆れ顔で則江とイクオを見較べる。イクオは赤と黄色に塗りわけられたタクシーに押しこまれた。リア・シートは微かに湿っていた。黴《かび》臭い匂いがした。

はしゃいで乗りこんできた則江に運転手が冷たい一瞥をはしらせた。それからバックミラーに視線をやり、イクオを確認して、正気かよ、といった表情をした。

「どこ?」

運転手が訊いた。冷淡で投げ遣りな口調だった。イクオはカッとした。しかし、結局うなだれた。則江が愛想たっぷりに答えた。

「運転手さん、井《い》の頭《かしら》通り。吉祥寺《きちじょうじ》のガード下を抜けて成蹊《せいけい》通りの交差点で左折すると、幼稚園があるの」

「そんなに覚えきれないよ。現地についてから道案内してよ」

「あら、ごめんなさいねえ」

則江はニコニコしている。この女は屈辱を感じないのだろうか。イクオはそっと盗み見た。視線があってしまった。則江がねっとりうっとり見つめかえしてきた。イクオはあわてて顔をそむけた。

「恥ずかしいの？」

「いえ」

恐ろしいんです、鬱陶しいんです、気持ち悪いんです、連呼したかった。かろうじて呑みこんだ。

「まだ、自己紹介していなかったわよね」

無視すればいいのだが、イクオは気が弱いので曖昧にハア、などと返事を返してしまう。

「わたし、秋元則江です。規則の則に江ノ島《えのしま》の江で、のりえ。イクオくんは？」

「──稲垣です」

「稲垣イクオくん。稲穂の稲に垣根の垣？」

イクオは返事せず、無視した。則江はめげずに、微笑して勝手に頷いた。しゃきっとしたいい名前、などと独白してイクオの横顔を見つめる。

タクシーは方南《ほうなん》通りに入ったようだ。西永福《にしえいふく》の北で井の頭通りに入るつもりらしい。態度の悪い運転手ではあるが、遠回りをして距離を稼ぐつもりはないようだ。

イクオは首をねじ曲げて、窓の外をすぎていく風景を見つめた。

工事現場の裸電球の群れが黄金色に輝いている。こんな深夜に肉体労働をしている人々がいる。

赤い懐中電灯で交通整理をしている警備保障会社のアルバイトがいる。寒いのだろう、小刻みに足を動かしている。着用している反射ベストがオレンジ色に輝いた。

缶コーヒーを飲んで小休止している現場作業員と眼があった。両手で熱い缶コーヒーを祈るように持っていた。白い息が吐きだされ、挑むような眼差しをむけてきた。

掘削機《くっさくき》がタカタカタカ……と軽い音をたてる。音は軽いが、タクシーは微震動した。窓が揺れる。音はタクシーが交差点から発車すると、背後に流れ去り、消えた。

左側は新宿中央公園あたりだろうと予測をつけたが、左を向けば則江がいる。イクオは右ばかり見つめた。

「噂《うわさ》には聞いていたのよ」

いきなり則江が囁き声で言った。なにごとか。イクオは眼だけ彼女にむけた。

「あのお店は、男の人にも、女にも、相手を用意してくれるって」

「相手――」

シッと則江が口に人差し指をあてた。しかし運転手はこんな不細工な女とうなだれている若僧には興味がないようだ。

「松代姉さんって、いろいろな商売をしているんでしょう」

尋ねられても、イクオは松代姉さんと会ったばかりでなにも知らない。則江のほうが詳しそうだ。

「出会いを期待して店に行く人がけっこういるのよね。松代姉さんは男の人を揃えるのが仕事だから。もっとも男といっても、男のお相手をする男の人がメインらしいけれど、女の相手をする男だって用意してくれるって評判だから」

そうかもしれませんが、自分は違うんですよ。たまたまであり、松代姉さんに強制されて、額に痣をつくられて、逃げたら殺すと言われて、こうしてお付きあい申しあげている奴隷です。

そう言いたかった。黙っていた。イクオは考えこんだ。松代姉さんにホモの相手をしろと命じられるのと、いまの情況、どちらが過酷か。黙考しているうちに、一昔前に流行《はや》った究極の選択を思い出した。〈うんこ味のカレー、カレー味のうんこ、どうしてもどちらかを食べなければならないとしたら、どちらを食べるか〉そんな問いかけだった。

いまの情況は、それによく似ている。ヒゲの剃りあとが青々とした太ったサムソンタイプの同性愛のおじさんと、則江。どちらをとるか。

カレーの場合なら答えは簡単だ。じつは、カレーに限定するならばこの問題はなんら究極の選択ではない。イクオはためらわずうんこ味のカレーを食べるだろう。

どんな味がしようが、カレーはあくまでもカレー。黙って耐えればいい。排泄物を食うことによって生じるリスクとは比較にならない。

さて、いまの場合だが——。

則江は、男ではない。まちがいなく女である。つまり、あくまでもカレーであるといえる。しかし、則江をカレーにあてはめると、まちがいなく、うんこ味のカレーだ。

しかし……。しかし、だ。カレーならうんこ味に耐えることができても、相手が性の対象であるとなると、問題だ。

イクオは、隣でうっとりこれからの御奉仕を夢見ていらっしゃるふうのうんこ味のカレーを盗み見た。

たとえば綺麗で気だての良いニューハーフが迫ってきたとしよう。イクオは最後の最後では、逆らえないのではないか。それどころか、快感に呻き声をあげるのではないか。美人で気だての良いニューハーフはカレー味のうんこだが、とびきり美味なうんこだろう。最終的には人類皆兄弟などと開き直って夢中になるだろう。

「でも、いくらカレーだったとしても、うんこ味がしたら、実際には食えないよな」

思わず独白していた。よけいなことを考えていたせいで、切迫感が薄れていた。なにがカレー味か。喩《たと》え話というものはたいがいがうざったく下らないが、その中でも特に下らないことを考えていた。失笑気味の苦笑が洩れた。こんどは則江がイクオを盗み見た。それに気づいたイクオは心底から嫌そうに溜息をついた。下唇を噛んだ。

——俺は、童貞なんだぜ。

イクオは、女を知らない。他人の軀で射精したことがいまだかつてない。まだ自分の掌しか知らないのだ。

イクオは明日香さんを思った。イクオの前で平然とあのような行為を行なった明口香さんは変態の範疇《はんちゅう》にはいるのかもしれないが、できうるならば初めてのときのお相手は明日香さんのような美しい女性にお願いしたい。

イクオは明日香さんの顔や肢体を脳裏に思いうかべようとした。しかし、隣で胃液臭い息を吐いている現実にはかなわない。明日香さんどころか、これから行なわれるであろう絶望的な修羅場が大画面で迫ってきた。

まだ若いだけあって想像力が低下していない。だからイクオの脳裏の映像は、戯画的な部分もあるが、かなりリアルで鮮やかだ。

それは自慰行為のときなど、すばらしい味方になるのだが、今回はその想像力が裏目にでて、イクオはどんどん落ちこんで鬱《うつ》になっていく。

3

「ちょっと片づいていないのよ。ごめんなさい」

それは謙遜《けんそん》ではなかった。まず、はじめに玄関先で、饐《す》えた酸っぱい匂いを感じた。運動部の部室などに共通する匂いだったが、それに加えてなにやら魚屋の店先を想わせる生臭い匂いが漂っていた。血や腸《はらわた》の匂いに近い。不在にしていたはずなのに、まるでたくさんの人が詰めこまれているかのようなムッとする熱気が迫る。

明かりがついた。イクオはあまりの凄まじさに息を呑んだ。むごいと思った。あまりの修羅場に顔をそむけ、なぜむごいという言葉がうかんだのかを思案した。数日前に安食堂で見たテレビのニュースで、アナウンサーが高速道路の交通事故現場を示して『現場は御覧のとおりむごい有様です』と言っていたのが脳裏にのこっていたのだろう。そう納得して、なかば顔をそむけて立ちつくした。

「あがっちゃって。お腹すいてない？」

イクオは則江の神経を疑った。

「お腹すいてるなら、近くのコンビニでなんか買ってきましょうか」

イクオは吐き気というには大げさだが、嫌悪からくる唾《つば》をかろうじて呑みこんだ。

「だいじょうぶ？　お腹」

イクオは無視した。逡巡は烈しかったが、意を決して靴を脱いだ。女性に対する思いこみを見事に打ち壊されて、怖いもの見たさの心境だった。しかし得体のしれないゴミや物が散乱する床に足裏を近づけるには勇気がいった。

まず眼に入った造りつけの収納の扉は開いたままで、かなりの数の衣服がハンガーにさがっているが、乱雑に重なりあい、よじれて皺だらけだ。

しかも洗濯していない物も大量に放りこんであるのだろう、饐えた匂いのおおもとはどうやらこの収納だ。その饐えた匂いにナフタリンの匂いがまじりあい、絡みあってたまらない悪臭に変化している。

　窓側にはモケット張りのソファーがあるが、コーヒーかなにかをこぼしたシミが地図の模様のように拡がっていた。床にはスナック菓子の空袋やカップ麺の容器、その他諸々のゴミ、脱ぎ散らかした衣服や下着、散乱する書籍雑誌の類、判別不能の得体の知れないなにやかやが層を成し、そしてその合間は頭髪まじりの綿埃で埋まっている。

　北側の壁際には脚部のほとんどがゴミに埋まった化粧台があり、そこにあるヘアブラシには大量の抜け毛がまとわりついて蛍光灯の光を黒々と反射していた。

　周辺には鼻をかんだのか、なにを拭いたのか、得体の知れないシミのついたティッシュが散乱している。そして、さらにファンデーションのくすんだ粘土のような肌色が付着した化粧用コットンが点々と落ちている。

　眼に刺さるのは、同じくコットンパフに染みたマニキュアの毒々しい赤だった。そこから漂う除光液の幽かなシンナー臭だけに無機的な冷たさが感じられる。

　化粧台のかたわらにあるゴミ箱はスヌーピーのブリキ缶で、ティッシュをはじめとするありとあらゆるゴミが盛りあがり、あふれている。そんなこんなで、床がフローリングであることがわかるまでにしばらく時間がかかるほどだった。

　イクオは呆れ顔で室内を眺めまわした。細部まで観察する気力を失った。あまりの惨状に、逆に現実味が薄い。セゾン・ファミーユとかいう恰好《かっこ》いい看板のさがったゲートと建物を見あげたときは、編集者というのは給料がいいんだなあと漠然と考えたが、室内は悲惨だ。大家がこの情景を目の当たりにしたら、卒倒するのではないか。

女は、清潔好きである。イクオはそんな幻想をもっていた。それがあっさり瓦解《がかい》した。男も女もかわらない。清潔か不潔か。それは性の問題ではなく、育ちや教育、個人的な性格の問題だ。そう、認識した。

イクオは年齢なりに、女という性に幻想を抱いていたのだ。女はきれい好きで、いつも掃除をしている。

とりあえず、イクオの母がそうだった。鬱陶しいくらい家の掃除をしていた。神経質であったともいえる。多少病的であったかもしれない。だから、宗教に憑《つ》かれたのかもしれない。

とにかく母は、潔癖だった。過剰なくらいに。イクオは則江の部屋の惨状を漠然と見まわしながら、腕組みした。

雑巾を絞る母の痩せた手が脳裏にうかんだ。静脈が手の甲に浮かびあがっていた。掃除をしながら、母はときどきなにやら独り言していた。独り言は、たぶん呪いの言葉だ。なにを、誰を呪っていたのかは、イクオにはわからないが。

だが、たしかに呪いの言葉だった。母は他人を呪って、自分も不幸になっていくタイプだった。笑ってしまえば、苦笑いをうかべてしまえば終わってしまうことでも、うつむいた。心の底にためこんだ。

父は、暢気《のんき》だった。寡黙でなにを考えているのか、いや、なにを見ているのかさえわからないようなところがあったが、あれこれ物をつくりだすのが好きだった。

ただ、父はなにかをはじめるのはいいが、後片づけをしない人だった。それでよく母のヒステリーを誘発していたものだ。

父は後片づけをせず、母はどこも汚れていないのに掃除をし、後片づけばかりしていた。

イクオは溜息をついた。なぜ、ほどほどにできないのだろうか。

ほどほどにできないといえば、この女もそうだ。この部屋の汚さは尋常ではない。いくらなんでもここまでいくと異常だ。まったく母の爪の垢でも煎《せん》じてのましてやりたい。

しかも、こんな汚れた部屋に案内して悪びれるふうもない。つまり則江自身はこれがあたりまえであると思っているのではないか。イクオは顔をあげた。尖った目つきで則江を見た。

「忙しかったのよ。校了のあいだは、もう戦争なの。しばらく編集部に泊まりこみだったし」

釈明しながら、則江は脱ぎ棄ててある下着を拾った。もったいつけて丸めて隠す。他の女ならともかく、見たくもない代物だ。イクオは横を向く。

「あら、照れてる」

イクオは則江の馴れなれしい口調にバカヤロウと思いきり怒鳴《どな》りつけてやりたい衝動を覚えた。照れなければならないのは、おまえのほうだ！

則江がイクオの表情を読んだ。きまり悪そうに呟いた。

「急だから。わたしなんてこんな機会を逃したら、イクオくんみたいな綺麗な男の子と親しくお話をすることなんて、一生ないから、焦ってお部屋に呼んでしまったのよ」

しおらしい口調ではあったが、薄気味悪かった。立ちっぱなしもなんであるが、座る気もおきないほどに部屋は汚れているのだ。やはり、ふつうの女ならば、こんな部屋に男を呼ぼうとは思わないだろう。

嫌悪感ばかりが肥大していく。イクオは自分の臆病さを呪った。松代姉さんの脅しなど無視して、とっとと逃げだすべきだった。いや、いまからでも遅くない。

だが、イクオはとどまった。自分でもなぜ、とどまっているのか判然としない。嫌悪感と裏腹に、なぜかこの場を去る気にはなれないのだ。

腕組みをしてイクオは考えた。答えはいささか穿《うが》ちすぎかもしれないが、核心をついているような気がした。それは優越感のなせるわざであった。つまりイクオは則江を自分よりも相対的に下の生きものとみなして軽蔑し、嫌悪し、馬鹿にしているのだ。

イクオは気づかぬうちに、ある快感を覚えていたのだ。イクオはいきなり悟っていた。優越感は不快感にまさるという、人生のうえでの絶対法則を。

なんであんな人が、あんな奴とくっついているんだ？　そんな不可解な組みあわせがときどき見られる。夫婦でも、会社でも、あるいは芸能界などでも。

たとえばお笑いのコンビなどにこれは象徴的に見られる。自分が主人公であると自覚している芸人は、飽き果てるまでは、コンビを組んでいる仲間に対して寛大だ。

笑われてナンボの商売をしているからこそ、さらに自分より下の存在を見つけだして唇の端を微笑のかたちに歪める。

人は優越感の奴隷なのだ。そのためならば、なんでもする。尊いとされている自己犠牲だって厭《いと》わない。

金、美貌、能力、名誉。優越感の材料はいろいろあるが、心の隅のどこかで俺は自己犠牲をしているのだという認識と自負のある優越感がもたらす快感ほど強烈なものはないかもしれない。

イクオは御主人様の横柄さと優越に、唇の端を歪めていた。意識したとたんに露骨な薄笑いさえうかべていた。命じれば、則江は俺の前に跪《ひざまず》きもするだろう。足の裏だって舐めるだろう。

「お風呂、はいるかしら」

媚びでとろけそうな声で則江が言った。イクオはしばらく黙考した。

これは愛ではない。仕事だ。童貞は、高く売ってやる。この女からすべてを剝ぎとってやる。そして、見下してやる。嘲笑《あざわら》ってやる。

悪ぶってそんなことを考えると、気が楽になった。ゲーム気分になった。なにしろこの勝負は負ける気がしない。

「風呂場も汚いんだろう」

ぞんざいな口調でイクオは訊いた。則江は口を尖らせた。結局頷いた。

「それほどでもないけれど、ちょっと」

「ちょっと、なに？」

「ほら、不在の日が多いから、風通しが悪いでしょう」

則江はそれ以上言わず、バスルームに向かった。イクオは後に従った。折り戸を押すと、湿った黴臭い匂いが鼻をついた。イクオは鷹揚《おうよう》に宣言した。

「とりあえず、ペニシリン採集からはじめるか」

「なに、それ」

冗談が通じなかった恥ずかしさから、イクオは過剰に大声で、投げ遣りに言った。

「とりあえず、ここから掃除だろ！」

酔いが醒めかけているのだろう。則江は親指で蟀谷を揉みながら頷いた。それでも瞳には嬉しさがあふれている。イクオが掃除しようと言った。つまり許容した、そう解釈したようだ。

お風呂の洗剤は、それなりにあった。イクオはスポンジを泡立てた。則江はバスルーム内にまで暖房がきくようにエアコンを強めにもどった。

シャンプーやコンディショナーの類は呆れるほどあった。洗顔料も一種類ではない。則江はそれでなんとか自分の肌を、髪を美しくしようとあがいているのだ。

ただし、シャンプーやリンスのプラボトルにはうっすらと青みがかった黒い黴が生えていた。いつも手に持つ部分だけ地肌が露出している。

イクオは溜息をつき、そういった小物は無視して洗い場のタイルの黒ずみをこすりはじめた。幾度も覚えた感慨ではあるが、常軌を逸している。黒ずみは目地だけでなくタイル全体を覆っているのだ。

俺はいったいなにをしているのだろう。ゴシゴシゴシ。もうじき朝だぜ、ゴシゴシ。吐く息が白いぞ、ゴシゴシゴシ。濡れた手が冷たい、ゴシゴシ。足の裏が凍えそうだよ、ゴシゴシゴシ。

則江が戻った。その手には亀の子束子《たわし》が握られていた。イクオと軀を並べるようにして浴室をこすりあげる。

二十分ほどでとりあえずカタがついた。タイルや浴槽のヌルヌルはそれなりにおちた。背中や腋下《わきのした》などが幽かに汗ばんでいた。

イクオは酸っぱい匂いを嗅いだ。横眼で則江を見る。彼女の体臭だ。腋臭《わきが》の匂いに近い。則江も汗ばんでいるのだろう。だが不思議に先ほどまでの嫌悪感はなかった。

則江がイクオの視線に気づき、腕で額の汗を拭った。その手の亀の子束子が泡まみれだったので、おでこに泡がついた。

イクオはそっと手を伸ばしてその泡を拭いてやった。あざとい心理だった。則江をよろこばして、たくさん奪う。そんなことを考えていた。だから、こんな言葉が軽く口をついてでた。

「いっしょに入ろうか？」

則江がぽっと頰を赤らめた。恥ずかしいと口のなかで言った。イクオはいっぱしのプレイボーイ気どりで則江を背後から抱いた。則江の臀にめりこませて、気づいた。驚愕した。きつく勃起させていた。

4

則江はイクオの硬直した分身を臀に感じていた。それはめくるめくような昂ぶりをもたらす感触であり、硬さだった。

それは男の意志であり、決意を象徴していた。女をモノにするという意志が男根を硬直させるのだ。

満員電車で幾度か痴漢らしき男にこのように押しつけられたことがある。痴漢かどうかは確信がもてない。偶然だったのかもしれない。とにかく男は則江の顔を見たとたんに、曖昧にというか、うやむやに腰を引き、軀を遠ざけようと足掻《あが》いた。おそらくその意志も萎えていたのだと思う。

痴漢にさえ避けられる。それは究極の屈辱だった。よくある笑い話や冗談ではない。じっさいに痴漢が逃げていくのだ。

則江は、イクオが背後から抱きしめてきたことに複雑な思いを抱いていた。

わたしも後ろ姿ならばなんとかなるんじゃないかしらという淡い希望がまずあった。しかしそれを凌駕する不安が這いあがった。ああ、この子も後ろから迫ってきた。正面を向いたら顔をそむけるだろうという不安だ。

相反する思いに心が揺れる。結局わたしは後ろからしか相手にされない女だ。心が痛い。張り裂けそうに痛い。わたしにだって心がある。わたしだって傷つき、悩む。

もしイクオがわたしのこの自己憐憫《れんびん》に気づいたなら、人並みの感情を持つんじゃねえ、と吐き棄てるように言うかもしれない。わたしは蔑《ないがし》ろにされることに馴れきってしまっている。悲しいことだ。

＊

しかしイクオは、則江のぶよついた臀に自らをきつく押しあて、こすりつけ、奇妙な昂ぶりを覚えていた。

その昂ぶりはあえて言ってしまえばノーマルな性に対する昂ぶりではなくて、変態性欲とされている事柄に対する昂奮に近い。

人ではない。人間の言葉を喋る雌《めす》の獣。それを背後から抱きしめているのだ。

もし、ここに第三者がいれば『あっ、こいつ、変態だ』などと指を差されかねない危ない行為に夢中になっている。そんな自覚があった。

変態行為には二種類あるようだ。自己顕示が絡んだ見せたい変態であり、見せたがる変態だ。松代姉さんと明日香さんの、あの行為がこれにはいるだろう。

もうひとつはひっそり底なし沼に沈んでいくかのような密《ひそ》やかなものだ。他人の眼に触れたとたんに崩壊し、瓦解してしまう密室の快楽である。

それらの境界はじつに危うく、うつろいやすい。秘めやかで密やかな行為であっても、すぐに〈見せたい〉という自己顕示欲に支配されてしまう場合が多い。

しかし、本物の快感が欲しければ、深く静かに沈潜するべきだ。自我はいつだって快感のじゃまをする。

他人の瞳を欲すると、永遠に満たされなくなる。刺激を外に求めたとたんに、それは無限に続くメビウスの輪に搦めとられる。

快感は、他人の眼とは関係ないところにある。見る、見られる、という自我や自己顕示欲が基底にある快感は、永遠に続くメビウスの輪的欲求不満のはじまりだ。

いま、イクオはほとんど無意識のうちに快感の基本原則を体得しつつあった。そして、初めての性体験でそれをものにしつつあるのは希有《けう》の才能である。

松代姉さんはそんなイクオの才能を見抜いていたのかもしれない。あるいは、たまたまなのかもしれない。ともあれイクオは自分の将来を決める第一歩を踏みだしつつあった。

とはいえ、イクオの心のなかでは自我が葛藤《かっとう》していた。自問自答を続けていた。

こんなところを人に見られたら、たまらないよな。まずいよな。ぜったい秘密にしなければ、俺の立場はボロボロだぜ。こんな化け物を相手にしているなんてことが知られたら。こんな化け物を相手に勃起させているなんて。まてよ、松代姉さんや店の客どもは俺がこうなっていることを知っているわけだ。まいったなあ。ちょっとまずいよ。恥だぜ。あれ、縮んできた。萎えてきちゃった。これも、まずいよ。俺は、この化け物から搾《しぼ》りとってやるって決心したじゃないか。決心したばかりじゃないか。いいか、イクオ。ここは密室だ。誰も見ていないんだ。見られていなければ、恥ずかしくない。そう、あれこれ推測して喋る奴なんか、相手にするな。俺は、この動物を奴隷にしてやる。この女は俺の家畜で、俺は御主人様だ。

「服、脱げよ」

「え……？」

「裸になって、軀を洗えよ」

「いま？」

「いつだと思ってるんだ」

「そうね、わかった。じゃあ、奥が寝室だから、そっちへ行っていてくれる？」

「ふざけるなよ。おまえは不潔だ」

「なによ、いきなり」

「清潔か？」

「そりゃあ、部屋はすこし汚いけれど」

「すこしじゃない。凄まじく、だ」

「掃除するから。きれいにする」

「当然だ。でも、いまから掃除することはない」

「そうよね。まだみんな寝てるもん。近所迷惑だし」

「とにかく、服を脱げ。そして、俺の前できれいに洗って見せろ」

「ばか。エッチ」

「勘違いするなよ。俺がＯＫをだすまで、軀を洗うんだ。とことん清潔にする。垢をすべて洗い落とす。ひと皮剝けるくらい、洗いまくる」

「わたし、お風呂はほとんど毎日はいってるよ」

「うるせえな。そのツラでごちゃごちゃ言うな。だいたい徹のお風呂に入ってたんだろ、病気をもってるかもしれないじゃないか」

「ひどい」

「ごちゃごちゃ抜かすなって言っただろう！」

「ごめんなさい」

「早く、脱げ」

「イクオは」

「俺は検査官だよ。試験官。試験官がいっしょにテストの答案を書くか」

「……わかった」

はるか年上の女に向かって投げ遣りな口をきく快感にイクオは酔っていた。支配、被支配の関係ができあがりつつあった。

則江はイクオという存在で孤独を満たすという利益のために、イクオは自らを提供するという優位性から立場が決定していく。

平等。そんなものはどこにもない。そんなものは、必要でさえない。

子供のころから民主主義という偽善を学校教育で叩きこまれてきた。後生大事に心の底に抱いてきた。

それがあっさり壊れた。破片さえ残っていない。イクオと則江は新しい一歩を踏みだした。

支配、被支配という名の新しい一歩は退行ともいえるが、ふたりはそれでひどく昂ぶりはじめている。

その証拠に、ブラウスに手をかけ、脱ぎはじめた則江の瞳を潤わせているのは隷属の快感と期待だ。イクオはそれを見抜いていた。

「おっぱい、けっこうでかいな」

イクオが呟くと、則江は自分の胸に視線をおとした。まだブラジャーは着けたままだ。

「顔も軀も自信ないけれど、胸はきれいだと思うのよ」

「見せてみな」

則江がうつむいた。胸はきれいだという言葉と裏腹に、自信がなさそうだった。則江が自嘲した。

「ああ、せめて十年前だったらな」

下唇を嚙んだ。居直った表情で、ホックをはずす。

乳房が露になった。乳房の下がブラジャーで締めつけられていたので皮膚が赤くなり、多少むくんで腫れている。イクオはそっちのほうに気をとられた。

「痛くないのか」

「なにが」

「赤くなってる」

「ああ、これ」

胸を持ちあげてそれなりに見せるためにはこれくらいどうということもないのかもしれない。

則江が曖昧に微笑した。

「ねえ、イクオ」

「なに」

「ましでしょう」

「なにが」

「胸よ。かたちはそれなりだし、乳首だって小さいし、色もそんなに濃くないよ」

だがイクオにはその胸がたいしたものには見えなかった。雑誌のグラビアやビデオで眼にした乳房と比較すると、まさにそれなりでしかない。それに乳房は単独で評価するものではない。軀全体のバランスのなかで判断されるべきものだ。

「腋下から腋毛がはみ出してるぜ」

「嘘」

「不細工だなあ」

「……あとで処理するから」

「いいよ。剃ったあとが、毛をむしられた鶏《にわとり》みたいになるなら、たぶん生えてるほうがましだよ」

母親以外の乳房を見るのは初めてだ。だがイクオは冷笑をうかべるほど落ち着いていられた。劣るものに対するのは、気楽でいい。

則江が肩をすくめるように縮めて乳房を真ん中に集め、強調したりしてイクオの視線と賛辞を得ようとあがいた。結局は唇を尖らせて溜息をついた。

「下も脱げ」

イクオが命じると、則江は舌を鳴らした。

「なにがチェッ、だよ」

「だって」

「退屈だ。俺は帰るぞ」

「やだ！」

「やだじゃないよ。いやです、くらい言えないのかよ」

則江は変わり身がはやい。彼女なりに必死なのだ。上目遣いに媚びをいっぱい含ませて、スカートに手をかけた。

「パンストか」

「いまの女は、みんなパンストよ」

「腹に喰いこんでるぜ」

「そんなこと、ないわ」

「恐怖の三段腹」

「醜い？」

「ああ」

「減量するよ。わたしだってその気になれば」

則江は下着の端をまくって腹部を露にした。両手を押しあて、軽く揉む。臍《へそ》の穴がよじれて拡がったり閉じたりする。

イクオは、いちおう約束の嫌みを言いはしたが、則江の腹は柔らかそうで、白かった。一瞬、釣りあげられて膨らんだフグの腹を想わせたが、イクオはその腹にそっと頬をあててみたいと思った。則江の腹は締まっているわけではないが、滑らかでその軀のなかでは唯一悪くなさそうだった。

「でっかいパンツだなあ」

「ガードルよ」

「その下にも穿いてるのか?」

則江が頷いた。なにか言いかけたが、口を噤んだ。イクオも、黙りこんだ。

ガードルの下は白いショーツだった。かなり短めで、陰毛がはみだしていた。はみだしている陰毛の端をイクオは凝視した。

則江がイクオの視線を追い、自分の陰毛とイクオの顔を交互に見た。掠れた声で呟くように言った。

「脱ぐわ」

足から短いショーツがはずれた。汚れていた。しかし、則江は挑むようにイクオを睨みつけている。

「嫌みを言わないの」

「言う気もなくした」

「どうせ、わたしなんて、汚い女よ」

「居直るなよ。整形しろとは言わないけど、清潔にすることはできるだろう」

「女は男と違っていろいろあるのよ」

「なにが」

「生理上、おりものとか」

「そうなのか」

「そう。この下着だって、毎日替えている」

「べつに、俺は責めてないよ。下着が汚れるのは、あたりまえだ。ただ、清潔にしようという気持ちはもつことができるだろう」

「はい」

「その返事、いいな」

「はい、が？」

「うん。しおらしい。ちょっとは可愛く見えるよ」

「ふん」

「そういう顔は、豚みたい」

「ばか」

則江が口を尖らせたまま、背を向けた。かがんでシャワーの栓をひねった。どこか遠くでガスの点火する音がした。

そのときだ。かがんだ則江の臀のあいだからなにか見えた。茶褐色のなにかだ。イクオは眼を凝らしたが、則江が軀をおこすと、すぐにそれは見えなくなった。

シャワーから迸《ほとばし》る水が則江の肌にあたった。まだお湯になっていないようだ。則江は鳥肌だ。やがて、シャワーから湯気があがりはじめた。

イクオはバスルームの入口に立って腕組みしたまま、軀に湯を浴びせかける則江を見つめる。衰えた肌。たるんだ肉。惨《みじ》めでみすぼらしい肉体がさらけだされていた。ここには美はない。無様で醜い現実がある。

まあ、いいか。

イクオはそう思った。こんなものだろう、そう考えた。イクオは意地になって石鹸を泡立てている肉塊を見つめた。

その肉塊が背を向けてかがみこんだときだ。ふたたび臀のあいだからなにか見えた。先ほどわずかに見えたものが、はっきりと露になった。ちぎれた鶏の鶏冠《とさか》、あるいは蟹《かに》の爪を思わせる肉片だった。

イクオは凝視した。それは乱れて、非対称で、黒ずんでいた。なかば呆然とした。はじめてみた女性器の断片は、イクオの想像を超えていた。

それは抱いてきた妄想をはるかに裏切る醜悪さだった。胎内に爆竹をしかけて炸裂《さくれつ》させたら、その部分が焦げて弾け飛んだ、そんな乱れかただった。

則江は気づいていない。中腰の臀を突きだしたままの体勢で、湯の温度を調節している。シャワーの湯はその千切れかけた肉片に沿って流れおち、白タイルを叩く。

イクオは憂鬱な気分になった。ただし、その憂鬱さは投げ遣りなものではない。憂鬱のなかに切実があった。

哀しいな。なんか、哀しいな。憂いを覚えるぜ、俺。醜さの総仕上げか。なるほど、陰部であり、恥部だ。

よく考えてみれば、俺の股間についているこいつだって、哀しいよな。醜いよな。一人前に毛なんか生やしやがって、血管が浮かびあがって、でこぼこだぜ。

左右対称の人間なんて、いやしない。あちこちずれて無様なものだ。

糞《くそ》をしない人間なんていやしない。なにかの本で読んだことがある。人は糞と小便のあいだから生まれてきた。

おりもの……か。女はいろいろな液体を流すんだな。おりもののない女なんて、いないだろうし、血まで流すそうだ。

でも、この女は凄く哀しい。なんで、あんな肉片を股間から垂れ下がらせていなければならないんだ。黒ずんで腐りかけた蟹の爪じゃないか。

どんな感触なんだろう。硬いのかな。でも、お湯に揺れてるから、そんなに硬くもないんだろうけど。

「なにを見てるの？」

則江が首をねじ曲げて訊いた。

「臀だよ」

イクオは短く答えた。則江が、笑った。微笑した。イクオも口の端を歪めた。笑いかえしたつもりだった。引き攣《つ》れただけだった。

則江の存在と同時に自分自身が癇《かん》に触った。俺はなぜこんなところに腕組みして突っ立っているのか。

湿ったバスマットの上に立ち尽くして雌の性器を盗み見ている俺はなぜこんなところにいるのだ俺は誰なんだ俺はなにを見ているのだ俺はなぜ見るのだ……思考は論理をはずれて異様に渦巻く。

だが、言葉はでない。睨みつけた。だが、なにを睨みつけたのかはイクオ本人にもわからない。

やがて苛立ちは霧散した。則江の怪訝そうな眼差しに我に返った。苛立ちのあとには恥ずかしさが残った。正体不明の恥ずかしさだ。なんだか頭を抱えてしまいそうだ。

だから、自分も醜いものを見せることにした。則江がぶよつく柔らかな肉片ならば、俺は硬直した充血器官だ。

こいつには血がいっぱい詰まってる。脳味噌には血が行かないが、ここはすぐに充血して無闇《むやみ》矢鱈《やたら》に突撃したがる。

そう。理性や知性を無視して暴走したがる粋《いき》で鯔背《いなせ》な流線型。ただし柔軟性のかけらもない。

ひとことで言えば、馬鹿野郎。

ジーンズの前ボタンをはずした。ジッパーをおろした。ブリーフの前をさげた。

こんどは則江が凝視した。はじめて見る男なのだ。イクオは腰を突きだして強調した。屹立《きつりつ》していた。硬直していた。それは意志だった。硬直した意志だった。なぜか、意味もわからず檜原村の図書館で読んだニーチェのことを思った。

「則江」

イクオは初めて女の名を呼んだ。

「跪け」

抑揚を欠いた声で命令した。飽かずに見たアダルトビデオのワンシーン、下劣でつまらない映像。しかも、モザイクつきである。肝心の場所はいつだって霧の彼方だった。

だが性の実際と現実を知らずに、そんな映像に支配されている自分をイクオは嘲笑った。俺なんて、その程度の人間だぜ。そう、自分を嘲笑うと、則江は自分に似あっていると思えてきた。

則江が濡れた軀のまま、イクオの前に跪いた。命ぜられる前に、イクオの臀に手をまわし、腰を抱いた。処女ではあっても、こういう行為があることは知っているようだ。

イクオは天を仰いだ。眼を閉じ、歯を食いしばる。則江の頬がまとわりつく。舌が絡む。歯があたる。唾液が糸を引く。唇がしごく。喉の奥に突き当たる。イクオは自分が松代姉さんのように明日香さんにこうされていることを空想した。

吸っている。舐めている。即物的な音がする。シャワーの音にまぎれてしまう。胴震いする。

ふと、眼を開いてしまった。ひたすら則江の頭が揺れる。その濡れた髪から水が飛び、イクオにかかる。あわてて眼を閉じた。

5

もてあましているようだ。則江が途方にくれた表情で笑う。その半開きの口からは呆れるほど大量の白濁が覗けた。イクオが放ったものだ。すこしでも顔をさげるとあふれそうだ。

イクオは則江から視線をはずし、黴で黒ずんだバスルームの天井を見あげて肩で息をした。虚脱していた。脹脛が重い。ひどく懈《だる》い。強烈な疲労感だ。

ゆっくり顔をおろす。則江と視線があう。則江はあいかわらず痴呆のような顔で奇妙な笑顔をうかべている。眼で訊いてきた。口のなかのもの……どうしよう?

イクオの知っているビデオなどでは、女はそれをうっとり愛《いと》しそうに飲み干すものだ。そんな情景があたりまえだ。

だが、それがどこか胡散《うさん》臭いものであることもイクオは直感していた。愛があろうがなかろうが、精液とはいえ他人の排泄物を飲んで歓《よろこ》びを覚えるものだろうか。

あれは、商売なのだ。ビデオを見る男に対してのサービスだ。他人の排泄物を飲むということは、究極の服従だ。

ビデオやらの虚構で性欲を満たす惨めな、惨めな男たち。気弱で自信のない俺たちは、じつは思いきり他人を支配し、命令して、その生殺与奪権を完全にその手に握りたいのに、現実には曖昧で気弱な笑いをうかべて、いい人であろうとする。

いい人。良い人。善い人。だから汗臭い独りの部屋でブラウン管に向かって精液をぶちまける。モザイクが俺たちの女性器だ。モザイクの幾何学模様の背後には、乱れた生臭い鶏の鶏冠がある。

だが、それを見た者はいまだかつていない。見たような気になっても、モザイクと違ってそれには明確な形がないから、脳裏に明瞭で確実な形状の映像を結ぶことはない。

女性器は、存在しているのに見えないのだ。ねじくれて合わさっているそれを開けば、ピンクの胎内が覗けるが、やはりそこも曖昧模糊としている。

ねじくれて合わさっている扉を開いても、幽かに立ち昇る湯気を想わせる幻想だけがそこにある。あれほど見たいと念じたのに、実際に眼にするとそれはよくわからないなにかで、嫌悪感さえ覚えて、だが切実にそこに武者ぶりつきたくもある。

＊

飲め、とは言えなかった。だが、飲んで欲しかった。明日香さんは松代姉さんを飲みほした。

ふと自分がジーンズとブリーフを膝までおろした無様な恰好のままであることに気づいた。

耐え難い恰好だ。惨めったらしく、不細工だ。だが居直るしかない。客観視すれば、性の現場はどんなものだって滑稽《こっけい》だ。イクオは昂然《こうぜん》と顔をあげた。則江がそんなイクオの表情を読んだ。媚びがうかんだ。

この女はそれなり以下のさらに下の存在でしかない。イクオは則江の媚びを察し、そう納得した。薄ら寒いものも感じないでもないが、まあ、妥当な結論ではある。

則江が眼を閉じた。口も閉じた。下唇を噛むような仕草をした。飲み干していた。立ちあがり、流しの水で口をすすいだ。明日香さんのようなエロティックなものはかけらも立ち昇らなかった。ただ単に排泄物を飲みほした。それだけだった。

俺はいまの行為で童貞を棄てたのだろうか。それとも女性器に触れていないから、あくまでも童貞なのだろうか。

口許をバスタオルで拭う則江を漠然と見ながらイクオはそんなことを考えていた。結論はでないが、なにかひとつ重圧になっていたものが剝げおちて霧散した実感がある。

則江が無言でバスタオルを使う。口許から首筋、そして軀。全身を拭いた。それからタオルを軀に巻きつけた。ゆっくりイクオに向きなおった。微笑した。

ハッとした。その微笑には充足があった。イクオは眼を剝いた。怒りが食道を這いあがってきた。唐突だが、強烈な、しかも肉体的実感を伴った怒りだった。

この女は奴隷のくせして、母のような笑みをうかべてやがる。

蹴り倒した。則江は脱衣場の隅にある全自動洗濯機に軀をぶちあてた。洗濯機の上に細いアングルで支えられている乾燥機が小刻みに揺れた。則江が戸惑いと恐怖の眼差しで見あげた。

「なにするの」

だがあまりに怒りが強烈すぎて言葉がでない。だいたい、イクオ自身、なにを怒っているのかまったくわからないのだ。ただ、色を失った紫色の唇だけが烈しく戦慄《わなな》く。

「てめえは、オフクロじゃない……」

無意識のうちにそんな言葉が口をついてでた。しかし、イクオはべつにマザーコンプレックスではない。年齢なりの母に対する思いはあるが、それはかなり醒めたものだ。そんな自覚がある。

だが、則江のうかべた母の微笑は許せなかった。理屈ではない。感情だ。そんな言いかたをよくするが、まさにそれだった。蹴り倒したのは、感情だ。そしてその一撃が、イクオの箍《たが》をはずしてしまった。

＊

イクオは感情に支配されている。則江は理屈ではないなにか、イクオから発散される強烈なオーラのようなものを感じた。

この子はあれこれ悩み、考える。でも、結局は感情で動く。

それは、否定の言葉ではない。則江は直観していた。イクオにはあざとい計算がない。いや、人並み以上に頭がいいのであれこれ計算しはするが、感情に忠実である。

微妙な範囲なのだ。感情に忠実であるということは、ある意味で犯罪者の素質だ。イクオは微妙に抑制を欠いている。社会的には受け入れられない方向であり、性格だ。

この子はいままで社会の範疇にあった。おそらくは必死で抑えてきたのだろう。しかし、いま、あるいはそれより以前かもしれないが、とにかく範疇を逸脱しはじめている。

なによりも松代姉さんに気に入られて拾われたことが、逸脱の証明だ。こうして女であるわたしを蹴り倒すような冷酷さ、それは嘘をつきとおすことのできない直接的な感情のなせるわざだ。

この子はわたしからなにがしかのものを奪い取るつもりでいる。そう、自分を納得させてここまでついてきた。

小物の詐欺師《さぎ》ならば、徹頭徹尾、わたしをよろこばせようと愛想をふりまき、あやすだろう。

だが、イクオはいきなり破綻《はたん》してしまった。自覚のないマザーコンプレックスのせいで。コンプレックスとは、なにも依存だけをさすのではない。過剰な反応すべては、コンプレックスのなせるわざだ。

抑圧がこの子を動かす。その動きに悪擦《わるず》れした計算はない。

けれど、殴られるのはたまらない。蹴られるのはたまらない。則江は逃げた。四つん這いになって這って逃げた。

＊

イクオは追った。醜い鰐《わに》のように這いまわる女を追った。

＊

則江は一瞬見た。視野のはしに、凄まじく屹立しているイクオの男根を。

＊

イクオは昂奮していた。則江を追いながら、狩人のように昂ぶっていた。自分でも呆れるほど滑稽な光景だが、イクオは夢中だった。

＊

則江は逃げながら一瞬眼にしたイクオの男根を想っていた。奇妙な瞬間だった。必死に逃げながら、その形状をありありと想いうかべていた。

それはまさに文字どおり男の根であった。凄まじく充血して膨張していた。その充実ぶりはめくるめくほどに無意味な生命を宿していた。過剰で結実することのない哀れな屹立であることが直観された。

＊

則江が逃げまわる。自らが散らかしたゴミのなかを這いまわり、逃げまわる。イクオは追う。2LDKという名の檻《おり》のなかで、人を棄てた動物が早朝の運動をしている。息切れのなかでそんな自嘲が湧いた。

＊

あと、ひと息というところで、膝までずり落ちていたイクオのジーンズが奇妙にまとわりついた。イクオが派手に横転した。

ずり落ちていなければ則江はとっくに捕まって、血を見ていただろう。バスルームで蹴られたときだって、もっと深刻なダメージを負っていただろう。

だが、ずり落ちたジーンズとブリーフがそれらを陰惨なものからユーモラスなものに変換していた。

則江はそっと背後を窺った。イクオが充血した瞳を見ひらいてゴミのなかをすり寄ってくる。

「てめえ……」

イクオが発した言葉は、それだけだった。ふたりは絡みあった。イクオが拳を振りあげ、蹴りつけるかわりに、軀をぶつけ、唇を重ね、舌を挿しいれてきた。暴力衝動が性欲に変化したのだ。則江はほとんど無意識のうちにその変化を察し、協力してイクオを支えた。

唾液を吸いあった。

それはキスなどという洗練されたものではなく、ただの発情した動物の交歓だった。唸り声さえ聴こえそうな情景だ。

イクオがもどかしげに膝にまとわりつくジーンズと下着を脱いだ。則江はとうにバスタオルを失っていた。全裸で仰向けになり、解剖されるカエルの体勢をとった。

ひとつになった。無意識のうちにきつく結合していた。イクオが後先かまわず動きはじめた。則江の上で凶暴な踊りを踊る。熱狂と集中が炸裂した。激痛がはしった。無理やり拡げられ、裂け、よじれる痛みだった。だが苦痛を訴える声は曖昧に消えた。イクオの動作があまりにも切実だったからだ。則江は幸福だった。そこに理性はなかった。美醜であるとかを判断する小賢《こざか》しい心も。

＊

醒めたのは、綿埃のせいだった。シャワーを浴びた則江の肌はまだ湿っていた。舞いあがった綿埃がイクオの顔をかすめて、則江の肩口のあたりに付着したのだ。

とたんに醒めた。我に返った。自分が抱いているのが、恥ずかしい女であることにイクオは気づいてしまった。

イクオはあがいた。肉体は正直で、萎えはじめていた。則江のなかに収めたまま、萎んでいった。

＊

則江もあがいた。へたに収縮させると、ようやくひとつになったイクオを自分のなかから追いだしてしまいそうな状態であることを察知して、その周囲の筋肉に力を入れないように気を配った。

＊

かろうじてふたりはつながりを保っていた。イクオは萎えるということを自分の面子《めんつ》にかけても意志で抑えこみたい。必死で念じると、やや硬度を取り戻したかのような気がした。

＊

則江は切迫した手つきで上に乗ったイクオの臀を両手で押さえた。そうして逃がさないようにしてから、睨みつけ、叫ぶように言った。

「眼を閉じてしまえば、相手なんて誰だっていっしょじゃない！」

＊

それは、天啓だった。イクオは則江の上にいることも忘れて独り頷いた。そっと則江を窺う。そして納得する。ここで萎えて貫徹できないよりも、眼を閉じてあれこれ思いうかべて終了するほうがお互いのためだ。

「おまえも眼を瞑《つむ》れよ」

イクオが呟くような口調で命じた。則江は無表情に眼を閉じた。イクオはそれを確認してから、自分も眼を閉じた。

眼を閉じたまま、そっと肌を合わせる。お互いの熱が溶けていく。イクオは妄想をたくましくした。自分の下にいるのは明日香さんである。

硬度が戻ってきた。雄々しく漲《みなぎ》ってきた。イクオは行為を再開した。きつく眼を閉じたまま、動作を続ける。瞼の裏側の明日香さんのせいで、その動きには初心者らしからぬ余裕さえあった。

イクオは眼を閉じ続けている。唇の端にはうっすら笑いさえうかんでいた。

＊

則江は、瞳を見ひらいていた。イマジネーションを愛撫し、抱いているイクオを凝視した。凍えた氷の眼差しで。

6

目薬をさしたくなった。寝ぼけまなこで目薬をさがした。読書好きのイクオは、いつだって枕元に目薬をおいていたものだ。平手でぱたぱた叩いて、周囲を手探りした。そして、ようやく檜原の自分の家の自分の部屋ではないことに気づいた。

「どうしたの」

則江の声が、まるで三十年ほども一緒に暮らしている古女房の声のように耳にとどいた。そして、そんなことを思う自分の老人臭さに苦笑が洩れた。

「眼がぢんぢんする。目薬をさしたいんだ」

「頑張ったからね。疲労が眼にきたのね」

頑張った。なにを？

瞼の上から眼球を指圧しながら、イクオは考えた。

頑張った……なにを……？

しかし思考は靄《もや》がかかったまま一点に収束しない。頑張ったという単語ばかりがあたまのなかを駆けめぐる。記憶喪失とは、こんな状態なのではないか。

ベッドが揺れた。かたわらに横たわっていた則江が半身を起こしたのだ。イクオは眼をとじたまま訊いた。

「どこに行く」

「目薬」

則江が答え、ベッドからおりた。そして、か細い声をあげた。

「あ——」

「どうした？」

「イクオのが、いまごろ、でてきた」

「俺のなにが」

則江は答えない。

「黙っていては、わっかりませーん」

イクオはベッドに腹這いで沈み込んだまま、悪ふざけして外人の口真似をした。

「あなた、どういたしましたか」

悪ふざけを続けながら、俺はなにをはしゃいでいるんだろうと頭の片隅で訝《いぶか》しんだ。口調をかえて、もういちど訊いた。

「どうしたんだ」

「あなたのが、いまごろ流れだしてきた」

イクオはぢんぢんと痺《しび》れる眼球に気合いをいれ、瞼を強引にひらいた。則江に焦点をあわせる。

眼前に、むごたらしいほど薄汚い中年女の肉体が屹立していた。豚なみだといったら豚に失礼なほどに醜くたるんだ肉体だ。女とは、これほどまで無様に脂を纏《まと》うことができるのだろうか。

イクオはいまさらながらに現実に打ちのめされかけたが、それよりも則江が奇妙に股をぴったりとじている姿勢に不審を感じ、上体を起こした。眼で問う。則江が頷く。

「あなたの……」

消えいるような声で続ける。

「精液だと思う」

「精液」

誘われるようにくりかえし、イクオは立ちあがる。則江の前に跪く。

「ちょっと拡げてみな」

「いや！」

「ちょっとだけ。ちょっとだけだってば」

則江の太股に手をかける。ぶよついた肉に爪先がめりこむ。強引に力をくわえる。押し拡げる。

結局、則江はたいして逆らわず、素直に足を拡げた。内股が濡れていた。イクオは眼をあげた。視線が絡んだ。則江が答えた。

「そう。イクオくんの」

「俺のか」

「ずっと閉じこめていたみたい」

「――妊娠したかな」

「わからない」

「ちょっと、嫌だな」

「なにが」

「遺伝が怖い」

「わたしの性格や顔が遺伝したら」

「則江だけじゃないよ。俺も、たぶんダメな遺伝だよ」

「わたしたち、ダメな遺伝かな」

「人並み以上に優れてるって、胸を張って言えるか」

「そうね。でも、わたしは学校の成績はよかったのよ」

イクオはそれに答えず、鼻をうごめかした。たしかによく言われる栗《くり》の花に似た自分の体液の匂いがした。しかし、それだけではない。自分の匂いに則江の酸味がかった漬け物のような匂いが混ざっている。

「俺のとおまえのが、おなかのなかで溶けたんだな」

「そうみたい」

「おまえ、ほんとうに処女だったの？」

「失礼ね」

「その失礼は、どういう意味だ？　正真正銘の処女ですよって意味の失礼か。それとも、この歳で処女であるはずがないでしょうという失礼か」

「両方」

「両方……」

「そう。両方よ！」

「怒ること、ないだろう」

結局イクオは曖昧に口を噤んだ。馴れたのだろうか。眠りに墜《お》ちこむ前よりも嫌悪感がない。いや、ここに第三者がいなければ、つまり則江の醜さを冷徹に判断しうる赤の他人がいなければ、ふたりは案外と愉しくやっていけるのではないか。そんな気さえした。

「俺が言っているのは、もし処女だったとしたら、出血がないなってことだよ」

「正真正銘の処女でした」

「マジかよ」

「マジかよって、血がでなかっただけで、わたしの処女を疑うの」

「いや、そんなことじゃなくてさ、ほんとうにその歳まで男を知らなかったんだ」

則江がイクオを睨みつけた。

「そうですよ。わたしは忘れられた女だったの」

なにを気どってやがる。おまえは忘れられた女じゃない。避けられた女、だ。イクオはベッドに腰をおろし、考える人の体勢で目頭を揉んだ。なんだかずいぶん久しぶりにとことん熟睡した。そんな実感があった。目頭を揉み続けながら、呟いた。

「俺、このゴミ溜めの匂いにも馴れちゃった」

「休みの日に、掃除するから。日曜に出社したら、いけないことになったのよ。休みは必ずとるようにって上から命令されたの。だから、ね。日曜日、大掃除」

イクオは目頭を揉みながら頷く。この女は日曜も出社していたのか。おそらくは、たったひとりの編集部だ。無人のフロアが漠然と拡がっている。そこでどんな仕事をしていたのかは、イクオにはわからない。

ただ、仕事以外にこの女が自分を埋没させるものがなにもなかったということがひしひしと伝わってきた。

則江が離れていく気配がした。部屋の隅でなにやらあさる物音がとどく。イクオはなんだか眼をあけるのが嫌になってしまった。ベッドに腰をおろしたまま、考える人の体勢でかたまっている。

「はい」

「なに、これ」

「目薬よ」

「すごい色だな」

イクオは手渡された四角いちいさな容器を凝視した。それは透明な黄金色をした液体だった。鮮やかで、蛍光色に近い。これを眼にさすのかと思うと、すこし腰がひける。

「黄色いのは、ビタミンBの色。これはパソコンなんかのディスプレイでおきる眼精疲労にすごくよく効く目薬なの。編集者の秘密兵器よ」

イクオは納得した。燃え盛る焔のようなかたちで眼前に迫る則江の猛々《たけだけ》しい陰毛を一瞥してから上目遣いで言った。

「わかったから、なにか着ろよ。いつまでもスッポンポンでいるんじゃねえ」

「イクオだって、全裸じゃない」

「俺はいいの」

「身勝手ねえ。ちょっとまって。わたしがさしてあげる」

則江がイクオの隣に座った。イクオの額に手をあてがい、そのままイクオを自分の膝に倒しこむ。膝枕だ。

「はい。いきますよお」

イクオの右眼が強引に、しかし、やさしくひらかれた。目薬の容器の先端が迫る。

あまりに近すぎるので焦点があわず、ぼやけているが、目薬の容器の先端はまるで乳首を想わせた。

たぶん、それは男の発想なのだろう。女ならば、迫る目薬の容器の先端に男性器を想起するのかもしれない。そんなことをぼんやり考えた瞬間だ。

黄色い乳が眼球めがけて落下した。則江の手で瞼は強引に拡げられている。目薬はイクオの眼球の中心に命中し、世界がまっ黄色に歪んだ。

左眼も、同様にして、終わった。目薬は心地よく染みた。多少痛みに近い刺激もあるのだが、それで騒ぐほど幼くはない。喉を灼《や》くアルコールの刺激に近い快感が、眼球全体に拡がっている。

「ぢんぢんくるぜ」

「ぢんぢんするのね」

「ああ」

吐息に近い声を洩らすと、いつのまに用意したのか、則江がティッシュペーパーでイクオの瞳からあふれでた目薬をていねいに拭った。

イクオは眼をとじたまま、則江のだぶついた太腿に頬を押しあてる。

沈みこんでいく。

ああ……。

ふたたび声にならない吐息が洩れた。

この安逸は、どこからもたらされるのだろう。肉のあたたかみ。柔らかさ。そして、匂い。性器の匂いだ。女の管から漂う匂いだ。女の傷口の匂いだ。陰毛の根元から漂う汗に似た匂いだ。

イクオは則江の太腿の上を這い昇った。そのだぶだぶした段腹に顔面を押しあてた。すると猛々しく茂る強《こわ》い陰毛のあたりに触れた。じゃりじゃりした。

そのまま顔を落としこむと、こんどは頬が陰毛で覆われて、頬ずりすると、じょりじょりした。インド土産《みやげ》の安物絨毯《じゅうたん》といった感触だ。

イクオは我を忘れて顔を、鼻柱を、頬を則江の下腹に押しつけた。肉が潰れ、めりこむ。皮膚と皮膚がこすれて鞣《なめ》し革に唾液を染ましてこすったときのような有機的な匂いが立ち昇る。

この圧倒的な量感。質量といってもいい。質量不変の法則、唐突にそんな言葉が脳裏をかすめ、イクオは記憶を手繰《たぐ》る。

どんな化学的変化を受けても、物質の質量は変わらない。イクオは則江の質量を頬で受けとめて、実感した。

この質量は、厳然と存在する。実存とかいうやつだ。主観と客観のあいだに距離はなく、区別もない。則江のこの質量は、とにかく、在《あ》る。ここに、在る。俺はこの頬で、そして、この指先で、実存を摑んでいる。

イクオはたゆたうような眩暈に近い浮遊感のなかで、ませた哲学かぶれの高校生だった自分が曖昧なままわかったふりをしていた実存についてのあれこれを、いきなり理解したような実感を覚えた。

同時に発情していた。則江の質量に、きつく発情していた。顔をあげると、則江も口を半開きにしていた。鼻ではなく口で息をしている。そして、視線はイクオの股間に釘付けだ。

イクオは露悪的な気分になった。腰を突きだすようにして、硬直した分身を誇示した。それは実存をさぐる触角に進化していた。

俺は、童貞を棄てたんだ。はじめての女は、この中年女だ。本人の言うところの、忘れられた女だ。誰も相手にしない汚物の相手をし、処女を奪い、ついでに童貞を棄てた。得たものは、実存とやらだ。

だが、なんの感慨もない。童貞を棄てたといっても、なにかなくしたわけでもない。すくなくとも、眼前に聳《そび》えたつ自分自身は、どこも変わっていない。

ああ、それなりの触角だ。自慢できる代物ではないが、卑下するほどでもない。たぶん、ごく平均的な器官だろう。標準男根。メートル原器のようなおちんちん。

見つめているうちに、ふと気づいた。この器官は、自分の股間から生えているにもかかわらず、自分のものではない。

まず、いうことをきかない。勝手に巨大化し、硬直する。意志はこの身勝手さに対して、あまりにも無力だ。

そして、いまや、この身勝手な道具は、則江という化け物の性的欲求、あるいは孤独を埋めるためのものと化している。

いわば、御奉仕の道具だ。イクオは見つめる。則江も見つめる。注連縄《しめなわ》でも巻いて飾ったら、いいのではないか。背後からは朝日がしずしずと昇り、それを柏手《かしわで》を打ってお迎えする。

イクオが、そんな投げ遣りなことを想っていると、いきなり則江がむしゃぶりついてきた。

「いてえ！」

イクオは罵声をあげた。

「歯があたってるよ。かげんしろ、馬鹿ババア」

「ごめんね。ごめんね、イクちゃん」

イクちゃん——。俺のことか。イクオは虚脱した。しかし、股間だけはそれなりの雄々しさを保っている。

躯から力を抜くと、則江が頰ずりした。頰ずりしながらイクオの表情を窺う。イクオが頷きかえしてやると、則江はふたたびイクオを口に含んだ。

ここがなみの処女を喪ったばかりの女と違うところなのだろう。処女を喪ったばかりの少女は、たぶん激情にかられていきなり男を口に含むことはしない。

しかし、おくれてきた処女は、おくれをとりもどそうと、必死にイクオを吞みこむ。どこで覚えたのか、耳年増《どしま》のなせるわざなのか、イクオを根元まで吞みこんで、ねぶる。それなりに、いや、かなり気持ちいい。

イクオは思案した。自分もヒモらしいところをみせなければいけない。

松代姉さんに『この小汚い婆さんの処女を奪ってヒイヒイいわせろ。手っとり早く金を手に入れろ。修行してこい』と命じられて、無理やり、いやいや童貞を棄てさせられたわけだが、いまやすっかりその気になっていた。これは、お仕事。ビジネスだ。

「おい、俺を咥《くわ》えたまま、俺をまたげよ」

「はにふるの？」

期待に震えた声だった。イクオを咥えたままなので、なにするの、が、はにふるの、ではあるが。

「舐めあうんだよ」

精いっぱい悪ぶった口調で言う。多少は恥ずかしがるだろうと思っていたら、則江はいそいそと軀の方向を変えた。そして、またいだ。

それは、おぞましい光景だった。納豆《なっとう》を食べ終わったあとのご飯茶碗のようなぬめりがてらてら光っていた。蛞蝓《なめくじ》であり蝸牛《かたつむり》であった。

エロ小説などでいう濡れるなどというエロティックなものではなく、それはもう動物園だった。

変色した肉片が垂れ下がっている。血の色がかったピンクの胎内が覗ける。

イクオにも理解できた。そこには、孤独が口をあけていた。孤独の傷口が血のかわりにぬめる粘液をたらしていた。

孤独は、その周囲にいっぱい縮れ毛を生やしていた。縮れ毛には、白髪もまざっていた。一瞥した肛門も、毛まみれだった。

イクオの眼前に、いわゆる性の幻想は、なかった。イクオが隠れて見た雑誌のグラビアの、局部を修正された美少女たちの無味無臭とは正反対の現実がさらけだされていた。

なんて痛々しいんだ。あまりに痛々しくて、嫌悪感を催すしかない。吐き気がする。これは孤独からくる吐き気なのか。イクオは自分自身の感受性を揶揄《やゆ》しつつ、哀しい苦笑いをうかべていた。

この毒々しい光景に耐え、それどころか舌を這わそうというのだから、幾ら金をもらったってあわない。しみじみ思った。ヒモは重労働だ。精神的にも肉体的にも、重労働だ。

＊

それでも、フルコースを終えたのだ。初心者にしてみれば、なかなかの仕事ぶりだった。イクオは自負して、軀の汗をベッドシーツになすりつけた。

手の甲で額の汗を拭った。鼻の下の汗も拭った。無精髭が生えていて、ざらついた音をたてた。無精髭には則江の股間の匂いが染みついていた。

イクオは首を左右に振った。自分がなかなかのタマであると、心底思った。ここまでできる奴は、そうざらにはいない。実感した。もう、世の中に怖いものは、ない。そんな気分だ。

「則江、則江」

かたわらでいびきをかいている河馬《かば》に声をかける。

「仕事だろう。三時から会議があるって言っていたじゃないか」

「いま何時！」

声と同時に則江が飛びおきた。

「二時になる。あと五分くらいかな」

則江はティッシュを挟んでショーツを穿いた。うー、と唸りながら造りつけの収納ケースにさがっているスーツを選んだ。

「そんな色はやめろよ。歳を考えて、地味めにいけよ」

「これ、派手？」

「俺の趣味じゃない。そっちの黒いやつにすれば」

「——これ、喪服よ」

「喪服、結構。則江は無彩色を着るべきだよ。あるいはブルー系統か、茶系統。今日はとりあえず、その喪服でいけ」

内心びくびくしながら、イクオは言った。自分の影響力がどの程度通用するか、いや、無理がどこまで通用するかを試す心持ちだった。

則江が腕時計に眼をやり、ひったくるように喪服をハンガーからはずした。手早く着ると向き直り、イクオの手を両手で包みこむように握った。

「遅くなるかもしれないけれど、どこにも、どこにも行かないで」

イクオはいいかげんに頷いた。否定とも肯定ともとれる頷きかただ。

則江が玄関に向かう。後ろ髪を引かれる思いというやつだろう。パンプスに足を入れ、振りかえる。イクオがいることを確認する。

「腹がへったなあ」

イクオは思いきって言ってみた。さりげなさを装ってはいたが、声がうわずっていた。

「どこか、散歩くらいは行くかもしれないなあ」

「散歩に行ってもいいから、夜の十時過ぎまでには、ここに戻っていて」

「夜の十時かあ。わかんないな。なんせ無一文だから、ひょっとしたら夜の商売のバイトでもはじめちゃうかもしれないなあ」

自分の口調に自己嫌悪が迫りあがってきた。ほとんど嫌気がさしていた。則江の鈍感さを呪った。

「わかったわ。これで、夕御飯、食べて」

ようやく則江がバッグから財布をとりだした。イクオに札を握らせた。

第四章　黄金色《こがね》の目薬

1

慌《あわ》ただしく則江がでていった。イクオはようやく目的を果たした緊張と疲労に、玄関先に立ったまま虚脱していた。

女から、金をせしめた。

ヒモの第一歩だ。

この一歩は小さな一歩であるが、大きな第一歩である。そんなどこかで聴いたようなセリフが脳裏を駆けめぐっていた。

札を受けとった右手はきつく握りしめられていた。イクオはその右手に視線をおとした。下腹に気合いをいれた。じっくりじんわり手をひらく。

え——。

間の抜けた声がもれた。

握りしめた手のなかからあらわれたのは、緊張の汗を吸って湿った、しわくちゃの千円札だった。

「マジかよ」

イクオの顔が泣き笑いのかたちに歪んだ。

凝視する。藍色がかった夏目漱石《なつめそうせき》が、説教好きで親身な親戚のおじさんのような顔をして、イクオを見つめている。

いい若い者が、なにをしているんだ。わが輩はヒモである？　いいかげんにしなさい。マドンナをモノにしようというならまだ理解できるがね、あの河馬が相手では、あまりにも志が低いよ。痴《ち》に働けば魔羅《まら》が立つ。ブスに竿《さお》させば、流される。とかくこの世はやりづらい。

「くっそばばあー」

呪いの言葉を吐き、イクオは夏目漱石を握りつぶした。握りつぶした漱石を玄関先のフロアに叩きつけると、弾みもせずに転がって、隅の髪の毛まじりの綿埃のなかに飛びこんだ。

イクオは自分のスニーカーに爪先をつっこんだ。普段は神経質にしっかり靴紐《ひも》を締めなおさなければいられないたちなのだが、このときばかりは踵を踏んだ。

体当たりするように玄関のスチールドアをひらき、外に飛びだす。飛びだした先は、四階廊下だ。井の頭通りを行く車の走行音が急に耳にとどいた。

イクオは身をのりだして、下界を見た。タクシーにでも乗ってしまったのか、則江の姿は影もかたちもなかった。

下唇を嚙む。口のなかでチックショオーと連発して歯がみする。まったく、あれだけ御奉仕して、触角の付け根に鈍痛が残るほど頑張って、千円なのだ。

イクオは気落ちしてスイミングスクールのマイクロバスがのんびりと下界を走り去るのをぼんやり見送った。

「こんにちは」

背後で声がした。イクオはひどく気落ちしていたので、反応がおくれた。

「秋元さんのお身内の方ですか」

そう問われて、イクオは眼を大きく見ひらいた。口直しならぬ、眼直しとでもいえばいいのか。則江のあとに見れば、十人並以下でも超絶美女に見える可能性があるから、気を引き締めて現実を直視する努力が必要だが、歳のころ二十歳前後の美女だ。イクオの脳裏に、美女という単語が無数に並んだ。

「朝方……早朝に、お帰りになられたでしょう」

探るような瞳で言う女の口調には、なんともいえない皮肉っぽい含みがある。

「わたし、マスコミ志望なんで、秋元さんにいろいろ教わっているんですよ」

イクオは我に返った。ひどい近眼で、対象物を見ようと必死になって、眉間に思いきり縦皺を刻んでいるような鬱陶しい顔をしているような気がして、羞恥を覚えた。素知らぬ表情をつくって尋ねかえす。

「マスコミ志望なんですか」

女は、あいかわらず皮肉っぽい顔をしたまま頷いた。

「なによりも午後からゆっくり出勤できるのが、いいじゃないですか」

どこの出版社でもそうではないのだろうが、既定の事実のような顔をして女が言った。

「もっとも、今日はすごく焦って飛びだして行かれたみたいですけど」

「会議があるんだって言ってました」

「そう」

女が皮肉っぽい顔を胡散臭そうな表情にかえて続けた。

「朝早くお帰りになって、いろいろ頑張って、時間をお忘れになったようね。ご苦労様」

イクオは素早く思案した。女の口調に含まれる棘は、則江との修羅場、含みのない表現をすれば性交とそれにつきものの声や物音を、隣の部屋の住人である彼女にしっかりと聴かれていたことからくるものらしい。

イクオは女の部屋の表札に素早く視線をはしらせた。〈405　佐々木〉とある。イクオはかたちだけ頭をさげてあやまった。

「立派なマンションなのに、案外壁は薄いんですね。とにかく、おさわがせしました。ごめんなさい」

「あなた、秋元さんとは、どういうご関係」

「ヒモです」

「はあ？」

「ヒモ、ですよ。金で買われた男です。佐々木《ささき》さん」

「なんでわたしの苗字《みょうじ》を知ってるの？　それより、ヒモって、ほんとうにヒモなの」

「正真正銘のヒモですよ、佐々木さん」

「居直ってる！」

「居直ってます」

「ほんとうに、お金で買われたんだ？」

千円でね、という言葉を呑みこんで、無表情に頷く。

「……怖い人？」

「どういう意味ですか」

「そうは、見えないよね。けっこうかわいいし、いい感じだし」

「人畜無害ですよ、佐々木さん」

「その佐々木さん、ていうの、やめてくれる。わたし、桂《かつら》っていうの」

「かつら」

「頭にかぶるカツラじゃないわよ。いまどき凄まじく素朴《そぼく》なボケをかます人ね。木偏《きへん》に圭《けい》で桂」

「ああ、桂ですか」

「そういうこと」

「おきれいですね」

「ぬけぬけと」

「自分でも驚いています。こんなことを言える性格じゃないんですけどね」

まんざらでもなさそうな顔を、桂は無理やり醒めた顔にもどした。

「けっこうあなたみたいな職業の人に興味あるな。ホストとはちがうんだ？」

「ちがいます。ホストはサービス業ですけど、ヒモはたぶんサービスを受ける職業なんじゃないでしょうか」

「サービスを受ける」

「人間ペットですよ。いろいろ世話を焼かせて、ときには迷惑さえかけて、それで飼い主の時間を奪うんですよ」

「時間を奪う？」

「いちばん退屈なのって、なにもないことじゃないですか。波風立たないほうがいいとは思いつつも、自分が支配してコントロールできる範囲でなら、多少の波風は暇つぶしにもってこいですよ」

「ふーん」

「照れくさいのをこらえて言ってしまえば、時間を奪うということは、孤独を奪う、ということですよ」

喋りながら、イクオは呆気にとられていた。口は滑らかにまわり、頭で思ってはいても喋ることはできなかった調子のいい屁理屈がすらすらとでてくる。苦手であった喩え話もできてしまう。

「ただし、俺の場合はこんな偉そうな理屈を言えるがらじゃないんですけどね」

「そうかしら。説得力、あるよ」

「ところが、桂さんがお聴きになったように、朝からあれほど励んだのに、手に入れたのは千円でした」

「千円」

「噂に聞いたんですけど、大宮《おおみや》には十五万円というソープがあるそうです。幾時間かでそれだけ稼ぐ女の人がいるわけですよ。ところが俺は千円。がっくりきました」

「どうでもいいけど、あなた、ずいぶん淡々としてるよね」

桂の口調がずいぶんと砕けたものに変化してきた。だが、それよりもイクオは自分自身の変化に呆れていた。その気負いのなさはいままでの自分からすれば、ほとんど驚愕に近い。

これが童貞を喪失したということなのだろうか。いや、ふつうの童貞喪失ではない。他人に誇れる喪失ではなかった。どちらかといえば、負い目として、あるいは心の傷にさえなりかねない童貞喪失だった。

だからこそ、こうして健気《けなげ》に居直って、なんでもありのままを、たまたま声をかけてきた隣人に喋っているのだ。

そうだ。これは、羞恥の裏返しだ。俺は、じつは、あんな河馬を抱いてしまったことが恥ずかしいのだ。しかも松代姉さんに強制されたとはいえ、結局は自らの意志で幾度も幾度も抱いたのだ。

そして、ふたりだけの時には、満足さえした。他人の視線を意識しない密室では、その段腹に頬をすりつけた。商売っ気さえなくし、夢中になった。

しかも声だけとはいえ、隣室の女の子にそのありのままを聴かれてしまったのだ。

すべてが絶望的に恥ずかしい。けれど、ここで恥ずかしがってうつむいたら、もう立ち直れない。二度と立ち直れない。

「ねえ、桂さん。甘えていいかな」

「なに」

桂の頬を警戒の色がかすめた。

「牛丼でいいから、おごってくれませんか。俺が自分で稼いだ千円は、夜御飯を食べるのに遣いますから、とりあえず遅い昼御飯をおごってくださいよ」

「あなた、図々しいわねえ」

桂の口調にはたっぷり軽蔑がつまっていた。しかしイクオを受け入れる柔らかさも含まれていた。

2

牛丼というひとことがきいたのかもしれないが、イクオは自覚した。どうやら自分には、女に不安感を抱かせない天性の素質があるようだ。自らがよく口にしていたように、一見人畜無害にみえるのかもしれない。

桂は一瞬思案したようだった。ちょっと待ってと言い、自分の部屋に消えた。イクオは腕組みして下界を見おろした。

なかなかいいところだ。井の頭通り自体はそれなりに交通量があるが、閑静な住宅街といっていいだろう。風にのって微かにピアノの音が聴こえる。そのたどたどしいタッチが、逆に優雅に聴こえる。

なんともいえない気怠さを覚えた。午後の倦怠だ。悪い気分ではない。この午後は、永遠に続くのではないか。そんな錯覚さえおきて、足許は雲を踏んでいるかのようだ。柔らかな眩暈がイクオを支配している。

頬をかすめる風には、いつのまにやら春の気配が含まれていた。昨日、霜柱が立つ新宿中央公園でアベックの男のほうを殴り倒したのが遠い世界のできごとのようだ。柔らかな風に、あくびがもれる。連続してあくびをした。目頭の涙をこする。

肩を叩かれ、我に返った。桂が覗きこんでいた。

「完全に、自分の世界に入っちゃってたね」

イクオは照れ笑いをかえす。

「なにを考えていたの？」

「べつに」

「嘘。物思いに耽りまくってたよ」

「春めいてきたなあって」

桂が頷いた。

「わたしは夏が好きだな」

べつに好きな季節など訊いてはいない。まあ、いいか。イクオは頷きかえしてやる。

「あなたも夏が好き？」

「そうですね」

桂が唐突に口調をかえた。

「飢えてるか」

「うん」

「よし。〈くーらいかす〉へ行こう」

「なに、それ？」

「すかいらーくを逆から読めば、くーらいかす」

「桂さん、幼稚？」

イクオの馴れた口調に、桂が舌打ちした。

「ヒモが一人前の口きくんじゃないよ」

棘のある口調だったが、イクオはべつに腹も立たない。桂が微笑するイクオを凝視した。イクオはあけっぴろげな微笑を意識していた。どこか幼児を思わせる笑いだ。

「ほら」

「なんですか、これ」

「ヘルメット」

「オートバイに乗るんだ？」

「車って鈍《どん》くさいじゃない」

桂が顎をしゃくった。先に立ってエレベーターのフロアに行く。そのほとんどがジーンズの裾で隠されているが、履いているのはウエスタンブーツだ。カチッ、カチッ、と金属音が響く。

エレベーター内の空気は、ぎこちない。お互いに顔を見ないようにして黙りこくっていた。桂からは微かな柑橘《かんきつ》系のコロンの香りがする。これも春めいた匂いだ。

イクオは満足に視線もむけられないくせに、心のなかで、この女も俺のモノにしてやると誓った。とことん金を遣わせてやる。裸に剝いてやる。だが、それはイクオらしくない思いだった。

だいたいイクオは女をモノと思えない性格なのだ。そういった割り切りができないから、過剰反応するわけだ。

エレベーターのドアがひらく直前だ。桂が醒めた声で言った。

「わたしはお隣のオバサンとちがって、男に金を払うほど不自由はしてないよ」

イクオは狼狽した。この女は俺の心が読めるのか。

「……なんのこと」

かろうじて問いかえした瞬間、ドアがひらいた。桂はイクオを無視して、無言でエレベーターからおりた。

3

「足、つくの」

何気なく訊いたのだが、そのひとことはひどく桂を傷つけたようだ。睨みつけ、挑むような眼差しで言った。

「バランスの乗り物だから。片足さえつくなら、なんとかなるのよ」

さらにヘルメットの顎紐を左右にひっぱって、帽体を拡げるようにしてかぶる。シールドをあげ、喧嘩腰で迫ってきた。

「あなた、免許、もってるの？　わたしは府中《ふちゅう》に通って、三回で大型二輪をとったのよ。その意味がわかるかしら」

「はい。すみません。申し訳ありません」

イクオは気圧《けお》されて、敬語状態である。桂は女としては決して小柄なほうではないが、眼前にたたずむ赤と白に塗りわけられたＣＢ一〇〇〇ＳＵＰＥＲ　ＦＯＵＲは生唾を飲むほどに巨大なオートバイなのだ。こんなオートバイに乗れるのは、男でも限られた者ではないか。

「とっととヘルメットをかぶりなさいよ」

「はい」

「顎紐の締めかた、知ってるんだ？」

「はい。高校のとき、中型免許を取ったので」

「中免、もってるんだ？」

「はい。ペーパードライバーみたいなものだけど」

イクオはへりくだって言った。オートバイには多少は自信があった。なにしろ檜原にはオートバイ乗りのメッカ、峠《とうげ》小僧あるいはローリング族という名称の連中が出没することで悪名高い奥《おく》多摩《たま》周遊道路がある。もっとも免許証は松代姉さんに取りあげられてしまったが。

「中免もっているなら、素人《しろうと》みたいな舐めた口、きかないでよ」

「そうですね。ただ、噂には聞いていたけど、スーパー・フォアの一〇〇〇を見るのは初めてなんで、驚いてしまったんです」

イクオは御機嫌とりに徹した。自分の変化を愉しんでいた。昨日までだったら、むきになって自分のオートバイのテクニックを誇ろうとしただろう。

いや、はにかんでしまう性格だから、露骨に自分の腕を誇ることはしないにしても、自分はすごいんだぞ、ということを徐々に相手にわからせようと画策しただろう。

ところが、そういった気負いがきれいに消えてしまっている。すべては、たいしたことではない。それに尽きる。たいしたことではないのだ、すべては。

桂がCBのかたわらに立ち、セルをまわした。チョークをつかわなかったが、あっさりとエンジンは目覚めた。桂はアクセルを握ったまま、エンジン回転を二千ほどに保って暖気運転した。

マフラーからは白い水蒸気が派手に吐きだされる。イクオは斜め後ろに立って桂を観察した。背丈は一メートル六十五くらいだろうか。バランスのとれた軀つきをしている。多少O脚気味なのが愛嬌だ。

痩せている。もうすこし太ったほうがいいかもしれない。しかし、則江の河馬のような肉体と絡みあった直後である。痩せた手の甲に、神経質そうに浮いた血管さえも好ましい。

イクオはそのあたりで観察をやめた。視線をCBに戻す。なにしろエレベーター内でのことがある。桂は敏感だ。漂う空気からイクオがなにを考えているかを直観的に把握してしまう可能性がある。

まして、露骨な視線などを浴びせようものならば、あっさり見破られるだろう。いや、いまの観察も気づかれているかもしれない。ただ、許容範囲なので黙っているだけなのかもしれないのだ。

イクオはすこし緊張してしゃがみこみ、CBのリヤタイヤに爪を立てる。タイヤはピレリのハイグリップに履きかえてあった。

たいして力を加えなくとも、爪はタイヤにめりこむ。指先でこすると、柔らかく粘る。ドラゴンという物々しいネーミングのタイヤだ。

いまどきオートバイなんかに乗っている女は、変わり者にきまっている。イクオ自身オートバイは嫌いではないが、金があるならば、四輪を買うだろう。

風と友だち、などという噴飯物《ふんぱん》の台詞が罷《まか》り通った時代は遠く過ぎ去り、同時にオートバイのブームも消え去った。ひと頃はオートバイに乗ることがトレンディとやらだったのだが、いまどきオートバイに凝っているような奴はよほどの田舎者か、化石だ。

桂が水温計に向けていた顔をあげ、イクオに言った。

「けっこうグリップするよ。レーシングコンパウンドだから」

「すぐ減っちゃいそうですね」

「どうかしら」

桂は小首をかしげた。イクオは微笑しながら立ちあがった。外国製タイヤらしく、新品であることを示すヒゲがサイドにはたっぷり残っていた。タイヤの両サイドがまったく使われていない。

つまり、たいしてオートバイを寝かしていないのだ。限界まで走りこんでいない。この程度しかタイヤをつかわずに、けっこうグリップするもへったくれもない。

イクオが奥多摩周遊道路を攻めていた高校時代など、タイヤの両サイドまできっちりつかいきっていたものだ。

タイヤはセンターからでなく、サイドからぼろぼろになっていった。烈しく走ったあとは、コンパウンドが熱で変形して黒いスポンジ状になり、指先でちぎれるほどだった。

「水温はあがりましたか」

「うん」

桂がCBをまたいだ。イクオは冷徹に観察した。桂は左足を地面についた。オートバイをまたいで片足をつくとしたら、右足をつくものだ。左足はステップの上におき、即座にシフトできるようにしておくべきなのだ。

左足を地面についていると、発進のとき、いったん右足を地面につきなおして、それから左足をステップに戻し、シフトするという二度手間を行なわなければならない。

やはり、初心者なのだ。教習所では右足をステップ上においてブレーキを踏んでおけと教えるのだが、飛びだし防止ならば右手で前ブレーキをかけておけば充分だ。

桂は試験に受かる乗りかたはできても、合理的に、滑らかに走る乗りかたは身についていないようだ。

イクオはそれを可愛いと感じた。昨日までだったら、地面につくのは右足云々と講釈をはじめただろうが、微笑して見守る余裕があった。

「失礼します」

イクオはリヤシートをまたいだ。なんの躊躇いもなく桂の腰に腕をまわした。桂はすこしうわずった声で、いくわよ、と言った。左肩がもちあがった。油圧クラッチを握ったせいだ。女の細腕には、ややつらいだろう。

桂がクラッチをつないだ。案外滑らかに発進した。もっとも排気量千ccである。低速トルクはナナハンの比ではない。クラッチがつながってしまえば、アイドリングでも走れるし、ローギヤだけで時速百キロ以上までひっぱれるだろう。

「握力、強くなったでしょう」

「そうなの。筋肉けっこうついちゃった」

「だけど、すごく腰が細い。折れそうだ」

イクオは平然とうわついた台詞を口にした。桂が照れた声をかえした。

「そんなこと、ないよ。ちょっとおなかがでてきたかもしれない」

「何センチ？」

「五十八センチくらいかな」

桂はCBを五日市《いつかいち》街道方向に走らせた。はしゃぐことのない落ち着いた運転ぶりといえるが、おそらくはそのとんでもない加速力に恐怖心が先に立って、一般道ではエンジン回転を四千以上にあげることができないのだろう。

停止直前は、やはりぎこちない。イクオは運転を代わってやりたくなった。ヘルメットのなかでずっと微笑んでいた。信号待ちで桂が訊いてきた。

「あなた、なんていう名前」

「まだ言ってなかったですか」

「まだ」

「イクオです。稲垣イクオ」

「わたしは」

「佐々木桂さん」

「そう。S大の三回生」

「女子大生か」

自己紹介しあっているうちに、信号が青に変わった。桂はCBをおとなしく発進させたが、張りあってきた車はあっさり背後に置いてきぼりにされた。どだい四輪が勝負を挑むのは無茶な話だ。

＊

イクオは遠慮してハンバーグにライスを頼んだ。桂はコーヒーのみを頼んだ。いざハンバーグが眼の前にくると、昨夜からなにも食べていないイクオはもう食欲の獣だった。夢中でたいらげた。

やっとおなかが満たされて、我に返った。ハンバーグライスとはいえ、こうして初対面の女にたかっている自分が信じられない。そして満足そうな表情で初対面の男に食事を振る舞っている女がいることが信じられない。

イクオは冷たい汗をかいたグラスを引き寄せながら、思った。これは、ヒモとして生きていけるかもしれない。思いは確信に近いものに変化していった。俺はヒモとしてやっていける。

「コーヒー、頼んであげようか？」

「――いいです」

「遠慮？」

「こうして食事させてもらうことだって心苦しいのに」

イクオは心にもないことを言った。桂は前かがみになり、頬杖をついてイクオを見つめてきた。

「わたし、玉《たま》の輿《こし》を狙ってるのよ」

「玉の輿ですか。俺にはよくわかりませんが」

「敬語みたいのはやめなよ。幾ら年下だって」

桂の表情はなかなかに険しい。イクオは首の後ろに手をやり、曖昧に笑った。やはり食事をおごってもらったので、どうしても卑屈になってしまう。

「恰好悪いよ。もっと堂々としていなさいよ」

イクオは口をすぼめて考えこむ。たしかに、恰好悪いかもしれない。しかし、そっくりかえって威張るヒモというのも、妙な感じがして馴染まない。

「自然体かな」

「うん。イクオには、それが似あうよ」

「俺、性格が暗いから、自然体だと、きっと鬱陶しい奴だよ」

「イクオは暗くないよ。根は楽天的なんだと思う」

「俺が楽天……的」

それはいまだかつてイクオが思いもしなかった指摘だった。ところが指摘されたとたんに、そんな気がしてきたから不思議だ。

「はしゃぐとか、はしゃがないっていうことではなくってさ。根本的な心のありかたよ。あなたにはうまく居直れる才能があるみたい」

喋りながら、桂がコーヒーカップをもちあげ、おかわりを求めた。ウエイトレスは駐車場に鎮座しているCBと桂を交互に見較べ、愛想たっぷりにおかわりのコーヒーをカップにそそいだ。

桂が湯気をあげているコーヒーをイクオの前においた。

「わたしが口をつけたあとで悪いけれど」

イクオは素直にコーヒーカップに口をつけた。いつもはミルクも砂糖もたっぷり入れるのだが、なんとなくブラックで飲む。

舌先で、さりげなく桂の唇の触れたあたりをさぐった。幽かなルージュの甘みが感じられた。

則江のような女がいる一方で、桂のような女がいる。

痩せているせいですこし雰囲気は尖っているが、ほとんどの男から特別扱いされるであろう女だ。

「うまく玉の輿に乗れそう?」

くだけた口調でイクオが訊くと、桂は顔を顰めた。

「お姫さまが案外つまらないということも、わかってるのよ」

「女子大生って、馬鹿ばかりだと思ってた」

「馬鹿ばかりよ。わたしをのぞいて」

「傲慢」

「そう。わたしって、嫌われ者なんだ。とくに同性からは嫌がられる」

「ほんとうにマスコミ志望なの？」

「うん。時代遅れの文芸をやりたいんだ。文芸の編集者。いまや小説家もすっかりサラリーマンじゃない。でも、わたしは人間失格な奴を一人前の小説家に育てあげたいのよ」

「人間失格な奴か」

「そう。いちど則江さんに誘われて、文学賞のパーティに出席させてもらったのよ。そうしたら、紹介された売れっ子作家はアンパンマンみたいな顔して、すぐに女を口説こうとする馬鹿野郎で、雑誌社の偉いさんには歯の浮くようなゴマをする俗物だったわ」

「作家も仕事だから」

イクオは小山内を念頭において答えた。あの額の禿げあがったヒゲの小説家だ。

「頭禿げると、ヒゲ生える」

「なに、いきなり」

「小山内って小説家が言っていたんですよ」

イクオは松代姉さんの店のことをかいつまんで説明した。桂はかなり興味をもったようだ。

「こんど、つれていってね」

「それなりのヒモになったら、ぜひ」

「一人前のヒモにならないと、その松代姉さんにヤキをいれられちゃうんだ？」

「そうなんだ。シャレにならない」

「逃げてしまえばいいじゃない」

「逃げられない」

「組織が追ってくるの？」

「まさか。俺みたいな小物は相手にしないと思うけど。とにかく、逃げる気になれない」

桂はなんとなく納得したようだ。イクオ本人にも、この気持ちはよくわからないのだが、ここで逃げてはだめなのだ、そう心のどこかが囁く。

イクオはおかわり自由のコーヒーを飲み干した。横目で五日市街道を無謀なスピードで走り去るオートバイを追った。そのとき唐突に桂が尋ねてきた。

「ねえ、吉田駿て知ってる？」

イクオは当然、その名前を知っていた。有名人気作家である。だからこそ作品を読むのを避けてきた。

檜原村におけるイクオの読書量は相当のものであったが、集中して読んだのはどちらかというと外国のものが多く、日本の小説は古典、そして売れないものばかりを意図的に選んで読んできた。

イクオは自分にそういった微妙に拗《す》ねたところがあることを自覚していた。ともあれ吉田駿は、かなり世評の高い作品を書く小説家である。桂が重ねて尋ねてきた。

「ねえ、吉田駿」

桂の瞳が妙に真剣なので、あえてとぼけてしまった。

「なんか聞いたことがあるような」

「本物の小説家よ。自分の命を縮めて作品を書いている。サラリーマンではなくて、無頼」

熱っぽい眼差しの桂をイクオは黙って見つめた。

「ねえ、則江さんにこんど吉田駿に会えるようにお願いしてよ」

「俺が頼むの？」

「吉田駿ができそうなパーティに呼んでくれるように」

それはお門《かど》違いだろう。そう思ったが、イクオは黙って頷いていた。桂の瞳に思い詰めた光が、いや、激しい思いこみがみてとれたからだ。

4

マンションに戻った。駐輪場にCBを置いてエレベーターのフロアに向かう途中、まだ一万ほど自分の金が残っていることにイクオは気づいた。なにも、桂におごってもらう必要はなかったのだ。しかし所持している一万円のことをきれいに失念していること自体が、完全にヒモで生きていこうという決心のあらわれのような気がした。

先ほどとはうってかわって、リラックスしたエレベーターだった。イクオも桂も壁面によりかかってややだらけている。背にあたる金属の冷たさが心地よい。桂が訊いた。

「これから、どうするの」

「さあ」

「わたしはデートがあるのよ」

「デートですか」

「そう」

「玉の輿？」

「どうかしら。お金はあるみたいだけれど」

イクオは考えた。賃貸とはいえ、こんな高級マンションに住んでいるのだ。桂の実家は決して貧乏ではないだろう。

「桂さんは、ほんとうは、お金なんてどうでもいいんだよね」

そうイクオが言った直後、エレベーターのドアがひらいた。桂は薄笑いをうかべてイクオを一瞥し、先にフロアにでた。

イクオは鍵をとりだしている桂の脇をすりぬけて、黙って則江の部屋に向かった。鍵もかけずに則江の部屋を留守にしてしまったが、泥棒もこの汚さを目の当たりにしたら尻込みするだろう。

「ねえ、イクオ」

「なに？」

「夕食はどうするの」

「千円あるから、腹がへったらてきとうに食べに行く」

「牛丼？」

「新宿でまったく行くあてのないときに、牛丼ばかり食べていたんだ。安くて、それなりに栄養のバランスがとれているような気がして」

桂は自分の部屋のドアを半分ひらいて、じっとイクオを見つめていた。

「ねえ、わたしの部屋の留守番をしていなさいよ」

願ってもないことではあるが、素直によろこんだ顔を見せるのには抵抗がある。イクオはわざと躊躇ってみせた。

「食べ物は、たくさんあるのよ。冷蔵庫のなかに入っているから。てきとうに食べていいから」

「俺を信用してくれるんだ」

「うん。部屋に戻ったときに真っ暗なのって、けっこう侘《わ》びしくて淋《さび》しいものよ」

「わかった。お帰りなさいませって言うよ」

「三つ指つくんだぞ」

「それはいいけど、彼を連れて戻らないでね」

桂が肩をすくめた。イクオを手招きした。イクオは物欲しそうに感じられないように意識して近づいた。桂がイクオの肩を押した。イクオを玄関に押しこんだ。イクオは靴も脱がずに室内を見まわした。視界にはいる部分は、文句なく清潔だ。

「けっこうきれいにしてるね」

「おかあさんが掃除とかにうるさい人だったから。さ、早くあがって」

ふたたび桂に背を押された。イクオは膝をついて、脱いだ靴をていねいに揃えた。イクオの母親も、掃除ばかりしている人だった。なかなかに鬱陶しい母親だったが、ふと懐かしさを覚えた。

＊

桂はシャワーをあびてスカートに着替えて出ていった。シャワーをあびる音がしているときは緊張し、どこかぎこちなかったが、桂が出ていってしまうと、とたんにだらけた。

ソファーにふんぞりかえって、テレビのリモコンをいじくる。再放送の時代劇をぼんやり眺める。そして、思いついた。部屋を探検してやれ。

正確には、下着のはいった衣裳ケースでも見物してやれ。そんな不純な気持ちだ。

下着はすぐに見つかった。ていねいに丸めてあった。まるで下着売場のように大量で、カラフルだった。イクオはその中から純白の一枚をつまみあげた。

まったくの新品だった。まだ穿いた形跡はない。シルクだろうか。ちっぽけな布きれは、艶やかで、冷たい。

イクオは気を遣って元通りに下着を戻した。それから忍び足でバスルームに向かった。全自動洗濯機と乾燥機が据えてあり、その脇の籠《かご》に、洗濯物があった。イクオは淡いベージュのショーツをつまみだす。

微かに汚れていた。生き物の徴《しるし》がのこされていた。イクオは鼻を近づけた。その香りを思いきり吸いこんだ。

ああ。

溜息まじりの声が洩れた。だが、昂ぶる前に、むなしくなった。バスルーム脇の洗面所にへたりこんだ。その手には桂の下着がある。凝視しながら、のろのろと、ジッパーをおろした。完全に硬直していない分身を握る。あれこれ愛撫を加えてみる。桂の下着にくちづけする。まだ柔らかさの残る自分をこすりはじめる。

だが、数分で萎えた。いかに鼓舞しても、反応を示そうとはしない。イクオは洗濯籠を引きよせた。ひっくりかえす。床に桂の衣服が散乱した。

Tシャツ。ネルシャツ。ブラック・ジーンズ。ブラウス。ショーツ。ブラジャー。ソックス。

それぞれに素早い一瞥をくれ、純白のショーツに残った陰毛をつまみあげる。

蛍光灯の白々とした光に透かして見る。縮れ具合を確認した。そっと舌先にのせてみる。無味無臭だ。単なる毛にすぎない。

俺、なにやってるんだろう。

イクオは胸の裡で呟き、散乱した洗濯物をかきあつめた。陰毛はまだ口のなかに含んだままだ。

集めた洗濯物を色分けして、洗濯機のなかに放りこむ。まずは、白いものからだ。

洗濯機がまわりはじめた。全自動なので最初にセッティングしたら、あとはもうやることがない。イクオは洗濯機のかたわらに座りこみ、口のなかの陰毛をとりだす。

「馬鹿だな、俺」

声にだして言い、鏡台下にあるごみ箱に陰毛を棄てた。眼をとじる。洗濯機のまわる音に耳を澄ます。

孤独だ。しかし悪い気分ではない。心は意外に安定している。徐々に呼吸が穏やかになっていく。イクオは洗濯機に寄りかかった。やがて、眠った。深い眠りに落ちた。

＊

あくびまじりに九時のＮＨＫニュースを見ていると、桂が戻った。ちょうど天気予報がはじまりかけたときだ。

「早いですね」

「もっと遅くなると思ってた？」

「うん。せっかくのデートだし」

「なにか食べた？」

「まだ。あとでカップ麺をもらう」

桂が頷いた。ソファーに座ってのびをした。セーターが静電気でぱちぱち泣いた。イクオはそっと観察する。桂は酔ってはいないようだ。多少疲労のいろがみえる。

「桂さん、暇だから洗濯、しておいた」

「――下着とかも」

「うん」

「ヒモ丸だしだね」

「ヒモだから」

「わたしはあなたを養う気はないよ」

「それは当然だよな。じゃあ、俺は隣に帰ります。オバサンのお帰りを待つとします」

「だめよ」

「だめ？」

「復讐するの」

イクオは首をかしげた。桂がソファーから立ちあがった。イクオに軀をぶつけるようにして抱きついてきた。瞳を見開いて、かたちのいい唇を歪めて囁いた。

「おかえしをしてやるの。あのオバサンにとことんあの声を聴かせてやる」

「あの声……」

「帰さないもの。イクオは、今夜一晩中わたしの相手をする。あのオバサンは朝まで悶々《もんもん》とする」

イクオは抱きつく桂をもてあましつつ、彼女の腰を抱いていた。則江の量感は、ない。あまり力を加えると、ひびが入ってしまうのではないか。だから、加減して、股間を密着させる。イクオは自分が妙に手慣れた行動をとっていることに奇異の念を抱いていた。

「イクオ。キスして」

桂が背伸びして迫った。イクオは躊躇いがちに彼女の唇をふさいだ。接吻の技巧などなにも知らない。だが舌先が触れあって、絡ませ、探りあっているうちに、意識的に唇に微妙な力加減をくわえることができるようになっていた。桂の舌が誘った。そっと唾液を送りこむ。

お互いの呼吸が速まっていく。桂が腰をずらし、手をイクオの股間に滑らせた。ジーンズの上からイクオの分身をなぞる。巧みだった。イクオは身をよじりそうになった。

唾液を送りあったあとは、吸いあった。どこかわざとらしい音が響いた。桂はあいかわらずイクオの分身をなぞり、やがて精も根もつきはてたような表情をうかべ、唐突に軀を離した。

「まだ、あのおばさんは帰ってきていないでしょう」

「まだ」

「先に、軀を洗っておくのよ」

イクオに異存はないが、いまひとつ桂の気持ちと考えがつかめなかった。しかし、あれこれ質問できる雰囲気でもない。イクオはおあずけを喰らった犬の気分で、桂に背を押されるようにしてバスルームに向かった。

桂がイクオのシャツを脱がせにかかった。痩せて浮きあがったイクオの肋骨《ろっこつ》に掌をあてがって、痩せっぽち……と囁いた。聞こえるか聞こえないかの声だった。イクオは彼女の唇の動きでかろうじてそれを理解した。

「桂さんだって痩せている」

「出るところは、出ているの」

挑むように言い、桂はひと息に上半身に身につけているものを脱ぎ棄てた。イクオはブラジャーに締めつけられて窮屈そうにしている桂の胸のふくらみを凝視した。

5

桂は下着でおさえていた乳房を解放した。イクオが曖昧に視線をはずした。

「なんだ、意気地がないのね。それとも、演技？」

「俺って、小心者なんですよ。うまく言えませんけど、見たい気持ちよりも、恥ずかしさのほうが先にたちます」

いままでわりと馴れた口をきいていたイクオが急に敬語のような言葉遣いになってしまった。

イクオの気持ちに嘘はないと桂はふんだ。

「それなら、こうして脱いだわたしのほうがよっぽど恥ずかしいよ」

「すみません」

「あやまることないじゃない」

「そうですね。すみません」

桂は苦笑した。イクオはほんとうに初《うぶ》なのだ。そう感じた。しかし、その一方で、ヒモになるくらいの男は、この程度の演技は平然と巧みにこなすのではないか、とも考えた。

「ねえ、暗いのは趣味じゃないわ。カラッといきましょうよ。どう？　わたしの胸は」

「……桂さんのほうが暗かった」

「なにが」

「デートから帰って、すごく疲れていた」

桂はちいさく息を呑んだ。それから溜息をついた。気持ちはうまく隠したつもりだった。暗くならないように演技した。しかも暗い気分をごまかそうとして、逆にはしゃいでいるような具合にならないように気を配ったつもりだった。

デートは最悪だった。しかも、どこが最悪だったか桂にはわからなかった。ただ、まったく愉しむことができず、どんどん憂鬱な気分になっていった。

決して相手が失礼なことをしたり、腹立たしいことがあったわけではない。いうなれば桂の鬱《ふさ》ぎこんだ気分は不定愁訴《ふていしゅうそ》のようなものだ。

だが、耐えられなかった。我慢がならなかった。相手が表面上にすぎなくても善意の男を演じ、桂を大切にするふりをするのが許せなかった。つまり、いくら相手が紳士的にふるまっても、その背後にある欲望が透けて見えてしまうのだ。

かといって、あからさまで含みのない直接的な欲望にも耐えられない。桂にも性的欲望はある。人一倍ではないか、と自分自身でも感じている。だが、今日のデートの相手のような男では自分が永遠に満たされないことも直観していた。

それにしても、なにが腹立たしいのか、よくわからない。それなりに愉しい時間のはずだった。相手に遺漏や粗相はなかった。ふたりの状況をビデオに撮って第三者に見せたとすれば、それは食事からはじまって、なんとも幸せそうで満ちたりたフルコースであったはずだ。

ただ、そこには隠すことのできない嘘の匂いがする。偽善であるとか、虚偽と表現されるものの悪臭が漂っている。それは当事者でなくとも、多少敏感な者なら感じとることができるはずのものだ。

だから、最後の仕上げであるベッドには向かわなかった。直前で身を翻《ひるがえ》し、帰ってきてしまった。桂は両手で胸を隠した。うつむいた。小声で呟いた。

「イクオって、最低の男ね」

睨みつけていると、イクオがそっと顔をあげた。怪訝そうな声をあげた。

「最低の男」

「そうよ。女が演技しているのに気づいたら、知らんふりしてそれにのってあげなさいよ。嘘は指摘するんじゃなくて、だまされてあげるもの。ヒモなら、もっと大人の包容力をみせなさい」

＊

嘘は指摘するものではなくて、だまされてあげるもの。イクオにとってはハッとするような指摘だった。自身の包容力のなさ、そして幼さを悟らされていた。

悲しいから、笑う。

つらいから、はしゃぐ。

イクオはしみじみと思った。人間は、寂しい。寂しさとは、気持ちと正反対の態度をとらなければならないときに生じる切なさのことかもしれない。

「ごめんね、桂さん。俺は桂さんの気持ちがなんとなくわかっていながら、ガキみたいな対応しかできなかった」

「いいの。悟られてしまったわたしのほうが無様なんだから」

イクオは言うべきか、黙っているべきか、悩んだ。いささか臭いが、思いきって口にした。

「生意気を言うかもしれないけど、生きるということは、寂しさを友だちにすることだと思うんだ。でも」

「でも?」

「寂しさが友だちに思えない瞬間だってある。そんなときは、どうしたらいいのかな」

「さあ、難しいな」

「酒を飲みに行くってのは」

「お酒なんかでは解消されないよ」

「じゃあ、誰かと一緒にいる」

「それ、いいな。誰かと一緒。でもね、誰かといても、ダメなときはダメなのよ。たとえば、いまわたしがデートしてきた相手。お金もあれば、容姿も整っている。会話もユーモアがあって、気がきいている。絵に描いたようなナイスガイってやつですか」

桂の言葉を聞きながら、イクオは則江のことを思っていた。口元がほころんだ。どこか苦い、そして酸っぱい気持ちが微笑にかわった。

＊

桂はイクオの微笑を喰いいるように凝視した。桂はいままでこんな複雑な笑顔を見たことがなかった。あるいは、こんな複雑な微笑をうかべる男がいることに気づかなかった。

「桂さんのデートの相手って、きっと最高の人なんだよ。でも、俺に言わせれば、マニュアル野郎に毛の生えた程度。いい人って、じつはたいがい、すごく嫌な奴なんだ」

桂はわざと揶揄する口調で応えた。

「ところが彼は、あなたが持っていないものをみんな持っているのよ」

イクオが頷いた。素直に肯定した。

「俺には金も学歴も、気のきいた冗談も、恰好いい車も、なにもない。はっきりいって人より優れたものって、なんにもない。認めたくないけど、ホームレスのおじさんと公園のベンチで寝ていて、しみじみとわかったよ。俺って、落伍者っていうのかな。競争に負けたみじめな二十歳」

ホームレスと公園のベンチで寝ていたとはどういうことか。イクオはどういう生きかたをしてきたのだろうか。桂は小首をかしげて、しかし黙って聴いてやる。

「取り柄って、なにもないんだよ。俺ってなにもない。卑下していうわけでなく、なにをやっても、負けるタイプ。言いかたをかえると、身の程を知ってしまった二十歳の老人。ちょっと恰好よすぎますか」

桂はイクオを見つめ続けていた。両手で隠した乳房に、ほとんど無意識のうちに指先が喰いこんでいた。

「ねえ、桂さん。楳図《うめず》かずおの恐怖漫画で呪いの肉面みたいのがあったんだ。子供のころ、たまたま読んだ漫画なんで正確な題名はわからないけれど、仮面が顔に貼りついちゃうんだよね。で、無理にとろうとしたら、顔の肉までもとれちゃうって話」

「そういう話なら、わたしも聞いたことがある」

「俺ね、公園のベンチに座っていて、しみじみと思ったんだ。人はみんな仮面をかぶるんだよね。人はみんな仮面をかぶっている」

「認めたくはないけど、わたしもかぶってるよ。かぶらなくては、やっていけないじゃない。相手に応じていろいろな顔を使いわけるのよ」

「ある人は剽軽《ひょうきん》なお面で、ある人は怒った顔をした仮面。愛想笑いの仮面や、つっぱった仮面や、いつもあやまっている仮面。いろいろな仮面が、人の数だけある。そして、その仮面というのは、社会っていうのかな、自分以外の誰かに対してかぶっているはずのものなのに、いつのまにか恐怖の肉面になってしまって、顔から、いや、心から剝がれなくなってしまうんだよね」

あまりに単純で率直な認識ぶりに、桂は眉根をひそめた。

「イクオって説教臭いね」

「ごめん。でも、それって、俺が老人仮面をかぶってしまっているからだよ」

「老人仮面」

「うん。俺って、じつは、なにも知らないくせして、二十歳の若造のくせして、自分を他人からなんとか護《まも》ろうとして、老人の仮面をかぶったんだ。最初に老人仮面をかぶったのは、たぶん高校一年くらいのころじゃないかと思うんだけど」

桂はイクオを軽蔑の瞳で見た。なにが、老人仮面だ。久しぶりに本造りの馬鹿を見た。そんなことは心のなかで思っておくだけで充分だ。いちいち口にすることか。

「桂さん、いま、俺のことを馬鹿だと思ってるでしょう」

「そのとおり」

「やっぱり、言わないほうがよかったよな。はっきりいって、喋っている自分がいちばん恥ずかしかったもんな。でも、恥のかきついでに、もうひとことだけ言うよ」

「言いなさいよ」

「俺は、ダメなクズ男だけど、ひとつだけ特技がある。それは——」

＊

イクオは口を噤んだ。首を左右に振り、洗面台の鏡に自分の顔を映した。泣き笑いの顔が見つめかえした。

「最後まで言いなさいよ」

「うまく言えない」

「言え！」

イクオは呼吸を整えた。まっすぐ桂を見据えた。

「俺は、ダメなクズ男だけど特技があるんだよ。それはうまく言えないけど、切実な気持ちを感じることだ。みじめで不細工だけど心にぢんぢんくる、あの得も言われぬ気持ちを感じることができる。俺は、そんな切実な気持ちがなんとなくわかるんだ。でも、桂さんのデートの相手には、それがなかった」

イクオの脳裏には、先ほどから則江の姿があった。差別の対象になってしまう容姿をもって生まれた女。姿かたちだけで避けられてしまう女の切実な孤独。イクオは痛いほどに則江のことが理解できるのだ。しかも、その切実さも充分にわかる。則江は人間の、女としてのパッケージが不細工なだけで、忌み嫌われてしまうのだ。

しかしイクオは、則江の気持ちを理解したうえでその姿かたちまで引き受けて誠実につきあうかといえば、冗談じゃないと逃げだしてしまう。心底から手をさしのべる気にはなれない。その矛盾が切ないのだ。切なすぎるので微笑するしかない。

「切実か……」

桂が呟いた。胸を隠していた手から力が抜けた。痩せた軀にいささか不釣り合いなほど豊かな胸が露になった。

イクオは口を半開きにして見つめた。まるで整形したのではないかと思われるほど見事に整ったかたちをしている乳房だった。見つめていると、桂が問いかけてきた。

「みんな、切実よね」

イクオは頷いた。しかし肯定したわけではなかった。則江と桂では、切実さの質がちがう。もし、自分が女に生まれ変わるならば、則江だけはごめんだ。できれば桂に生まれ変わりたい。

それにしてもイクオは、昔から切実な者につけこまれるたちだった。クラスで仲間はずれになっているような奴が、救いを求めるような表情でイクオのまわりにおずおずと集まった。

「どうやら、お隣さんがお帰りになったご様子よ」

桂が口元を歪めて言った。イクオは耳を澄ました。たしかに則江の部屋に人の気配がする。それも足音が響くほどで、やや尋常ではない。

「おばさん、イクオがいないから、あわてふためいているのよ」

露骨な残酷が滲んだ桂の瞳に、イクオはやや臆した気分になった。残酷には深く濃い昂ぶりが重なっていた。桂が顎をしゃくった。

「さ、お風呂にはいりましょう。一緒にはいるのよ」

桂が短めのタイトスカートを脱ぎ、厚手のカラーストッキングを脱いだ。短い純白のショーツもあっさりと脱いだ。全裸になると、ショーツを手のなかで丸めた。

「洗濯は、けっこうよ」

軽蔑の口調で言って、脱衣籠に投げこむ。そしてイクオに一歩近づいてきた。

「脱がせてあげようか」

「いや、そんな」

「童貞じゃあるまいし」

悪ぶった表情で桂がイクオのジーンズに手をかけてきた。イクオは逆らいようもなく、裸にされた。積極的な桂に多少唖然《あぜん》としていた。

桂が鼻をうごめかせた。露骨に顔を顰めた。イクオの触角に視線をはしらせた。

「嫌な匂いがする。最低。あのおばさんの匂いね」

イクオは首をねじ曲げて自らの触角を窺った。みじめにしおたれている。萎縮《いしゅく》狼狽しているといっていいだろう。

それにしても女の鼻とはなんと敏感なものか。たしかに則江との交わりのあとの処置はティッシュで拭いただけだ。桂は、それを嗅ぎとったのだ。

「最悪ね。わたしがとことんその腐った匂いをおとしてあげるよ。イクオはわかっていないでしょう、この悪臭」

そんなにひどい匂いなのだろうか。そう思ったが、イクオはまだ他に比較する女を知らない。素直に頷いておいた。桂がイクオの臀に手をかけた。空いているほうの手で、バスルームの折り戸を開く。

則江の部屋のバスルームとおなじ造りではあったが、こちらはとことん清潔だった。タイルの目地まで真っ白だ。イクオは苦笑まじりの溜息をついた。あの黴だらけの則江のバスルームは、なんだったのだろう。

「どうしたの」

「清潔っていいね」

桂が小首をかしげた。則江の部屋の惨状を知らないのだ。イクオはもう少しでそれを口ばしるところだったが、かろうじて沈黙をまもった。

桂が首をかしげたまま、怪訝そうにイクオを覗きこんでいる。吐く息が白い。微かに鳥肌がたっていた。

磨きあげられたバスタブは空だった。せめて湯が満たされていれば多少はあたたかいのだろうが、イクオはたまらず胴震いした。

「寒い？」

「ちょっと」

桂は寒さを感じないのだろうか。いや、彼女も足を小刻みに動かしている。素足にタイルが冷たいのだ。なんだか喜劇じみているなとイクオは思った。せめてシャワーでも浴びよう。ノブに手をかけた。桂が制止した。

「シャワーはあと。こっちへきて。バスタブのなかに座って」

「本気かよ」

「はやく！」

桂が癇癪《かんしゃく》を破裂させそうな顔をして睨んだ。イクオはあわててバスタブの縁をまたぎ、しゃがみこんだ。

「ちゃんと、お臀をつけて」

イクオは意を決して空のバスタブに座りこんだ。凍えきったバスタブの冷気が臀から脊椎《せきつい》に抜けた。耐えきれず顔を顰めると、桂が頷き、微笑した。

「いま、あたたかくしてあげるからね」

だが、蛇口からでてきたのは水だった。イクオは悲鳴をあげそうになった。あまりの冷たさに身をよじる。

「すぐ、お湯になるわよ」

桂がおもしろそうに笑った。イクオは泣きそうだった。俺は女の玩具なのか！　そんな悲痛な叫びを心の中であげていた。

やがて、蛇口からの水は、お湯にかわった。桂が小刻みにふるえながら尋ねてきた。

「温度はどう？」

イクオはバスタブの底にたまってきたお湯を軀に浴びせかけながら答えた。

「ちょうどです。ちょっと熱いような気もするけど、軀が冷えているせいだと思う」

「どれ。それではわたしも、どっこいしょっと」

桂がイクオの足を踏まないように気を遣い、せまいバスタブに入ってきた。そのまま背を向け、イクオのうえに座った。

イクオは呆気にとられた。この女はなにを考えているのだ？

「わたし、軽いでしょう？」

「まあ、そうですね」

「お湯がいっぱいになったら、もっと軽くなるから」

言うそばからお湯はじわじわと水位をあげていき、ふたりの軀を浸しはじめた。イクオはなにも考えられない状態だ。なにしろ桂の臀が自分の触角にぴったりと密着している。桂の白い背中がイクオの胸を押す。

「ほら、イクオ。見てごらん」

桂が瞳で自分の股間を示した。お湯はそのあたりまでたまってきて、桂の性毛がゆらゆらと揺れはじめていた。

「わたしって、毛深いほうかな」

「さあ、ふつうじゃないですか」

イクオが比較できるのは則江だけである。桂は則江と較べたら、ほとんど生えていないといっていいくらいまばらだ。だから、彼女の縦筋のはじまりがぼんやりと見える。イクオはたまらず反応を示した。

＊

桂はイクオの反応を臀に感じて、首をねじ曲げた。悪戯っぽい眼差しでイクオを見つめる。

「ダメよ。お風呂場でしたカップルは、絶対に別れるんですって」

言いながらも、桂は臀を軽く動かしてイクオを刺激した。イクオの昂まりを、その硬直を愉しむ。もう少し角度を変えてずらせば、その昂まりを自らの内部におさめることができる。ひどく危うい格好だ。

それはイクオにとって拷問《ごうもん》に等しい体勢であるはずだ。だからこそ桂は、それ以上の行為に進展することのないように位置を微妙にコントロールしていた。

やがて、ふたりの入ったせまいバスタブいっぱいに湯が満ちた。桂はさりげなく立ちあがり、臀をイクオに向けたまま蛇口に手をかけ、湯をとめた。

イクオの眼前に、臀をさらす。秘められたすべてが露になったはずだ。ちらっと背後を窺い、桂はその体勢を保ち、尋ねた。

「見える？」

＊

見えるに決まってるだろう！

そう呻き、叫びたいところを抑えて、イクオはどうにか冷静な顔をつくって頷いた。なにしろ、見えないと答えるのは不自然で不可能だ。そんなイクオの気持ちを知ってか知らずか、桂がイクオの眼前ぎりぎりにまで臀をつきだした。充分に見せつけて、親指の爪を噛んで含羞《はにか》んだ。

「見られちゃった」

「見せたんだろう」

憤った口調でかえすと、桂はふたたび先ほどと同じようにバスタブに軀を沈め、イクオの上に座ってきた。

「どうだった？」

「なにが」

「わたしって、匂いがないでしょう」

「そういえば」

「まだ、洗ってないんだよ。それでも、匂いが薄いの」

桂はそれを誇っているのだろうか。イクオは対処に困った。臀を突きだして見せたことといい、体臭のことといい、イクオには手に余る。話題を変えることにした。

「桂さんは、お風呂にはいるとき、いつも、こんな具合なの」

「なにが」

「空のバスタブにはいって、お湯を入れる」

「うん。ここに引っ越してきてから、あみだしたんだ。お湯がじわじわと上昇してくるのを待つのは、なんともいえないものがあるの。もっとも、わたしだけではいるときは、水がお湯にかわってからはいるけどね」

イクオは失笑した。そして、言った。

「すっごく冷たかったぞ」

「でしょう。泣きそうな顔がかわいかった」

ふと気づくと、イクオは桂に肌を密着させているにもかかわらず、落ち着いて会話を交わすことができていた。

「ねえ、桂さん。胸とか、触っていい？」

「うん。いいよ」

「すごいね。大きいのに下を向いてない」

「うん。ちょっと自慢。けっこう敏感なんだよね」

「乳首……？」

「わたしの場合は乳房のほう。乳首は過敏すぎるのか、ちょっと痛いんだよね。あとになったら、痛くしてくれていいよ。痛くして、欲しい。でも、はじめのうちは、乳房を五本の指でやさしく」

「こう？」

「そう。なんだか、切なくなってくるよ」

「俺、童貞を棄てたばかりなんだ」

一瞬、間があった。イクオは照れ笑いをうかべた。桂から曖昧に視線をそらす。

＊

桂は上体をねじ曲げて、イクオを見た。イクオは耳まで赤くなって照れているその羞恥のさまから察すると、どうやら冗談を言っているわけではないようだ。

「俺、じつは、まだなにも知らないんだ。耳年増的な知識はあるけれど、実際にはほとんど役にたたないね」

「あなた、ほんとうに、あのおばさんに童貞捧《ささ》げたの」

「そういうこと。不幸な出発、かな」

信じ難いが、事実であるようだ。せまいバスタブのなかでどうにか躯をいれかえ、桂はイクオと向きあう体勢をとった。桂は独白した。

「もし本当の話だったら、ずいぶん腹の立つ話よ」

イクオは本当の話だ、と首を縦に振った。そして、付け加えた。

「なにも知らない。テクニックなんてなにもない。特別な才能もない。あのおばさんがお似あいかもしれないな」

その自嘲は、カラッとしていた。あきらめのあとにくる透明な心境が桂にも伝わった。桂はイクオから視線をはずした。吐息をついた。イクオが不安げに声をかけてきた。

「ねえ、桂さん」

桂は眼だけイクオに向けた。

「俺、ほんとうになにも知らないんだ。だから」

「だから？」

「もし、よかったら、仕組みを教えてよ」

「そんなこと、勝手に数をこなして、経験を積めばいいでしょう」

「俺が知りたいのは、たとえば桂さんが独りのとき。どういう意味か、わかるかな」

「わかるけれど、そんなこと教えられるわけがないじゃない」

「それも、そうだよな。俺の頼みって、ちょっと変態じみてるかな」

「ちょっとじゃないわ。すごい変態」

＊

すごい変態と言われて、イクオはやや怯んだ。しかし桂の瞳はきらきらと光って猫の眼だ。湯のなかで、そっとイクオの触角に手をのばしてきた。親指と中指でそっとつまんで囁いてきた。

「硬い」

「もう、はちきれそうだよ」

「そのわりに、ガツガツしていないわ」

「そうだね」

イクオは自分の股間を他人事《ひとごと》のように観察した。最大限の硬直に至っているが、それでも突進する気配はない。桂がイクオに立つように命じた。もう立ってます、という手垢のついた冗談を言いそうになったが、それはかろうじてこらえた。

桂がボディソープをスポンジにとり、イクオの軀を泡立ててくれた。イクオは身をまかせた。桂が丹念にイクオを洗いはじめた。イクオの分身はあいかわらず一方的に硬直状態であるが、桂は淡々としたものだ。

イクオは奉仕されていることになんともいえない感慨を覚えた。ヒモ志願が女に軀を洗ってもらっているのは、どこか奇妙なものだ。ほんとうは俺が桂さんの背中でも流して御機嫌をとっているべきだろう。そんなことを思いながらも、黙って身をまかす。

6

全裸の桂がダブルベッドに横たわった。リモコンを手にとり、エアコンを最強にした。イクオに加湿器のスイッチを入れるように命じる。

イクオが命じられたとおりにして加湿器から噴きだす蒸気をぼんやり眺めていると、桂が手招きした。

「わたしの横に座っていて」

言いながら、イクォの場所を空けてくれた。頭上の蛍光灯は消されている。鏡台の上のあかりがついているだけの間接照明だ。影が妙に間延びして長い。

イクオは横たわる桂のかたわらにあぐらをかいて座った。ベッドは硬めで、しっかりした感触だ。かなり高価なものだろう。

桂が唇を舐めた。丹念だった。唾液で唇が輝いて見えた。微かに覗ける舌は血のように真っ赤だった。

凝視していると、熱のあるときのように息遣いが烈しくなった。胸が忙しく上下し、乳房が揺れた。桂は臍に右手中指の先を押しあてた。柔らかそうな腹だが、その奥に腹筋の弾力が見え隠れしている。

しばらく臍の周辺をさまよっていた指先が、徐々に上に向かい、乳房にとどいた。指先は、乳房の谷間を這いのぼり、首筋を伝い、唇に達した。

桂は指先を口に含んだ。幼児のように舐めた。濡れた音がした。やがて、苛立たしげに軀を揺らした。指先が口からはずれた。

いきなり両手が乳房にかかった。真ん中に押しあげ、きつく指先を喰いこませた。乳首には触れようとしない。自分で言っていたように過敏すぎて触れると痛いのだろうか。周辺を丹念に揉みしだいていく。

乳房は複雑によじれ、歪んだ。だが、いわゆる肉塊のグロテスクさはない。イクオは心のなかで首をかしげた。桂の乳房には存在感がない。

それは乳房だけではなかった。その肉体すべてが、淡い。影が薄い。肉としての存在を主張していない。イクォはあぐらをかき、腕を組み、つまり脚も腕も組んで考えこんだ。

すぐに結論に達した。桂の肉体は、最大公約数的なのだ。男が性の対象に思い描く軀そのものである。それはイクォにとって見慣れたものでさえある。

存在感が薄いのは、まるでビデオや週刊誌のグラビアを見ているのに近いからだ。しかし、だからといって、性的な引力が希薄なのかといえば、そうではない。イクォは後悔した。個人的な行為を見たいなどと口ばしらなければよかった。

早く我が身で彼女を確かめたい。イクォの触角は先ほどからひたすら硬直屹立して、痛みを覚えるほどである。これを桂の肉体のなかにおさめれば、その存在の秘密を確認できるのだ。

だが桂は、孤独な行為に耽りはじめていた。まさかイクォの唐突な願いをききいれてくれるとは思いもしなかった。イクォは桂の孤独な行為を観察すれば、自分が女性に対したときにどのように対処すべきか、なによりも正確に理解把握できるのではないかと考えたのだ。しかし桂は、イクォという観客を意識しているので、きれいごとに終始するかもしれない。

しかしこの一幕が終わるまでは、イクォは自ら言いだしてお願いした手前、桂に手をだすわけにはいかない。耐えるのだ。そう、言いきかせた。

桂は乳房を変形させ続け、やがて苛立ったような眼つきで腹這いになり、イクォにすり寄ってきた。

「イクオがわたしに触れたら反則だよ」

そう釘をさすと、イクオの腰を抱いた。イクオは喉を鳴らした。桂は唇を尖らせ、屹立しているイクオに軽く接吻した。イクオが眉根に縦皺を刻むと、ハーモニカを吹くように横咥えした。

その様はなんとも大らかだった。性的行為につきものな淫靡《いんび》さがない。好きでたまらないものを心の底から愉しんでいる。そんな印象だ。

イクオは感動していた。感動というにはいささか大げさだが、感じいっていた。桂には抑圧がない。率直で素直だ。だから従順に身をまかせた。

＊

桂は腹這いの体勢でイクオに頬ずりしながら、そっと腕を自らの下腹にのばした。指を使う。上目遣いでイクオを見つめる。

「わたしのやりかた、ぜんぶ教えてあげる。すべてを隠さず、教えてあげる」

するとイクオはかたちだけ頭をさげた。

「お願いします」

真摯《しんし》な表情だった。イクオを見つめているうちに切なくなった。なんてかわいい男なのだろう。食べてしまいたいという言葉が脳裏をかすめた。食べてしまうか、子宮のなかに取りこんでしまいたい。

桂は自意識過剰気味で、いまだかって性を心底愉しんだことがなかった。正確な表現をすれば、相手がいると完全に心を解き放つことができなかった。快感の声も加減し、演技していた。その体勢も、美しく見えるように意識していた。貪《むさぼ》るといったニュアンスからはほど遠い性行為ばかりを続けてきた。

桂の相手も、桂に幻想を抱いているようだった。いつだって、誰だって桂を特別扱いした。とくに桂の裸体を見てからは、その瞳に宿る幻想が強固になっていった。

男たちは桂の肉体にある完全さを感じ、性における桂の反応に対してまでも、ある種のパターン化された男の理想を無意識のうちに求めてしまうようだった。

そして桂は男の求める理想の女の演技を続けてきた。桂の演技はどんどん熟達していき、男たちは感動の面持ちで桂を賛美した。しかしそんな性行為は自己の解放とはほど遠いものである。

桂は理想的な肉体を持つ女として賛美されればされるほど欲求不満を溜めていった。その顔は整っているが、ずば抜けて美しいというわけでもない。そんな自覚があった。

しかし、その軀はずば抜けていた。とくに数多くの女を知っている者ほど桂の軀に感動した。切実な賛美を寄せた。だから桂は自分の肉体に対して、客観的な評価をもっていた。わたしの軀は、男にとって最上のものであるようだ、と。

桂は痩せてはいるが、骨格はしっかりしている。いや、骨は細いほうだが、腰など見事に左右に張りだし、その上にかぶさる肉は徹底的に抑制がきいている。肌の表面はきめ細かく柔らかいが、男が肌を指先でそっとなぞれば、その奥の張りを理解して感嘆する。

それにしてもまさか男の前で自慰をしてみせることになるなどとは思ってもいなかった。桂はいつだって涼しい顔をしてきたものだ。ときに性を超越しているかのような演技さえしてきた。恥ずかしい。羞恥が全身を駆けめぐる。独り寝。孤閨《こけい》。そんなうろ覚えの言葉が脳裏をかすめて、散っていく。桂はこんな恥ずかしい行為の最中に、イクオが自分に緊張を強いないことを実感した。

この子には、すごい包容力がある。この子はわたしが乱れるのを見つめながら、健気に耐えている。この子はわたしがなにを口ばしっても、なにをしても、きっちりと受けとめてくれる。

桂は腹這いのまま小刻みに痙攣した。指先だけであるところまで昇りつめていた。かなり質の高い快に打ち震えていた。そのまま連続させることに未練がないわけではなかったが、そっと指先をはずした。手の甲で汗ばんだ額を拭う。抑制を意識した声で訊く。

「見えた？」

イクオが素直な表情で答えた。

「いや、この位置からだと、よくわからなかった」

桂は呼吸を整えながら、独白した。

「見えなかったのか」

全身にうっすらと発汗していた。気怠さと痺れをこらえて上体をおこし、呟いた。

「わたし、じつは不感症なのよ」

「まさか」

イクオが苦笑いした。桂は真顔だ。

「まったく感じないわけではないんだけど、男の人ではいつだって不満が残る」

イクオが戸惑いがちに手をのばしてきた。桂の頭に掌をあてた。掌は暖かかった。そっと撫でてくれた。

「労《いたわ》ってくれているの」

「そんなわけじゃないけど」

イクオの照れた声に、桂はうっとりと眼をとじた。光の輪が瞼の裏側で躍った。くぐもった声で呟いた。

「わたしが独りで、どんな醜いことをするか、全部見せてあげる」

「いままでのは――」

「あんな指なんて、中学で卒業よ」

＊

桂がとじていた眼をひらいた。悪ぶった口調と裏腹に、きつくイクオの手を握ってきた。イクオは初めて桂に則江に負けない切実さを感じた。蔑《ないがし》ろにできない悲哀を覚えた。

7

「わたし、初体験は中三のときだった」

鏡台の前に立ち、桂はぽつんと呟いた。イクオはなんと応えていいかわからないのだろう、黙って頷いてみせた。桂は鏡に映ったイクオが頷いたのを確かめて微笑した。

「わたしって、子供のころからませていたというか、性に対して異常に興味をもっていたの。マスターベーションを覚えるのも早かったわ。で、ちょっとわたしはおかしいの。わたしは処女を自分で破ったのね。ほんとうなんだから。絶対他人にはいえないわたし独りだけの秘密」

桂は鏡台に並んでいる化粧品のなかから、細長く小振りなプラスチック製の化粧品の容器をつかみ、イクオに示した。

「いまは、これがお気に入り。化粧水よ。化粧水のボトル。安物だけれど、いちばんフィットする」

イクオが真顔で訊いた。

「肌にいいんですか」

桂は苦笑した。

「中身は空よ」

軽く振ってみせ、鏡台の引き出しを開き、中から避妊具をとりだした。

パッケージを裂く。薄いピンクのゴムを取りだす。この匂いだけはどうしても好きになれない。馴れた手つきで化粧水のボトルにかぶせる。

「どう？」

柔らかな笑顔をうかべてイクオの顔の前にさしだす。

「あまり大きなものには抵抗があるのよ。本物よりもひとまわり小振りなくらいがいちばんフィットするの」

「これで……」

イクオが息を呑んだ。桂は自分がなかば得意な気分になっていることに不可解さを覚えた。恥を露にしているのに、それにつきまとう無様さをまったく感じることがない。ただ、告白の快感だけが迫りあがってきている。

＊

イクオは驚愕を隠せなかった。こういった行為をする女がいることは知っていた。しかし桂のような女は、こういった行為からはほど遠いと信じこんでいた。

物や器具を使うのは、則江のような女であろうとイクオは漠然と考えてきた。則江のような女にこそ、張形《はりがた》が必要である。そんな思いこみがあった。

だが、現実はちがう。桂は避妊具をかぶせた陰茎そっくりの化粧水のボトルをもって、わずかにうつむいている。その唇には自嘲気味な薄笑いがうかんでいる。

「そう。イクオが想像しているとおりのことをするの。わたしは男と愛しあうよりも、こんな物のほうが奔放《ほんぽう》になれるのよ」

桂がベッドに腰をおろした。

「そのままだとちょっと抵抗があるから、ちゃんとこれをかぶせるわけ。ゼリーもついているから、その気がないときでもおさめることができる。もっとも今夜は潤滑剤なんて不要だけれど」

「その気がないとき」

「そうよ。いつも発情しているわけじゃない。でも、習慣なのよ。習慣みたいなもの。眠る前には、軽くこれを使って」

いったん口を噤んで、桂が顔を顰めた。

「ぜんぶ言わすなよ」

男のような口調で言い、睨みつけてきた。イクオは首をすくめてみせた。しかし桂の瞳の奥には、なぜか柔らかで和んだものが漂っていた。

たぶん自らの秘密を第三者に率直に告白することで、得も言われぬ解放感を得ているのだろう。イクオはそう解釈した。犯人が犯罪を告白するときにみせる解放感という、どこかで読んだ言葉が脳裏にうかんだ。

人は絶対的な秘密であればあるほど、心の奥底や、ほとんど無意識の領域を、誰かに知ってほしいとものだと書かれていたような気がする。イクオはそれを真に受けているわけではない。しかし犯罪はともかく、性に関しては、確かにその傾向があるようだ。

それは、やはり性の本質のある部分があくまでも行為であり、自己表現であるからだろう。自らの性向をもっとも率直に体現し、表現する場であるということだ。

もちろんイクオはこのように論理だった感慨をもったわけではない。しかし、ほとんど直観的にこういったニュアンスを把握し、自分のものにしていた。

桂がベッドに横たわった。仰向けになり、おずおずと足を拡げた。

「ぜんぶ……見てね」

イクオは真顔で頷いた。それから、どの場所に自分を置こうか思案し、結局は桂の拡げられた足のあいだにかしこまって座った。

かしこまるのは、いささか奇妙でそぐわない体勢だとも思ったが、かといって足をくずし、なげだすのも躊躇われる。俺ってまるで福助《ふくすけ》の人形みたいだな、と心のなかで独白した。

「前戯は省くね」

抑揚を欠いた声で呟いて、桂が眼をとじた。即席の張形をもたないほうの手で、その部分を覆う。指先が蠢《うごめ》く。指先が拡げていく。潤いが、あふれでた。

血の色がかった桃色をした桂の胎内までもが露になった。桃色は濡れて乱れて光っていた。それは医学書かなにかで見たことのある形状だった。

処女膜の痕跡だ。イクオは息を詰めて見つめた。そして、その周辺が微妙に収縮と弛緩《しかん》を繰りかえしているのを見てとった。

息苦しさと同時に、イクオはある感動を覚えていた。胎内の色彩の美しさと、その複雑な形状に息を呑んでいた。視覚的にも暖かさがダイレクトに伝わってくる。

人はここから生まれた。そして、男はここに還《かえ》ろうとあがいて、自らの硬直した器官をねじこむ。イクオはしみじみと思った。俺は、ここに還りたいんだ。

桂を前にして、イクオは両手をあわせたいような敬虔《けいけん》な気持ちになった。女の実態を目の当りにしたことがなく、欲求不満でガツガツしていたときには絶対に到達できない心境だった。

女は、大切にしなくてはだめだ。女は自らの肉体に傷口をもち、月の周期で血を流し、そして男を前にして涙を流す。

イクオは溜息を洩らした。そのときイクオが覚えていたのは、ほとんど宗教的な気持ちだった。そして、考えた。欲望とこのような聖なる気持ちは、じつはおなじものなのではないか。

聖なるもの。宗教に走ったイクオの母親がよく口ばしっていた言葉だった。母はただ単に念仏のように唱えていただけであったが、聖なるものとは、じつは純粋な欲望のことを指すのではないか。

だが、欲望は自分独りでは真の完結に到達することができないために、諸々《もろもろ》の夾雑物《きょうざつ》をその身にまとい、醜く肥満して身動きがとれなくなっていく。

そしてセックスは、他者との合一《ごういつ》ではなく、支配や自己顕示に堕落する。神になる機会を前にして、よけいな夾雑物で肥大させて、失ってしまうのだ。

それは桂もそうだ。どこで道に迷ったのか孤独を友として、ひたすら自己に沈潜していく。迷走したあげくに、自分の内側にこもって身動きがとれなくなっていく。

イクオはこういった事柄を論理的にではなく、直観的にものにする能力があった。言葉では説明することができないが、ちゃんと理解し、体得していた。

だから、桂の孤独な祭祀《さいし》を心静かに見つめていた。慈《いつく》しみと労りの心をもって凝視していた。

桂は張形をひと息に胎内に挿しいれるようなことはしなかった。自らの條《すじみち》に従って、張形の先端をこすりつけるように上下させた。イクオは冷静だった。解剖学者の集中をもって見つめていた。

注意して観察すると、張形の先端は、膣口とその前に拡がる庭の部分、そして小さな肉のダイヤモンドのあたりまでを行ったり来たりしている。

その上下の動きを五回ほど小刻みに繰りかえしたあと、先端だけをわずかに膣《ちつ》のなかにまで滑らせる。

先端は膣口を押し拡げるように円を描き、振動に近い動きをくわえたのちに、角度をつけて引き抜かれる。

引き抜かれた張形の先端は、膣内部にあふれる液体で輝き、潤っている。それをふたたび前庭に運び、肉のダイヤモンドにまで移動させる。

どうやら桂の場合、内部や最深部よりも、入口周辺や外側に快感を感じる部分が集中しているようだ。これはすべての女に共通しているのだろうか。

イクオは観察を続ける。桂の左右に拡げられた肉の扉が、いつのまにか血の色に色づいて厚みを増し、ふくよかに膨張していることに気づいた。

さらには、ピンク色した肉のダイヤモンドも、その覆いをわずかに押しのけ、一端を露出させている。

イクオは軽く前かがみになり、女の精緻《せいち》なメカニズムが滞りなく作動している様を感嘆の溜息まじりで注視した。

やがて張形は、桂の胎内奥深くまで沈むようになってきた。膣の奥深くまで挿入され、伸びきった避妊具のゴムの端だけを指先がつまんでいる状態だ。

子宮がどのような形態や形状をしているのかを知る由もないが、いまや桂の子宮は収縮と律動を交互に繰りかえし、みじめな無機物を呑みこもうとしている。途方に暮れて、手助けを求めているかのような、そんなうら寂しい印象があった。

イクオはほとんど無意識のうちに手をのばしていた。そっと避妊具の端をつかんだ。ゆるゆるとひっぱりだす。

腹立たしい。こんなゴム臭い廃物を呑みこもうとしている桂が哀れだ。イクオはそれを床に投げ棄てた。

無言で桂の両足のあいだに軀をすすめる。

桂はとじていた眼をひらいた。

すがる眼差しだった。

涙ぐんでいた。

さみしいよ──。

そう、唇が動いた。

イクオは自らを桂の胎内にそっと埋没させていった。

「さみしくないだろう」

声にして、耳元で囁いた。

ああ……。

という嘆息がかえってきた。

桂の目尻から、涙が伝い落ちた。

イクオは桂に全体重をかけた。

密着した。

そっと桂の涙を舐めた。

淡い味がした。

味わっているうちに、兆しを感じた。

「桂さん、ごめんね」

「いいの。きて」

イクオは律動した。桂の上で呻いた。ほとんど動作らしい動作をしていないのに、肌全体が汗ばんでいた。

「ごめんよ。でちゃった」

「いいの。なんだか――」

「なに?」

「うれしかった」

桂がイクオの背に手をのばした。軽く爪をたて、密着を促した。イクオは上体を支えていた腕から力を抜き、ふたたび桂に全体重をかけた。

じっとしていると、桂が収縮させた。締めつけて、合図を送ってきた。イクオも小刻みに動かして、返事をした。

微笑みあった。

「こんどは、桂さんを愉しませることができると思うんだ」

「いいの。わたし、さっきだって騒がなかったけれど、イクオが入ってきたとたんに極めちゃってるんだから」

「桂さんて、静かだよね」

「そうでもないよ。イクオとだったら、乱れそう。獰猛《どうもう》な」

「獰猛な?」

「獣になる」

「それが見たいな」

「わたしの本性だよ。汚らしいよ」

「本性が汚いわけないだろう」

「受け入れちゃうんだ？」

言ってしまってから照れくさくなり、イクオは桂の首筋に顔を埋めた。

「いいじゃないか。汚いのをこう、なんていうのかな、微笑して受け入れるんだ」

「わたしは、人の本性って汚いと思うよ」

「そうだ」

「そうかな」

「しようがないもんな。拒絶ばかりしてると疲れるから、人類皆兄弟」

喋っているうちに、本当の気持ちや表現したいことからどんどん遠ざかっていく気がした。イクオは軽く息を吸い、口を噤んだ。桂がそっと頭を撫でてくれた。

イクオは桂からそっと自分を引き抜いた。桂は切迫した眼差しをむけ、腰を浮かせ気味にしてイクオを離すまいとした。イクオは軽く戻してやり、眼で心配するなと訴えた。桂が軀から力を抜いた。

まだ充分な硬度を保っている。イクオは自身の状態を確認し、その先端を使って、先ほど桂が孤独な手仕事で見せつけたように條に従って角度をつけてこすりつけた。

膣口から前庭、そして、肉の宝石の部分まで、潤いを搦めた触角をゆるゆると滑らせる。

とたんに桂の瞳が切迫した。イクオの動きを妨げぬよう、思いきり両足を拡げた。そのせいで股関節がポキッと鳴った。微笑ましい音だった。

イクオは和んだ気分で桂の條を刺激した。そして五回から十回に一度の割合で、桂の膣に埋没させる。ただし、その回数は一定させずに、桂の期待を裏切るようにした。

すると桂は、とくに裏切られたときに、うっと呻き、顔をそむける。

「痛いの？」

問いかけると、かろうじて、いいの、と答えた。イクオは彼女に教わった技術に自分なりのアレンジをくわえて、動作した。

桂にこすりつけている部分は、じつは男のいちばん滑らかで過敏な部分である。

本来ならばほとんど経験のないイクオにとっては刺激が強すぎる技法ではあるが、技法を自らの分身で試み、探りをいれていくことには、ある種の知的昂奮がともなっていて、心はそのほうに向かっているので、意外なほど持続できる。

「ねえ」

と、桂が声をかけた。

「ねえ」

と、桂がせがんだ。

「お願い。焦らさないで。いっぱいにして」

イクオは桂の哀願を無視する。かわりに、そっと桂の頭を撫で、頼りない髪を弄び、片肘で体重を支えて乳房を揉みしだく。

あ
うっ

いい
桂は譫言《うわごと》のような声をあげ、その腰部をイクオの動作にあわせて角度を変えてきた。初めてなのに、見事に息があっていた。桂はいっぱいにして欲しい瞬間にイクオの腰や臀に両足を絡ませて締めつけ、自分に密着させ、身悶えしながら啜り泣きの声をあげる。

具体的な言葉は発せられない。やはり母音中心の呻きである。それが桂の快の深さをよくあらわしていた。

イクオは桂を自由に操っていることに大きな自信を得た。絶妙な万能感があった。男の自尊心がいまだかつてないほどに充たされていた。俺はクールだ。そんなことを思った。唇の端が笑いのかたちに歪んでいた。桂を操り、身悶えさせながら、感情のあらわれない瞳を壁に向けた。

壁一枚隔てて、則江がいる。

先ほどから、なにやら落ち着きのない物音がしている。

桂は、則江に復讐してやるんだという当初の目的をきれいに忘れて、完全に自分自身に沈みこんでいる。イクオに夢中で、そのほかの雑念が入る余地がない。

はじめ、横たわったときは糊《のり》がきいてパリッとしたシーツだった。

いまでは乱れて湿って、とくにイクオと桂が接する部分の真下はひどく濡れている。受け入れている桂の肌が滑るほどだ。

桂が一筋、涙を流して、イクオの終局を求めた。

それは余裕を失った、ぎりぎりの要求に思えた。イクオは動作の速度を速めた。あれこれ心を砕いてきた技術的問題が、どうでもよくなっていた。

桂が、泣きだした。なにかを訴えようとするのだが、言葉にならない。しかし桂がなにを求めているか、イクオには即座に理解できた。

桂はイクオの弾ける白濁を子宮に受けたいのだ。イクオの爆《は》ぜる瞬間に、子宮を思いきり収縮させてすべてを吸いこみたい。

ゴール直前のマラソンランナーのような息でイクオは上下した。恥骨をぶちあてた。桂が首を左右に振る。涙がそれにあわせて飛び散った。

射精した。

そのとき桂は腰部を突きだし、イクオを持ちあげんばかりに痙攣した。

イクオは桂に呑みこまれた。

実際に付け根まで吸いこまれ、痛みがはしった。

ぢん……とした。

ほとんど気絶するように虚脱した。

桂の上に突っ伏した。

喘ぎだけが、耳の祠《ほこら》のなかで響いている。

心臓の鼓動がそれに加わった。

自分が誰であるかさえもわからなくなっていた。

真っ白だった。

純白が炸裂していた。

具体的な思考は不可能だった。

ほとんど空白の頭に、なにかが迫った。

きつく閉じた瞼の内側で、凝視した。

乳首だ。

乳首は乳白色をしている。

不思議な淡い白だ。

その乳首から、乳がいままさに滴り落ちようとしている。

イクオは瞼の裏に、自分の眼球に向かって滴り落ちてくる乳を見た。

乳は黄金色をしていた。

黄金色の乳だ。

ああ――。

イクオは嘆息した。それは、則江が膝枕をしてさしてくれた黄金色の目薬だった。

イクオは自分の下で汗まみれの肉塊が桂であることも忘れて、則江に目薬をさしてもらったときの安らいだ気分を反芻《はんすう》していた。

『ぢんぢんくるぜ』

『ぢんぢんする？』

『ああ……』

脳裏でそんなやりとりをした。則江の膝。則江の太腿。性器の匂い。それらが醸しだす安逸。イクオは桂の上で吸いこまれるように眠りに墜ちていった。それはまさしく墜落していくような眠りだった。意識が真っ黒になった。

＊

そのとき、則江は首をがっくり折って、深く長く、凍えた溜息をついていた。

隣の部屋の嵐は去ったようだ。いままでなかったことだ。隣の桂は、どちらかというと男嫌いのような印象さえあった。それが、この乱れかただ。いったいどんな男が相手なのだろうか。

則江は目尻に浮いてしまった涙を握り拳《こぶし》でこすった。たくさん泣いたので、追いつかなかった。

イクオはいなくなってしまった。なんの痕跡ものこさずに消えてしまった。

ベッドに倒れこみ、頭を抱え、胸をかきむしるほど悩んで、ようやく結論がでた。

男は、こんな汚い部屋にはいられない。

則江は下唇を嚙んで、青いプラスチックのバケツを持ちあげた。汚れた水を流しに棄てる。

新しい水を汲む。

雑巾《ぞうきん》を徹底的にゆすぐ。

きつく絞る。

幾年ぶりかで姿をあらわしたフローリングの床を雑巾掛けする。

まるで小学生の教室の掃除のように、勢いをつけて真夜中に雑巾掛けをする。

磨けば、光る。

光った木肌に涙が落ちる。

則江は疲れはてた軀に鞭《むち》打って、磨きあげる。

イクオが戻ったとき、そのぴかぴかの部屋に歓声をあげる。いや、皮肉な眼を向けるかもしれない。

反応はどうだっていいのだ。ただ、ごく自然にイクオが床に腰をおろせるようになればいい。

則江は四つん這いになってフロアを行き来する。きつく絞った雑巾が床を磨きあげていく。その手が凍える。息が白い。則江はエアコンをいれるのも忘れて床を磨く。

第五章　デート

1

もともと六時間も眠ると睡眠がたりてしまうほうなので、昨夜のハードワークの疲労も、目覚めると、ほとんど残っていなかった。それでもイクオは、昼過ぎまでベッドのなかにいた。かたわらでは桂がミイラのような姿勢で眠っている。ちいさな寝息が聴こえなければ、まるで死体だ。

エアコンをつけっぱなしで寝ていたので喉が渇いている。カラカラだ。

加湿器に視線をやる。発光ダイオードの赤いインジケーターが点滅していた。水が切れたのだろう。あのいかにも人工的な水蒸気は吐きだされていない。

イクオは桂の寝顔を見守った。ひとりで頷いた。一緒に歩いても恥ずかしくない女の寝顔だ。

先ほど則江が出勤していった。イクオは隣室の気配にじっと耳を澄ましていた。一緒に歩くことを躊躇う女が、一晩中なにやら物音をたてまくったあげくに出社した。

イクオは桂に視線をもどした。桂の唇は、薄い。あまり血色がよくない。冷たいプールからあがった直後の色彩だ。

スタイルにこだわるあまり、ダイエットをしすぎているのだ。イクオは桂にそれなりに御飯を食べさせたいと思う。もう少し太っていいと思う。

ともあれ、美しい女はこうして自制するから、さらに美しくなり、醜い女は居直って手当たり次第に喰いまくるから、さらに醜さを加速させていく。

イクオの頰に苦笑いがうかんだ。イクオは考えた。たぶん則江よりも、桂のほうがイクオを許容するだろう。つまり、桂に飼われるほうがすべてにおいて寛大な処置をうける可能性が高い。

どうせヒモになるなら、桂だ。則江はケチ臭く、細かいことをいつまでも覚えていて、あれこれ恩を着せるだろう。なにしろ千円札一枚を手わたす奴だ。

いままでダメな奴にばかりに好かれてきた経験上イクオは熟知していた。他人に相手にされないような奴ほど、暗く、細かく、ケチ臭い。

他人に好かれないからケチ臭く鬱陶しい奴になるのか、けち臭く鬱陶しい奴だから他人に相手にされなくなるのかは、わからない。おそらくはその両方なのだろう。しかもダメな奴に限って反省がないというか、自分がダメな奴であるという自覚がない。

自意識。

それは、イクオにとっても大きな問題だった。自尊心を真実失えば、たぶん自殺しか残された途《みち》はないだろう。だからこそ、ダメな奴の自尊心や自意識は強固になる。

劣等感こそが自尊心と自意識を造りあげるのだ。

だが他人事ではない。あれこれ考えると、それらはすべてイクオ自身にかえってくる。自覚があった。俺は、劣等感が強い。しかも、その劣等感がなにからもたらされたのかを把握していない。

イクオは喉仏を揉んだ。渇ききった喉に唾液は湧かない。

俺は、馬鹿野郎だ。ダメ男だ。だからこそ、せめて反省する馬鹿野郎になろう。桂の寝息に耳を澄まして、そう誓った。なにかあったとき、他人のせいにするのはよそう。そう念じた。

ああ、なんて俺は建設的な二十歳なんだろう。そんなことを胸の裡で呟いて、苦笑し、そっとベッドを抜けだした。

全裸だ。股間を見つめる。桂の潤いがイクオの陰毛をひどく濡らした。そのまま寝てしまったので桂の匂いが移っていた。

指先でいじる。そっと指先を鼻先にもっていく。まちがいない。淡いが、桂の匂いだ。息苦しくなった。愛しさにほとんど貧乏揺すりしそうだった。

イクオは腰を折った。加湿器の水タンクをはずした。キッチンでタンクに水を満たす。それを加湿器にセットして、勢いよく噴きだす白い蒸気を確認し、独りで頷く。

それからあらためてキッチンへ行き、水を飲んだ。喉の襞《ひだ》が水中花のようにほぐれていった。

手の甲で濡れた唇を拭い、息をつく。

キッチンに射しこむ光がますます春めいていた。磨きあげられたキッチンが金色に発光している。イクオは軽い眩暈を覚えた。そっと背後を窺った。桂が上半身をおこして見つめていた。

イクオは桂の乳房を一瞥した。そして曖昧に視線を逸《そ》らした。桂のヒモになってやろうという先ほどの気持ちが失《う》せていった。イクオは桂の乳房の量感に、あっさり自信を喪失していた。

「おはよう」

掠れ声で桂が言い、伸びをした。季節柄、手をいれていない腋下が覗けた。くすんだ柔らかな靄がかかっているかのようだ。

イクオは下腹に力をこめ、気合いをいれた。笑顔をつくって言った。

「楽しかったよ。俺、そろそろ隣に帰る」

桂は伸びをした手を頭の後ろで組んで、上目遣いで見つめてきた。皮肉な口調で言う。

「なに、スカしてるの」

イクオは照れ笑いをかえした。

「気どるなよ、ヒモくん」

桂が銃を構えるような手つきでイクオを指し示し、ウインクした。イクオは裸であることを唐突に意識して、もじもじしながら股間を隠した。すると、とたんに桂はうつむいた。色が変わるほど下唇を噛んだ。

「イクオ」

「なに」

「わたしはあなたを縛る気はないよ」

「うん」

「あなたとのこと、忘れないよ」

「俺も、忘れない」

「日本一のヒモになってね」

イクオは頷いた。うなだれた。足を引きずるようにしてベッドのかたわらに行き、身支度した。

「イクオ」

「なに」

「わたしのこと……好き?」

「好きだ」

「軀? 心?」

「両方」

「欲張り」

「あたりまえだろう。わけてなんか考えられないよ」

「そうよね」

桂は頬に手をやり、考える仕草をした。イクオが身支度をおえると、勢いよくブランケットを跳ねあげた。顎をしゃくって、男のような口調で言った。

「まってろよ。シャワー浴びてくる」

イクオは裸の桂の後ろ姿を見送った。おまえなんて、O脚じゃねえか。心のなかで毒づいた。

2

セーターを着ていると汗ばむほどだ。イクオと桂はのんびりとJR三鷹《みたか》駅まで歩いた。タイミングよく中央特快が滑りこんだ。

新宿までの十五分弱、ふたりは連結器の近くの席に姿勢よく座り、もっぱら桂があれこれとりとめのないことを喋った。

イクオは、他人の話を聞くことが苦痛でないたちだった。それが、たとえ自分が熟知していることであっても、黙って相手の話を聞き、適当に受け答えをすることができた。

ときには、相手が誤ったことを、あるいは嘘を、得々として語ることもある。そんなときイクオは、この人はこんなふうな考えかたをするのか……と内心苦笑いしながらも、真顔で受け答えをすることができる。

老成した態度ではあるが、とりあえず人当たりの良さは抜群だ。このあたりが他人につけこまれる原因でもあるのだろうが、性格的なものなので仕方がない。

「ねえ、新宿に南口って、あったっけ」

「あるよ。甲州《こうしゅう》街道に面している出口だ」

「まだ、そこ、未体験」

「前のほうに乗ってるから、ちょうどいいな。南口から降りてみようか」

べつに目的があるわけではない。ふたりは南口から新宿駅をでた。

「殺風景ねえ」

桂が周囲を見まわした。甲州街道の陸橋の上である。

「しかたないよ。でも、ちょっと高いところにでるから、嫌いじゃないな、南口」

他愛のない会話を交わしながら、新宿四丁目交差点方面へ向かう。駅からすぐのところに、陸橋を下る階段がある。イクオはその下にある公衆便所で注射針と注射器を見つけたことがある。もちろん覚醒剤がらみだ。

「ねえ、イクオ。あれって、テキ屋のおじさんでしょう?」

桂が進行方向の歩道を指さした。イクオは頷き、苦笑した。それは露店のベルト売りだった。かなりアブナい商売である。桂は物怖《お》じせずに近づいていった。

「ねえ、イクオ。百円だって!」

「おねえさん、女物もあるよ」

テキ屋は乱杭歯を剝きだしにして、愛想笑いをうかべた。その瞳には桂に対する露骨な性的欲望がみてとれる。

「ほんとうに百円なの?」

「当然じゃない。天下の大通りで商売してるんだよ。お日様の下で商売してるの。もう、健康的な商売」

イクオは咳払いして〈ベルト百円〉と大書してある段ボールの看板の左隅を示した。そこには、ほとんど見えない小さな字で、六千円と書かれていた。

桂が呆れて、六千円という極小の文字とテキ屋を見較べた。テキ屋が舌打ちした。

「小僧。商売のじゃまするなよ」

イクオは軽く頭をさげた。視線はテキ屋からはずさない。

「すいませんね。俺は、松代姉さんに世話になっている者なんですけど」

とたんにテキ屋の表情が変わった。照れたような表情で、頭をかく。

「なんだ、はじめから言ってよ。人が悪いなあ、兄貴は」

テキ屋が苦笑いした。イクオはなかば冗談半分、ためしに松代姉さんの名を口にしたのだが、その威力に驚いていた。

もっとも、こうなるであろうという予感はあった。桂はテキ屋にも顔がきくイクオに熱っぽい眼差しを向けてきた。女の子はこういうスリルが大好きだ。

3

イクオと桂は四丁目の交差点まで行かず、三越《みつこし》南館脇の一方通行を抜けて新宿通りに向かった。道すがら、イクオは先ほどの怪しいベルト売りの遣り口について解説した。

「あれって、百円という看板にだまされて立ち止まったとするだろう。するとまわりでたむろしているサクラがカモにぴったり密着してしまうんだ。動けないようにして、問答無用で腰にベルトを巻いてしまう」

「わたしには密着してこなかったよ」

「女だからね。多少遠慮したんじゃないの」

「ふーん。それで、無理やり買わしちゃうんだ？」

「いや、もっとあくどいんだ」

「あくどい？」

「うん。腰にベルトを巻くだろう。そして、客のウエストのサイズにあわせて、千枚通しで勝手にベルトに穴をあけちゃう」

「それで」

「百円の看板の、あのちっぽけな六千円のところを指さして迫る。あんたのサイズに合わせてしまったんだから、返品はきかないよ。払え、六千円」

「ひどい！」

そう声をあげた桂の表情は、どこか愉しそうでもある。他人の不幸をおもしろがっているふうだ。イクオは付け加えた。

「それだけじゃないよ。値段はあってないようなものだから。気の弱い奴だったら六千円が一万円になってしまう」

桂が外人のように肩をすくめた。

「敵もなかなかやりますこと」

「なんていうのかな。暴力の裏付けがあるからね。あの人たちは、強いよ」

「イクオって、新宿の大家《たいか》だね」

「それほどでもないよ」

イクオは照れ、頭をかいた。頭をかいている自分に気づくと、妙な気分になった。というのも、照れて頭をかくというが、イクオはいままで実際にその光景を見たことがなかったのだ。

つまり〈頭をかく〉は〈腹が黒い〉などと同様の慣用句でしかないと思っていたのだ。しかし、いま、イクオはたしかに頭をかいていた。

「どうしたの？」

不審そうに桂がイクオの顔を覗きこんだ。イクオは少々勢いこんで〈頭をかく〉ということが実際にあるのだということを喋りはじめた。

それはじつに他愛のない、おもしろくもなんともない話なのだが、桂は瞳を輝かせてイクオの話を聞いてくれた。

「そういえば、照れて頭に手をやっている人を見たような気もするけど、そこまで突っこんで考えたことがなかったから、いざこうして考えてみると、はっきりしないわ」

「でも、頭は、かくんだよ。照れると、頭をかく」

イクオは力説した。端《はた》で聞いていればアホらしくなるようなやりとりであるが、熱い時間をも

ったばかりの仲の良い男女のあいだである。他愛のない、しかし充足した幸せな時間が過ぎてい
く。

イクオは桂の腕をとった。彼女の腕時計を覗きこむ。三時十分過ぎ。仕事をしていないなら
ば、最高に気分のいい時間だ。桂がそのことを語りはじめた。

「高円寺《こうえんじ》に美人喫茶っていうのがあるのよ」

「美人喫茶」

「そう。きれいなおねえさんを揃えていて、バカ高い値段でコーヒーを飲ませる店」

「ノーパンしゃぶしゃぶみたいなものかな」

イクオはよけいなことを口ばしってしまった。おかげで話の腰を折られた桂に追及を受けた。

イクオはノーパンしゃぶしゃぶなる珍妙な商売について解説しなければならなくなった。

だが、いざ、そのシステムを具体的に解説するとなるとひどく馬鹿らしく、しかも愚劣で、恥
ずかしい。口ごもりながら、ノーパンの女性がいるしゃぶしゃぶ屋であると、その仕組みを曖昧
にぼかしてイクオが説明すると、桂はおおよそのことを推察して口のはしに軽蔑のいろをうかべ
た。

「お肉を食べながら女を鑑賞するんだ？」

「まあ……そんなところかな。なんでもチップを払うと、高いところにある酒をとってくれた
り、テレビが眼の前に埋めこまれていて、その、なんていうか、局部が映るらしいよ」

「最低。局部っていう言いかたが、絶望的に汚らしくて、嫌らしい。イクオはそんな場所にも出没するんだ」

「まさか。かなり値段が高いらしいんだ。会員制だしね。俺なんてとても行けないよ。噂を聞いただけさ」

「信用できない」

しかし、ほんとうにイクオはそのしゃぶしゃぶ屋には行ったことがないのだ。新宿のどこにあるのか、正確な場所さえも知らないし興味もない。しゃぶしゃぶとノーパンは、それぞれ単独で味わったほうがいいと思う。

イクオはよけいなことを言ってしまったことを後悔した。なんとか状況を変えようと、話を軌道修正した。

「そんなことより、桂さんの言う美人喫茶って、なに」

「嫌だなあ。話題を変えようと思って。顔を赤くして、話をもどすこと、ないじゃない」

顔を赤くして、というくだりはイクオを傷つけた。イクオは血の気がひいていくのを感じた。

桂は敏感にそれを察し、イクオの腕をとった。

「顔色が白くなった。ちょっと、怖い」

イクオは我に返り、自分を恥じた。

「俺、自尊心ていうのかな、それが傷つくと、無茶をするんだ」

「誰だって、そうよね。わたしだって、そうだから」

「でも、俺はそんな自分が大嫌いだ」

「しかたないよ。わたしだって自尊心が傷ついたら、荒れるよ」

「それでも、俺は笑っていたい」

イクオは毅然《きぜん》と言った。桂が繰りかえした。

「笑って、いたい」

「俺、心のなかに爆弾があって、それになにかが触れると、爆発するんだよね。人を殴ったりしちゃう。そして、そんな自分がすごく嫌なんだ。すごく、ちっぽけなんだ。なんとか変えたいよ」

それきり、ふたりは寄り添ったまま黙りこんだ。伊勢丹《いせたん》脇の路地を目的もなく歩く。やがてイクオは、ふと思いだしたかのような調子で声をあげた。

「美人喫茶はどうなったの」

「……わたし、そこでアルバイトしていたことがあるの」

「桂さんが」

「うん。似あわない？」

「ちょっとね」

「そこってノーパンのしゃぶしゃぶ屋さんとちがって、ただウエイトレスをするだけでいいのよ。だから、新劇関係の女の子とか、モデルクラブに所属していて仕事のない子なんかがアルバイトしているわけ」

「いまどき、強気の商売だな」

「いまも、あるかどうかはわからないけどね。ただ、働きたいからって、はいそうですかって働かせてくれるわけじゃなくって、オーナーの厳しい面接があるわけ」

「厳選されたネーチャンがコーヒーを運んでくれるわけだ」

「そういうこと。そして、それだけのこと」

それだけのことなのかもしれないが、イクオはそこに妙に鬱屈《うっくつ》したものを感じた。そんな店に行ってコーヒーを飲む男というのは、かなり不気味な気がする。

「客の男どもは、ネーチャンたちを眼で犯すのかな」

「わからないけど……変な雰囲気よ。みんな圧《お》し黙っちゃって。友だちがいそうにない人ばかりがお客さん」

それは、なんとなく理解できそうな気がした。そして、そういう店を考え、実行するオーナーもかなり暗い性格に思える。少なくともノーパン喫茶のような居直った馬鹿らしさが感じられず、陰湿だ。

「わたしはそんなところでバイトなんてする気はなかったんだけれど、知りあいの女優の卵が社会見学しなさいとか言って、わたしをオーナーのところに面接に連れていったの。いま考えると、それって単なるスカウトで、わたしはそれに引っかかっただけなんだけれど、なんていうのかな、その場のなんともいえない雰囲気に負けて、拒絶できなかったのよ」

イクオは思う。面接でＯＫがでるということは、美貌を認められたということであるから、拒絶しづらいのではないか。

自意識と自尊心に関わってくることだから、醒めた顔などつくって、それでもどこか得意な気分でウエイトレスになってしまうのだ。

「絶望的だったたな」

ぽつりと桂が呟いた。イクオに軀を寄せて、吐息をついた。

「わたし、働くことは嫌いじゃないから、いろいろアルバイトをしたけれど、美人喫茶は最悪だった」

イクオはちいさく頷きかえしてやり、先を促した。

「まず、店でウエイトレスをしている女の子の雰囲気がすごくギスギスしているのよ。お化粧のきつい子ばかりで、似あわないブランドもので着飾って。みんな、わたしが一番て思っている子ばかりでしょう。スカしちゃって、たいへんなのよ。こう、お臀を振って歩いたりしちゃう雰囲気」

イクオは失笑した。そして、思った。俺はこうして人の話を聞いているほうが気持ちが楽だ。

「わたしもはじめは着飾ったりしたけれど、すぐに虚しくなっちゃった。なんていうのかな。貧乏臭い。そう、すごく貧乏臭いのよ。ノーパンしゃぶしゃぶっていうのも女から見ると嫌らしくて汚らしいけれど、なんか笑っちゃうよね。ところが美人喫茶っていうネーミングじゃ、笑うに笑えないからさ。どんどん憂鬱な気分になってしまったの」

桂は、はあーと深く長い吐息を洩らした。その顔に苦笑いじみたものがうかんでいた。

「それなら、やめてしまえばいいんだけれど、なんでかな、そんなところで奇妙に意地を張るのよね、わたしって」

いったん言葉を区切って、きっぱりとした口調で続ける。

「わたしだけじゃなくて、みんなそうだったわ。くだらないって胸の裡で呟きながら、じっと耐えて相手の様子をうかがっている。そんな感じね」

「博奕《ばくち》をしているときみたいな感じだな」

「博奕をしているときって、そうなの？」

「うん。熱中しているときはいいけど、ふと冷めるんだよね。でも、抜けだせない」

「ああ、とにかく長かったな。一日が長かった。拘束時間なんて、たいしたものじゃないのよ。でも、長かった。絶望的に長い午後だった。とくに今ごろ。三時過ぎくらいからの一時間くらいは、気が遠くなったな」

「その気持ちは、わかるよ。仕事をしていると、緊張が抜けてしまう時間帯なんだよね。あくびばかりの時間だよ。酸素のたりない金魚みたいにあくびばかりして、目尻に涙が浮かんで、あ、いま俺は永遠を実感している……なんてね」

「そう。永遠なのよ。午後三時、昼下がりの永遠、永遠の昼下がり」

昼下がりというのは午後の二時頃ではないか。もちろん口にはしない。こういったことでいちいち話の腰を折ったりするのは、不細工だという気持ちがイクオにはある。

桂が遠い眼差しをしている。イクオは心のなかで則江と比較した。則江には余裕がないから、とりあえずこういった会話をする余地がない。漂っているのは微妙な緊張ばかりで、なにもしないうちから疲労してしまう。

セックスだけではだめなのだ。人は言葉をもっている動物だから、言葉のやりとりを積み重ねて、感情を共有しなければうまくいかない。

「ねえ、桂さん。働いている人は、みんなこの昼下がりの永遠に耐えているんだよね」

「うん。お仕着せの仕事で、御飯を食べるためだけに働いている人は、ね」

「職業に貴賤《きせん》はない、なんていうけど、世の中には、くだらない職業が多すぎるよな。人間がするべきではない職業が。ロボットにでもやらせればいいような単調な仕事が」

信号待ちでイクオは大きく伸びをした。とりあえず俺は、昼下がりの永遠、午後の絶望的な倦怠を感じなくてすむ。いまの情況は、悪くないかもしれない。

松代姉さんに拾われる前は、新宿中央公園のベンチで絶望的な永遠にまとわりつかれて打ちひしがれていた。

その鬱屈からか、キスをしていたアベックの男のほうを殴りつけ、蹴り倒し、後頭部を踏みつけて地面にその顔面をめりこませた。

さすがに他の浮浪者と一緒になって女を強姦する気にはなれなかったが、あんな惨めなことは、二度としたくない。

それにしても自分のどこに、あのような暴力の衝動が隠れているのだろうか。そして、その衝動がいったん解き放たれると、なぜ終息せずにエスカレートしていくのか。

結局は、愉しんでしまうのだ。暴力は欲求不満の捌《は》けぐちに過ぎないから殴ることによってさらに得体の知れない苛立ちに支配されて、それを解消するためにさらにエスカレートする。暴力をふるう相手なんて、誰でもいいのだ。もっと率直に言ってしまえば、自分よりも弱い相手がいい。自分が必ず勝てる相手がいい。確実に踏みつけにできることが重要だ。

だが、やがて、自分より弱いものをひねり潰すことだけに飽きたらなくなる。殴る蹴るといった純粋な暴力だけではなく、そこに差別というどうしようもない感情をまぜて、間接的な陰湿さを獲得する。

差別をする感情は、貧乏人ほどきつい。鬱屈している奴ほど強い。みじめな奴ほど、強烈に誰かを差別する。

だから、あのとき、俺はアベックの男女が不細工だったということだけで、ひどく残酷な気分になったのだ。その存在を完全に否定してもいいような気になった。

もし、キスをしていた男女が絵に描いたような美男美女だったら、俺はどう行動しただろうか。やはり殴りつけただろうか。あるいはこそこそとその場を離れたか。

弱みをもった誰かを貶《おと》めることだけが、自分を保つ唯一の方法なのだ。誰にも認められない者が、自分より弱い者を見つけだし、あるいは強引に弱点を造りあげ、押しつけて、貶めて溜飲をさげる。

イクオが殴った男は、浮浪者たちに女といちゃつくところを見せつけて優位を誇示していたが、イクオの拳でその優位は剝奪され、泥のなかに顔を埋めるまでに引きずりおろされた。

人前でキスをして主人公になったつもりの男女はみじめだ。奴らは絶対に主人公にはなれないその他大勢だ。

それを無理やり見せられるほうは、問答無用で発情期の無礼者を殴り倒す権利があると思う。イクオは差別の感情を、そう正当化する。だが、なんとなく釈然としない気分が残ってしまう。

もちろん悪いことをしたとは思わない。あいつらにあるのは大雑把で粗雑な自意識だけだ。羞恥心のかけらもない。

あいつらは鏡に映った自分の顔を、正直に認めることができないのだ。あいつらのような人間は、自分のお粗末な顔にうっとりと見入るのだ。幻を映し、自分自身に平気で嘘をつく。

誰にだって自意識はある。しかし、自意識は羞恥心と込みではじめて正常に機能するものではないか。

そして自意識も、羞恥心も、社会的な問題ではなく、あくまでも個人的な人格の問題だ。たとえば桂のような、みんなが振りかえるいい女と一緒に歩いているようなときに、得意な気分を味わいつつも、すこしうつむいてしまう。ちょっと恥ずかしい。俺はその気持ちをなくしたくない。

「社会が悪いんじゃないよ。一人ひとりの、個人の問題だ」

「どうしたの？　いきなり」

「俺、なにか言った？」

「うん。個人が悪いって」

「独り言だ」

桂が苦笑した。いちいち言わなくったって独り言であることは充分承知している。そう眼で訴えてきた。イクオは桂につられて苦笑いした。

「俺、じつは中央公園で浮浪者になりかかっていたんだ。すべてがどうでもよくなって投げ遣りになっていた。口を半開きにして、ベンチに座っているような状態。ところが、あることがあって、さる人に拾われたんだよ」

「あることがあって、さる人じゃ、なにを言おうとしているのかわからないよ」

もっともだ、とイクオは頷いた。ほとんど無意識のうちに、区役所通りに入っていた。区役所前にはなぜかパトカーが停まっていた。回転灯の赤い煌《きら》めきが鬱陶しい。

右に折れて、路地に入りこめば、松代姉さんの店のある懐かしのゴールデン街だ。一日あけただけなのに、ひどく懐かしい。足早になった。

「俺、松代姉さんっていうオカマに拾われたんだよ」

「オカマ」

「そう。それが複雑なオカマでね。七〇年代ファッションで女装しているんだけれど、角刈りで、女好きなんだ」

「女好きのオカマ。なんだか、いかがわしいわ」

「うん。オカマとしてはとんでもないニセモノだけど、ちょっとすごい人なんだ」

妙に息んで喋っていることに気づいて、イクオは不思議な気分になった。俺は、なんで松代姉さんなんかに入れこんでいるのだろう。

桂がイクオを見つめていた。イクオは努めて冷静な顔をつくる。桂がなぜか頷いた。イクオの腕をとった。

「いいわ。その人に会いに行きましょう」

「本気なのか」

「本気だよ。なぜ？」

「いや、べつに」

唐突にイクオは思ったのだ。桂の雰囲気は、どことなくゴールデン街にそぐわないものがある。イクオは桂をしげしげと見つめかえした。そして納得した。

桂は、まだ崩れていないのだ。ゴールデン街にたむろしているような人間は、どこか崩れて、とろんとしている。多少は金をもっていようが、それなりの社会的地位があろうが、なかろうが、拗《す》ねて、世界を斜めから見る癖がついてしまっている。あるいは心のどこかになんらかの傷をもっている。

だから、酔う。どちらかといえばみじめったらしい口喧嘩の達人が多いが、酒がはいっているから気が大きくなって、ときに殴りあいの喧嘩もする。

路地裏に充満しているのは欲求不満と鬱屈だ。華々しいものなんて、なにもありはしない。酒場という逃げ場は、爛《ただ》れてみじめで、小便臭い。

もちろん小便は単純率直な小便ではなくて、アルコールまじりの蒸れて刺さるような悪臭を放つものだ。それに吐瀉物の酸っぱい匂いが加われば、完璧だ。

ゲロと小便。それらはワンセットでいっしょくただが、たまるだけたまった精液と、下着を汚して固まったおりものがうまく出会う確率は低い。

セックスは掃いて捨てるほどあるが、射精すればするほど欲求不満はつのり、子宮に精液が満ちれば満ちるほど、孤独は拡がっていく。

漠然とした物思いから醒め、イクオはあらためて桂を見なおした。

「桂さんは、眼が濁っていないよ」

「どうしたの、いきなり」

「白眼と黒眼の輪郭がくっきりとして、透明感がある。ところが、このあたりで飲んでいる奴ときたら、充血して、膜が張って、澱んで、濁って、腐りはじめている」

「充血して、膜が張って、澱んで、濁って、腐りはじめているんだ？」

「そう」

「語彙が多彩ですこと」

イクオは照れた。桂が迫った。

「どうするの。松代姉さんとやらに会わせてくれるの、くれないの」

「会わせる。そして、言ってやる。この女は、俺が独自に開発した金蔓《かねづる》ですって」

「イクオはわたしのヒモになるの？」

「いや、とにかくそんな台詞を松代姉さんに吐いてみたいんだ。頼むよ、協力してください」

イクオはすこし勢いこんで言った。その瞬間、桂が寂しそうな表情をした。

4

「どうしたの」

イクオは戸惑い、小さな声で訊いた。桂は肩をすくめた。

「どうもしないよ」

「一瞬、うつむいた」

「ちょっと遣る瀬ない気分になったのよ」

イクオは黙って桂の腕をつかみ、ゴールデン街の路地に入りこんだ。あたりには、多少は夕方の気配が漂いはじめているのだが、まだ明るすぎる。もともときれいな場所ではないが、闇があたりを隠蔽していないから、まるでスラム街だ。

あからさまな陽の光は、残酷だな。そんなことを考えながら、イクオは裏路地をいい加減に歩いて時間を潰すことにした。まだ時間が早い。いま松代姉さんの店に行っても誰もいないだろう。

桂はなぜかうつむき加減で、鬱《ふさ》ぎこんだ顔のままだ。イクオは桂の横顔を窺い、思いきって尋ねた。

「独自に開発した金蔓って言ったの、まずかったかなあ」

「べつに」

イクオはわけがわからず、口を尖らせた。

「ごめんよ。ちょっとイキがってみたかったんだよ。松代姉さんに、おまえはヒモになれって命令されて、強引に則江の相手をさせられたけど、内心あんまりだって腹が立ってしかたがなかったんだ。だから松代姉さんに、俺は桂さんみたいに素敵な人とだって一緒にいられるんだぞってハッタリをかましてみたかったんだ」

「ねえ、イクオ」

「なに」

「わたしのヒモになりなよ」

イクオは立ち止まり、桂を凝視した。

「マジ？」

「本気だよ」

「なんで」

「うん。ひとことで言えば、イクオは卑屈じゃないから」

意外なひとことだった。

「俺って卑屈だよ。みじめな奴だよ！」

桂が笑った。

「そんなにムキになって自分を貶めることはないんじゃない」

「でも、俺は情けない奴なんだ」

「そうかもしれない。情けないかもしれない。でも、卑屈ではない。そして、傲慢でもない」

「――たしかに傲慢ではないと思うよ。傲慢になるほどの自信がないもんな」

イクオは立ち止まったまま、腕組みした。卑屈ではないと他人から指摘されたのははじめてだった。

あれこれ物事を考え、悩み、投げだし、自棄《やけ》になったりする。たぶん同い歳の奴に較べると、あれこれ考えるほうだ。

ただ、それをあまり口にださないように気をくばっている。それは単純に鬱陶しい奴だとは思われたくはないという保身からだ。

桂がそっと肩に手をおいてきた。耳元で囁いた。

「じゃまみたいよ」

我に返った。イクオはおしぼりを配達する軽トラックの進路をふさいでいた。端によけて頭をさげる。

トラックの運転手はイクオと同じ年頃の気の短そうな痩せた男だったが、イクオに黙礼をかえしてきた。のろのろと走り去る軽トラックのテールを示してイクオは言った。

「おしぼりは、ヤクザの資金源なんだ」

「嘘」

「嘘じゃないよ。ぜんぶがぜんぶそうだとはいわないけれど、ちょっと値段の高いおしぼりを納めることで、その店にはちょっかいをださない。他には観葉植物っていうの？　葉っぱの鉢をリースするとか、そんなこともしている」

「うまくできてるのね」

なにがうまくできているのかイクオにはよくわからないが、とりあえず頷きかえしておいた。うまくできているとほくそ笑んでいるのは金を受けとるヤクザの側で、払う店はどちらかといえばあきらめの境地なのだから。

なるべく時間を潰そうと思ってはいたのだが、たいして広くないゴールデン街である。いつのまにか松代姉さんの店〈松代〉の前にきていた。

「ここ？」

「そう」

桂は腰に手をやり、軽く反りかえるようにして松代姉さんの店を観察した。

「なんか小料理屋みたいな店ね、ちょっとできそこないの」

「変なセンスだよな。和洋折衷っていうのかな。オカマのセンスだ」

店が開くのは夜の九時頃からだ。イクオは桂を松代姉さんの店の場所まで案内したら歌舞伎町方面にもどって、ゲームセンターなり喫茶店なりで時間を潰すつもりだった。しかし、一応は店の前まできたのだ。イクオはなんとなくドアノブに手をかけた。

ドアはあっさり外側に開いた。別段盗まれるものもないのだろうが、不用心だ。イクオはまるで自分が経営者になったような気分で顔を顰めた。

薄暗い店内に踏みこむと、これといって悪臭のもとを特定できない水商売の厨房特有の腐敗臭と、黴臭い匂いが鼻を刺し、ゴキブリどもがカサコソと四方に散っていった。

「冬なのに、こんなにゴキブリが」

桂が呆れ声をあげた。イクオもこの店にはじめて連れてこられたときにも同じような台詞を吐いた。それが思い出されて、苦笑まじりの笑顔をうかべた。

「いくら掃除したって、まわりの店がいい加減だから、むだなんだ。一軒だけ清潔にしてたって、すぐにゴキブリ御用達《ごようたし》になってしまう」

言ってから、俺はなぜ松代姉さんを弁護しているのかなと訝った。松代姉さんの店は、お世辞にも清潔とはいえない。きれいとも言いがたい。体裁だけでも繕おうという気がはなからないから、あるがままの乱れかたである。

「小さな店ね。カウンターだけ？」

「そう。今日は鼠が飛びださなかっただけましだよ」

イクオが脅すと、桂は大げさに顔を顰めて、軀を引き気味にねじって不快感を露にした。イクオはカウンターの上に無造作におかれたおしぼりに視線をやる。

松代姉さんはヤクザの組の幹部でもあるから、おそらくは、おしぼりを運ぶ使いっぱしりの小僧に鍵をあずけているのだ。

小僧は先ほどの軽トラックの男かもしれない。本来ならばおしぼりを運びこんで、きちっと鍵をかけていくのだろうが、今日はたまたまかけ忘れたのかもしれない。

「ねえ、イクオ」

「なに」

軽い返事を返して顔をむけると、桂の頰には赤みがさしていた。瞳も潤んで霞んでいる。明らかに桂は発情していた。誘うように舌先が這い、その唇を艶やかに濡らしていく。桂が身を寄せた。

「ねえ、イクオ。鍵をかけてしまいたい」

イクオは生唾を飲んだ。桂の発情に圧倒されていた。それは圧倒的なものだった。抗いがたかった。黙ってドアをロックすると、桂は主人の帰りを待ちわびていた猫のように軀をこすりつけてきた。

きつい口づけをした。桂の発情があまりにも率直なので、よけいな手順を踏まずにイクオは指を桂の股間にのばした。間髪《かんはつ》を容《い》れずに桂の指がイクオの股間をまさぐった。

それでもイクオは桂を着衣の上から愛撫したのだが、桂は臆することなくイクオを露にした。昂ぶってはいるがどこか戸惑いの抜けないイクオの触角は、まだ冷たい外気に直接さらされたとたんに勢いを失った。

桂は柔軟と硬直のはざまにあるイクオに苛立たしげに指をまとわりつかせ、過敏な部分に爪を立てることまでし、やがてリノリウム張りの床に跪いた。愛おしげにイクオの下腹に頰ずりをして腰を抱いてきた。

イクオはドアに視線をはしらせた。どうにも落ち着かない。ドアはロックしたのだ。しかも店が開くのはまだずっと先なのだ。幾度も自分に言いきかせる。自身の小心が、いささか悲しい。

それでも、やさしく含まれ、丹念に舌先を這わされているうちにイクオは漲《みなぎ》った。桂はときどき上目遣いでイクオの表情を窺いながら、奉仕する。

「桂さん……もういいよ」

どうして？　と桂が眼で訊いた。

「でちゃう」

イクオが正直につげると、桂は一心不乱に頭を上下させた。

これと同じ光景を眼にしたことがある。松代姉さんが奥さんの明日香さんにこうされて射精した。この場所で、だ。

ここにはなにか性的な衝動を抱かせる磁場のようなものがあるのだろうか。そんな思いが脳裏をはしった。直後、爆ぜた。

桂の喉を突いてしまった。それでも桂はよく耐えた。舌の上に絡むイクオの灰色がかった白濁を控えめに示し、イクオに確認を求めるようにして、飲み干した。

さらに桂は舌を使い、イクオの溝まで丹念に舐めあげた。イクオはしばらく虚脱していたが、なにやら凶暴なものがこみあげてくるのを感じた。

「カウンターに座れよ」

「……どうする気」

「舐めてやる」

「わたし、汚れているよ」

「かまわない」

「でも、わたしは、いや」

「ごちゃごちゃ言うな」

「じゃあ、こうするわ」

桂がおしぼりの入った大きなビニール袋を爪で裂いた。おしぼりをつかみだす。傍らに置き、イクオに見せつけるようにしてスカートをまくり、厚手のパンティストッキングを脱ぐ。

5

ショーツはひどく濡れていた。桂はイクオの視線を避けるようにして、恥じらいをみせた。制御不能な自分をもてあましているふうだった。

イクオが顔を近づけると、桂はイクオの視線を遮るように手で隠し、もう、こんなの穿けないわ、と口のなかで呟いた。イクオは手をのばし、強引にそれを脱がせにかかった。

気持ちは昂ぶっていたが、桂の羞恥のポーズを剝ぎとることがサービスというか奉仕であるような気もしていた。職業意識とでもいうべきものかもしれない。

桂は恥じらいながらも腰をわずかにもちあげ、協力した。イクオは脱がせたショーツを床に投げ棄てた。

とたんに桂のなかでなにかが変わったようだ。居直りのいろが瞳をかすめた。

桂がカウンター上で大きく足を拡げた。イクオに見せつけるようにして、おしぼりで拭う。冷たい、と媚びてみせ、あふれ、したたる情景を見せつける。

さらに、拭う。丹念に拭く。憑かれたようにこすってみせる。なにか痛々しいものを感じた。

イクオは桂の腕をつかんだ。

「もう、いい」

おしぼりを奪いとった。セーターの上から桂の乳房をわしづかみにする。ブラジャーのかたちを整える針金状の金属が指先に引っかかった。癇《かん》に障《さわ》った。

あいている右手は、大きく拡げられた桂のなかに侵入させる。桂の顔が歪んだ。苦痛か快感か、わからない。イクオはどちらかといえば加虐的な気分で桂の肉体に強引な力を加えていった。

「やさしく……して」

「うるせえ」

イクオは声を荒らげ、さらに指先を強引に進ませた。

だが、微妙に醒めていった。サディズムは、俺には似あわない。そんな気分がした。

イクオは腰をかがめた。桂の腰を抱いた。舌で触れた。おしぼりで拭いただけで、シャワーを浴びたわけではない。

だから、昨夜とはちがう味がした。香りもある。とはいえ、微妙なもので、桂ははんとうに体臭が薄い。

それが貴重なもののような気もするが、物足りなくもある。

それにしても、桂の風情は、則江とは正反対だ。男に愛しさをおこさせるというか、保護してやりたい気分を醸しだす不思議な頼りなさと淡さがある。

桂のその風情は、過去に遡《さかのぼ》る血の問題までをイクオに考えさせた。桂の母方の血をたどってみると、きっとその美貌から優秀なオスをものにしてきたと思う。

ときにはハズレを摑んだかもしれないが、優秀なオスと出会う確率は、則江の祖先とは較べものにならなかっただろう。

悲惨なのは、則江の祖先だ。オスに相手にされず、最終的にメスにあぶれた劣るオスばかりが投げ遣りに則江の祖先のまわりに集まったはずだ。

桂は長い時間のなかでその血に磨きをかけていく。則江は逆にどんどん澱んだものをためこんでいく。

それはもう外見の美醜だけでなく、性格的なものにまで及んでいくのだ。

すくなくとも則江の祖先は潑剌《はつらつ》とした性格をその遺伝子に引き継ぐ機会がほとんどなかったと思われる。

優秀な個体は次々に優秀な異性を惹きつけて、自らの裡にとりこんでいく。

劣る個体はあまりものの屑《くず》ばかりをしかたなしに引き受けて、どんどんその濁りを濃くしていく。

平等であるとか、人間の尊厳とかいうものは、いったい何なのだろう。それらは劣る者たちの自己弁護的な戯言《ざれごと》であり、最後の拠《よ》り所《どころ》なのではないか。

ところで、俺はどうなんだ。

ヒモになろうとあがいている、いや自分の意志とは無関係にあれこれ流されて、女の性器を舐めている俺は。

イクオは桂の控えめな扉を口に含み、軽くひいて、弄ぶ。たいして経験を積んでいないにもかかわらず、そんないささか悪ずれをした行為をして反応を窺う程度に落ち着いてはいたが、途中から片手で自分の触角を握りしめた。

桂を泣かせながら、自分をこすりあげる。イクオ自身の性的衝動と、その欲求もとどまるところを知らない。あれこれ考えることに苦痛を感じだしてもいた。

いまならば、幾度でも行なうことができる。そんな気がした。やはりこの店内には性的欲求を昂進させる不可解な磁場のようなものがあるのだ。

桂がイクオを求めた。親指の爪を噛み、なにかに耐えるような表情で、切れぎれに訴えた。

イクオは思案した。このせまい店内で、どのようなかたちをとるべきか。

結局、イクオは靴を脱ぎ棄て、カウンターの上にあがった。桂は即座にそれに呼応して、せまいカウンターの上に横たわった。

拡げられた桂の両足は、カウンターの上から外れて落ちている。その足が、イクオの動作にあわせて時計の振り子のように揺れる。

ときに波がやってきて、桂の足の筋肉が硬直する。足指は、まるで攣ったかのようによじれ、これ以上のばすことができないほどにのばされる。

その瞬間の軀の動きは、まるで横たわったままバレエを踊っているかのような優雅さと、追いつめられた美しい獣の切実さがある。

イクオは桂のセーターをまくりあげ、シャツのボタンをはずした。ブラジャーをずらして、ゆたかな乳房を露にする。口づけし、歯をたてる。

桂が痛みを訴えかける。だが、それは中途半端に掠れて声にならない。それどころか、しばらくして震える息が声帯をふるわせて洩れた言葉は、こうだった。

「いじめて」

＊

ふたりはぴったりと合致したまま昇っていく。他人にうまく合わせることができるというイクオの性格が、性の現場では巧みに作用するのだ。

イクオは熱中しながらも、その一方で醒め、桂の反応をしっかりと把握して、自分をコントロールしていた。独走はしない。桂が心の底から訴えるまで自制して待つ。

まだ指で数えられる程度の回数しか性的体験を重ねていないにもかかわらず、イクオにはそれが可能だった。

イクオの行為は、性的欲求の発散である前に、自意識との葛藤の場でもあった。だから熱狂の一方で覚醒があり、自分を冷静に見つめているもうひとりの自分がいるのだ。

桂は頂点間近まできて、イクオから逃げるような動きをとった。イクオが突きあげる方向に、カウンター上を滑るように少しずつ軀をずらしていく。

＊

桂は、惜しくなったのだ。ほとんど無意識のうちにイクオの突きあげから逃げて、この頂点の一歩手前の粟立《あわだ》つような快感を持続させようとしている。

それは排尿を耐える感覚に似ていた。桂の下腹はもう、痛みに近い感覚を覚えるほどに切迫していた。

ここでイクオに密着すれば、即座に解放されるのだ。一気に迸《ほとばし》らせることができる。だが、桂はそれを耐えて、限界まで自分を追いこもうとしていた。

＊

イクオは見た。桂の乳首周辺の皮膚が波立つように収縮し、ざわざわと鳥肌が立っていくのを。イクオは桂の真の限界が間近に迫っていることを見抜いた。

だから、とことん腰を引き、一拍おいて思いきりぶつかっていった。

結合部に痺れがはしるほどの衝撃があった。桂の軀が反りかえり、後頭部が音をたててカウンターにぶちあたった。その拍子にカウンターに並べてあったグラスが振動した。

イクオは一瞬、視野のはしに、落下していく銀色のグラスをとらえた。グラスは視界から消え、乾いた金属的な音が続いた。

それをしっかりと確認してから、イクオは炸裂させた。

弛緩しかけていた桂が眼を剝いた。

イクオは頷いた。

桂は凝固し、呼吸を止めた。

息を吐いたときには、声帯が意志と無関係にふるえ、老婆の呻きのような声が洩れていた。

イクオは桂の耳朶が真っ赤に充血しているのを確認した。それを見つめているうちに、桂が最高の頂点を迎え、極めたことを確信した。

＊

桂が口をきけるようになるまで、十数分かかった。開口一番、桂は迫った。

「だました……のね」

「なにが」

「いったふりをした」

「そんな気はなかったけど」

「わたしはイクオに合わせていったつもりだったのよ。そうしたら」

「そうしたら？」

「イクオはまだで、でも、わたしはすっかりその気になって安心していて、引きこまれるように落ちていったの」

イクオは桂に重なったまま、黙って彼女の頭を撫でた。細くてどちらかといえばあまり腰のない髪が、イクオの指にまとわりつく。

「落ちていったのよ」

「落ちていくのか？」

「足の裏が、たまらないのよ」

イクオはなんとなく苦笑した。女の性的快感の質は、想像を超えていて、足の裏がたまらないと言われてもよく意味がわからない。見事にイクオの理解を超えている。

落ちていくと言う。だが実際に高いところから落下していくようなニュアンスなのか、それとも他にもっと適切な表現があるような感覚なのか、イクオには判断がつかない。

桂が下からイクオを睨みつけた。憤りのこもった声で言った。

「ひどい男」

「ごめん」

イクオはわけのわからぬまま、なんとなくあやまった。

「最低よ。わたしを弄んだ」

「そんなつもりは、ない」

「ばか」

「ごめん」

「わたしは力が抜けていて、なにも考えられない状態だったのよ。そんなところへ時間差攻撃なんかしやがって」

「いや、そんなつもりはなかったんだ。ただ、桂がちゃんといったのを確認してからいこうって思っただけで」

桂がふるえる吐息をついた。

「すごかった。わたしがだらけたところへ、イクオがひとまわりもふたまわりも大きくなって、すごくカチカチになって、いちばん奥にまでぶつかってきたのよ。そして、大爆発したから。わたしの頭は驚いて、躯はよろこんで……死ぬかと思った」

意識した時間差攻撃ではなかったのだ。だからこそ、桂はここまで感じてしばらく口もきけなかったのだろう。

「ねえ」

「うん」

「次も、ああして攻めて」

「むずかしいな。ああするのは簡単だとは思うけれど、次からは、桂がそれを待ちかまえているだろう。今回みたいな驚きは、ないと思う」

「そうか……」

桂は剝きだしのイクオの臀を愛しげにさすった。春とはいえ、暖房なしの店内は、さすがに冷える。イクオの臀には鳥肌が立ちはじめていた。

「わたしたちって、なんていうのかな、欲望の奴隷かしら、獣みたいな男女」

「まあな。下半身だけ裸でこうしてカウンターの上にいるっていうのは、ちょっとすごい光景かもしれない」

「わたしのせいで、コップが割れたでしょう」

「グラスのひとつくらい、きれいに掃除しておけばわからないよ」

桂がそっと横を向いた。ごくわずかだが、拗ねたような調子がまざった声で言った。

「イクオって、本物だね」

「なにが」

「ヒモ」

イクオは失笑した。

「俺なんてお粗末で、なにも誇るものがないよ」

「でも、心がある」

「買い被《かぶ》りだよ」

「そうかもしれない。でも、女に幻想を抱かせることができるし、女の気持ちもわかっている」

「擽《くすぐ》ったいから、裏切ってやるよ。俺のほんとうの姿を見せてやる」

イクオは桂からはずした。

「ほら、こんなにみじめに潮垂《しおた》れて」

自らを指し示していうと、桂は怒ったように言った。

「これは、あたしがいちばん大切にしているものだよ。悪く言わないで！」

「心よりも、こっちか」

「そうよ。心なんて、見えないし、どこにあるかわからないじゃない。でも、この子は心がこもれば充分に育って、問答無用の猛々しさでわたしを慰める」

桂は気怠げにカウンター上で上体をおこし、息を継いで続けた。

「独りじゃないって、いいな」

その独白は、イクオにも沁《し》みた。充分に沁みた。だから、あえて言った。

「俺を大事にしろよ。俺は金で桂さんの孤独を埋める。そういうことだ」

「イクオなんかにお金は遣えないよ。わたしがお金を遣うのは、イクオのこの部分に対してだけで、あんたの人格なんか無関係」

イクオは、ちいさく嘆息し、微笑しながら天を仰いだ。煙草のヤニで黒茶色に汚れた天井が一瞬視界にはいった。

「使っちゃえ」

桂の声がした。視線をもどすと、桂がおしぼりのパッケージを裂いていた。

「もうひとつくらい使ったって、ばれないよね」

「うん。どうってことない」

桂はおしぼりを掌にひろげ、イクオに近づいた。

「後始末」

悪戯っぽい声で言い、やさしくイクオを拭った。そしてイクオの始末を終えたそのおしぼりで、自らの後始末をした。さらにイクオを制して腰をかがめ、割れたグラスの破片を拾いあつめた。掃除道具のありかを訊いて、丁寧に床を掃いた。

「お店は、九時頃から開くって言ってたわよね」

「うん。いい加減だけれどね」

「じゃあ、だいたい証拠隠滅したし、逃げだして、またあとから来ようか」

「それ、ありがたい。ここで松代姉さんを待っていたら、顔を合わせたとたんに、カウンターのなかに入れって命令されて、仕事をさせられちゃうからな」

「仕込みとか」

「そういうこと」

桂とイクオは見つめあって笑い、松代姉さんの店から逃げだした。

鍵はあけっぱなしだが、イクオが鍵をもっているわけではないからどうしようもない。それにレジのなかに現金はなかったし、盗まれるほどの物もない。

外はまだ明るいが、夕暮れの匂いのようなものがどこからかまとわりついてきていて、肌がしっとりとした。

桂はイクオの腕をとり、誇らしげにぴったり密着している。なんともいえない気怠さが、ふたりを覆っていた。イクオがしみじみと呟いた。

「ああ、最高だ」

6

ふたりは靖国《やすくに》通りに面した喫茶店で時間を潰した。向かいに座ったアベックの女のほうが、なぜかイクオにちらちらと視線をおくってきた。イクオは落ち着かない気分を味わいつつ、桂に集中する努力をした。

新宿駅南口の歩道でベルトを売っていた怪しいテキ屋のことがふたりの話題になっていた。

「あのオジサン、歯がぼろぼろだったよ。乱杭歯っていうのかしら。歯がそれぞれ勝手な方向に生えていて、まっ黄色で、虫歯の穴がポコッてあいているの」

「あの歯は、若いころにアンパンとかをやりすぎたのかもしれないな」

「アンパン」

「シンナーのこと。知ってるだろう」

桂は首を縦に振った。しかし、イクオは確信した。桂は知らないのだ。

「トロとか、大トロとかあってね」

「……お刺身《さしみ》」

「トルエンのことだよ。灯油とかを混ぜてないやつを大トロっていうんだ」

イクオはひとしきりレモンがどうのこうのと、シンナー・トルエン談義をした。けっこう得意がっていたのだが、ふと我に返ると妙に気恥ずかしい。

「シンナーやる奴なんて、最低だよな」

それがイクオの結論だった。イクオ自身トルエンにはまりこんで、押入のなかでビニール袋を頭からかぶって死にかけたこともあった。

パチンコ狂いの兄が見つけだしてくれたから一命をとりとめはしたが、そのときのイクオは完全に瞳孔が開ききっていて、ほとんど呼吸もなかったという。

兄が頬をぴたぴた叩いておろおろしていたとき、イクオはジェットコースターに乗っている幻覚を見ていた。上がって下がって、昇って落ちて、曲がって、よじれて、失禁しかけて——。

もっともシンナーをはじめとする有機溶剤中毒と〈しらける〉という言葉がワンセットで使われることからもわかるように、そのときの記憶は妙にしらけていて定かではないのだが。

「悲しき高校生。俺は東京の陸の孤島の檜原村の出身だから。徹底して田舎なんだ。都会の高校生だったら手に入らないようなトルエンも、地元の建築業、内装屋からいくらでも手に入った。俺、業務用の一斗《いっと》缶をいくつかストックしていたんだよ」

イクオはそれをコーラの空き缶に入れて、よく自宅の裏山に登った。

「こう、缶の縁を前歯で咥《くわ》えてね、両手を使わずにトルエンを吸うの。そして、ドッチラケになってふと我に返ると、軀が夜露でじっとり濡れていて、なんか、うなだれて山をおりて、家に帰ったら、自分の部屋の押入に潜りこんでまた吸う」

イクオは溜息をもらした。深く、切ない溜息だった。

「なんで、あんな毎日を送っていたのか、わからない。死にかけて、病院で肝臓がちょっとヤバイとか言われても、トルエンの匂いがどこからともなく這いあがってきて、口のなかに唾がいっぱいたまるんだ」

桂は眼を伏せている。イクオを見ずに訊いてきた。

「いまでもやってるの」

「いや、死にかけて、入院させられて、病院を抜けだして一回吸って、やめた」

「死にかけても、やめられなかったんだ？」

「死んじゃいたかったんだよ」

桂が眼をあげた。

桂の視線が刺さった。それで、ようやくイクオは自分がなにを口ばしったのかに気づいた。

「なんで、死にたかったの」

「——わからない」

「でも、ほんとうに死にたかったのよね」

「そうだ」

一瞬の間があった。時間が凝固していた。

直後、桂はちいさなハンドバッグをあさった。ハンカチを取りだすと、目頭を押さえた。

イクオは泣く桂を、茫然《ぼうぜん》と見つめた。重い口をひらいた。

「俺は自分がトルエンをやっていたことなんて、誰にも話したことがなかった」

桂は涙を拭きながら、泣き笑いの表情で言った。

「イクオは、歯はきれいだよね」

「うん。外見はアンパン小僧みたいに黒ずんでいないし、溶けちゃってるわけでもないし、話すこともわりとまともだよ」

「まとも。それは、どうかな」

桂はイクオをばかにしながら、しゃくりあげた。

客や店員が泣いている桂とイクオに注目している。だが、視線は気にならなかった。それよりも、イクオも目頭が熱くなってきた。自分のために泣いてくれる女がいる。かろうじて涙をこらえた。ふてくされた口調をつくって言った。

「健康だよ。医師のお墨付きがある。肝臓以外は、大丈夫みたいなんだ。まあ、脳味噌は多少溶けちゃっているだろうけどね」

「脳が溶けたら、おおごとじゃない」

桂は泣き笑いというよりも、ほとんど笑顔の、笑い泣きの顔でからかった。

「酒を飲む人と五十歩百歩だから」

「なんで」

「シンナーやトルエンと同じく、アルコールも有機溶剤なんだって。つまり有機物を溶かす。血液のなかにはいると、やがて脳細胞に達して脳を溶かす」

イクオは入院したときの担当医の言葉の受け売りをそのまま口にした。桂は完全に泣きやみ、ちょっと怯んだ顔で応じた。

「酔うってことは、脳が溶けちゃうっていうことなの」

「そうらしい」

「わたし、お酒、やめようかな」

「いいじゃん、脳が溶けるくらい」

「そうかな」

「そうだよ。どうせたいして使っていないんだから」

「失礼ね。イクオとは違います」

イクオは安らいだ笑顔をむけた。そして、口を開きかけた。

「それにな……」

桂が口ごもったイクオを眼で促す。

「それに、脳味噌は感じやすすぎる。なにかで麻痺《まひ》させないと、とてもこんな世の中を生きては行けないよ」

「でも、イクオはトルエンをやめたでしょう」

「うん」

「なぜ、やめたの」

イクオは腕組みした。なぜ、やめたか。

「しいていえば、トルエンを横流しする内装屋を儲《もう》けさせる気がしなくなったからだな」

桂が失笑した。イクオは真顔で続ける。

「童貞のまま死ぬのもしゃくじゃないか。桂さんと会う前に死ぬのは、もっとしゃくだから」

桂が睨みつけた。

「ぬけぬけと。ヒモ野郎」

「そうだよ。俺、生き甲斐を見つけつつあるんだ。寄生虫の生き甲斐」

口にしたとたんに、それが真実であり、ほんとうのことであるという実感が湧いた。イクオはヒモになろう、ヒモを極めようと肚を決めた。

「ヒモ野郎って、もういちど言ってくれないか」

「ヒモ、野郎」

「いい感じだ。俺は寄生虫の生き甲斐を見つけつつある」

「悪くないかもね」

「あまり良くもないけどね」

ふたりは抑えた声で笑った。イクオは、もう有機溶剤がらみの会話をする気を失っていた。

吸ってラリって、しらけるのは、ごく個人的な問題だ。たとえ肌を合わせた桂といえども、あのときの中途半端な、しかし切実な気持ちは絶対にわからないだろう。自分自身にも、よくわからないのだし。

ただ、ひとつだけはっきりしていることがある。酒でもトルエンでも麻薬でもなんでもいい。中毒は、それ自体が生き甲斐となりうるのだ。中毒していることが、生き甲斐になる。

イクオは軽く伸びをした。靖国通りを行く車の群れのテールランプが赤く輝いている。いつのまにか外は暮れていた。それに気づいたとたんに店内の照明が黄金色に輝いて感じられた。

「ねえ、桂さん」

「なに」

「ベルト売りのオジサンが俺に向かって凄んだでしょう」

「そうだっけ」

「小僧、商売のじゃまをするなよって迫られた」

「そういえば、オジサン、三白眼《さんぱくがん》でイクオを睨みつけた」

「あのとき、俺はひとこと言ったんだ。俺は松代姉さんに世話になっているって」

桂にも記憶がよみがえってきたようだ。深く頷きかえしてきた。

「驚いたな。たぶん効き目があるだろうとは思っていたけど、あれほどにまで松代姉さんの名前が効くとは」

「松代姉さんって、何者なの？」

「女好きのオカマにして、ヤクザの幹部」

「なんだか、よくわけがわからない人ね」

「まったく。新宿の混沌《こんとん》が生みだした象徴的な人物だよ」

「混沌に、象徴……ね」

呟きながら桂はイクオを探るように見つめてきた。

「イクオって、小説でも書いたらいいんじゃないの」

軽い驚愕を覚えた。イクオは小説家志望だったついこのあいだまでの過去を苦笑いして投げ棄てた。俺には、ヒモという新たな目標がある。曖昧で、くっきりとした輪郭の見えぬ目標ではあるが。イクオはちいさく咳払いした。

「混沌とか象徴なんて言葉を多用している小説は、ろくなものじゃないと思う」

「でも、向いてると思うな」

「桂さんは、編集者志望だもんな」

桂がうっとりとした、遠い眼差しで呟いた。

「吉田駿のような作家を育ててみたい」

その名は、イクオの脳裏にこびりついていた。ファミリーレストランでハンバーグをおごってもらったときに、桂が熱っぽい口調で語っていた。

『本物の小説家よ。自分の命を縮めて作品を書いている。サラリーマンではなくて、無頼』

あのとき桂は、吉田駿に会えるように則江に頼んでくれとイクオにせがんだものだ。

冷めたコーヒーをそっと含んだ。複雑な気分だった。つい先ほど桂はイクォに抱かれて気を失わんばかりだったのに、その瞳は遠い世界のまだ会ったこともない男にむけられて潤んでいる。感情をころして、イクオは言った。

「松代姉さんの店に出没していれば、マスコミ関係の客も多いし、則江なんかに頼まなくても吉田駿とやらに会える機会があるかもしれないよ」

桂が深く頷いた。そして、付け加えた。

「以前からゴールデン街には興味があったの。でも、なんとなく怖くて、ひとりでは行けなかったのよね」

イクオは自分の内側で渦巻いている感情が嫉妬という名の醜く最低のものであることを理解しながらも、それを抑えることができなかった。

「小説家なんて、口先だけじゃないか。松代姉さんが凄んで、蹴りあげたら、それで泣きだしてしまうんじゃないかな」

「わかってないのね。小説家は口喧嘩の名人よ。たぶん暴力はからっきしよ。でも、いまの世の中で暴力なんてどれほどの力があるというの？」

「だから、百の言葉より一発のパンチが」

「でも、百の言葉は罰されないけれど、一発のパンチは、それだけで牢屋に入れられてしまうのよ。そうでしょう」

イクオは不承不承頷いた。まさにそのとおりなのだ。警察は暴力に非常に厳しく刈処する。仲間内の喧嘩であっても、殴られたほうが訴えれば問答無用で傷害だ。起訴されるかどうかはともかく、まちがいなく一発のパンチで留置場行きだ。

桂は得意そうに冷めたコーヒーを飲みほした。イクオは桂の言葉に承伏したわけではなかったが、あれこれやりあうのが面倒な気分になり、伝票をつかんだ。つかんで我に返った。

「まてよ」

「なに」

「俺には、コーヒー代もない」

それは、嘘だった。しかしヒモとしての自覚から、一銭たりとも女に遣う気にはなれなかった。

桂が肩をすくめ、伝票を受けとった。コーヒー代金を支払い、店の外にでてから、言った。

「わたしなんて、まだ親のすねかじり。気が向いたらアルバイトをする程度。家賃だって父に払ってもらっているんだもの。冷静に考えたら、イクオをヒモにするなんて無理かもしれないな」

それは、そうかもしれない。やはりヒモとしてやっていくには、自分で稼いでいる則江のような女を相手にするしかないのかもしれない。

イクオは溜息を呑みこんだ。前途は多難だ。苦笑いがうかぶ。それと同時に、イクオをヒモにするなんて無理かもしれない、などと桂が言いだしたのは、吉田駿なる作家のせいもあるのではないか。

桂は吉田駿なる男とイクオを比較したのだ。そんな気がした。そして、イクオに物足りなさを感じた。性的にはともかく、相手はそれなりに名の知られた成功者である。しかしイクオはヒモになろうとしてあがくまったく無名のみすぼらしい小僧にすぎない。認めたくはないが、それは事実だ。イクオは暗澹《あんたん》というには大げさな、しかしそれに近い憂鬱な気分を味わった。

7

松代姉さんの店には準備中の札がかかったままだった。しかし店内の明かりはついているし、人の気配もする。

イクオはドアをノックして、名を告げた。鍵を解除する音が伝わった。ドアがちいさく開いた。松代姉さんが早く入れと顎をしゃくる。

緊迫した気配を感じとって、素早く店内に滑りんだ。奥に男がいた。男は直立不動の姿勢で涙を流していた。泣き声はあげず、どちらかといえば静的な光景だった。天井からふりそそぐ電球の光がやけに黄色っぽい。

見覚えのある顔だった。イクオはしばらく考えこみ、ようやく泣く男が、まだ日のあるうちに桂とゴールデン街の路地を歩いていたときに出会った、軽トラックでおしぼりの配送をする男であることに気づいた。

松代姉さんが、イクオの背後で立ちつくしている桂を一瞥して訊いた。

「だいじょうぶなのかい」

イクオは頷いた。桂ならば、なにがあってもとりあえず騒いだりしないだろうし、後々まで沈黙を守れるだろう。

桂がイクオの背後からでて挨拶しかけた。松代姉さんはそれを制して、言った。

「早く入っちゃって。きちっとロックしてよ。誰も入ってこれないように。ちょっとこいつを締めなければならないのよ」

なんともいえない予感がしたが、イクオはあえて訊いた。

「どうしたんですか」

松代姉さんの答えは予測どおりだった。

「こいつはおしぼりの配達をさせている小僧なんだけど、うちの鍵をかけ忘れたのよ」

やはり！　と合点がいったが、とぼけるしかない。イクオは小首をかしげてみせた。

「鍵、ですか」

「そうよ。夕方、こいつがおしぼりを持ってくる。そんな時間にあたしが店にいるわけないでしょう」

問いかける口調だったので、イクオはしかたなく、そうですねと頷いた。

「だから、店の鍵をあずけているの。店内におしぼりを入れたら、鍵をかけていく。それだけのこと」

「……なるほど」

「ところが、この馬鹿、鍵をかけ忘れやがったのよ」

「なにか、盗まれでもしたんですか」

イクオの声は消えいりそうだ。桂もイクオの背後に隠れるようにして小さくなっている。

「なくなったのは、グラスがひとつだけ。あと、おしぼりを詰めたビニール袋が裂けていた。それだけ」

松代姉さんが顎をしゃくってカウンター上のビニール袋を示した。おしぼりは工場から百個単位で透明なビニール袋に詰めて包装されてくるのだが、もちろん松代姉さんの店はそんなに客が入るわけではない。だから、はじめからビニールは包装溶着した部分から丁寧に切ってあって、余分な数のおしぼりを抜きとって切ったところは幾重にも折りかえし、風呂敷を結ぶように結んである。

しかし桂が自分の軀を拭くためにビニール袋の腹の部分を爪で引き裂き、中からおしぼりを抜きとってしまったのだ。

男はイクオと同じくらいの歳だった。イクオや桂がやってきたことで、どうにか涙をこらえ、口をきつく結んでうつむいている。しかし顔色は血の気を失って真っ白だ。

「グラスが、なくなっていたんですか」

イクオはかろうじて訊いた。松代姉さんが投げ遣りに頷いた。

グラスはふたりが店に忍びこんで、カウンターで交わって、桂が頂点を迎えたときに床に落として割ってしまったものだ。

それにしても、あとの処理はそれなりにしていったはずだ。グラスのひとつくらいばれないと高をくくっていたが、おそるべし、松代姉さんである。グラスが幾つあるか、しっかり数えていたのだ。

イクオはたまらない気分で松代姉さんと涙が乾きはじめた男を交互に見較べた。鍵をかけ忘れたのは男の落ち度であるが、なんとか男を放免してやりたい。下腹に気合いをいれて、訊いた。

「で、松代姉さんはこの人にどうしろというんですか」

松代姉さんはごく軽い口調で答えた。

「簡単よ。指を詰めればいい。それでおしまい」

「指詰め」

イクオは驚愕した。背後で桂がイクオの背をつついた。素早く振りかえると、わたしたちのこと、告白してしまおうか、そんな表情だった。

イクオは思案した。悩んだ。告白してしまい、それで松代姉さんの男に対する怒りがおさまるだろうか。

たいした時間ではないのだが、無為な時が流れた。

男が一瞬、桂に視線をはしらせた。瞳にやり場のない怒りのようなものが満ち、黄色く光った。

女の前で涙を流した。涙を流しているところを見られてしまった。そしてどうやら桂の態度を自分が哀れまれていると誤解したようだ。

涙に哀れみ。

極道を志している男にとって致命的な恥辱だろう。男は自分自身に対する怒りに小刻みにふるえはじめた。

松代姉さんはそれを冷静に見つめていた。そして、挑発した。

「指だけは、勘忍してください――なんて泣きだしやがったんだから。ねえ、芳夫《よしお》」

名を呼ばれて、男はギクッと痙攣した。瞳が宙をさまよった。こんなときに人はなにを考え、なにを見るのだろうか。イクオは息をつめて芳夫を見守った。

「不細工なところをお見せしました」

ほとんど聞きとれない掠れ声で芳夫が言った。松代姉さんが頷きかえした。

「用意していただけますか」

「包丁しかないよ」

「はい」

返事をして、芳夫は桂に挑むような視線をむけた。イクオは胃のあたりに痼《しこ》る痛みを覚えた。

桂さえいなければ、女の視線さえなければ、芳夫は泣き続け、あやまり通して、指を詰めずにすんだのではないか。

松代姉さんが厨房《ちゆうぼう》に入り、まず、まな板を用意した。まな板は木ではなく白い合成樹脂製のものだった。

「前もってわかっていたなら、ちゃんと漂白しておいてあげたんだけどねえ」

すまなさそうに松代姉さんが呟いた。イクオは松代姉さんの言葉に、苛立ちを覚えた。苛立ちは、松代姉さんの言葉が、どこか焦点が合っていないことに対するものだった。なにが、漂白か。イクオはまな板を睨みつけるように凝視した。

まな板は包丁による無数の傷跡に黴が生えてしまっていて、黒っぽいグラデーションがかかったかのように汚れていた。

洗うのは表面ばかりなので、刃物で傷ついた溝に食品のカスが入りこみ、そこに黒ずんだ黴が発生して、こびりついてしまうのだ。とくに刃があたる中心部はひどい汚れかたで、凹状に削られ、くぼんでいる。

食い物商売、水商売の厨房の汚さを知らないのは客だけ、といったところだが、それにしても汚いまな板だ。雑菌の巣だろう。保健所の担当者が見たら、眼を剝くのではないか。これでチーズを切り、レモンを切り、サラミを切り、指を切る。

イクオは漂白剤のしまってある場所を思いだそうとした。こんな汚いまな板ではあんまりだ。せめて漂白してやりたい。漂白剤を原液のまたらして放置しておけば、真っ白になるのはずだ。

そうすれば、あふれ、飛びちる血も、ひきたつだろう。純白のまな板ならば、転がり落ちる指もくっきり鮮やかに見えるだろう。

そこまで考えて、我に返った。

愕然とした。

俺はなにを考えているのだろう。

茶色く汚れきったまな板では絵的にいまいちだと、舞台設定に不満をもっていた。息苦しくなった。他人事ならば、ここまで残酷になれるのだ。イクオは首を左右に振った。自分の本性が、あまりに冷酷であるような気がしていたたまれなかった。

松代姉さんが業務用大型冷蔵庫の銀色の壁面に磁石で吸いついているプラスチックのボックスに手をのばした。その中には輪ゴムがはいっている。そこから太めの輪ゴムを選んだ。芳夫の眼前に突きだす。

「小指の根元に巻きつけな」

「はい」

「——もっと強く。ちぎれるくらいに」

「はい」

「どう。指先が冷たくなってきた？」

「はい」

「楽に落とせるように、なるべく大きな包丁を選んであげるからね」

「はい」

「まって。どうせなら、音楽がいるでしょう。バックグラウンドミュージック」

「はい」

芳夫はあらかじめ吹きこまれたテープを再生するかのように、はい、と繰りかえす。輪ゴムが喰いこんだ小指はすっかり血の色を失って、緑色がかって見えた。松代姉さんは包丁を選ぶのをやめ、CDがおさめてある小さな棚に向かった。

「イクオ」

「はい？」

「あんた、ここからCD、もちだした」

「CDなんか、いじりませんよ」

「おかしいなあ。ワーグナーが見つからないのよ。ローエングリンで決めようかと思ったんだけど」

イクオは呆れた。松代姉さんはまるでショーの演出をするかのようなうきうきした表情で、CDをあさっている。

「ローエングリンでいきたいのよお。十字架にかけられたキリストの血をうけた聖杯伝説の歌劇。血をうけた杯《さかずき》よ。エンコ詰めにはぴったりだと思わない？」

同意を求められても、素直に頷けるわけがない。イクオは憮然とした顔をつくった。松代姉さんが顔をよせた。耳元で囁いた。

「楽しみにしているくせに」

いったん言葉を区切って、続けた。

「偽善者」

イクオは眼を剝いた。松代姉さんはウインクをかえし、ふたたびCDの棚にとりついた。

「よし、きめた。これでいこう」

松代姉さんがイクオにさしだしたCDはベートーベンの〈運命〉だった。

あんまりだ。イクオはCDを受けとって口を半開きだ。

松代姉さんは投げ遣りに出刃包丁をつかんだ。出刃は調理らしい調理をしない飲み屋にはほとんど必要のない包丁であるから、かなり錆《さ》びていた。

イクオは顔をそむけた。大きなだけで、見るからに切れなさそうな包丁だ。しかも、刃が欠けている。松代姉さんはわざと芳夫を虐《いじ》めているのではないか。

どうせ指を詰めなければならないならば、なるべく切れる刃物を手渡してやるのが人情というものだろう。イクオは松代姉さんを呼び寄せた。耳元に口を寄せ、芳夫に聴こえないよう気を配り、そのことを囁いた。松代姉さんはうんうん、と頷きながらイクオの小言を聞き、囁きかえした。

「理屈はそうでもさ、指を切った包丁を店で使うなんて縁起が悪いじゃないか。だから、どうせ棄てようと思っていた包丁を選んだのよ」

イクオはがっくり首を折った。なにを言っても無駄だ。ここでは人間の指よりも包丁のほうが価値があるのだ。

松代姉さんが芳夫の傍らにもどり、出刃包丁を手渡した。そして輪ゴムを巻いた芳夫の小指をつまむ。

「うん。だいぶ冷たくなってきた。ちょっとは痛みがましになるからね」

松代姉さんの指はすべて無事だ。一度も指など切ったことがないのだ。なぜ、痛みがましになるなどということがわかるのか。

イクオは松代姉さんのいい加減さに溜息をついた。松代姉さんはイクオの溜息のタイミングを計っていたかのように続けた。

「冷たくなる前の痛みを百とすると、この情況での痛みは九十三くらいかな」

百と九十三。どれだけの差があるというのか。だいたいどこからそんなデータがでてくるのか。

イクオは思わず桂を見た。桂も呆気にとられているだろう。ところが、桂は唇の端を微笑のかたちに歪めていた。

桂は、笑っていた。

苦笑に見えなくはないとはいえ、笑っていた。イクオは頭を抱えたくなった。善人ぶるつもりはないが、これではあんまりだ。指詰めは苦笑を誘うゲームなのか。

「酒、飲むか」

松代姉さんが訊いた。芳夫は小指をまな板の上におき、出刃包丁をあてがって、放心した顔で、いいえ、と首を横に振った。

「それがいいよ。アルコールがはいると血のとまりが悪いからね。ほんとうはシャブを用意してあげられれば、指なんて楽勝に切れるんだけどねえ」

シャブ、ということで、芳夫の瞳にすがるような色があらわれた。

「シャブは、ありませんか」

「あるような、ないような。でもね、芳夫。シャブは組では御法度《ごはっと》だろう」

「……はい」

「だいたい怖いもの知らずになっちまうんじゃあ、エンコを詰める意味がないじゃないか。素面《しらふ》で切りなさいよ。男を磨くいい機会でしょ」

「はい」

だが、返事と裏腹に芳夫の顔は、ふたたび泣きそうに歪んだ。

イクオはどうしていいかわからず、松代姉さんに手渡されたCDケースを弄ぶ。貧乏揺すりに近い動きだ。

CDケースにはカラヤン指揮、ベルリン・フィル演奏、交響曲第五番〈運命〉とある。たかが鍵のかけ忘れでこんな運命を背負わせられるとは。芳夫を見やる。額の脂汗が光った。なんと哀れな男なのだ。

芳夫の視線は落ち着かず、あちこちに注がれている。シャブを欲しがっているのがありありとわかる眼差しだ。

おそらくシャブを射つなり吸うなりすれば、恐怖心がなくなってしまうのだろう。こんな場合だ。覚醒剤はいけないことではあるが、使わせてやりたいと思った。

だいたい外科手術では、手術前にトランキライザーという名の覚醒剤を射って手術に対する不安と恐怖心を取り除くではないか。この場合は覚醒剤を都合してやってもいいのではないかとイクオは考えた。

「なにしてるの」

松代姉さんの声がした。誰に言ったのかと見まわして、自分が言われたことに気づき、イクオはあわてて返事した。

「はい」

「はやくCDをセットしなよ。ミュージック、スタート」

イクオは焦ってCDプレーヤーの電源をいれた。松代姉さんがそんなイクオの手許を見守りながら、呟いた。

「交響曲第五番ハ短調、作品六十七〈運命〉」

なにがハ短調だ！

イクオは心のなかで声をあげた。その直後、
じゃじゃじゃじゃーん
と、例の主題が大音量で天井のスピーカーからふってきた。そして、それに負けぬ大声で松代姉さんが怒鳴った。

「運命は、かく扉を叩く。じゃじゃじゃじゃーん」

なにを叫んでいるのが。イクオが眼を剝くと、松代姉さんが得意そうに解説した。

「これはベートーベン自身が、この有名な主題に対して自ら解説した言葉であーる。じゃじゃじゃじゃーんは、運命が扉を叩く音を表現したものなのよ」

松代姉さんの解説に呆れはてた直後だ。出刃包丁は、芳夫の華奢《きゃしゃ》な小指にわずかにめりこんでいた。

皮膚の上に血が雫《しずく》のようにぷく……と盛りあがった。球状になって揺れた。

やがて球状の血は潰れ、だらしなくあふれてほぼ完全な円形を保ちながら拡がっていった。まな板がくぼんでいるので、そこに血がたまっていく。

芳夫がすがりつくように松代姉さんを見た。松代姉さんは芳夫を無視した。CDの〈運命〉にあわせて両手をふりあげて指揮をとっている。芳夫が哀れっぽくうつむいた。

「いてて」

唐突に芳夫の口から情けない声が洩れた。それでも松代姉さんは芳夫を無視した。芳夫はイクオにもすがるような瞳をむけてきた。誰かこのあたりで止めてくれないか、と。

だがイクオは弱々しい表情で、芳夫から曖昧に顔をそむけた。桂は両手で顔を覆っているが、指の隙間から覗ける瞳はしっかり見開かれてキラキラ光っている。

芳夫は自分の立場を、いまこそ、心底理解したようだ。顔を隠しながらもしっかりと自分のエンコ詰めを観察している桂を挑むように睨み据えた。さらに松代姉さんに向かって唾を飛ばして怒鳴った。

「この包丁、まったく切れないですよ！」

松代姉さんが舌打ちした。指揮をじゃまされたので、機嫌が悪い。投げ遣りに応えた。

「そんなもん、ノコギリみたいに挽《ひ》けばいいじゃないか」

「ダメですよ。骨にあたって、切れません」

「そうかい、そうかい。押してダメなら、引いてみなってね。努力が足りないよ」

「努力の問題ですか！」

「そうだよ。人生、これ努力と忍耐。努力と忍耐だよ」

芳夫は唇を紫色に変色させ、意地になって包丁を前後に動かした。

ゴロ、ゴロ、ゴロ……。

即物的な音がした。

やがて刃を呑みこんでいる傷口が乱れてきた。切れない刃物を無理やり前後に動かすせいで肉や、わずかではあるが脂肪がはみだして、コンニャク状になって揺れている。

まな板は血の海で、くぼみからあふれた血がカウンターにまで流れだした。傷口から流れだす活《い》きのいい温かい血なので、けっこう生臭い匂いがする。魚屋の店先のような匂いだ。

イクオは荒い吐息を感じた。後ろに立っている桂だった。その吐息はあまりにも性的だ。桂は血を見て昂ぶっているのだ。イクオは彼女を振りかえる勇気がなかった。立ち眩《くら》みがしそうだった。

「チクショオ。なんで落ちねえんだよ！」

芳夫が自分の小指に向かって唾をとばして毒づいた。そして、軽くよろけた。

「松代姉さん。俺、眼が霞んできましたよ」

切迫した声で訴えた。松代姉さんが舌打ちした。

「カラヤン指揮の〈運命〉は他の指揮者の演奏よりもテンポがはやいんだよ。三十分くらいそのまま我慢できないのかい」

「三十分、こうしているんですか！」

「冗談だよ」

松代姉さんが軀を伸ばして、カウンター内に上体をつっこんだ。その手にアイスピックをつかんでいた。

「おかしいわよ。いかに切れない包丁とはいえ、そんなに切れないなんて」

アイスピックを弄びながら、松代姉さんは包丁を呑みこんでいる芳夫の小指を凝視した。

「ばか」

松代姉さんが芳夫の頭をアイスピックのお尻で小突いた。

「おまえ、エンコ詰めのイロハも知らないのか」

「……なにぶん、初めてのことなんで」

「刃物は、小指の第一関節にぴったりあてがうんだよ」

「第一関節」

「そう。そうすれば、その部分は軟骨だからさ、たいして力をいれなくったって落ちるんだよ、ぽろって」

「ぽろっ……て？」

「そう。ぽろっ、て。ところがおまえは第一関節と第二関節のあいだ、もろ骨のところに包丁をぶっこんで悪あがきしてる」

「松代姉さん。すごく痛くて、さっきから眩暈がしてるんですけど」

「まってな。すぐ、楽にしてやる」

松代姉さんがアイスピックの後ろで包丁の背を叩いた。

アイスピックの後ろには鉄の輪っかがはまっていて、氷の塊《かたまり》もカチ割れるようになっているのだ。その打撃はかなり力がこもっていて、躊躇《ちゅうちょ》がなく、勢いがよかった。

コン。

出刃の刃と汚れきったまな板が出会う音が妙に軽く響いた。

芳夫の小指は二十センチばかり飛んだ。まな板を飛びだして、カウンターの上に転がった。

血まみれの小指は、薄緑色に変色して、石膏《せっこう》細工の贋物《にせもの》のように見えた。

しかし切断面には灰白色の骨が見え、ザリガニの尾を引きちぎったときに見える筋にそっくりなものが露出していた。

カウンター上の切断された指。

それを見つめる桂の瞳には恍惚《こうこつ》があった。そんな桂を松代姉さんも素早く一瞥していた。イクオと顔を見合わせた。

芳夫は苦痛に顔を歪め、目尻に涙を滲ませながらも、やっと指が落ちた安堵《あんど》に、深く長い吐息を洩らしていた。

松代姉さんは芳夫にではなく、桂に見せつけるように落ちた小指をつまみあげ、芳夫に訊いた。

「どうする？　いまなら、病院にもっていけば、それなりにくっつくよ。切断面がグチャグチャだから、不恰好になっちゃうかもしれないけど」

芳夫は歯を食いしばって呼吸を整え、斜め上、四十五度を睨んで答えた。

「松代姉さん。俺は指を詰めたんですよ」

額には玉のような脂汗が無数に浮かんでいる。イクオは案外気丈な芳夫を茫然と見つめた。松代姉さんが芳夫に小指をつきだした。

「そうか。いい心がけよ。おまえは指を詰めた。あたしがしかと見届けた」

芳夫はかろうじて笑顔をつくってみせた。交響曲〈運命〉は、最初の主題の重々しさが信じられないくらい軽やかなメロディに変化している。なんとも間の抜けた雰囲気だ。

「さてと、芳夫。これ、自分で処理しなさいよ」

松代姉さんが小指をつきだした。芳夫は自分の小指から顔をそむけ、当惑した顔で答えた。

「俺がナニするんですか」

「そう」

「松代姉さんが処理してくださいよ、じゃねえや、受けとってもらえないですか」

首を左右に振って、松代姉さんはボトルをキープしてある棚の奥に手を挿しいれた。

「こんなものがあるんだよ」

松代姉さんが示したのは、風邪薬の錠剤の空き瓶《びん》に入っているアルコールづけの小指だった。

「以前、飲み逃げの落とし前に、おいてった奴がいるんだけどさ、はっきりいって迷惑なのよ。棄てるわけにもいかないし、犬に喰わすわけにもいかないし」

イクオも桂も口を半開きにしてアルコールづけの小指を見つめる。瓶のなかの小指は白い膜のようなものが絡まり、まとわりついて、なかば腐りかけているようだ。爪がなければ指に見えない。

「これはあんまりですよ。焼酎《しょうちゅう》の匂いがする。焼酎漬けの指なんて、俺が可哀想すぎる」

芳夫が顔をしかめて言った。よくも薬瓶のなかの焼酎の匂いが嗅ぎわけられるものだとイクオは芳夫の鼻を凝視した。

短気そうに尖った鼻だ。こんな極限状態では、超能力的に感覚が鋭くなるのかもしれない。芳夫が途方に暮れて呟いた。

「松代姉さん。俺、どうすればいいですか」

「自分の指だろう。食べちゃったらどう」

「食べる」

「いますぐ唐揚《からあ》げにしてやろうか」

「唐揚げ……ですか」

「貸してみな。塩胡椒《しおこしょう》してやる。衣つきで揚げたほうがいいかな」

イクオは呆れはて、割りこんだ。

「なにが唐揚げですか！　まだ出血してますよ。はやく病院に連れていかないと」

「そりゃ、そうね」

松代姉さんが他人事のように言った。芳夫が苦痛に青ざめた顔をねじ曲げ、恰好をつけてイクオに頭をさげた。

「ご心配していただいて、感謝しております。しかし私の指ですから、その処置を考えないといけません」

その口調は、フーテンの寅《とら》さんを思わせた。イクオが呆気にとられて見つめるなか、芳夫は気取って無事な右手の甲で額の脂汗を拭い、かろうじて微笑んでみせた。

なんなのだ、この馬鹿者たちは！

芳夫は指詰めを迫られて泣いていたではないか。そのくせ切り落としてしまってからは苦痛に軀を前後左右に揺らせながらも、粋《いき》がって、すかしている。

「ねえ、松代姉さん。俺の指、姉さんにあずけますよ。もしアルコールに漬けるなら、焼酎じゃなくて、もっとアルコールの度数が強いやつにしてくださいね」

「面倒ばかり言うねえ」

「申し訳ありません。でも、俺の指だもん」

松代姉さんが肩をすくめた。しかたないといった表情で芳夫の小指を口に放りこんだ。

歯が骨にあたる音がコリコリと響いた。松代姉さんは顔を顰めながら芳夫の小指を咀嚼《そしゃく》する。

「あんまひうまふないわ」

翻訳すると、あんまりうまくない、ということだろう。それでも呆気にとられて見守るイクオと桂の前で、松代姉さんは芳夫の指を噛み砕き、呑みこんでしまった。

「まいったな。まだ骨だか爪だか、喉にひっかかっているよ」

顔を顰めて、松代姉さんは爪楊枝《つまようじ》をつまんだ。歯のあいだにはさまった肉をほじる。白っぽい肉片を吐きだしかけて、咎《とが》める眼差しの芳夫の顔を窺い、ふたたび呑みこんだ。

「あたしは、ほんとうは生肉は苦手なんだよ。焼き肉屋に行ったってレバ刺しどころかユッケだって食べないんだから」

松代姉さんは恩着せがましく言うと、ビールの栓を抜いた。ラッパ飲みして、口のなかをすすぐ。それから、芳夫の肩に手をのばした。

「あんたの、小指、しかと受けとったよ」

芳夫は感激の面持ちだ。ところが松代姉さんは、ニヤッと笑って付け加えた。

「明日になったら、うんちになって出ちゃうけどね」

芳夫が心底嫌そうな顔をした。松代姉さんはそんな芳夫を愛しそうに抱きしめた。

イクオはハッとした。松代姉さんは芳夫の太腿に、自分の性器をこすりつけている。

「いいかい、芳夫。あんたは極道でしか生きていけない半端《はんぱ》者なんだよ。だから、武器がいるの」

松代姉さんは囁きながら、ねちっこく股間を芳夫にこすりつけている。イクオは初めて松代姉さんと出会ったときのことを反芻していた。

松代姉さんはイクオの耳朶を噛みちぎり、血を吸って、イクオに股間をこすりつけて射精した。松代姉さんは血を見ると見境なく発情するのだ。

それと同じことを、いま、芳夫にしている。イクオや桂がいるのもかまわず、小刻みに、ねちっこく腰を動かしている。イクオは思わず声をあげた。

「早く医者に」

「うるさい。嫉妬するんじゃないよ、ちんけなスケコマシが」

松代姉さんが吐きだすように言い、さらに芳夫にきつく密着しながら囁いた。

「あんたは、もう、おしぼりは卒業よ。明日からは横山《よこやま》に就きなさい。債権取り立てを習うのよ。とりあえず駅の前のクレジットを払えなくなった小僧やネーチャンの取り立てからはじめなさい。額はたかがしれてるけど、買い取った債権が山とあるからね」

「いまは破産宣告が流行じゃないですか」

「関係ないね。それは表社会のことよ。裏に債権がまわったら、どうなるか物欲小僧やブランド・ネーチャンに教えてやりなさい。腎臓を一個抜かれれば、クレジットという名の未来の切り売りの本質がどういうものか、あいつらにもよくわかるわよ」

イクオは呆気にとられて見守った。こすりつけているのは、松代姉さんだけではない。芳夫も受け答えしながら松代姉さんの太腿にこすりつけている。双方が息のあった動きをしている。動きに合わせて輪ゴムで縛った傷口から血が滴り落ちる。もう芳夫の顔色は真っ白だった。眼は虚ろで、完全に血の気が失せ、唇などひび割れている。

「いいこと、芳夫。欠けた小指は、武器になる。横山にじっくり可愛がってもらいなさい。ちらつかせるだけでいいんだからね。露骨な恐喝はするんじゃないよ」

いつのまにか松代姉さんの手は芳夫の股間にのびていた。直接、芳夫をこすりあげている。イクオと桂が顔をそむけているなか、ふたりはほぼ同時に呻き声をあげた。

8

「また、下着を汚してしまったわ」

わずかに照れた顔で、松代姉さんが呟いた。

「明日香に連絡しないとね」

と、悪戯っぽい眼差しで続けた。

イクオは明日香さんの名を聞いたとたんに、胸の鼓動が高まるのを感じた。松代姉さんの陰茎を吸った明日香さんのすこし痩せた横顔がうかぶ。

綺麗な人だ。松代姉さんよりも背が高い。ということはイクオよりもやはり背が高いということだ。しかし、その背の高さまでもが好ましい。いわゆる大女といった感じがしないのだ。引き締まっているせいか、その表情に、どことなく憂いがあるせいか。

明日香さんの面影にふけっていると、松代姉さんが囁いた。

「どうしようか」

イクオはあわてて顔をむけた。

「なにが、です」

「よく考えたら、明日香が来たら、まずいじゃない。あんたらだけならともかく、この指詰め小僧がいるからさ、あたしの立場を考えると、あまりいい立場とはいえないわけ」

「やってしまったんだから、しかたないじゃないですか。明日香さんに会うのがいやなら、汚れたパンツで仕事したらどうですか」

「あら、小生意気なセリフを吐くじゃない。この包茎小僧が」

イクオは投げ遣りな吐息を洩らした。

「どうすればいいんですか」

「頼みがあるの。芳夫を医者に連れていってやって」

「……わかりました」

「名案でしょ。明日香と芳夫を会わせずにすむ。芳夫は病院で手当てしてもらえる」

何が名案か。医者につれていくのは、あたりまえのことだ。イクオは反抗的な眼つきをした。

松代姉さんはそれに気づかぬふりをして、電話機の脇にあるメモ用紙にざっと地図を描いた。

「こっちから連絡をいれておくから、すぐに出て。着いたらちゃんと処置できるようになっているから」

イクオは頷き、カウンターで顔を覆っている芳夫に声をかけた。

「大丈夫ですか。俺が付きあいますから、いっしょに病院に行きましょう」

芳夫はハッとした表情で顔をあげ、無理やり笑顔をうかべた。

「ありがたいことです。よろしくお願いいたします」

どことなく、うわついた敬語だ。できの悪いヤクザ映画の台詞のようだ。だが、口調の丁寧さと裏腹に、痛みのせいか、失血のせいか、芳夫の眼は焦点があっていない。

明日香さんに会えないのは残念だが、芳夫の状態は一刻の猶予もならないような気がした。イクオは芳夫に肩を貸した。

「いいなあ、若人《わこうど》の友情」

松代姉さんが間の抜けた声をあげた。イクオはもう受け答えをする気をなくしていた。桂に向かって顎をしゃくった。

「あら、イクオ。彼女、連れてっちゃうの?」

「そのつもりですけど」

「残してってよ。芳夫のせいで、仕込みがなにもできてないんだから」

「そんなことは、桂には関係ないでしょう」

冷たい口調で断わると、桂が受けた。

「わたしは、いいけど」

イクオはカッとした。松代姉さんに犯されたらどうするんだ。

しかし、すぐに思い直した。明日香さんがパンツを持ってくるのだ。松代姉さんは明日香さんにはすこぶる弱い。よけいなことをしている余地は、ないだろう。

イクオは腰をかがめて、カウンターにへたりこんでいる芳夫に言った。

「行きましょう。区役所通りまでは、歩いていきます。そこからタクシーを」

「申し訳ありません」

イクオは桂を見ずに、ドアを開いた。芳夫はイクオに密着して荒い呼吸をしながら軀をあずけている。外気といっしょに、幽かな芳夫の体臭を感じた。

店の外にでると、芳夫は急に砕けた口調で言った。

「剝きだしじゃ、目立つよね」

ゴムで止血した小指を示す。出血はほぼ止まっている。

「手を覆うタオルでも、もらってこようか」

「いいよ。手はポッケにつっこんでおく」

「芳夫さんは、気丈だね」

「さん付けは、やめろよ。タメ歳くらいだろ。さあ、自己紹介してくれ」

「俺、稲垣イクオ」

「俺は金田《かねだ》芳夫。苗字からわかるように在日《ざいにち》だよ」

「在日？」

「朝鮮人《ちょうせんじん》」

「そうなんだ？」

「そう。先祖代々朝鮮人」

「違い、よくわからないけど」

「日本人といっしょにされたくはないけどね」

「そんなものかな」

「日本人になってもいいけどな」

「言ってることがわからない」

「気にするな」

「痛い?」

「まあな」

「じき、区役所通りだから」

「おまえに言われなくたってわかってるよ」

「店のなかと、ずいぶん態度がちがうな」

「まあな。知らない人には、とりあえず敬語。でも、イクオと俺はもう知りあっただろう。タメグチきいたっていいわけだ」

イクオは頷き、タイミングよく近づいてきた黄色いタクシーに向かって手を挙げた。

タクシーに乗りこむと、芳夫は窓に顔をおしあて、うーん、うーん、と小さく唸り声をあげはじめた。

「お客さん、どうしたの」

ミラーで様子を窺いながら、運転手が訊いてきた。

「ちょっと、ね。とにかくなるべく早くこの地図の病院へやってよ」

運転手が信号待ちで迷惑そうに振りかえった。イクオが睨みかえすと、黙ってタクシーを発車させた。

芳夫は唸っている。汗と涙らしき液体がいっしょくたになって滴り落ちる。唇がひび割れてきている。よほどの苦痛なのだ。イクオはいたたまれなくなった。

「大丈夫か」

「ああ……じっとしてると、たまらないね。すっごく痛い」

「すぐ、病院だから」

「馬鹿だから、よけいなことを空想するわけよ」

「空想？」

「指詰めってことは、神経もちょんぎれてるんだなあ、なんてね。神経、切れてんのよ。痛《い》てえわけだよな。神経。そんなことを思うと、もうダメ。僕ちゃん、必死だよ」

イクオは生唾を飲んだ。神経がちょんぎれているというひとことが心に刺さった。そんなめに遭《あ》わせてしまった原因をつくったのは、イクオなのだ。思わず声をあげてしまった。

「すまない」

「なにが」

「店のなかに入っておしぼりを使ったり、グラスをなくしたのは俺なんだ」

「なに？」

「だから、たまたま店が開いてたんで」

「おしぼりを使ったのか」

「そうだ」

芳夫が蟀谷を揉みながら、体勢を立て直した。血の気を喪っていた顔が、さらに白くなっていた。

「運転手さん。行き先変更。新大久保《しんおおくぼ》だ」

「お客さん。この車は新大久保の病院に向かってるんだよ」

「そうか。ならば、その病院は、キャンセルだ。ロッテの工場の裏手へ行ってよ」

「あのあたり、一通《いっつう》だらけで鬱陶しいからねえ」

「ごちゃごちゃ言うな、駕籠《かご》舁《か》き。ぶっ殺すぞ」

運転手が首をすくめた。イクオは芳夫の異様に尖った気配に緊張して躯を小さくした。芳夫からは、殺意とでもいうべきものが発散されていた。

不安だ。居たたまれない。いまごろ桂はどうしているだろうか。松代姉さんに迫られていないだろうか。俺はなんでよけいな告白をしてしまったんだろう。これから、なにがあるのだろう。

イクオは後悔した。最悪だ。罪悪感と同情から黙っていればいいことを口ばしってしまった。

イクオがいくらあやまったって、切断された芳夫の指は松代姉さんの腹のなかだ。

いきなり、なにかを思いきり殴りつけたい衝動を覚えた。とんでもないデートになってしまった。日中のあの春めいた日差しの柔らかさは、どこへ行ってしまったのか。

タクシーは街灯さえもあまりない煤《すす》けた裏路地を恐るおそる徐行している。

第六章　兄弟仁義

1

大久保二丁目にある老朽化した木造アパートだった。室内は、冷えきって息が白いにもかかわらず、饐えた汗の匂いがした。

「まあ、あがれ。遠慮するな」

「いいのか、その指……」

「テメエのケリをつけたら、ゆっくり治療させてもらうよ。ほら。病院の地図は、ちゃんと運転手から取りかえしておいた」

「そうか」

とてもふたり並んで立ってはいられないちっぽけでせまい玄関先でのやりとりは、そこで途切れた。

やけに黄色い裸電球が灯った。イクオは顔を顰めて室内を見た。四畳半だ。窓際にぴったりと万年床がよせてある。綿が飛びだしている凄い布団だ。枕カバーは黒灰色に変色している。万年床の枕元にティッシュの箱と性器が剝きだしの裏本が散乱している程度で、家具はおろかテレビもない。

柱には釘を打ちつけて紐がわたしてあり、そこに分不相応な気どったスーツなどがさがっている。下着は汚れたら棄ててしまうらしく、すみにヘインズのブリーフのパックが包装のまま積み重ねてある。

芳夫が顎をしゃくった。しかたなしにイクオは室内に足を踏みいれた。なにかヌメッとしたものを踏んだ。ティッシュだった。鼻をかんだのか、ちがう液体を拭いたのか。とにかく足裏がいやらしく粘った。イクオは顔を顰め、靴下に貼りついてしまったティッシュを指先で剝がしながら訊いた。

「どうする気だ」

「わかっているだろう。おまえも指を詰めろ」

「まさか――」

「なにが、まさか、かよ。眼には眼を。指には、指を。いまいちゴロがよくねえな」

「もとはといえば、芳夫が鍵をかけ忘れたんじゃないか」

「鍵が開いてたら、なかで何をしてもいいのか」

一瞬ギクッとした。桂とカウンターの上で性交したことを、芳夫は知っているのではないか。いや、そんなはずはない。芳夫が言っているのはおしぼりのことだ。イクオは精一杯の笑顔をうかべた。だらしなく頬がひきつるのがわかった。

「俺が指を詰めたら、おまえの指がもとにもどるとでもいうのか」

「もどりはしないが、

なるほど、と思った。正論だ。イクオはがっくりと首をおった。同時にあれこれ逃げ道を模索する気がうせた。ひどく投げ遣りな精神状態だ。

「わかったよ。包丁とまな板」

「物わかりがいいな」

「早くすませよう。俺はおまえを病院に連れていかなければならない」

「なに言ってんだ。おまえだって病院行きだぜ」

「うるさい。包丁とまな板！」

「輪ゴムはいるか」

「知ったことか。指を詰めりゃいいんだろう」

「そうだ」

芳夫が流しから濡れたステンレスの包丁と小さな木のまな板を持ってきた。四畳半の真ん中におく。そして、イクオの顔を覗きこんで訊いた。

「やるか？」

「ああ」

「まて」

「なに」

「せめて、輪ゴムを巻け」

「そんな気のきいたものがあるのか」

「ほかほか弁当を食ったときに、ついてくるんだよ。弁当のふたをとめているんだ」

イクオは投げ遣りに肩をすくめた。芳夫が流し近くに据えてあるゴミ箱らしきポリバケツをあさった。

「ほら、二本あったぞ」

「生ゴミの匂いがするぜ」

「贅沢《ぜいたく》を言うな。俺の精一杯の心遣いだよ」

その口調は、明らかに愉しんでいた。イクオはよほど殴ってやろうかと思った。だが、それさえも面倒だった。イクオはステンレス包丁を手にとった。

「松代姉さんの店の包丁よりも、よっぽどましだ」

「そうだろう。買ってから三回くらいしか使ってないと思うよ。あんな出刃よりはよっぽど切れるぜ」

言いながら、芳夫がイクオの手をとり、ゴム輪を小指の根元にきつく巻きつけた。イクオは自分の小指がたちまち凍えていくのを感じた。

人間の運命とは、わからないものだ。ベートーベンがかからないのが少し寂しい。そんなことを他人事のように思いながら、イクオはまず左手で握り拳をつくった。それから小指だけを突きだして、まな板の上においた。

まな板はほとんど使われた形跡がなく、白木《しらき》の香りさえした。これならば、血が映えるだろうなあ、と漠然と思った。

イクオは追いつめられると、いつだって自分にふりかかった修羅場が他人事に感じられる。だから、思いきったことも平然と行なうことができる。そういう性格なのだ。淡々とステンレス包丁を小指にあてがった。そこで芳夫から待ったがかかった。

「そこじゃないだろう」

「なんのこと」

「だから、切断するのはそこじゃないって」

「これは、小指だぞ」

「だが、第一関節だろう。俺の指を見ろよ」

「そうか。おまえは馬鹿だから、第一関節と第二関節のあいだの骨をもろに切ったんだよな」

「馬鹿はよけいだ」

イクオは薄笑いをうかべて、包丁をずらした。

「ここでいいか」

「ああ。包丁がよく切れるのは、まけといてやるよ」

芳夫の言葉が終わらぬうちに、イクオは包丁に力を加えていた。

「なるほど。一気には切れないな」

包丁は指の三分の一あたりまでめりこんで、動かなくなった。刃が骨にまで達しているかどうかは、自分ではよくわからないが、手を離しても包丁は倒れない。

血は盛りあがるようにあふれ、まな板を汚していく。室温が低いせいか、芳夫のときのように魚臭い血の匂いはしない。

「さてと……」

深呼吸して包丁に力を加えようとしたときだ。芳夫が包丁をもぎとった。

「なにすんだよ」

「もう、いい」

「もういい？」

「おしまいだ」

「まだ、指はついてるぜ」

「カタギにしたら、上出来だよ」

「俺がカタギ」

「ちがうのか」

「松代姉さんにスケコマシになれって命令された。稼業はヒモですってところかな」

「だとしたら、小指がないのはまずい」

芳夫がいいと言っているのだから、指詰めする理由はなくなった。イクオはまな板から指を離した。ふう、と小さく吐息を洩らした。芳夫が顔を顰めつつ首をかしげた。

「おまえ、痛くないの？」

「ああ……痛い」

イクオは壁際に行き、座りこんだ。ゴムで止血しているにもかかわらず出血がひどいので二の腕を支えて傷口を心臓より上にした。それで多少血の勢いは弱まった。出血部位を心臓より上にもってくるというのは、オートバイ雑誌に載っていた事故のときの救急法に書いてあったものだ。

「なにが役立つかわからないよな」

イクオは独白した。芳夫が怪訝そうな顔をした。イクオはかろうじて微笑をかえした。

「おまえ、呆れた性格だな。笑ってやがる」

それは、お互い様だろう。激痛にもかかわらず、なんだか腹の底からおかしくなってきた。

「おまえ、半端じゃないよ。見なおしたぜ」

イクオは正直に呟いた。

「ところが、実際は腰が抜けちゃってさ。もう、立てないよ」

芳夫がイクオの隣に座り、壁に背をあずけ、自分の小指とイクオの小指を交互に見較べた。

「なあ、イクオ」

「なに」

「俺たち、兄弟分になろうか」

「どっちが兄とか弟っていうんじゃなくて、対等な立場。五分《ごぶ》の盃《さかずき》。そして、もし、なにかあったら、おたがいが助けあう。兄弟だ」

イクオはパチンコばかりやってサラリーローン地獄にはまった実兄を思った。

おなじ兄弟なら芳夫のほうがずっと頼りになりそうだ。

だが、まてよ。五十歩百歩とはよくいったものだ。どちらも、あてにならないことにかけては、ひけをとらないだろう。

「俺は」

イクオは言葉を呑みこんだ。続きは心のなかで呟いた。

俺はダメな奴が好きなんだ。

なぜならば、自分がダメな奴だから。

「なんだよ」

芳夫が怪訝そうな声をあげた。イクオは我に返った。

「なにか言ったか」

「言ったのはイクオ。俺は、とか言って黙っちまっただろう」

イクオは額に滲みだしてきた脂汗をぬぐった。微笑んでみる。痛みは苛烈さをましている。もう笑顔は無理かと思ったが、うまく笑えた。

「芳夫」

「兄弟分」

「おう」

「兄弟分になろう」

「よし。兄弟分だ。盃だ」

芳夫が欠損している小指をつきだした。

「傷口から骨が見えてるぞ」

「吸え。イクオ。俺の血を吸え」

イクオは芳夫の顔を凝視した。芳夫は真剣だった。

「わかった。俺の血も、舐めろ」

芳夫が頷いた。ふたりは見つめあい、タイミングをはかった。同時にお互いの小指を口に含んでいた。

しょっぱいというよりも、酸っぱかった。そのあと、鉄の味が口一杯に拡がった。イクオは芳夫の血の味を愛しんだ。

俺って、かなり変態だなあ。

そんなことを思った。しかし、ここで血を吸いあわないような奴は、きっと最悪な嫌な奴だ。

ほんの十秒にも満たない時間だった。お互い照れて小指を口からはずした。芳夫が正直に告白した。

「ドキドキしたぞ」

「俺もだ。おまえとホモる気はないけれど、一心同体って気がした」

芳夫は天を仰いだ。イクオもあわせて天を見た。

老朽化した四畳半の天井は焦げ茶色に変色して、雨漏りの染みが地図のような模様をつくっていた。

それが、ふたりの空であり、天だった。芳夫が溜息をついた。切ない気配が漂った。なんの理由もなしに、イクオは涙ぐみそうになった。

もちろん、泣きはしない。笑顔をつくる。芳夫の横顔を見つめる。

「病院、行こうか」

芳夫が頷いた。イクオに笑顔をかえす。芳夫の笑顔に漂う憂いがたまらない。イクオは女に対するのとはべつの、不思議な愛おしさで胸が一杯になるのを感じた。

2

元木《もとき》外科医院は生け垣に囲まれた老朽化したモルタル二階建てだった。壁面にはみじめなひびがはいり、それをパテ埋めしてどうにか雨漏りを防いでいるといったところだ。

芳夫が明かりの消えている玄関を不自由でないほうの手でノックした。イクオはインターホンを捜した。だが、そんな気のきいたものはなかった。イクオは不服そうに言った。

「松代姉さんから連絡が入ってるはずなんだ。それなのに明かりもついてない」

「松代姉さんをあてにすると、泣きをみるよ」

芳夫が諭すように呟いた。実感がこもっていた。イクオは深く頷いた。だいたいイクオにヒモをやれと命令したことだって、いまだに理由がよくわからない。

「あの人はなにを考えているんだろう」

「なにも考えてないよ。松代姉さんは本物の阿呆《あほ》なんだ」

「そうか……」

「そして、馬鹿に見えないところが、松代姉さんの困ったところなんだよ。みんなころりとだまされて、なんとなく納得させられてしまう」

イクオは芳夫の人間観察の巧みさを好ましく思ったが、ただひとこと馬鹿とか阿呆という言葉で括《くく》ってしまうストレートさに物足りなさも感じた。

「松代姉さんには、不思議な説得力があるんだよな」

イクオの呟きに、芳夫は幾度も頷いた。

「ふつうの社会では通用しないけどな、掟《おきて》破りの裏街道では、誰も勝てないよ」

芳夫がそこまで言ったとき、唐突に明かりがついた。十秒ほどして、玄関が開いた。年老いた看護婦が掠れ声で言った。

「不細工だねえ。口数の多い極道者かい。健《けん》さんの映画でも見に行って、勉強しな」

芳夫が大げさに首をすくめた。いまどき健さんの映画なんてやってねえよ、と悪態をついた。

看護婦はあっさり背を向けた。ふたりは看護婦に従って病院のなかに入った。

掃除は行き届いていて清潔だったが、諸々の医療器具はまるで骨董《こっとう》品だった。看護婦は曲がった腰を軽く叩き、大儀そうに診察室の丸椅子に腰をおろした。

「なんだい？　指詰めかい」

「まあ、そんなところ」

「ふたりとも揃って、無様な不義理の落とし前かい」

「ばか。男がかかってんだよ」

芳夫が拗ねた声で言った。看護婦は芳夫とイクオを見較べ、どっちが先かと訊いた。イクオは芳夫が先だと眼で示した。看護婦が芳夫に言った。

「座りなさい」

「看護婦さんよお、センセイは？」

「わたしだ」

芳夫が怪訝そうに小首をかしげた。

「あんた、看護婦じゃないの」

「わたしが医師」

「……大丈夫かよ。ヨイヨイのババアじゃねえか」

「誰がヨイヨイババアだって」

「あんた」

「他の病院へ行くか」

芳夫が思案した。どこか照れたような笑いをうかべた。その頬には明らかな安堵が見てとれた。

「オモニ、よろしく頼むわ」

「重荷？」

「なんでもない。早く診てよ」

「どれ。指は？」

「これ」

芳夫は欠損した左手小指を突きだした。イクオは壁際の椅子に座って、周期的に襲いかかる激烈な痛みに耐えながら、年老いた女医師と芳夫を見ていた。

元木医師は芳夫の小指の根元にきつく巻きついてしまっているゴム輪に手を焼き、ちいさく舌打ちした。

「血止めはともかく、こんなことを続けると組織が壊死《えし》してしまうよ」

「おっ、ババア、医者みたいなことを言うじゃねえか」

元木医師は芳夫を一瞥し、それからイクオに声をかけた。

「あんた、指はついてるんだね？」

「ついてます。傷だけです」

「我慢できるね？」

「できます」

「つらかったら、この間抜けより先に治療してあげてもいいよ」

芳夫が不服そうな声をあげる。

「婆さん、俺は指がもげてるのよ」

「だったら、すこしは、しおらしくしなさい」

「……ごめん」

「すいません、だろ」

「すいません」

「よし。ところで、指は？」

「指って、いま治療してるじゃない。ボケがはじまってんのか」

元木医師が無表情にピンセットで指の切断面をつまんだ。芳夫が身をよじった。頬を涙が伝わった。

「いちいち逆らうんじゃないよ。わたしが言っているのは、切断した指のこと」

「そんなもん、松代姉さんが食べちゃったよ」

「食べた？」

「生のまんま、ポリポリと」

「漬け物じゃないんだよ」

「でも、ほんとうなんだ」

「あいかわらずあのオカマもどきは無理をする」

「無理？」

「生の指なんか、嚙みちぎれるわけがないじゃないか。しんどい思いして、どうにか飲みこんだんだよ」

「――松代姉さんはそんなに無理するの？」

「意地っぱりな子だよ。つまらないことに意地をはる」

そこまで言って、元木医師は咳払いした。

「しかたないねえ。松代は徹底的にあんたをヤクザにするつもりだ」

「俺、見込まれたのかな？」

「そういうことだ。哀れだねえ」

「俺、はじめっからヤクザで喰っていく気だぜ」

元木医師は芳夫の言葉を無視して独白した。

「再生してあげようかと思っていたのに」

「再生って、指がつくのか？」

「刃物で切断した指なら、うまく再生するよ」

「指がつくっていうの、嘘だと思ってたよ」

「つくのよ。ただ、切断された指には血が流れないだろう。放っておくと徐々に変性してダメになるけどね」

「医学って進んでるんだな」

「まあね。もっとも、たとえばプレスで潰したような指は、組織破壊がひどくてダメだよ。血管、神経、腱《けん》、骨をつなぐんだ。ぺちゃんこに潰れては、不可能だ」

「婆さんて、喋りが男みたい」

「うるさい。切断された指は常温で六時間、冷やせば十時間くらいもつよ。再生が可能なんだ」

「詰めた指、どう処置するの？」

「あんた、指を松代に喰われてしまったじゃないか」

「後学のため。またこういう機会があるかもしれないじゃない」

「ばか」

元木医師は消毒の手をやすめ、ひとこと呟いた。気を取りなおし、治療を再開し、口を開く。

「いいかい。もし、再生したいなら、落ちた指を流水で丁寧に洗って汚れを落とすんだ」

「オキシフルで消毒とか？」

「よけいなことは、しなくてよろしい。水道の水で流して、丁寧に洗うんだ。そして清潔なビニール袋にいれる。その外から大量の氷で冷やす。そして手術設備のある病院に持参すればいい」

「じゃあ、次は頼むよ」

「うちでは再生手術はできないよ」

「なんで？　センセイ、最近、自分の処女膜を再生したって噂じゃない」

元木医師が失笑した。

「あんた、わたしに甘えているね」

図星だったようだ。芳夫は首まで赤くなった。イクオはそれに気づかないふりをして、壁に貼られている健康保険証提示云々の張り紙を見るふりをした。

元木医師は柔らかな眼差しで、芳夫に言った。

「あんた」

「なに？」

「指の再接着手術が必要なときは、真っ先にわたしに連絡しなさい。設備の整った信頼できる病院を紹介してあげる」

芳夫はなにか憎まれ口を叩きかけたが、結局唇をふるわせて、うなだれた。聴こえるか聴こえないかの声で、呟く。

「そのときは……よろしくお願いします」

元木医師は頷き、麻酔注射の準備をはじめた。イクオは傷の痛みも忘れて母と子のようなふたりを見つめた。

3

目覚めた。寝汗をかいていた。背中などぐっしょり濡れている。イクオは息をつめて、周囲を窺った。

ようやく自分が芳夫の部屋で寝ていることに思い至った。天井からさがる二股《ふたまた》ソケットの豆球がつきっぱなしだ。そのせいで室内はぼんやり薄明るい。

イクオは腹這いになって枕元にちっている裏本のひとつを引き寄せた。いいかげんに開くと、女性器のアップだった。イクオは暗がりのなかで眼を凝らした。

かすかに疼《うず》くものがあった。しかし、その疼きはイクオを勃起に至らせるまでのエネルギーをもっていなかった。

眠る前に服《の》んだ抗生物質や痛み止めのせいで、そういった衝動が抑制されているのだろう。傷口には痼《しこ》りのような鈍痛がはりついていて、総体的な気分は憂鬱なのだが、それにもかかわらず悪い気分ではなかった。

呻き声が聴こえた。

芳夫だ。苦しげだ。芳夫はディスカウントショップで売っている藍色をした安物の寝袋にくるまって寝ている。

芳夫は自分がふだん寝ている布団を来客用としてイクオに提供して、本人は押入に放りこんであった寝袋で寝ているのだ。

芳夫が呻いている。イクオは寝返りをうって軀を芳夫のほうにむけた。

「芳夫」

そっと声をかけた。芳夫は汗で頭髪を額に貼りつかせて呻き続けている。麻酔が切れたのかもしれない。イクオの脳裏に治療の情景が思いおこされた。

元木医師は芳夫の小指の切断面に麻酔の注射針を刺したのだ。傷口に針を刺したわけだ。さすがに芳夫はちいさな悲鳴をあげて身悶えした。しかし、それでようやく麻酔が効いて、芳夫は安堵と照れのまじった笑みをうかべたものだ。

それから元木医師は、グチャグチャになっている芳夫の小指の切断面を鉤針《かぎばり》で引っぱりあげ、飛びだしかけている灰色の骨を覆うようにして、丹念に縫いあわせてしまった。

それにしても指の切断面から徐々に骨が飛びだし、露出してくるとは思いもしなかった。肉だけが後退していくのだ。処置がまずいと骨が露出したまま癒着《ゆちゃく》してしまうらしい。

元木医師は後退した肉を巧みに引っぱりあげて骨を覆いつくしてしまった。素人のイクオからみても、たいした技術であることが実感できた。

イクオは物思いから醒めた。芳夫を窺う。ひどい汗だ。呻き声が周期的に高まる。切断した指が痛むのだ。しかし、目覚めているわけではないようだ。無理やり起こすこともないだろう。イクオは芳夫の唸り声にじっと耳を澄ました。

うー、うー、うー、うー、うー、うー、

強弱こそあるが、妙にテンポが一定していて規則正しいのがどこか苦笑を誘う。芳夫にしてみれば笑いごとではないのだろうが、イクオはそっと微笑んでしまった。

それにしても、こうして落ち着いてから振りかえると、芳夫もイクオも血まみれだった。どうやら人は切迫していると、血であたりを汚していることなど、一切気にならなくなるようだ。

「血だらけだったよな」

あえてイクオは独白した。血だらけだった。お互いに、お互いの血を吸いあいもした。ほんとうに血だらけだった。立ちあがって豆球を消した。豆球が消えると、カーテンの隙間からわずかに月明かりが射しこんでいるのが感じられた。

年老いた女医、元木が言うところの〈動脈性出血〉は、たかが小指とは思えぬほど激しいものだった。最初にその鮮やかな出血を見たときは動転した。

しかし、現実になすべきことは止血であり、治療であると考えたとたんに、出血による動転はおさまっていた。

案外淡々と処理できたと思う。うわずっていた部分もあったが、人間には本能的にいちばん重要なことを見抜き、それに対処する能力があるようだ。

「そういえば、薬」

イクオは独白した。薬を六時間ごとに服むように命じられていた。イクオのほうはともかく、芳夫の傷はわずかだが化膿しかけていて、定期的に抗生物質を服用しなければならないのだ。

イクオは芳夫の腕時計を引き寄せた。眼を凝らす。午前三時をまわっていた。布団から抜けだし、カルキ臭い水道の水を汲み、芳夫を揺り起こす。

「薬の時間だ」

芳夫がハッとして眼をひらいた。額が脂汗でてらてらと光っている。イクオが錠剤や粉薬を準備してやると、芳夫は黙ってそれを服んだ。

「俺が寝袋で寝ようか」

イクオが訊くと、芳夫は首を左右に振った。

「寝床はせまいほうが落ち着くんだ」

「そうか」

「イクオ」

「なんだ」

「ありがとう」

そのひとことは、衝撃だった。だが、ありがとうと礼を言われたことで、なぜ、イクオは自分がそこまで衝撃を感じたのかは、よくわからなかった。

芳夫はそんなイクオの気持ちなど頓着せずに、ふたたび寝袋に潜りこんだ。

すぐに規則正しい寝息が聴こえた。寝息は規則正しすぎて、機械的に聴こえた。おそらくは薬のせいだろう。

ともあれ痛み止めがききはじめたのか、芳夫は先ほどのように苦しげな呻き声をあげることはなくなった。

「ありがとう……か」

イクオは眠る芳夫を凝視した。俺は『すいません』と卑屈にあやまってばかりいた。だから、礼を言われると驚いてしまうのだ。

そう、先ほどの気持ちを分析した。だが、どうもそればかりではないようだ。ひょっとしたら、人は誰か自分以外の他人のために尽くすことが必要なのではないか。

誰にでも親切にすることはできないが、気にいった奴には、損得勘定抜きで対する。それは相手のためではなく、自分のためだ。好きな相手に礼を言われるということは、至上のよろこびになりうる。

でも、至上のよろこび、は少々臭いな。

イクオは心のなかで呟き、自分の分の薬を芳夫の残したコップの水で服んだ。水が足りなくて、舌や喉に苦いものが残った。それを布団に横になって唾液で薄めていく。思いかえしてみれば、いきなりセックスが生活の中心になってしまっていた。さすがに疲れた。ヒモという意識のせいで、たいして欲求がなくても頑張った。

誰もが心底から欲している愉しみさえも、それがローテーションとなり、仕事となったとたんに苦痛に変わることを理解して、イクオは苦く笑った。

当分のあいだ、女性器の香りは嗅ぎたくない。いま横になっている布団に染みついた芳夫の汗と垢の匂いのほうがましだ。

「すくなくとも、今夜は――」

イクオは左手小指をかばいながら、頭の下で手を組んだ。ぼんやりと天井を眺める。隣の部屋から、どこか苦しげな咳払いが聴こえた。痰《たん》を吐く音が続き、水道の蛇口をひねる音が軋むように伝わった。

元木医院で指の治療を終え、松代姉さんの店に連絡をいれた。これからの指示を仰ごうとしたわけだが、松代姉さんが電話口でひとこと言った。『則江がきてるよ』

そのとたんにイクオは店にもどる気をなくした。かわりに抑えた声で『桂はどうしてますか』と問うと、松代姉さんは『愉しく仕事をしているわ』と答えた。さらに『則江のババア、もう酔っ払ってるんだ。酔ってイクオの名前を連呼してるんだけど、桂はそれを適当にあしらっているの』とも付け加えた。

桂はいったいどのような気持ちで則江の相手をしているのだろうか。優越感か、軽蔑か。それとも哀れみか。

則江はいったいどのような気分で酒を呷《あお》っているのだろうか。おそらくは、周囲のすべてを呪っているのだ。

自分だけは、悪くない。醜い顔をした女は、なぜかそう信じこんでいる。あたしが悪いんじゃない。そう、決めてかかって反省しない。

「だが、悪いのは、おまえなんだよ」

独白した直後、あくびが洩れた。イクオにも薬が効いてきたようだ。イクオは両手を布団のなかにいれ、軀を縮めた。隣室の圧しころした咳払いは、あいかわらず続いている。

4

横山さんの事務所は歌舞伎町二丁目、新宿バッティングセンターの近くの雑居ビルの三階にあった。

もっとも事務所といっても債権取り立ては法律で弁護士以外はできないことになっているから、それらしい表示は一切なく、裏のつながりのない者にはここを捜しだすのは不可能に近いかもしれない。

妙に頑丈な灰色の鉄製のドアの横には、積み重ねられた出前のドンブリが埃をかぶって黒ずんでいる。フロアも掃除などした形跡は一切なく、黄色く変色した新聞紙や電話ボックスに貼られているチラシなどがまばらに散っていた。

しかし事務所内は意外に清潔だった。空気清浄機がまわり、禁煙だという。黒い革張りのソファーから皮革の匂いが幽かに漂っていて、匂いのするものはそれくらいだ。パソコンやコピー機、大型のファックスなど、事務機器はなかなかに充実している。

横山さんは、芳夫の左手小指に巻かれた血の滲んだ包帯を一瞥して、わずかに顔を顰めた。

「ばかだなあ、おまえは。いまどきエンコ詰めなんて流行《はや》らないよ。泣いても、わめいても、とにかくどんな無様に立ちまわってもいいから、指詰めだけは回避するべきだったんだよ」

だが、そんな具合に教え諭す横山さんの右手にも左手にも小指はない。しかも右手の指詰めはそう時間がたっていないらしく、肌の色と不釣りあいなピンクの肉がつやつやと盛りあがり、ケロイドと化している。

「イクオっていったっけ。キミも詰めたわけ」

「いえ、俺は根性なしなので、途中でやめちゃいました」

横山さんはイクオの包帯から視線をはずし、失笑した。

「途中でやめたのか」

「やめました」

「変な奴だな」

「変ですか」

「おまえの性格、あててみようか」

「ええ」

「おまえは、投げ遣りなところがある。よくも悪くも、おまえは芳夫よりも後先を考えないところがあると思うな」

イクオは曖昧に唇を尖らせた。あたっているような気もするが、いわゆる無鉄砲とは縁のない性格だ。

「僕にはお見通しだよ。おまえは、自分があぶない性格だってことに気づいていないんだよ」

ヤクザ者のくせに自分のことを僕と言う横山さんのほうがよほどあぶないと思う。イクオは黙って横山さんのルーズなラインを描くスーツを見つめる。

アルマーニとかいうブランドものらしい。イクオには興味がないが、かなり高価なものらしい。しかし、どうも横山さんの恰好は売れないホストみたいだ。

「で、どうするの？」

いきなり横山さんが尋ねてきた。イクオは戸惑った。

「おまえ、取り立てとかする気はないだろう」

「ええ」

「松代姉さんも、芳夫をよろしくって連絡はしてきたけど、キミのことはなにも言ってなかったしね」

「今日一日だけ、お付きあいさせてくださいよ」

イクオが頭をさげると、芳夫もよろしくお願いしますと頼んでくれた。とにかくイクオは則江、あるいは桂のところにもどりたくなかった。

理由ははっきりしないが、しいていえば昨夜感じた女性器の匂いはたくさんだ、という気持ちを引きずっていた。自分とちがう性の絡んだごたごたは、鬱陶しい。

横山さんは、爪切りをとりだし、爪にヤスリをかけはじめた。小指の爪には、ヤスリのかけようがないな。そんなことを思いながら、イクオはぼんやり横山さんを見つめた。

「なあ、イクオ君」

「はい」

「キミは、ヒモ志願だっけ」

「はあ。まあ、そういうことになってます」

「ふーん。そういうことなら社会見学ってことで、今日一日付きあいなさいよ。社会見学のあとには、キミのためになる男を紹介してやる」

「俺のためになる人ですか」

「そう。ヒモ中のヒモ。キミってまだ駆けだしだよね。絶対に知りあっておいたほうがいい。学ぶことがたくさんあるよ」

イクオは素直に頭をさげた。

「よろしくお願いします」

「じゃあ、今日はイクオ君もいることだし、あんまりエグい追いこみはやめにして、駅の前のクレジットでもやるか」

横山さんがどこか焦点の定まらない眼差しで呟いた。芳夫が意気込んで頷くと、横山さんは爪切りをデスクの上に投げ、バインダーを開いて芳夫に示した。

「これ、駅の前のクレジットから買った債権。とりあえずこの件は僕が見本を見せてあげるから、ちゃんと勉強するんだよ。次からは芳夫の自分の才覚でアレできるように」

芳夫がバインダーをまるで賞状のように押しいただいて、眼をとおしはじめた。しかし債権であるとか債務といった言葉自体がよく理解できないらしく、頼りなげに首をかしげた。横山さんはそんな芳夫を上目遣いで見て、呟いた。

「ちょっと恰好が臭いね。それがモノになったら、アガリで地味なスーツを買ってあげるよ。借金取りは、身だしなみよ」

たしかに黒い革ジャン姿の芳夫は、絵に描いたような借金取りみたいで、垢抜けない。イクオがニヤッとすると、横山さんは器用にウインクをかえした。

芳夫は緊張したのか、まだ服用する時間ではないにもかかわらず、デスクの上の番茶で痛み止めや抗生物質を服んだ。

5

その女が住んでいる賃貸マンションは下北沢《しもきたざわ》にあるということだったが、実際に現地に行ってみると、京王《けいおう》井の頭線の池ノ上《いけのうえ》のほうが近いようだった。

横山さんを先頭に、芳夫もイクオもリラックスして歩いていた。さわの湯という銭湯があった。妙に懐かしいものを見たような気分になった。

しかし、通行人は緊張の面持ちで三人を避ける。イクオから見ても、横山さんはヤクザまるだしだった。どのように取り繕っても、カタギには見えない。

この圧倒的なアウトローの匂いはどこからくるのだろうか。しかも、芳夫やイクオには奇妙なほどやさしいのだ。

そのやさしさは決して演技ではなく、横山さんは心底からふたりを可愛がってくれているのだ。

イクオはそのことをさりげなく訊いてみた。横山さんは軽く小首をかしげてから、機嫌のいい声で言った。

「僕は自分のことしか考えてないよ。キミらのことまでは、とても、とても」

「そうは見えないですけど」

「そうか。そうだとしたら、キミらが若いから、だな」

「若いから」

「思春期は裏切りとかに敏感で、羞恥心がいっぱいある。でも、歳をとるとダメだね。恥ずかしさというものがなくなっちゃうじゃない。まあ、近頃は若いくせに恥知らずも多いけどね。キミらには羞恥心があるよ。それがわかる。羞恥心があるうちは、僕を裏切ることはない。だから、僕もそれなりに誠意を尽くすってところかなあ」

イクオはなんとなく煙に巻かれたような気分になったが、芳夫は感動の面持ちだ。横山さんはふと思いついたかのような口調でつけ加えた。

「これから取り立てにいく女は、若いけれど、恥知らずだな。物欲の塊で、相当に頭が悪い。アーパーってやつね。いまの女の子って八〇パーセント近くは、こんなもんだけどね」

その女は、いま銀座のクラブに勤めているという。銀座も不景気なので、若くてすぐ股をひらいて客と同伴出勤するような女を重宝《ちょうほう》がるのだそうだ。

「銀座に勤めてるなら、駅の前のクレジットの借金くらい、簡単に返せるんじゃないんですか」

芳夫が訊くと、横山さんは顔を顰めた。

「銀座もピンからキリまでなんだ。中途半端な女だから、目先の金には敏感だけど、借りた金には鈍感なんだ。それに、他のローン会社の借金もあるからね。利子の支払いで精一杯なんじゃないかな」

「利子ですか」

「借金で怖いのは、なによりも利子。ちゃんと心に刻んでおきなよ。もっとも、これからお訪ねする女は、なによりも将来に対するビジョンというもののかけらもないタイプだね。漠然と店をもちたいとか思ってはいるんだろうけど、ハゲオヤジをたぶらかして金をふんだくるみたいな棚からぼた餅しか考えていない女だな」

「ビジョンですか」

イクオが受けると、横山さんは深く頷いた。

「ビジョンだよ。すべてはビジョン。緻密《ちみつ》じゃなければ、転んでしまう。でも、まわりの人間に細かい奴だと思われたら、転ぶ前に足許をすくわれる。だから、ふたつの顔をもつんだ。ビジョンと縁のない阿呆ヅラと、緻密な心」

すると横山さんのヤクザまるだしは計算ずくなのだろうか。すくなくともビジョンなどという台詞を吐くのだから、横山さんはかなりのインテリなのだ。

三人は、茶色いタイル張りの三階建ての賃貸マンションの前に立った。建物は真新しくてきれいだが、自転車置き場に乱雑にとめてある自転車の群れがうらぶれた雰囲気だ。

女の部屋は、三階だ。在宅は電話で確認してある。ホステスだから出勤は夕方だ。女の在宅は、横山さんが確認した。その手口は、裁判所を装ったもので、イクオと芳夫は顔を見合わせたものだ。

女の電話は借金取りに備えて常時留守番電話である。横山さんは留守電に平然と裁判所の名をかたり、破産宣告のことでご相談がありますと自分の連絡先を録音した。

五分もしないうちに横山さんの事務所に女から電話がかかってきた。横山さんはあくまでも裁判所の人間として慇懃《いんぎん》に応対し、破産宣告についてこれから御相談に伺うと告げて、電話を切った。

どこの世界に、借金浪費のあげくの破産宣告に裁判所が自ら出向いて相談にのってくれるはずがあろうか。

だが、女はすべてを自分に都合よく考えるタイプらしく、横山さんの真っ赤な嘘にのった。

イクオはさすがに唖然とした。相手がここまで頭が悪いというか、無知であるということに衝撃を隠しきれなかった。どこの世界にこんな都合のいい話が転がっているものか。

「女は、ほんとうに真に受けているんですかね」

疑問は芳夫もいっしょらしく、女の部屋のドアの前で声をころして横山さんに尋ねた。横山さんは肩をすくめた。

「真に受けるもなにも、徹底して馬鹿なんだよ。そして世間知らずなんだ。この仕事をしていると、人がいかに馬鹿であるか、いかに愚かであるかをとことん思い知らされるよ。しかも、だ。なぜか馬鹿に共通していることなんだが、馬鹿は自分が馬鹿だとは思っていないんだな」

「馬鹿は自分が馬鹿だとは思っていない」

「それが、じつは、馬鹿の本質なんだけどね」

言いながら横山さんがドアホンを押した。しばらく間があって、ドアホンから鼻にかかった若い女の声がした。

「どなた」

「世田谷《せたがや》裁判所の横山という者です」

イクオは失笑した。世田谷裁判所という曖昧な名称にのってくる女がいるということだけでも、夢を見ているような気分だ。

「あー、まってたのよお。あたし、借金チャラにできるかしら」

「それを御相談にきたんです。ドアホン越しではなんですから、お顔をつきあわせて、じっくり御相談しましょう」

「御相談にのってくれるのね」

「もちろんです。そのために出向いてきたのですから」

あっさりドアが開いた。姿をあらわした女はイクオの予想とちがって髪を茶色く染めているわけでもなく、ひどく崩れているわけでもなかった。地味なトレーナーを着た、少し下膨れの顔をしたどこにでもいるような娘だった。

「借金取りがうるさいから、ふだんは居留守なのよ。徹底して居留守。でも、そうすると借金取りが金返せみたいな紙をドアに貼って意地悪するのよ」

「それは、それは」

横山さんは玄関先に足をつっこみ、するりと軀を割りこませた。芳夫もイクオも即座にそれに従った。

娘はようやく異変に気づいたようだ。しかし部屋のドアは芳夫がロックして、ドアチェーンまでかけてしまっていた。

「こんにちは」

横山さんが軽く頭をさげた。

「あんたたち、なに！」

「借金取りだよ」

「うそ」

「どこの裁判所が出張サービスしてくれるかよ。ここまで頭が悪いと、同情する気もおきないよ」

「どうする気！」

「金を返してくれれば、もうとやかく言うことはないけど」

「返せないものは、返せないのよ！」

横山さんは人差し指で耳の穴をほじった。

「姐《ねえ》ちゃん、声がでかいね。キンキンするよ」

ようやく娘の顔に恐怖と不安が拡がっていくのが見てとれた。横山さんは芳夫に向かって顎をしゃくった。

芳夫は弾かれたように前にでて、懐《ふところ》から駅のそばの百貨店から流れてきた債権の譲渡をした紙片をとりだした。

「こ、これだ。これが証拠だ」

芳夫の声はうわずっていた。横山さんが苦笑した。イクオを向き、娘にわざと聴こえるように言った。

「悪いけど、あそこのミニコンポのスイッチを入れてくれないかな。ボリュームをあげてね。この姐ちゃんの声が外に漏れないようにごまかすんだ」

イクオは土足のままフローリングの上にあがった。ステレオのスイッチを入れるとFM放送が流れだした。

徐々にボリュームをあげていく。横山さんが頷いたところでボリュームから手を離す。

重いリズムのレゲエがかなりのボリュームでスピーカーをふるわせている。娘は硬直して立ちつくした。

「立場を説明してあげよう。あなた、立川弘子《たちかわひろこ》さんは駅のそばの百貨店でクレジットカードで買い物をして、百四十万七千五十円の代金が未納のまま、月々の支払いを完全に怠った。百貨店側は直接あなたの住んでいるところに取り立てにもやってきたが、あなたは居留守を使って一切の支払いに応じなかった。百貨店側は債務者であるあなたから買い物の代金を取り立てることをあきらめ、その債権、つまりあなたから借金を取り立てる権利を私に売った。私は百貨店のこうむった被害を肩代わりするかたちであなたから借金を取り立てる権利を買った。そういうわけで、私はあなたから金を返していただく」

「でも……」

「でも?」

「あたしは破産宣告するんだもん」

「それは、それは。ご自由に」

「お金は返さないわよ」

「返さない?」

「返せないのよ!」

「姐ちゃん。勘違いするなよ。私らは一般人じゃない。破産宣告もへったくれもないんだよ」

娘が硬直した。横山さんは軽く腕組みして、娘に迫った。

「お嬢さんは、利子って言葉は知っているかな？」

娘がかろうじて頷く。

「お嬢さんの借金には、私ら独自の利子がついているんだよ。あくまでも独自の利了だから、その金額を口で言うことはできないけれどね。とりあえず、算定基準を書いたものくらいはお見せしよう」

横山さんが娘の眼前に紙片をつきだした。

「こんなに！」

娘が声をあげたとたんに紙片をひっこめ、ポケットにしまってしまった。とぼけた表情で嘯《うそぶ》く。

「そうかな。そんなに大きな額ではないと思うけど」

「だって、借りてるお金の五倍くらいじゃない！」

「えっ」

横山さんはわざと驚いてみせる。

「百四十万の五倍といったら七百万じゃないか。あなたは、そう認識しているわけだ」

「だってそう書いてあったじゃない！」

「そうかなあ。気のせいかもしれないよ」

「気のせいなんかじゃないわよ！」

「ふうん。債務者があくまでも七百万借りたと言いはるんなら、私らには異存はありませんよ。それなら、七百万円返していただきましょう」

イクオは呆気にとられた。なんという茶番劇だ。しかし横山さんは平然と借用書をつくり、七百万円と記入して娘に差しだした。

「はい。サインして」

「冗談じゃないわ！」

「ほんと、冗談じゃないですよ。金が払えないなら、モツでも売ってもらいましょうかねえ」

「モツ……？」

「内臓だよ。腎臓、肝臓、その他いろいろ。目玉もあるよ。角膜移植ってやつ。もちろん、献血もしていただく。軀中の血を一滴残らず、ね」

言うだけ言うと、横山さんは凄い笑顔をうかべた。娘は、ようやく現実を理解したらしい。腰から力が抜けたのか、カーペットの上にへたりこんだ。

「ねえ、お姐ちゃん。駅の前のクレジットだからって舐めたらダメよ。奴らだって悪質な債務者に対しては、こういう手段にでることだってあるのよ。物を買ったらお金を払う。それは、常識なんだよ」

娘の表情は、虚ろだ。横山さんは彼女のかたわらに行き、そっと耳元に顔を寄せた。

「冗談抜きでね、東南アジアに送られてしまう女の子もいるんだよ。お好みならオーストラリアツアーもあるけどね。お姐ちゃんのモツを買うのは、じつは日本人だったりアメリカ人だったりするわけだけどさ、いったん関係なさそうな外国に送るわけなの。そうなると、身元不明の死体になっちゃう」

娘の頬が小刻みに痙攣した。

「でも、私たちは、そんなあくどいことはしないさ。たかが借金じゃないか。働いて返せばい い。そうだろう？」

娘がかすかに頷いたように見えた。

「私たちにまかせてしまいなさい。破産宣告で法律上はチャラになったって、あなたに金を貸した奴らがいろいろと嫌がらせをするよ。常識で考えたって、そうだろう？」

こんどは、娘は、はっきりと頷いた。

「あなたは、街金《まちきん》……ローン会社からもかなり金を借りている。そうだね？」

「はい」

「あいつらは、ハンパじゃないからねえ。でも、僕にまかせてよ。もう、鬱陶しいことはない。借金取りから逃げられるよ」

「ほんとうですか」

「うん。あいつら、夜も昼も朝も、あなたのところに押し掛けてくるだろう。大家さんのところに出向いたり、金返せの紙を貼ったりして、嫌がらせをしただろう」

娘がコクリと頷く。

「部屋も仕事も用意してあげるから、ここを出よう」

「荷物とかは……」

娘はまだ部屋を埋め尽くしているモノに未練があるらしい。横山さんはとろけるようにやさしい表情で、こともなげに言った。

「気にしないで。またクレジットで買えばいいじゃない」

6

元木医院の軋むドアをひらくと、完全に暮れていた。しかし、空気は春めいて、なま暖かい。

芳夫は指の切断面が少し腐っていて、黄緑に変色していたのでショックをうけていた。

「センセイは古い組織が腐っているだけだって言ってたぞ。あんまり気にするなよ」

つとめて軽い調子でイクオが言うと、芳夫は浮かない顔で応えた。

「でもよ、俺がガキのころ住んでいたところでは、豚を飼っていたのよ」

「豚」

「そう。豚小屋があったんだ。で、あるとき子豚が死んでさ」

「太らせて喰う前に死んだんだ?」

芳夫は首を左右に振って溜息をついた。

「俺、埋められた子豚が土からでているところを見ちゃってさ。その子豚の皮膚っていうか、皮が、ちょうど俺の指みたいな黄緑色に腐って変色していて……」

イクオは無言で肩をすくめた。芳夫は分厚く包帯を巻かれた左手小指を凝視した。

「なあ、イクオ」

「なに」

「横山さん、どう思う」

「さあ」

「俺、自信ないよ」

「でも、いっしょになってあの女の子をやっちゃったじゃないか」

「あのときは、昂奮してたんだ。自分でなにをやっているかわからなかった」

「あの女、感じてたよ」

「それは、俺にもわかった。きゅっ、きゅって締まってさ……」

「眼のやり場に困ったよ。あの女、なんであんな積極的だったんだろう」

「もう、横山さんの彼女気取りだったな」

「百四十万が、七百万になっちまったのになあ」

イクオはしみじみと嘆息した。しかし、なんとなくあの娘の気持ちもわかるような気がした。

横山さんは頼れるのだ。それを本能的に嗅ぎとったのではないか。

「銭金《ぜにかね》じゃない部分で、あの女は横山さんを必要としていたんじゃないかな」

「そうか。そういうことか。なあ、イクオ。俺はやっていけるだろうか」

「あのな」

「うん」

「俺、松代姉さんにヒモになれって命じられて鰐みたいなオバサンとやったんだ。正直に言うと、それが俺の初体験なんだよ。必死だった。地獄を見たって感じでさ。悪夢かな。でも、いまはなんていうのかな、ヒモとしてやっていけそうな気がするんだ」

「そうか」

「芳夫も大丈夫だよ。はじめは、ショックでも、人は馴れる」

「――俺、横山さんのところに帰るよ」

「そうだな。俺は、牧園《まきぞの》さんを訪ねてみるよ」

牧園とは、横山さんに紹介してもらったヒモ中のヒモといわれる人物である。芳夫が感慨深げに言った。

「そうか。修行に行くか」

「うん。ヒモ修行は、はじまったばかりだ」

「よし。イクオ。俺も気合いをいれて頑張るよ」

イクオは微笑した。芳夫も笑った。見つめあった。芳夫は案外あっさりと背をむけた。イクオが見守っていると、気どった顔で振り向いて、

「あばよ」

と、言った。それから包帯を巻かれた左手を小さく振った。暗がりのなかで包帯の白がやけに鮮やかだった。

イクオはなんともいえない寂しさを覚えた。微笑をくずさずに、口のなかで、あばよ、と呟いた。そろそろ桜の季節かな、と思った。

第七章　個人授業

1

イクオはかなり人見知りをするほうである。道を訊く程度のことでも躊躇ってしまい、声をかけられず、結局は迷ってあちこち無駄足を踏みながらも自分独りで目的地をさがすことが多い。

そんなイクオであるが、不思議と物怖じせずに、ヒモの中のヒモと呼ばれる男のところに向かう気になっていた。

横山さんから訪ねるようにと言われたヒモの中のヒモは、毎晩今ごろから新宿二丁目のＫＳというゲイバーで飲んでいるという。

ゲイバーときいたときはなんとなく身構えたイクオであるが、ＫＳはゲイバーといってもいわゆる観光バーと呼ばれるたぐいの店で、ノンケでも男女のカップルでも入れるとのことだ。

二丁目仲《なか》通りから左に折れる路地にはいる。白百合《しらゆり》の小径《こみち》というらしい。苦笑が洩れた。しかし苦笑はどちらかといえば緊張をほぐすための意識的なもので、イクオは品定めをしている男たちとなるべく視線をあわせぬよう気を配ってKSをさがした。

自惚《うぬぼ》れでなく、イクオは周囲の男たちからかなり強く意識されていた。それが実感されて、掌に汗が滲んだ。完全に黙殺されるよりはいいような気もするが、なかなかつらい状態である。

KSは雑居ビルの二階にあった。店内にはいると視線がイクオに集中した。イクオはたじろいだ。ママと思われる男が意外にさらっとした微笑みをむけてきた。イクオはちいさく咳払いして、訊いた。

「牧園さんはいらっしゃってるでしょうか」

「いるわよ、ゾノちゃん」

牧園はゾノちゃんと呼ばれているようだ。カウンターがメインの清潔感がある店だった。松代姉さんの店もどちらかといえば観光バー的な店だが、ここに較べると雑で大雑把だ。イクオはカウンターの隅で飲んでいる男のところに連れていかれた。

「牧園さんでしょうか。横山さんに御紹介にあずかりました稲垣イクオです」

イクオを見ようともせずに、牧園が聞きとりにくい声で言った。

「横山から連絡は受けている。座れ」

イクオは牧園の隣のスツールに腰をおろした。酔いたくないので薄めの水割りをつくってもらった。カウンターに頬杖をついて前かがみになっていた牧園が軀を起こし、ロックを呷《あお》って苦笑した。

「なにを話せばいいんだ」

「はあ。いろいろか。俺は人見知りするんだよな」

「いろいろ」

イクオはあらためて牧園の横顔を見つめた。歳のころは三十代なかばといったところだろうか。醜男《ぶおとこ》ではないが、決して美男子というわけでもない。一見、中肉中背にみえるが筋肉質で締まっているようだ。少し厚い唇に独特の、不思議な愛嬌がある。女たちはこの唇にどのような反応を示すのだろうか。好奇心を擽られた。

「牧園さん。俺も人見知りするほうです」

「そうか。ヒモにいちばん向いてないよ」

「向いてませんか。まあ、そうでしょうね」

牧園がロックをおかわりした。かなり飲んでいるようだ。しかし乱れたところはかけらもない。

「おまえ、道を歩いてる女に声をかけられるか」

「かけられません」

「即答だな」

「ナンパですか。いままで、いちどもしたことがありません」

じっと牧園が見つめてきた。

「そんなことでは、この商売は成りたたないんだよ」

「はい」

「折をみて、訓練するんだ」

「ナンパするんですか」

「なんだ、もう声が硬いぜ。こうして話しただけでもプレッシャーがかかってるか」

「はい。思っただけで、萎えてます」

「べつに、歩いてる女をくどく必要はない。道を訊くんだ」

「道を」

「そう。たぶん、おまえは、それさえも躊躇うタイプだ」

「そのとおりです」

「普通の感受性の持ち主なら、誰だって見知らぬ女に声をかけるのはプレッシャーだよ。おまえだけじゃない。だから、まず、せめて道を訊けるようになれ。訓練だ」

「それって、知ってる道を訊いてもいいわけですね」

「あたりまえだ。訓練だよ。新宿東口でやってみな。新宿駅は、どこですか」

「いいな、おまえ」

イクオはちいさく笑った。やっと牧園も笑った。

「はあ？」

「横山がよこしたわけだ。おまえ、モノになるよ」

「なるでしょうか」

「なる。自信満々な奴は、だめなんだよ。自信満々の法則っていって、女に対して自信満々な奴は、まずセックスがへたなんだ。チンチンのでかい奴、自分をテクニシャンだと思っている奴。自分の性生活を誇るようなタイプ。最悪だ」

「最悪ですか」

「わかるだろう。セックスの技術なんて自分で吹聴《ふいちょう》するもんじゃない。女が評価するもんだよ。自分で得意がってる男なんてのは、単細胞のガキだ」

「なるほど」

「ついこのあいだも大馬鹿野郎がいてな。体力勝負だ。数をこなして派手に突きあげればいいと信じこんでいた。その結果、なにが起きたと思う」

「さあ」

「後膣円蓋《こうちつえんがい》が裂けて、救急車騒ぎさ」

「こうちつえんがい？」

「膣はわかるだろ」

「わかります」

「後膣円蓋ってのは、膣のどんつきだ。いちばん奥だな。そこが裂けて、さらに腹膜まで破れて、なんと膣内に腸がはみだしてたんだよ」

イクオは牧園の言葉を反芻して、顔を顰めた。

「凄いですね」

「凄すぎるよ。力まかせに突きすぎたんだ。やることが粗雑なんだよ。知りあいの医師が嘆いてたよ。ここまでやっちゃうのは稀《まれ》だが、膣内損傷で病院にやってくる女は、かなりの数にのぼるってさ」

「かなりの数ということは、ひょっとしたら、俺の程度でも女をブッ壊しちゃうかもしれないのかな」

「そうだ。おまえは賢いよ。そう考えることができるなら、おのずとどうすればいいかわかるだろう」

イクオは思案した。

「ほどほど、かな。でも、それじゃ、どうってこともないっていうか、まさにほどほどって感じかなあ」

「三浅一深《さんせんいっしん》、八浅二深。昔からの言い伝えだ。三回浅くいれて、一回だけ深く挿す。そのときにスピードは、いらない。とくに深く挿すときはゆっくりと、だ。ただし」

「ただし?」

「おまえは機械じゃない。ひたすら三浅一深とか八浅二深でいくなんて馬鹿なことをするな。セックスにマニュアルはない。女の反応を見ながら、加減する。そういうことだ」

「なるほど」

頷きながら、反芻した。牧園の言ったようなことは、桂との交わりで会得していた。桂がイクオに自らの孤独な行ないを見せつけたときに、どのようにすべきかを実地で観察できたからだ。イクオが自己満足で得意な気分になっていると、牧園が念を押してきた。

「とにかく醒めてなければならない。女の反応をちゃんと摑んでおくんだ」

「わかりました」

「だからって、いちいち具合がいいかどうか訊いたりするんじゃないぞ」

イクオは含み笑いを洩らした。つい、最中に尋ねたくなってしまうものだ。自信がないので確認したくなるのだ。

「あれこれ訊けば、女の集中が途切れてしまう。嘘八百の、しかし真心と誠意の滲んだ甘い囁きは許すが、女に状態を尋ねるんじゃない。しらけさせたら、おしまいだ。結局は才能と体験がものをいうんだが、おまえは職業として女を選択したんだから、女の反応をきちっとひろいあげる」

「没頭しては、まずいんですね」

「まずい。ただし、女に対するデモンストレーションとして没頭するふりをするのは当然だ。しかし、徹底的に醒めていろ。とくに注意するのは女の軀の動きだ」

「声とかではなくて」

「声は、あてにならない。女は生まれつきの演技者だとかいうじゃないか。よがってる女の大半は、演技だ」

「そんなもんですか」

やや、自信がなくなった。はじめて男を知った則江はともかく、桂の反応には演技が含まれていたのだろうか。

「酔っ払った女はともかく、女の耳朶が熱く真っ赤になっていたら、それは、かなりいい仕事をしたってことだ。しかし、いくらよがっても軀の末端が冷たいようじゃ、あきまへんな」

「軀の末端……」

「そう。冷え性の女だって、いかせれば、足指の先まで熱くなるさ」

「以後、注意してみます」

「うん。耳朶に気をつけな。甘い言葉を耳許で囁きながら、唇で耳朶の温度をさぐるんだ」

「奥が深いですね」

「気の利いた男になれってことさ。そして、女の軀の反応だな。腰の動き。注意しろ。派手に腰をつかう女もいる一方で、ほとんどじっとしている女もいるが、じっとしている女だって気配はにじむ。腹を突きだして腰を引くような場合は、入口周辺で動いて欲しいんだ。逆に押しつけてくるなら深い結合を望んでいる。しかし、調子に乗って子宮を思いきり突いてしまったりするんじゃないぞ。女は痛いだけだ」

「女の微妙な、しかも無意識のうちの軀の動きを悟るわけですね」

「そう。さて、話をもとにもどすぞ。ナンパだ」

「ナンパですか」

「つらそうな顔をするなよ」

「俺、自意識過剰で、声なんてかけられないですよ」

「だから、単純に駅の道を訊け。それを繰りかえしていると、見えてくるものがある」

「見えてくるもの」

「そう。たかが道を訊くだけなんだが、かなり無視される」

「無視される……」

「そうだ。女は、立ちどまらないよ。無視する。相手にしてくれない」

「それじゃ、路上でひっかけるなんて、絶対無理じゃないですか」

「ところが、ナンパって言葉が存在するんだから、実際にひっかける奴もいるわけだ」

「はあ」

「道を訊いてるうちに、わかるようになるよ。引っかかる女と、無視して行ってしまう女が見分けられるようになる。数をこなせば、そういった気配を読めるようになる。ヒモは職業だ。見込みのない勧誘は、しない」

「なるほど」

「駅の道を訊くぐらいのことは、すぐにできるだろう」

「はい。自意識を棄てて試してみます」

「うん。無視されてあたりまえだから、深刻にならないように。そのうち、道を訊くんじゃなくて、口説けるようになる」

「なりますか」

「なる。習うより、馴れろ。真実だ。どんなシャイな奴でも数をこなせば、上達する。いいか、イクオ。ひと声かけなければ、女は永久にモノにならない。そうだろう」

「はい。買わない限り宝くじは当たらない」

「そういうことだ。そして、宝くじなんかよりずっと確率が高いぜ」

イクオは微笑んだ。最初にひと声かける。楽なことではない。イクオにとっては相当に厳しいハードルだ。なんとか越えなければならない。

「しかし、だ。声をかけた女がいくら好意的にみえても連絡先を教えようとしないなら、諦めろ。また、こういう場合が多いんだよ。好意的なくせに、それ以上の仲にはなりたがらない。早い話が満たされているんだな。いい男に声をかけられるのは悪い気分じゃないが、性的にも精神的にも満たされている。とりあえずよけいな厄介を背負いこみたくない。そんな女に関わりあっても無駄だ。とにかく最初のうちは、うまくいかないことのほうが圧倒的に多い。しかし、ひとりでもモノにできると、とたんに面白くてたまらなくなる。さらに自信をもてるようになれば、女は面白いほど靡《なび》いてくる」

イクオは水割りを舐めた。楽な仕事はない。しかし、なかでもヒモ稼業はもっとも過酷な仕事かもしれない。なぜなら、性が絡むからだ。

「いいか。路上で女に声をかけるのは、女をモノにするのが目的じゃない。自意識、自尊心、そういった屁の役にも立たないものを棄て去るためだ」

「ぜんぶ、棄てちゃうんですか」

「わかるだろう。ほんとうの自意識、ほんとうの自尊心。それは、棄てようがないさ」

「はい」

「路上で女に声をかけるなんてのは、じつは、やらなくたっていいんだ。おまえが、いま、この場で、上っ面《うわつら》の自尊心や自意識を棄て去ることができるならば」

「あくまでも訓練ですね」

「そういうこと。ヒモはナンパ師じゃない。それと、数を誇るだけの男にはなるな」

イクオは深く頷いた。やはり一流は、そこいらを流しているスケコマシとは別格だ。

「上っ面の自尊心や自意識を棄てたとたんに、じつは、おまえは女に不自由しなくなる。しかしそこから先、つまり女に貢がせる。これが、じつに難しい」

「そうでしょうね。俺のいままでの稼ぎは、千円札一枚です」

牧園が笑った。指先で額にかかる髪を撫でつけ、呟いた。

「いいんだよ。千円で」

「惨めでしたけど。腹も立ちました」

「おまえひとりでの才覚だろう。おまえの値段は、千円なのさ」

イクオは口惜しさに苦笑をうかべ、溜息をついた。

「いいか。ヒモの秘訣は卑屈にならないこと」

「卑屈にならない」

「そういうことだ。それにもうひとつ付け加えるならば、愛は経済学である」

「すれてない女を見つけるんだ。いちばんだましやすい女は、処女である。そういう格言がある」

「愛は経済学」

「俺、一応、処女をやったんですけど」

「漠然とやったんだろう」

「そうかもしれません」

「やったら、借りる」

「やったら……借りる？」

「そう。金を借りる。鉄則だ。金を借りるんだ」

「金を借りる」

「中途半端な額、それこそ千円じゃだめだ」

「勘弁してください」

牧園が含み笑いを洩らした。機嫌がいい。

「悪かった。いいか。女から借りる額の目安は、その女の給料三ヶ月分くらい。そうすれば女はおまえに執着するようになる」

「それが愛は経済学であるってことですか」

「まあな。ここから先は、もう喋るのをやめよう。女から金を借りることができれば、あとは、案外と楽に先に進めるよ」

「そんなもんですか」

「そんなもんだ。あとは、おまえ自身のやりかたをあみだす」

「俺なんかにあみだせるでしょうか」

「くどくなるが、あえて繰りかえす。親しくなった女からは、まず、金を借りる。これがヒモの秘訣《ひけつ》だ。これはいまはじまったことでも、俺があみだしたことでもない。諸先輩は、みんな、とりあえず金を借りた。執着心とは、相手になにかしてあげた、という思いからはじまる。地獄のはじまりだ」

言いながら牧園が肘でイクオの脇腹をつついてきた。それでイクオは、気づいた。カウンター内にいる男たちがイクオのことをチラチラと窺っている。熱い眼差しである。

「まいりましたね。針の筵《むしろ》ってやつですよ」

「ところが女にもてたいなら、まずホモにもてるようになれってな」

「共通項があるんですか」

「あるよ。人類、皆兄弟」

イクオは失笑した。牧園も笑ってグラスに口をつけた。イクオは肩から力を抜いた。お互いにずいぶん積極的に話したものだ。

「どうした、その指」

牧園が眼でイクオの小指に巻かれた包帯を示した。イクオは頭をかいた。

「詰めかけました」

「詰めかけた？」

「はい。落とすつもりだったんだけど、途中でいいって言われて、中途半端にくっついてます」

イクオは芳夫との関わりをざっと語った。牧園はそれを黙って聞き、諫める口調で言った。

「だめだよ、ヒモをめざすなら。切断しちゃわなかったからよかったようなものの、絶対に軀に欠けた部分をつくるな。余分なものも、いらない」

「余分なもの」

「そう。刺青《いれずみ》。あるいはチンチンにシリコンを入れるとか」

「ああ、そういうことをする気はありません」

「シリコンボールを入れちゃったりすると、若い子は痛がるだけだからな」

「はい。俺はもって生まれた軀で頑張ります」

「よろしい。建設的な青年だ。横山もおまえのことをずいぶん気にいってたしな」

「ありがたいことです」

「礼儀も知ってる」

「なんだか、擽ったくなってきました」

「気にするな。褒《ほ》め殺しってやつだ。そんなことよりも、おまえも堅気《かたぎ》じゃなくなったんだから、すこしは新宿の裏のことを知っておくか」

「ヒモのことじゃなくて？」

「ヒモに関しては、もう話す気はない。必要なのはおまえの才覚だけさ。ただ、よけいなことかもしれんが、松代んところに世話になってるとすると、ちょっと厄介かもしれないぞ」

「脅かさないでくださいよ。松代姉さんは厄介なんですか」

「厄介の極致だよ。なにしろ極道一の恐妻家だ」

「恐妻家って、奥さんに頭があがらないってことですね」

「そう。あれだけの器量がありながらオカマバーの出来損《そこ》ないみたいのをやってるのは、女房の尻の下に敷かれて言いなりになってるからだよ」

　イクオは苦笑まじりの微笑をうかべた。イクオの見たかぎりでも松代姉さんは妻である明日香さんにまったく頭があがらないようだった。

「なあ、イクオ。おまえが松代のところでどんな立場にあるのかしらんが、松代の女房に気をつけろ。いいな」

「……はい。明日香さんって、そんなにやばいんですか」

「やばいとかいうんじゃなくて、松代の女房は徹底してお嬢さんの素人だ。そんな素人の言いなりになってるのが松代だ」

　牧園の言うことは今一つ意味が摑みにくかった。しかし、イクオは素直に心に留めておくことにした。

「おまえのダチの、兄弟分か、芳夫って奴は新宿歌舞伎町ヤクザの本道を歩いてる。大切にするんだな」

「どういうことですか」

「まず、地面の話から教えてやろう。少なく見積もっても歌舞伎町の不動産の三分の二は在日韓国人が持ってるんだよ」

意外な言葉だった。

「ほんとうですか」

「うん。堅気の衆はマスコミのいい加減な煽《あお》りで中国マフィアがどうのこうのと騒いでるが、奴らは所詮《しょせん》は出稼ぎ者。風来坊だから無茶もするが、いまや下働きの身の上さ。いいか。歌舞伎町は昔から日本の日本ではない土地だったんだ。韓国人たちは、以前はそれをあまり大っぴらにせず、したたかに日本人から吸いあげていた。最近は景気の悪い韓国からやってきた同胞を受けいれて、コマ劇場から職安通り、さらに百人町《ひゃくにんちょう》あたりまでリトルコリアだ」

「そういえば、韓国クラブなんかの韓国系の店ばかりですもんね」

「日本のヤクザには親分も含めて在日韓国人がけっこういるんだよ。なぜ、そうなったかは薄々わかるだろう。蔑《ないがし》ろにされてきた。爪弾《つまはじ》きにされてきた。差別されてきた。受けいれようとしない社会に尻尾《しっぽ》を振る奴なんていないさ。こういう台詞はインテリじみていてあまり吐きたくはないが、現在のヤクザをつくりだしたのは、お行儀のいい中産階級とやらだ」

イクオは頷いた。受けいれようとしない社会に尻尾を振る奴なんていないという指摘はなによりも説得力があった。振る奴がいるとしたら、大馬鹿者だ。あるいは人ではなく、犬なのだろう。

「大げさな言いかたをするなら、おまえはヒモという堅気でない生きかたを選択した。裏街道を歩くわけだ。裏街道はマイナスをたくさん背負った者の坩堝《るつぼ》だ。綺麗事はいらない。なんとしても、勝て」

「はい」

「弱肉強食。いいな」

「はい」

強く返事をかえしたが、イクオは、自分が弱肉強食に耐えられる自信がなかった。しかし牧園の手前、力強く頷くしかない。

「いいか。歌舞伎町でいちばん力があって怖いのは青竜刀《せいりゅうとう》を振りまわす中国人でも、コカインを歯茎《はぐき》に擦りこんで得意がるイラン人でもない。地面を持っている韓国人だ。不法滞在の外国人なんて、いまや、みんなヤクザの下働きでシャブの売人か、泥棒稼業をさせられてる。表だろうが、裏だろうが、最終的に経済だけがすべてを冷酷に支配する。不動産を持っている韓国人。そして金をもっている日本のヤクザ。汚い仕事はあとからやってきた外人にみんな押しつけてあがりをかすめてるんだ。暴対法のおかげで、ヤクザは自分の手を汚さなくなった。汚さずに、下働きの外人から搾取《さくしゅ》するようになったんだ。芳夫という小僧が将来的にうまくいくかどうかは本人の器量次第だが、カミサンの尻に敷かれてるニセオカマなんかよりは数段ましだ。おまえは芳夫という兄弟分を蔑ろにするな」

「わかりました」

「よし。うまく立ち回れよ。中央懇親会に所属して歌舞伎町に君臨するヤクザ組織、十三。裏街道を歩いて凌《しの》いでいるヤクザ者、歌舞伎町だけで約四千。おまえはこの四千人の中から抽《ぬき》んでることができるか。抽んでるには、どうするか。松代なんてニセオカマにくっついていないことだ」

いささか口調がくどくなってきた牧園である。牧園は松代姉さんを嫌っているようだ。イクオはその理由を知りたかったが、訊ける雰囲気ではないし、よけいな口をきかないほうが得策だと判断した。

それにあえて尋ねずとも判断できた。要は好き嫌いなのだ。牧園と松代姉さんは関係している組も違うのだろうが、なによりも牧園はニセオカマとして闊歩《かっぽ》する松代姉さんが気に喰わない。虫が好かないのだ。

満足げに牧園がロックのグラスに口をつけた。灰皿に喫《す》い殻《がら》はない。煙草は喫わないようだ。つまみのピスタチオの殻が入っているだけだ。

イクオは店の壁の時計に視線をはしらせた。もう午前零時近かった。今夜はどう凌ごうか。腕組みしてさりげなく思案する。なにも思いうかばない。なるように、なれ、だ。

話が一段落したことを悟った店の従業員がイクオの前にやってきて、あれこれ話しかけてきた。イクオは適当にあしらって、冗談を言いあった。突っ張る気持ちが消えていた。意外とホモの男ともうまくやれるような気がした。肉体関係はごめんだが、会話をすれば、打ちとけるのだ。

外人の白魔羅《しろまら》がどうこうというシモネタの攻撃を浴びて苦笑していたときだ。店員のひとりが視線をおよがせた。疲れきった顔をした女がこっちに近づいてくる。イクオは店員の視線を追って、女が牧園の女であることを悟った。

女が牧園のかたわらに立ち、なにやら耳打ちした。牧園はいい加減に頷き、女はケリーバッグから剝きだしの、かなりの枚数の札を摑みだした。イクオはそれを横目で見ながら息を詰めていた。

牧園は女から札を受け取り、懐におさめるとちいさくあくびを洩らした。女は相変わらず疲れきった表情のまま少し離れたカウンターに腰をおろし、ビールを注文した。牧園がそっとイクオに耳打ちしてきた。

「ソープで働かせてる。もうそろそろ切れどきだ」

「切れどきとは」

「女は二年くらいで使いものにならなくなっていくんだ。言いかたをかえると、男に貢ぐのが馬鹿らしくなってくる。逃げたがっている。そういうものだ。じつは、俺は、もう次の金蔓を見つけてあるんだ。だから俺は、あれから手切れ金をふんだくる算段をはじめてる。尻の毛まで抜いてやる」

牧園は口の端を歪めてロックを呷り、ひと息ついて付け加えた。

「いまは面影もないが、あれだって二年前は純で清楚なＯＬだったのさ」

イクオはさりげなく女を窺った。女は無表情に煙草をふかしている。

「なあ、イクオ」

「はい」

「あれこれ言ったが、結局は、女に言うことをきかせるのは、暴力なんだよ」

「暴力」

「声がでかいよ」

「すいません」

「暴力と、セックス。殴りつけ、肛門にシャブのかけらを突っこんで犯す」

イクオは軽くのけぞってしまった。薄笑いをうかべる牧園に、その本性を見た。イクオはかろうじて言った。

「そんなの犯罪じゃないですか」

「おい。おまえは、俺の言ったことをなにも聞いてなかったのか。てめえは表街道を歩くつもりか」

「いえ、シャブってのに驚いちゃって」

「事務所にこいよ。アンナカ入りを分けてやる。シックスナインの最中に、これくらいのかけらを女の肛門に入れちまえば、一丁あがりだよ」

牧園が小指を立てて、その爪先を示した。それが肛門に挿入するシャブの量らしい。イクオは牧園の豹変《ひょうへん》に怯んだが、かろうじて声をあげた。

「一丁あがりって……」

「なにをびびってんだよ。松代みたいな半端者のそばにいるから腰が据わらねえんだ。シャブを使えば、おまえだって今夜からプロのヒモだよ。なあ、イクオ。盃、やろう。俺んとこの舎弟《しゃてい》になれよ。面白おかしく生きていけるぜ」

いつのまにか牧園の眼が据わっていた。俺は腰が据わらず、あんたは眼が据わってる。狼狽しつつも、そんな戯《ざ》れ言《ごと》のようなことが他人事のようにうかんで、イクオは途方に暮れた。

＊

だだっ広い無人の編集部で、則江は漠然と虚空《こくう》を見つめていた。壁の時計は午前零時をまわっている。某人気作家の原稿が遅れているのだ。締切はとうに過ぎていた。ＦＡＸが原稿を吐きだし次第、入稿の準備に入らなければならない。

待つのはつらい。たいして期待できない原稿であるから、なお、つらい。途轍《とてつ》もない傑作が送られてくるならば待つ甲斐もあるが、いかにもノルマといったやっつけ仕事がとどくにきまっている。

作家に向かって直接口にこそしないし、できないが、なんでこんなものが売れるのだろうという雑な作品が人気を博するのだ。売れた者勝ちではあるが、大衆というものの愚かさを実感してしまう。傲慢であると思いながらも情けなくなってしまう。

則江は二十年近い編集者生活で無数の作家と関わったが、いまだかつて心底から納得のいく原稿をもらったことがなかった。則江が担当した一時期の吉田駿の短篇はかなりのレベルであったが、気合いの入った粒よりの作品は他社の編集者に持っていかれた。

苦笑が洩れた。つい数日前まで処女であった中年女に小説を云々する資格があるのだろうか。小説の究極のテーマが生きることと死ぬことにあるとすれば、生きることの象徴としての性をいまのいままで知らなかった自分が、生を、そして性を描いた作品に評価をくだしてきたことは、ひょっとしたらたちの悪い詐欺のようなものだったのではないか。

「いいんだ。わたしは不幸だけはたっぷり知っている」

デスクに頬杖をついて居直り気味に独白した。じつは、まだ疼きに近い異物感が残っていた。処女喪失の痛みである。この歳まで堅持してきた処女の硬度は相当のものであったようだ。出血らしい出血はほとんどなかったのだが、イクオの侵入による鈍い異物感がいまでも続いている。

それは異物感である。異物感ではあるが、なんとも愛おしい。自分が独りではないと実感された瞬間の証拠である。

溜息が洩れた。幾度、溜息をついたことだろう。とくに編集部から誰もいなくなってからは、溜息をつく機械になったかのような気さえする。

イクオ。

そっと名を呼んでみる。

固執《こしつ》している。こだわりができた。

欲している。

心底から、自分のものにしたい。

だが、その姿が消え去って、なんの手がかりもない。昨夜は行方が知りたいがために松代姉さんの店を訪れて絡んだあげく、ひどい酔いかたをしてしまった。

なぜ、イクオは消えたのだろう。確かにはじめのうちは意志の疎通がうまくいかなかったし、イクオが自分を避けていることがありありと感じられた。

しかし、抱きあい、性交をして、いっしょに眠って、イクオは明らかに心を許していたではないか。則江は直観していた。イクオはふたりだけの部屋で、決して自分を嫌ってはいなかった。

思いこみだろうか。目薬をさしてやったときにイクオの顔にあらわれたなんともいえない安逸は錯覚だったのだろうか。

また、溜息だ。だが、溜息で吐きださないと涙にかわってしまう。

「思いこみだったのね」

呟いて、寂しく笑ってみる。微笑にまで辿《たど》りつかなかった。頬が幽かに歪んだだけだ。そして、ふたたび溜息をつく。

切ない。

たまらない。

仕事に生きるしかないのだろうか。人並みな愛の生活を夢見るのは、許されないことなのだろうか。則江は頭を抱えた。滲んでしまった涙を掌できつくこすった。そのときＦＡＸに着信した。無彩色の箱がのろのろと原稿を吐きだしはじめた。無人の編集部、蛍光灯の光だけが白々と則江を照らしている。

2

松代姉さんがイクオの左手の包帯を見て首をかしげた。イクオは笑って答えた。

「芳夫に付きあったんですよ。兄弟仁義」

「詰めちゃったの？」

「まさか。途中でやめましたよ」

松代姉さんが舌打ちした。まさかイクオがほんとうに指を詰めかけたとは思っていないようだ。

「困ったときに怪我をしてくれたねえ。あんた、それじゃ水仕事ができないじゃない」

「そうですね」

「そうですね、じゃないよ。桂ちゃんは今日は来られないって言うし」

「桂は役に立ちましたか」

「あんたの百倍くらい役に立ったよ。お客さんの受けもよかったし、なによりもしたたかだわ」

「したたか」

「則江があやしんだのよ。あなた、なんでここで働いてるのって」

「あ、そうか」

「そうなのよ。そうしたら、桂は平然と言ってのけたわ。偶然ですよ。わたしはマスコミ志望だから、なんとかコネをつくろうと、ゴールデン街のマスコミ関係の人が集まりそうなお店に声をかけて、ここでお手伝いさせていただくことになりました」

「そうですか。ところで則江はどうなりましたか」

「最悪。泣き叫ぶ河馬。イクオー、イクオーって雄叫《おたけ》びをあげてね」

「へえー」

「へえー、じゃないよ。あんたはあたしが見抜いたとおり才能があるよ」

「――あっちのほうは、たいしたこと、ないんですけどね」

「モノのサイズで女がよがるとは思ってないだろう」

「そうですね。もっとも、愛だけでよがるとも思えないけれど」

松代姉さんがニヤッと笑い、イクオの頭を軽く小突いた。イクオは照れた。奇妙なことに、松代姉さんに触れられたことがうれしくてたまらない。

イクオは自分に同性愛の気がないことを自覚している。しかし、もし、いま、松代姉さんがそっとイクオを抱きしめてきたら、逆らわずに身をまかせてしまうのではないか。

男と女の境界はひどく脆く、微妙なものだ。同性愛の気がなくても、流れでそっちの領域に踏みこんでしまうことは、大いにあると思う。そして、そっちに馴れてしまえば、それはそれで心地よい世界だろう。

イクオは松代姉さんが恰好だけのオカマであることを感謝した。もし松代姉さんが本物の同性愛者であったら、イクオは拒《こば》みきれず、案外深く溺れてしまうのではないか。

やはり俺は松代姉さんについていこう。そうイクオは決心した。牧園はヒモ中のヒモかもしれないが、殺伐《さつばつ》としすぎていて一緒にいてつらい。言いかたをかえると、愛嬌がない。事務所の住所を教わったりもしたが、もう牧園には会わないことにしよう。

「俺はどうしますか」

イクオが問うと、松代姉さんはイクオの包帯を一瞥して腕組みした。

「昨日は、原稿を待ってるから編集部から出られなかったみたいだけど、今夜はやってくると思うよ、メス河馬」

「――そうですか」

「イクオの商品価値を高めるためには、もう少し焦らしたほうがいいね」

「店に迷惑じゃありませんか」

「どうせその手じゃねえ。うちはお水の商売よ。仕事にならないわよ。それに客は則江が騒ぐのをおもしろがってるし」

「じゃあ、俺は姿を隠してましょうか」

「そうだね。行くあてはあるの」

イクオは曖昧に首をかしげた。桂のところに行くくらいしかあてはない。そんなイクオの思いを読んだのか、松代姉さんが訊いた。

「桂のところ？」

「そうですね。他に行くあてはないし」

「でも、彼女は、今日はなにか用事があるらしいよ」

「用事」

「だからうちに手伝いに来られないし、家にも帰らないみたいなことを言っていた」

「まいったなあ」

イクオはなんとなく頭をかき、苦笑した。なんと行動範囲がせまいことか。こんなことなら今日も芳夫に付きあって横山さんのところに行けばよかった。あるいは居直って、もう付きあわないと決心した牧園のところか。

「どうするの」

「そうですね。じつはヒモの中のヒモっていう牧園さんて人を横山さんから紹介してもらったんですけど」

とたんに松代姉さんの顔が険しくなった。

「横山もよけいなことをするね。そうか。あいつんとこはあのヒモ外道《げどう》んとところとそれなりに付きあってんだね」

「横山さんは、俺のことを思って紹介してくれたんですよ」

「あんた、牧園に会ったのかい」

「会いましたけど」

「まずいよ。あんな腐れ極道」

腐れぶりでは松代姉さんも五十歩百歩だと思ったが、もちろん口にはしない。

「なんかよけいなことを仕込まれたんじゃないだろうね」

「女から金を借りろって」

「まったく、古臭いスケコマ師だよ。あんなアナクロ野郎と付きあうんじゃないよ。牧園なんて、シャブがなけりゃ満足にチンポも勃《た》ちゃしないんだから」

イクオは上目遣いで頷いた。

「いいかい、イクオ。こっちにはあんな古臭いヒモ稼業と違って、もっと遠大な計画があるんだから。いいね」

「遠大な計画？」

「まあ、いいから。それより、これからあんたはどうするかねえ」

「はあ。行くところがありませんよ。いまさら公園のベンチってのも情けないし」

「じゃあ、イクオ。明日香の相手をしてあげてよ」

「明日香さん」

「最近、孤独を訴えるのよ。正確には退屈ってところだけど。遊んであげてよ」

イクオは胸が高鳴るのを隠せなかった。頰が上気していく。松代姉さんが怪訝そうにイクオの顔を覗きこんできた。

まずいと思うと、ますます頭に血が昇っていくものだ。イクオは狼狽《うろた》えながら、額の汗をぬぐった。

3

路上にでて、イクオはひどい疲労感を覚えた。イクオのあまりの狼狽ぶりに、松代姉さんはかなり不思議そうな顔をしていた。

いや、不思議そうというよりも、不審な顔といったほうが正確かもしれない。夜風がイクオを醒ましていく。イクオはポーカーフェイスのできない自分に幽かな苛立ちと腹立ちを覚えていた。

まるで童貞の小僧のように赤面してしまった。それはイクオの自意識にとって耐え難い屈辱だ。まして明日香さんは松代姉さんの奥さんではないか。

イクオは地下鉄に乗った。地下鉄丸ノ内《まるのうち》線で新宿からひと駅めの中野坂上《なかのさかうえ》に松代姉さんと明日香さんの暮らすマンションがある。

地下鉄は闇のなかを疾走する。イクオは向かいの窓に映っている自分の顔を凝視した。俺の顔は異性にとってどのように映るのだろうか。すくなくとも、嫌われる顔ではないようだ。

ここしばらくのあいだに、すっかり顔つきが変わったような気がする。少々尖った。いいほうに解釈すれば、多少精悍《せいかん》さを増したかもしれない。

以前よりも視線が一定している感じはある。いまだに自分に自信を持てないでいるが、それでも以前ほどおどおどと周囲を見まわすことがなくなったと思う。

イクオは額にかかった髪をかきあげた。我に返ると、地下鉄の窓とはいえ、鏡に自分の顔を映してうっとりしている情況に恥ずかしさを感じた。

そっと眼をとじる。腕組みして、下を向く。瞼の裏に明日香さんを思いうかべる。年齢はたぶん三十代のなかばだろう。

背は松代姉さんよりも、そしてイクオよりも高い。百七十五センチくらいあるのではないか。もっとも明日香さんはヒールのある靴を履いていたから、実際はもう少し低いのだろうが。

バタ臭いという表現がある。イクオたちの年頃では知っているだけで実際の会話には使われない死語であるが、西欧風の、といった意味だろうか。

明日香さんはひとことで言えば、バタ臭い美人だ。それも生半可な美人ではない。ふつうの男ならば臆してしまうような圧倒的な美しさだ。

本来欠点になってしまうであろう背の高ささえも魅力的だ。その背筋がぴしっとした歩きかたから推測すると、絶対にモデルの仕事をしていたのではないかと思う。

車内アナウンスが中野坂上を告げた。イクオは眼をひらいて、思った。地下鉄の走行音が昔に較べてずいぶん静かになっている。以前は車内アナウンスはおろか、隣に座っている者の会話さえも満足に聴こえなかった気がするのだが。

地上にでると、青梅《おうめ》街道だ。高円寺陸橋まで行ってしまうと渋滞しているのだろうが、このあたりの車の流れはかなりいい。

イクオは排ガスの匂いに懐かしさを覚えた。いまやイクオにとって地上の匂いといえば、この排気ガスの香りなのだ。

松代姉さんにメモしてもらった住居表示に従って電柱の番地を見ながら行くと、マンションはすぐに見つかった。造りはしっかりしているが、かなり古い建物だ。

エレベーターで最上階の八階にあがった。松代姉さんの部屋は東の端に位置していた。フロアは清掃が行き届いていて清潔だった。イクオはドアホンの前でしばらく躊躇った。

思いきって訪問を告げると、ゆっくりとドアがひらいた。明日香さんは足にぴったりしたスリムのジーンズに色が抜けてほとんど灰色になってしまった黒いトレーナーというラフな恰好でイクオを迎えた。

「うちの人から電話がはいっていたの。待ちくたびれたよ」

「そうですか。おじゃまします」

イクオがかたちだけ頭をさげて挨拶すると、明日香さんは小首をかしげるようにして微笑した。

やはりイクオよりも背が高い。そして抜群のスタイルをしている。顔だけでなく、軀つきもバタ臭い。

骨盤が左右に張っている。正面から見る量感はずば抜けている。まともに見つめることができずに曖昧にうつむいてしまいそうなほどの存在感である。ところが横から見るとひどくスリムだ。

「御飯は食べた」

「いえ、まだです」

イクオは腹を手で押さえ、よけいな遠慮をせずに率直に答えた。明日香さんは頷き、イクオを室内に招いた。イクオは彼女の後に従いながら、思った。

明日香さんに会うのはこれで二度めであるが、前回はその顔をまともに見ることができなかった。

今日こうして彼女を正面から見て、目尻の小皺などに気づいた。その肌に桂のような張りはない。

だが、それが決してマイナスになっていないのは不思議だ。桂と明日香さんがいっしょに並んだら、たぶん九九パーセントの男が明日香さんのほうを大切に扱い、へりくだり、緊張するだろう。

明日香さんにはある種の威厳があるのだ。そして、なによりも、性的である。明日香さんの軀つきやその物腰には、男に生唾を呑ませるような独特の魅力がある。牧園の言い草ではないが、松代姉さんが尻に敷かれてしまうのもしかたのないような気がする。

イクオはダイニングに案内されて、明日香さんに対する性的な思いを必死で打ち消そうとした。明日香さんは、あくまでも松代姉さんの奥さんなのだ。

テーブルの上に並んでいたのは、和食だった。湯気をあげる味噌汁の香りにイクオは眩暈にちかいものを感じた。

「お魚は食べられる」

「はい」

「若狭《わかさ》の鰈《かれい》のいいのが手に入ったのよ」

「なんだか、くらくらしますよ。牛丼とかカレーとか、そんなものばかり食べてたから」

「うちの人といっしょにいると、いろいろ苦労があるでしょう」

「そうですね。いや、そうでもないです。なんだか相性がいいというのかな。愉しい毎日ですよ」

「その手は、どうしたの」

「ちょっと切ってしまって」

「店で？　ガラスかなにかで？」

「いや、たまたま知りあった友だちのアパートで、包丁でちょっと」

「気をつけないとね」

「はい」

「素直なお返事」

「はい」

イクオはふたたび胸が高鳴るのを感じた。呼吸が浅くなって頬に血が昇っていくのがわかる。上気した顔を見られたくない。そう思えば思うほど、顔が火照《ほて》っていく。

「急だったから、いろいろおかずをこさえてあげられなかったけど、堪忍《かんにん》してね」

「いえ、ほんとうに、こういった家庭的な食事に飢えていましたから」

答えながら、イクオはどことなく違和感を覚えていた。松代姉さんは、明日香さんが孤独を訴えて寂しがっているといった意味のことを言ったが、眼の前の明日香さんからは、そんな気配はみじんも感じられない。

「座って」

「はい」

イクオはダイニングテーブルをはさんで明日香さんと向かいあって座った。テーブルの上には焼いた鰈とほうれん草のおひたし、そして味噌汁が湯気をあげている。明日香さんが御飯をよそいながら言った。

「このテーブル、すてきでしょう」

イクオは湯気があがるご飯の甘い香りを嗅ぎながら、曖昧に頷いた。

「メイプル。楓《かえで》の一枚板なのよ。ときどき胡桃《くるみ》で磨いてあげるの」

「胡桃？」

「そう。胡桃の実を布で包んで、それで磨くのよ。胡桃の油が布をとおして染みでるでしょう、その油がこんな艶をあたえるわけ」

へえ、と声をあげながら、イクオは中指の先でテーブルをこすった。なるほど見事な艶だが、ねっとり粘る重厚さがあった。

「イクオくんは中指なの」

「なにが」

「いま、中指でテーブルをこすったわよ」

指摘され、イクォは中指一本だけを立てて自分の眼前にもってきた。そういえば、この指でテーブルをこすった。

「彼女を愛撫してあげるときも、その指？」

唐突な明日香さんの問いかけに、イクォは絶句した。明日香さんはにこにこ微笑んでいる。イクォの前に御飯をおいてくれた。自分の御飯もよそって、いただきますと声をあげた。

あわててイクォもいただきますと言い、箸を手にとった。ぎこちない食事がはじまった。イクオは魚を食べるのが苦手で、せっかくの鰈をぐしゃぐしゃにしてしまった。

明日香さんは箸の遣いかたが巧みで、鰈の身をきれいにほぐしている。イクォはそれを盗み見て軽い自己嫌悪を覚えた。

「かえてあげようか」

「はい？」

明日香さんは自分の鰈の皿をイクォの前におき、イクォの鰈の皿を自分のところに引き寄せた。

「それは、あんまりです」

「いいの。わたしのを食べて」

イクォは赤面しながら食事した。心のなかで念じていた。マナーを身につけよう。魚をうまく食べられるようになろう。恥ずかしくない食事ができる程度の努力をしよう。

「おいしい？」

「はい……」

「どうしたの」

「俺、食べかたが汚いから。魚も満足にほぐせないというか」

「その気があったら、すぐにできるようになるよ。そうだ。わたしといっしょに、ときどきいろいろな料理を食べに行こうか」

「いろいろな料理」

「そう。おもにフランス料理に和食。このふたつの作法をマスターしておけば、どこへ行っても、なにを食べても応用がきくわよ」

お願いします、とイクオは頭をさげた。作法をマスターすることよりも明日香さんと外出できることを思うと、胸が高鳴る。

なかば舞いあがりながら、イクオは食事に専念した。味噌汁はきちっとだしがとってあって、鮮やかな鰹《かつお》の香りがした。それを褒めると、明日香さんがうれしそうに笑った。和気藹々《あいあい》となごやかな会話が続く。

思いかえせば、殺伐とした食事ばかりだった。定食屋の映りの悪いテレビを見あげながら漫然と箸を動かし、汁の染みで汚れたマンガ週刊誌のページを繰りながらラーメンを啜る。

イクオは心底から、いいなあと思った。明らかにいまは胃がリラックスしている。食堂で孤独に食事をするときの正体不明の緊張感がない。

やはり食事は、ひとりでするものではない。いつかは自分も明日香さんのように料理のうまい奥さんをもらって、向かいあって落ち着いた声であれこれ会話しながら食事する。イクオはそんな光景を夢想した。そして躊躇いがちに訊いた。

「夕食は、いつもお独りですか」

「そうね。うちの人は店の仕込みがあるから、外で食べるっていうの」

「トマトタンメンが好物なんですよね」

明日香さんが苦笑した。

「いちど、あのスープにチャレンジしたんだけれど、だめだったわ。材料はわかるんだけれど、すこしだけつくってもああいう味にならないのよ」

「そういうもんなんですか」

「そうなの。野菜クズなんかを大量に使わないと。それは家庭では無理なのよ。限界がある。無理に野菜クズをつくるのも気がひけるし。おかわりは？」

「いただきます」

イクオは二杯めの御飯を、一杯めとおなじペースでたいらげた。明日香さんがそれをうれしそうに見守った。

食事が終わると、明日香さんが日本茶をいれてくれた。それは口のなかがすっきりとする苦さのあるおいしいお茶だった。京都の一保堂《いっぽうどう》というお店のお茶だという。

「京都から取り寄せるんですか」

「まさか。こっちでもおいている店があるのよ」

「あそこのボードの上に飾ってあるのは、本物ですか」

「うん。わたしは縄文《じょうもん》土器が好きなのよね。父の関係で手に入れたの。他にも隠してる土器があるんだよ」

「隠してるんですか」

「そう。ちいさな、ちいさな、赤ちゃんの握り拳くらいの壺《つぼ》なんだけど」

「そんなちいさなものもあるんですか」

「あるの。はっきりいって遊びで造ったのよね。だって、なんの役にも立たないもの。しかも、なんと、その壺には真っ赤な漆《うるし》が塗ってあるんだから」

「土器に、漆ですか」

「そうなの。漆塗りの縄文土器。晩期のものだけど。わたしの宝物」

他愛のない会話が続き、茶をほぼ飲みおえた。会話が途切れた。明日香さんは手持ちぶさたな表情で急須《きゅうす》のふたを指先でなぞっている。なにか喋らなくては。そう思ったとたんに唇が硬直した。イクオは焦った。

「どうしたの？」

「……どこか、外に遊びに行きますか」

「わたしは外があまり好きじゃないの」

「そうですか」

「外に行くよりも、部屋でぼんやりしているほうが好き」

「そうですか」

「人が好きじゃないのかもしれないな」

「そうですか」

「そうですか、ばかり」

「そうですか」

繰りかえしてしまい、イクオはあわてて口を押さえた。明日香さんは微笑んでいる。

「ねえ、外なんかへ行くよりも、イクオくんのその中指を試したいな」

「中指？」

「わたしのなかにいれて欲しい」

イクオは喉仏を鳴らした。

「わたし、イクオくんの中指一本でぎりぎりだよ。無理すれば、人差し指もいっしょにはいるかもしれないけれど」

「どういう……意味ですか」

「わたしを探って、って意味よ」

「松代姉さんに殺されちゃいますよ」

「なに言ってるの。松代姉さんがあなたに教えてやってくれって電話してきたのよ」

「まさか」

「ほんとう。女に対してどんな扱いをすればいいか、どっちかというと裏技みたいなことを教えてやってくれって。イクオくんは、それでここへきたんでしょう」

「そんなことはきいていません」

明日香さんが外人のように肩をすくめた。

「松代姉さんに電話してごらんなさい。確認してごらん」

顎をしゃくって明日香さんが電話機を示した。イクオは呆然としている。

「はやく」

うながされて、イクオは逆らいきれず、立ちあがった。明日香さんと電話機を交互に見較べ、
泣きそうな顔で松代姉さんの店の電話番号をプッシュする。

『はい、松代姉さんの店です』

電話にでたのは、桂だった。

「桂……」

『あ、イクオ』

「今日は休みじゃなかったのか」

『用事が予定より早く終わったの。わたし、松代姉さんの店でお手伝いしてもいいでしょう?』

「いいも、わるいも、それは桂の決めることだから」

『お客さんと話をするのが愉しくて、ためになるし、とにかくいい経験なのよ』

なぜか桂は釈明の口調だ。イクオにしてみれば、自分に断わりをいれてどうこうという問題で

はない。桂が好きにすればいいのだ。

「則江が来ただろう」

『そうなのよ。イクオのことを呪って泣いていたわよ』

「呪って」

『わたしはべつにどうってことないから』

「ああ……」

イクオは溜息まじりの声をあげた。松代姉さんにかわってくれと頼む。桂はハイと他人行儀に返事した。

『イクオ？』

「はい。松代姉さん、俺――」

『なに、その声は。ちゃんと明日香のお相手してる？』

「じつは、そのことで」

『遠慮しないで、ぜんぶ教えてもらいな』

「いくらなんでも」

『初めて明日香と対面したとき、言っただろう。たまったら舐めてもらえって』

「そんなこと、真に受けませんよ」

『ところが、あたしはマジに言ってんだよ。とにかく、今夜は明日香に教えてもらいな。遊びじゃないよ。あんたの仕事に関する技術教室だ。まじめにやりなさい。手を抜くなよ。魔羅は抜いても手を抜くな、なんちゃって。ひぇー、相変わらずつまらんオカマのおやじギャグ』

そこで一方的に電話は切れた。イクオは汗で濡れた手で受話器をもったまま、明日香さんを振りかえった。

明日香さんは軽く首をかしげて微笑している。イクオはおどおどと視線をそらした。

「わたしの言ったとおりでしょう」

「しかし」

「焦ることはないわ。夜は長いし、おなかもいっぱいだから。わたしは後かたづけをする。イクオはお風呂にはいっちゃって」

明日香さんはお盆をもち、食器を片づけはじめた。イクオはどうしていいかわからず、食器の後かたづけを手伝った。

食器をもってキッチンまでついていくと、明日香さんは流しを眼で示した。イクオは鰈の皿を流しにおき、明日香さんの指示を待った。

「ありがと」

明日香さんは軽く手を洗うと、中指をのばし、イクオの鼻筋に触れた。

「冷たい鼻」

イクオは硬直して立ちつくしている。

「キスしたいけれど、お魚を食べたあとだから、歯を磨くまでおあずけね」

明日香さんはイクオの鼻梁《びりょう》を弄ぶようになぞりながら言った。イクオの顔が苦しげに歪む。

「ねえ、腰を押しつけてよ」

イクオに言葉はない。動けないでいると、明日香さんのほうがイクオに近づき、イクオの臀を両手で軽くつかんだ。

「キスは、なしよ。お魚の匂いをおとしてから、じっくりくちづけしてあげる」

明日香さんの腰とイクオの腰が接触した。イクオは不能状態だ。性的な情況にもかかわらず、触角はなんら反応を示していない。

明日香さんが軽く腰をこすりつけた。それぞれのジーンズの生地が触れあい、こすれあって、乾いた音をたてた。

「闇雲に尖らないところは、見込みがあるわよ」

「どういう意味ですか」

「あっさり勃起してしまうようでは、イクオくんのやろうとしている仕事には不向きだってこと」

直接的な明日香さんの言葉に、イクオはうつむいた。それに追い打ちをかけるように明日香さんは言った。

「ちょっと、見せて」

「見せてって――」

「じっとしていて」

明日香さんがイクオのジーンズに手をかけた。ジッパーをおろされた。そっと指先を挿しいれてきた。露にされた。

イクオはわずかに身をよじった。明日香さんの指先が冷たくて、それがいちばん過敏な部分をつまんだからだ。

「いいかたちね。シャープよ」

呟きながら、明日香さんが床に膝をついた。そっと頬を寄せる。

「若い香りがする。青い香り」

明日香さんが唇を尖らせて、イクオの先端に軽くくちづけした。明日香さんの手のなかで、イクオは徐々に育ちはじめていく。

「だめ。大きくしては」

明日香さんはあっさりイクオをしまった。イクオは震えた息を吐いた。

「イクオくん、にじませていた。透明な液が洩れていて、かわいかった」

イクオはふたたび震えた息を吐いた。

「切なそうな顔ね」

「気が狂いそうですよ」

「いっしょにお風呂に入ろうか」

「理性が切れて、襲ってしまうかもしれませんよ」

「それはないな。イクオくんは、そういうタイプじゃないの。松代姉さんも言っていたわ。いざとなると、醒めているって」

言い終わると、明日香さんは液体歯磨きで口をすすぎ、電動ブラシで歯を磨きはじめた。イクオはしばらくそれをぼんやりと見守っていたが、水道の水を汲み、口をすすいだ。

「いいわよ、そんな気を遣わなくても」

「でも……」

「男のひとの香りは、口臭も含めて、平気なの。匂いがしないと物足りないし。もっとも、極端に不潔なのは当然いやだけれど」

イクオは明日香さんの話を満足に聞いていなかった。やはり、松代姉さんも明日香さんも変わっている。いや、おかしいといっていいだろう。どこに自分の妻をあかの他人の性的トレーニングに用いる夫がいるだろうか。そして、それをあっさり受けいれる妻がいるだろうか。

なんだか安物のポルノ小説などにありそうな展開である。イクオは明日香さんと肌を交えたいと心の底で願っていた。それがこんなかたちであっさり成就しそうなことに不安を抱いた。

イクオは明日香さんに肩を押されてバスルームに向かった。明日香さんは躊躇いもみせずにあっさり穿いているジーンズに手をかけた。しかし肌にぴったり密着しているスリムジーンズなので、脱ぐのに苦労している。

「イクオくん、悪いけれど引っぱってくれるかな」

明日香さんが脱衣室の壁に寄りかかり、ジーンズが密着してめくれかけている右足をあげた。

イクオはしかたなしに明日香さんのジーンズに手をかけた。下腹は長めのトレーナーで隠れていて曖昧な陰だが、鮮やかに白い太腿が眼前にあった。

イクオはなるべくそのあたりを見ないようにして、怒ったような顔をつくって明日香さんのジーンズを脱がせてやった。

明日香さんは躊躇わずにショーツを脱いだ。そしてその短い布きれを示す。

「貧乏だから、こんなほつれた下着を身につけているのよ」

「まさか」

とイクオは声をあげたが、たしかに艶やかな光沢のある純白のショーツの裾はゴムが抜けてしまったのか、ほつれていた。

「ほんとうはね、わざとゴムを抜いてしまうの」

「なぜ」

「ジーンズに下着のラインがでるのって見苦しいじゃない。こうしてゴムを抜いてしまえば、だいじょうぶなのよ」

喋っている最中にトレーナーがすこしずつめくれて、明日香さんの下腹がわずかに覗けた。明日香さんはイクオがそこを一瞥したのに気づいて、咎める表情でトレーナーを引っぱった。

「すみません」

イクオは赤面してあやまった。明日香さんが、いきなりイクオの頭に手をやった。胸にイクオを抱きこんだ。

「あやまることはないわ。わたしもちょっと恥ずかしかったの。恥知らずな女だと思われたくないもの」

イクオの頬はトレーナーの生地をとおして明日香さんの乳房に密着している。厚手のコットン地ではあるが、それでも明日香さんの乳首が硬く尖ってきたのがわかった。

「新しい下着のゴムを抜いてしまうなんて、贅沢ですね」

掠れ声でイクオは言った。明日香さんが頷き、イクオを抱きしめる力を弱めて囁いた。

「ほんとうは、下着なんて穿かないのがいちばんのオシャレなんだけれど、わたしは肌があまり強くないからジーンズの生地が直接こすれたりしたら」

「どこが、弱いの？」

イクオは掠れてはいるがどこか甘えを含んだ声で訊いた。

「さっきイクオが盗み見たところ」

「触っていい？」

「だめ」

「だめか」

あきらめたふりをして、イクオはそっと手をのばした。明日香さんは逆らわなかった。顔をあげ、脱衣場の天井を見つめている。

イクオの指先に、明日香さんの下腹を覆っている絹糸の感触が伝わった。かなりの密度だ。イクオはその高級な織物のような感触を指先で味わった。

「わたし、ここだけ毛深いのよ」

「そうみたい」

「すごく恥ずかしい」

「でも、つやつやして滑らかだ。毛自体はすごく細くて頼りないんだよね」

「そうかしら」

「うん。それと」

「それと?」

「肝心の部分はつるりとしているよ」

「そうなの。大切なところのまわりには、なにもないのよ」

「大切なところ」

「そうよ。あなたを迎えるところ」

イクオはそっと指先で割った。熱いものが絡みついてきた。充分に絡みつかせてから、中指をすすめる。

4

明日香さんは脱衣室の壁に身をあずけている。イクオは密着した。指は明日香さんの構造を探ったままだ。いまひとつ自信がないので、自分の作法に不安がある。明日香さんに苦痛を与えてしまったらどうしよう。そう考えるとつい臆病になってしまう。指先の動きに確信がもてない。恐るおそる力を加減するしかない。

「わかっているのね」

明日香さんが囁いた。イクオは問いかえした。

「なにが、ですか」

「加減」

イクオは指の動きをとめた。

「これですか」

「そう」

「合格ですか」

「うん。八十点、かな」

「百点をめざすには」

「さわるか、さわらないか。ごく、軽く。とても、やさしく」

「まだ、強すぎますか」

「強くはない。でも、もっと柔らかくできるはず」

「これくらい？」

「うん……切なくなるよ」

「切なくなる」

「そう。こみあげてくるものがあるの。身も蓋もない言いかたをしてしまえば、快感ということだけれど、でも、そんな単純なものじゃないのよ。快感には後ろめたくて甘酸っぱいもの、どこか哀しくて、寂しいものが含まれている。快感は、追憶に似ているわ」

「でも、快感は現在進行形ってやつじゃないんですか。感じているのは、いまだ」

「ちがう。快感は、常に過去形なのよ。快感は感じている瞬間から過去になる」

「それが切ないの？」

「そう。すごく切ないの。自分の思い通りにならないことにかけては、快感がいちばん切ない。意志はいつだって快感に裏切られる」

イクオは醒めた眼で明日香さんを見つめた。この年齢の人たちの特徴だろうか。松代姉さんにも明日香さんにも共通した匂いのようなものがある。

それは、理屈っぽいということだ。あるいは理屈が恰好いいことだと思っている。イクオはそれをいささか短絡的かもしれないが、政治運動や学生運動に身を投じた世代に特徴的なことだと考えた。

この世代の人たちは、分析が好きだ。その基本的態度は、科学的とでもいえばいいか。でも、その態度は途中から妙に観念的になり、さらに感情的になる。

イクオは指先に力をこめた。

明日香さんが身をよじった。苦しげに下唇を噛む。

「痛かった？」

「わざとでしょう」

「うん」

「悪いひと。わたし……」

「なに」

「なんでもない」

しかしイクオの指は、明日香さんのふるえを感じていた。おそらくは、昇りつめた直後におこる収縮と弛緩だ。

明日香さんがイクオを怨めしそうに一瞥した。イクオの首にしがみつくようにして、かろうじて立っている。肩で息をしていた。イクオは満足した。明日香さんを支配している。そんな実感があった。

＊

バスルームで明日香さんが、硬度をおとさず天を指し示しているイクオの触角を盗み見て苦笑した。

「充実してるのね。力を抜いてもいいわよ」

「ところが、こいつは俺の意志を無視するんですよ」

「男のひとって、そうみたいね」

笑顔のまま、明日香さんが片膝をたてた。イクオに探られた部分を洗いはじめる。明日香さんの指先が翳《かげ》りに呑みこまれて微妙に動くさまは、卑猥《ひわい》だった。

イクオは浴槽につかったまま、凝視していた。明日香さんと視線が絡む。

「なにを見ているの」

「明日香さんの影」

「ぬめりをおとしているだけよ」

「ぬめり」

「そう。わたしは自分が蛞蝓《なめくじ》だと思う」

「それは、言い過ぎだ」

「いいの。自分のことは一度とことん貶めてみる必要があるの。しょせん蛞蝓と思えば、もうなにも恥ずかしいことはない」

イクオは苦笑した。明日香さんは真顔になった。

「女は、蛞蝓。そう認識しなければだめよ」

「女は蛞蝓」

「性の現場で、女に人格は不必要なのよ。愛する女も、美しい女も、醜い女も、無様な女も、みんな蛞蝓」

「自分も女なのに、すごいことを言いますね」

「ちがう。人間性なんてものが、じつは大したものではないと言いたいの。人の関係にある唯一のものはなんだと思う」

「さあ」

「支配、被支配」

「どういうこと」

「支配する人、される人」

「なんだか危険な考えだ」

「愛しあって一緒になにかをする、なんていうことのほうがよほど危険な幻想よ。支配、被支配を曖昧にしておくと、その関係は必ず壊れる」

「逆じゃないですか。支配されているほうが反乱をおこすと考えるのが常識ですよ」

「それは、ほんとうの支配、被支配の関係ではないの。支配、被支配は、支配するほうが優れ、支配されるほうが劣るという関係ではないのよ。それは、個人的な認識の問題なの。もちろんサディズムやマゾヒズムともちがう」

明日香さんは言いながら、シャワーを手にとった。石鹸の泡を流し、立ちあがる。浴槽の縁に片足をのせた。イクオの眼前に性器を露にする。

「たとえばわたしと、松代姉さん。どちらが支配していると思う」

イクオにはわからない。いままでだったら躊躇わず松代姉さんと答えただろうが、いまは判断しようがない。

拡げられた明日香さんの性器には、圧倒的な存在感があった。しかも曖昧でとらえどころがない。イクオは自分の股間に生えている器官と明日香さんの股間に穿たれている傷口を交互に見較べた。

「表面上は松代姉さんがすべてを支配している。でも、じつは、すべては、わたしが支配しているのよ。松代姉さんは駒にすぎない。そして松代姉さんは駒であることを自覚して、わたしの言うことをすべてききいれる」

明日香さんが喋ると、明日香さんの内部が収縮する。イクオは明日香さんの肉体の連携をぼんやり見つめた。

それは色香のかけらもない露骨な光景なのだが、なによりも性的だった。女という性には、じつは、このような力が隠されていたのだと納得した。

イクオは明日香さんの性器を凝視しながら、牧園の言ったことを反芻していた。松代姉さんは極道者一の恐妻家であるという。あれだけの器量がありながらオカマバーの出来損ないみたいのをやってるのは、女房の尻の下に敷かれて言いなりになってるからとも言った。さらに牧園は強調した。松代の女房に気をつけろ、と。

明日香さんは徹底してお嬢さんであり、素人だそうだ。そんな素人の言いなりになってるのが松代姉さんであるという。なるほど、なにやら危ない匂いがする。イクオの眼前に常軌を逸したお嬢さんにして素人の性が露にされている。

イクオは実感した。自分だって明日香さんに迫られたら、抗うことなど不可能だ。なんでもする。してしまう。明日香さんはお嬢さんの素人だが、女として抽んでている。こうして露にされた瞬間に、たいした経験のないイクオにも明日香さんの超越ぶりがじわじわと染みこんできた。いま、俺は崇拝している。明日香さんに傾倒している。きっと、すがりつくような眼差しをしているだろう。そんなことを思いながら、うっとりと見つめた。明日香さんの手が動いた。深く穿たれた臍のあたりから彷徨って、最終的には自らの性器を覆った。

「嫌になるわね。獣の景色」

「そんなことは、ないですよ」

「すこしは遠慮しなさいよ。喰いいるように見つめてた」

「すみません」

「わたしも入っていい？」

イクオはあわてて場所をあけた。明日香さんが浴槽の縁をまたいだ。眼前で露に曝《さら》したくせに、こんどは羞恥をたっぷりと滲ませた控えめな仕草だった。とたんにイクオの心が疼いた。明日香さんはイクオと向かいあって軀を沈めた。派手に湯があふれ、排水孔で渦巻きができた。

「性はまちがいなく汚らしいもの。みじめなもの。でも、それから逃れられないならば、奴隷にだけはならないようにしないと」

「観念的っていうんですか。俺にはよくわからないんですよ」

「なんて言えばいいかな。そうね。幻想をもつな。そういうことかな」

「幻想をもつな」

「そう。いい女の性器に思い入れを挿入するのは、男が必ず犯すみじめな過ち。女は男ほど異性の外見にこだわらないでしょう」

「そうかなあ。アイドルにきゃーきゃー言っている女がいっぱいいますよ」

「あれは代償的性行為だから、本物を知ったら、幻想から醒めるわよ」

「そんなもんかなあ」

「問題は、男。男が女に抱く幻想よ」

イクオは浮力で湯面に浮いて見える明日香さんの乳房を軽く指先でつついた。

「ねえ、明日香さん」

「なに」

「男と女がリアリズムで接したら、きっとセックスをしなくなっちゃうよ」

「そうかもしれないわね」

「絶対そうだと思う。男は現実の女なんか愛していない。すべての人間関係は幻滅に耐えるところから成り立っていると思うんだ。でも、とくに男と女は……」

「あなたは則江さんと寝たわね」

「うん。則江を知ってるんだ？」

「わたしが松代姉さんに命じたのよ。あの河馬みたいな女に、美しくて頭のいい男の子を与えなさいって」

「なんか、すごく嫌な言いかただ」

「ムッとした？」

「うん。たしかに則江は河馬だけどね。でも、明日香さんの思いあがりが鼻につく」

「女は、思いあがる生き物なのよ。とくにわたしは、ね」

「居直りこそ、我が人生よ」

イクオは微笑した。松代姉さんと出会った直後に、人生は居直り、イナオリズムだ、などと息んで宣言したような記憶がある。

「ほんとうに、則江に俺をあてがえって松代姉さんに言ったんですか」

「うん。ある晩店に行ったら、あの河馬が酔ってわたしに絡んできたのよ。ひとめで処女だと直感したわ。あの薄汚さは、処女であることからもたらされるの。つまり、恥知らずからくるものなのよ」

「処女は、恥知らずですか」

「当然よ。羞恥っていうのは、恥がなんであるかをほんとうに理解してからはじまるものなの。恥を知っていたら適当な時期に自分をいったん破壊するわよ。よく間違われるものなのよ。羞恥と薄汚い自己愛は。許せなかったな。あれほどまでに薄汚い女。そして、それを許して店にいれている松代姉さん。いくら商売だからってそれはないわ。客を選ばない店は衰退していくわよ」

「確かに則江が店で酔っ払っているのは、あまりいい眺めじゃないと思うけど」

「だから、松代姉さんを叱ったの。あの河馬を改造しなさいって。あの河馬に手頃な男の子を見つけてあげて、自分の醜さに気づかせてあげなさいって。醜さの本質は、無知からくるものなのよ。自分がどの程度か客観的に自覚すれば、その人は変わっていく。そのきっかけとなる男の子をさがしてあげてって頼んだの」

「それが俺ですか」

「そういうこと。腹がたった？」

「いや、のぼせました」

イクオは浴槽から立ちあがった。なぜ、わざわざ則江に自分をあてがうなどといった面倒で御苦労なお節介をするのだろうか。そんな疑問が残ったが、問いただすには湯にのぼせすぎた。作り笑いをうかべて、投げ遣りに言った。

「俺、明日香さんの秘密を目の当たりにして、しかもお湯のなかにずっと軀を沈めてたでしょう。もう、限界です」

なにか冷たいものが飲みたい。もう軀を洗うのも面倒だ。イクオはふらふらとバスルームからでた。後を明日香さんが追ってきた。イクオの背をバスタオルで包み、かしずくようにして丹念に軀を拭いてくれた。

5

寝室は十二畳ほどの広さの洋間だった。真ん中にダブルベッドが据えてある。右手の壁面に造りつけの収納があった。全裸の明日香さんがベッドサイドの小さなオーディオに手をかざした。センサーで作動するのか、直接手を触れていないにもかかわらず、オーディオに電源がはいった。小型スピーカーから流れだしてきたのは、クラシックだった。

「なんか不気味な音ですね」

「幻想的と言って」

イクオは肩をすくめた。甘えた顔をつくって、明日香さんの膝ににじり寄る。

「バルトークよ」

イクオを膝枕して、明日香さんが呟いた。

「なんていう曲」

「ディヴェルティメント。弦楽のための嬉遊曲《きゆう》」

よく意味がわからない言葉の羅列だ。ただ、芳夫の指詰めにベートーベンの〈運命〉をかける松代姉さんよりはましな気がした。高尚かどうかはともかく、喜劇的ではない。イクオは明日香さんの腰を抱き、頬ずりした。

「いろいろ教えてくれるんですか」

「そう。個人授業。でも」

「でも？」

「最初は、イクオの思い通りにして」

「俺って、経験が少ないから」

「いいの。熟練なんて期待していないから、激情をぶつけて」

イクオは明日香さんの膝を割った。のしかかった。耳元で囁いた。切迫していた。

「明日香さん。ほんとうのことを言うと、もう、俺、限界。いれたい」

「いや。露骨な言葉は」

「いれたいよ」

「だめ。露骨よ」

「だって、いれたいんだ」

「だめよ」

「――はいっちゃった」

「無理やり」

「じゃあ、はずそうか」

「ああ……いれて。奥までいれて。いっぱいにいれて。きつくこすって」

「避妊は」

「つまらないこと、言わないの。遠慮しないで弾けて」

「すぐ爆発しちゃいそうだ」

イクオは切迫している状況を正直に伝えた。なぜ、ここまで昂ぶっているのか。明日香さんの構造が優れているというだけの問題ではない。明日香さんの醸しだす気配に完全に取りこまれ、囚《とら》われてしまっている。なにもしないうちに炸裂してしまいそうだ。

「ねえ、まずいよ。もちそうにない」

「いいの。理性を棄てて。獣の交わりでいいのよ。すぐに、きて」

そんな明日香さんの言葉を聞いたとたんに、なぜかイクオは冷静さをとりもどした。なかば滲ませ、射精しかけていたのだが、呼吸を整え、密着したまま動きを休めた。

「重い？」

「重くして」

イクオは言われたとおり全体重をあずけた。明日香さんの指先がイクオの脊椎の突起をさぐっていく。

「明日香さん」

「なに」

「すごく熱い。俺を吸いこもうとしている」

「子宮に還りたいっていう欲求がそう感じさせるのよ」

「ちがう。ほんとうにそうなんだ。明日香さんの仕組みが、俺を吸いこもうとする」

「わたし、素敵？」

「最高だ。明日香さんはふつうのひとじゃないよ」

「すっかり落ち着いたわね」

「すぐにきて、と言ったのは、俺を落ち着かせるためだ？」

「どっちでもよかったのよ。すぐにいってもいいし、こうして和んでいるのもいい」

「質問」

「はい。イクオくん」

「すぐにいってしまっても、許される場合がありますか」

「ありますか」

「どんな場合ですか」

「相手を愛おしく感じているとき。相手の激情が極限にまで達していると感じられたとき。補足すれば、わたしのせいで男のひとが感極まってしまい、耐えられないほど盛りあがっているのがわかったとき。そんなとき、女は男の稚拙ささえも愛しく迎えいれる」

「さらに質問です。それは、ときに、そういった演技をしろということですか」

「そう。おまえが素晴らしすぎるから、思わず突っ走ってしまった、おまえが素敵なので抑えがきかなかったという逆説的な賛美。精神にむけた究極の愛撫。ただ、頭の悪い、感情の鈍い女には伝わらない可能性がある」

「相手をよく見て、対処せよってことだ」

「そうです。ところでイクオくん。いまから一分以内にいける？」

「いけると思うけど……」

「冷静さをかなぐり棄ててごらん」

「はい」

「思いきり、ぶつけて。あたしを壊して」

イクオはうなずき、腕立て伏せの体勢で明日香さんから軀を離した。

「だめよ。もっと角度をつけるの」

「こう？」

「そう。いい位置よ。狂ってみせて」

イクオは動作をはじめた。明日香さんが命じた。

「恥ずかしいかもしれないけれど、我を忘れて呻いてごらんなさい。演技でいいから。喘ぎながら動くの。わたしの耳元に呻き声をふきこむように」

「ああ、明日香さん、ああ」

「もっと生々しく。いきそうだってはっきり相手に告げて」

「ああ、明日香さん。でちゃいそうだよ。すごくいいんだ。もう……ああ、たまらない。まずいよ……ああ」

「じょうず。じょうずよ」

「あ――」

「いっちゃった？」

「――ごめんなさい」

イクオは吹きだした汗をぬぐい、せりあがる余韻に、小刻みに痙攣した。明日香さんがイクオの臀に手をまわしてきた。力をくわえ、きつく密着させた。幽かな円を描く。

直後、顔を横にむけて細く長く吐息を洩らした。イクオは明日香さんの首筋に青い血管が浮かびあがっているのを凝視した。

「明日香さん」

「うん」

「いったの？」

「かるく、ね」

「あれで……？」

「そう。精神的に盛りあがっていたから」

「そうか」

「イクオくん。わたしの耳朶を触ってごらんなさい」

命じられたとおり、イクオは明日香さんの耳朶をつまんだ。

「熱い」

「そうでしょう。女が頂点を迎えると、軀の末端が熱をもつようにできているの。冷え性の女でも、足の先なんかが温かくなる。いちばんそれがわかりやすいのは、耳朶なのよ。商売女がいったふりをしているのか、ほんとうにいってしまったのかは、耳朶に頬ずりでもすればすぐわかるってわけ」

イクオは明日香さんに気づかれないようにその首筋に顔を押しつけて微笑んだ。おなじことを牧園も言っていた。

「ねえ、イクオくん。わかった？」

「わかりました。ひとつ覚えました、先生」

「いいな、その響き。先生、か」

「先生、俺、ほんとうにすぐいっちゃったけど――」

「うれしいものよ。ああ、この子はわたしに夢中になっているのねって、しみじみとうれしい。でもね」

「はい」

「次も早かったら、やっぱり嫌われるよ」

「そうだろうけど、そういうふうに言われると、けっこうプレッシャーになって、緊張から逆に早くなってしまいそうな気がする」

「男のひとの心理は、そうみたいね。やばいって思うと、逆に抑えがきかなくなる」

「そうなんです、先生」

「対処の仕方は、ちゃんと先生が教えてあげます」

「ちょっと待ってください。先生。俺、先生のなかから追いだされちゃった」

「しかたありませんね。柔らかくなってしまったんだから」

明日香さんは微笑すると、気怠そうに上体をおこした。バスルームで軀を流してくると囁いた。

イクオはまだ呼吸が荒い。黙っていたが、これほどきつい快感を覚えたのは初めてだったのだ。

やはり明日香さんの構造は尋常ではない。闇雲に締めつけるわけでなく、やさしく絡みつく構造であるといえばいいだろうか。

それは筋肉の管による収縮、蠕動といった単純なものではない。明日香さんはその性器に自由自在に操れる掌と指を隠しているのではないか。明日香さんで長時間耐えられるならば、もう怖いものはないだろう。そんな実感があった。

呼吸を整えて明日香さんを追った。バスルームのドアをひらいた。明日香さんはイクオの放った白濁が内腿を伝い落ちるのを放心した表情で見つめていた。イクオと視線があうと、気怠げに微笑んだ。

イクオは前にまわり、労りをこめて明日香さんの傷口を洗ってやった。奉仕することになんら躊躇いがなかった。松代姉さんの気持ちが少しわかった。明日香さんは巫女《みこ》なのだ。イクオは明日香さんに、いや明日香さんの性器に宗教的な感情を抱いていた。

＊

こんどは寝室にワインをもちこんだ。口移しをしているうちに、ほんのり酔いがまわってきた。

シーツには赤ワインの染みが幾つもできていた。ワインを口に含んだままお互いの過敏な部分に舌を這わせたからだ。

スピーカーからはあいかわらずバルトークの旋律のはっきりしない弦楽曲がリピートで流れているが、まったく気にならなくなっていた。

「第二時間目は、前戯。そして夜通しの恋」

「夜通しの恋」

「そう。朝まで、ひとつで過ごす」

「いくらなんでも、それは自信ないですよ、先生」

「だいじょうぶ。技術的な問題にすぎないのよ。先生が秘密をぜんぶ教えてあげる」

ほんのり頬を染めた明日香さんの潤んだ瞳には、まっすぐ見つめるのを躊躇うほどに、あやうい雰囲気がある。イクオはこれ以上酔わないようにしようと考えた。

広いダブルベッドの上で、もつれあうようにして授業がはじまった。明日香さんの教える技法は、桂がイクオにしてくれと訴えたことをおおむね敷衍《ふえん》していた。

「女は、千差万別だけれど、じつは、おなじ」

そんな矛盾したことを明日香さんは平気で口ばしるが、イクオはそれを素直に受けいれた。基本は皆一緒だから、相手の個性を早く把握して、その欲するところに応じたバリエーションを加えなさいということだ。

そして、イクオが叩きこまれたのは、自分をころして行なう徹底的な奉仕だった。ただし、卑屈な態度は厳しく叱られた。女に甘えるときも含めて、常に男らしくあれ、というのが明日香さんの教えだ。

「正確には、男らしくあれというよりも、男の子であれということかな。わたしは男の子の抜けていない大人の男が好き」

「むずかしい注文だ」

「そうね。相手の本質的な趣味を見抜くこと。これが大切。相手にしている彼女が、どんなコンプレックスをもっているか。ヒモの仕事は精神科医にも通じる」

「なんだか、自信をなくしそうだ」

「オールマイティはいらないの。得意な分野をつくったほうがいいわ。趣味でない女を相手にして苦痛を覚えることはない」

「だったら、則江なんか冗談じゃないや」

「そうでしょうね。でも、則江だけはちゃんとモノにしなくてはだめ。女は蛞蝓であると認識するのに抜群の教材よ」

「則江をモノにしたら、卒業できるの？」

「甘い。入学試験に受かったってことよ」

「——さらにすごいモノをあてがわれるのかな」

「そう。精神的に歪んだ女」

「則江は充分に歪んでます」

「あれは歪んでいるというよりも、無知なのよ。性的にはごく常識的なはず。切実であっても、のどかな欲望だったはず」

なるほど、とイクオは思った。たしかに則江の性的欲望は一直線だ。少なくとも変態的なところは感じられない。

「なにを考えているの」

明日香さんが尋ねてきた。イクオは明日香さんに奉仕を続けながら、答えた。

「なんて言えばいいのかな。たとえば無人島に則江とふたりだけで流れ着いたとするでしょう」

「人目につかないところ、という意味ね」

「そうです。俺と則江、ふたりだけで隔離されているとします。あるいは世間から完全に忘れ去られてしまっていると考えてもいい。そんな情況ならば、俺は則江の外見をあまり気にしないと思うんですよ。実際、則江の部屋で童貞を棄てたとき、完全にふたりだけの世界に入りこんでいたんだけど、こんなことを考えたんです。ここに第三者がいなければ、つまり則江の醜さを冷徹に判断しうるアカの他人がいなければ、案外とふたりは愉しくやっていけるのではないか、と」

「なるほど」

「なによりも、そのとき、愛情とまではいいませんけど、則江の切実さにある感動を覚えたような気がするんです」

「ふーん」

「明日香さんがいったように、則江はたしかに性的にノーマルでした。性格は歪んでいたけれど、性的にはあたりまえすぎるくらいに健康だった気がするんです」

明日香さんが横をむいていた。イクオはそっと覗きこみ、気づいた。

嫉妬している。明日香さんは則江に対して嫉妬している。

明日香さんと則江。よほど歪んだ性向の持ち主でないかぎり、男ならば明日香さんを選ぶだろう。そんなことはわかりきったことではないか。

それなのに、明日香さんは気分を害しているのだ。自分が主人公でなくなっていると感じたのか、拗ねている。

イクオはなにも気づいていないふりをしながら、考えた。この強烈な嫉妬こそが女の本質なのではないか。

嫉妬とは、やはり醜いものである。鬱陶しくもある。苦笑いと溜息が似あいそうな情況であったが、イクオは表情を変えなかった。

女は嫉妬する生き物である。

それも、ごく他愛のないことに嫉妬して拗ねる。

このことは女を操るうえで大きな要点になる。意識的に嫉妬をあおれば武器になるし、そういった嫉妬に気づかなければ致命的な結果が待っているだろう。

いや、このことは女だけのことではない。おそらく、人は嫉妬する生き物なのだ。たまたま男女関係においてそれがわかりやすいかたちで出現するだけで、すべての人間は嫉妬する。

つまり、自意識を持っている。自負心がある。自尊心がある。我を持っている。他人から蔑ろにされると、破裂する。

人は誰でも自分が世界の主人公であると思っている。それを強烈に意識している人もいれば、意識の底に圧し隠している人もいるし、自分はそういった醜い感情から超越していると信じこんでいる自意識の塊もいる。

すべての争いは……いや、すべての悪とされるものは、この自意識が原因ではないか。そういえば、オフクロが信じていた新興宗教でも我を棄てよ、といった意味のことを教えていたではないか。

もっともあの新興宗教は信者に我を棄てさせると同時に、その財産をも棄てさせて、教団に寄進させていたが。

イクオは明日香さんの核心を愛撫しながら囁いた。

「拗ねているの」

明日香さんが醒めた顔をした。投げ遣りにイクオを一瞥した。イクオは明日香さんに加えている愛撫に力をこめた。

「へたくそ。痛いじゃない」

「うるせえ」

そのごく小さな明日香さんの宝石を、イクオは巧みにつまんで力を加えた。明日香さんの顔が苦痛に歪んだ。

「痛い？」

「痛い……けれど」

「痛いけれど？」

「切なくなった？」

「ひどいことをするのね」

「ぢんぢんするでしょう」

「そう。痛みの余韻がぢーんと胸に刺さる」

「いままで、俺は明日香さんに対して遠慮していたというか、気後れした気分でいたんです。でも、やっと、やっと」

「やっと、どうしたの？」

「やっと、男と女の気分になれた。明日香さんが可愛いと感じられた」

「イクオ」

「なに？」

「心の底から、欲しい」

「朝までは、無理だよ」

「可能にしてあげる」

「どうやって？」

「こんどは、避妊しましょうね」

「さっきは直接だったじゃないか」

「こんどは避妊するの」

明日香さんが軀をおこした。イクオに背をむけて避妊具のパッケージを裂いた。それからイクオに向き直り、イクオの性器を愛撫した。

「素敵な硬さ」

囁いて、先端に軽く接吻した。それからイクオの包皮を無理やりもどして、子供の状態にした。

6

イクオは狼狽した。屈辱も覚えた。わりと最近、ようやく大人の形状になったのだ。それを無理やり子供の状態にもどされた。

明日香さんは包皮を押さえてもどらないようにしている。なんとも悪戯っぽい表情だ。

「なにをするんですか」

抑えた声でイクオが問うと、明日香さんは避妊具のゴムを子供状のイクオに巧みにかぶせた。

「これで、して」

「なぜ?」

「これでいかなくなるはず」

イクオは絶句した。ようやく明日香さんの意図を理解した。つまり包皮をもどして敏感な部分を覆い、さらに避妊具のゴムでその状態を固定してしまう。

なるほど。もっとも敏感な性感帯を二重に覆ってしまえば、長持ちするだろう。いつもは胎内の襞面に直接こすりつけられていた部分を二重にガードしてしまったわけだから。

「あとは、精神力よ。朝まで硬さを保てるかしら」

明日香さんはあいかわらず悪戯っぽい表情だ。イクオはいささか情けない気分でピンクのゴムをかぶせられた触角を見つめた。これが俺の商売道具になるのか。しかし、かなり心許なく頼りない風情である。

「いつもこんなごまかしをする必要はないのよ。ただ、相手が増長したり、浮気をしそうなときは、こうしてとことん責めて懲らしめてあげなさい」

懲らしめるというものでもないだろう。イクオは苦笑して触角をつついた。

「まあ、いま言ったことは冗談だけれど、こうして相手の膣から出血するくらい時間をかけて責めてイクオの存在を心に焼きつけてしまうこともときには必要なのよ」

「なるほど」

イクオには、明日香さんが女衒《ぜげん》の女親分のように感じられた。いや、まさに女衒ではないか。自分の直感は正しいと思う。だから思いきって尋ねてみた。

「なにを考えているんですか」

「なんのこと？」

「あれこれ理屈をつけて則江のヒモになることを正当化してくださいましたけれど、なにかおかしい」

「くださいましたけれど、ときたか」

明日香さんはイクオをからかいながら、密着してきた。その指先がイクオの行き先を定め、導いた。イクオは明日香さんの内部に滑りこんでいた。

「どう？　これならあまり切迫した感じはないでしょう」

「——ほとんど不感症状態ですよ」

明日香さんが巧みに位置を変えてイクオの上になった。拳を噛むようにしてクックッと含み笑いを洩らした。

「わたしが充分に満足したら、避妊具をはずしてあげる。直接させてあげる」

言いながら、明日香さんがイクオの上で微妙なダンスを踊りはじめる。イクオは陰毛と陰毛がこすれる生々しい音を聴きながら、溜息を呑みこんだ。

「ねえ、明日香さん。こうして俺に個人授業を施していることには、なにか意味があるはずだ。則江の無知からくる薄汚さをどうこうするなんていう説明では納得できません」

「いいな、イクオは。すごくいい」

「話をはぐらかさないでください」

「ちがうの。ほんとうに、いいと思っているの。わたしは、頭のいい子が好き。イクオはほんとうに頭がいい」

「褒められた気がしないですよ」

「本気よ。松代姉さんを棄てて、イクオと組みたいくらい」

ドキッとした。松代姉さんを棄てる。衝撃的なひとことだ。イクオは感情が表にでないように気を配って訊いた。

「ほんとうに明日香さんが松代姉さんを支配しているんですか」

「そう。松代姉さんはわたしの指示に従ってあれこれ実務面を取り仕切るだけ。もちろんわたしのパートナーだから、かなりの部分は松代姉さんの自由裁量にまかせているけれど、新規事業の開拓といった重要なことは、すべてわたしが独りで裁量し、決定する。そういうこと」

「新規事業」

「そう。イクオはその責任者になるのよ」

戸惑いが大きい。勝手にあれこれ決めないでくれ、とも思う。

それにしても強制的包茎の威力は絶大だ。イクオの上で明日香さんがあれこれ技巧を尽くして踊っているにもかかわらず、イクオのほうにはほとんど具体的な快感が伝わらないのだから。

「ねえ、明日香さん。俺はなんの責任者になるんですか」

「女衒ならぬ、男衒とでも言えばいいかしら」

「男衒?」

声をあげながら、イクオは驚いていた。先ほどイクオは、明日香さんのことを女衒のようだと思ったのだが、符合するかのように明日香さんの口から女衒、そして男衒という言葉がとびだした。

「機は熟したと思うのよ。いいこと。いままでは男が女を買っていた。逆はせいぜいホストクラブみたいなものがあるくらいで、女の性欲を真っ向から受けとめるシステムは存在しなかった」

「女の性欲」

「そうよ。女の性欲。ここしばらくで、イクオも充分に認識したでしょう。女の性欲を」

「ええ。まあ、なんというか、けっこう強烈です」

「昔、札幌は薄野《すすきの》で女性専用トルコ、女性専用ソープが開店したことがあったの。でも、長続きしなかったみたい」

「そんなことがあったんですか」

「うん。若い男の子を揃えて、華々しく開店したんだけれど、ほら、女とちがっていくら若い男の子でも一日にこなせる回数って限られているでしょう。まして、客商売だもの。客である女の容貌やスタイルを男の子が選べるわけでもない。結局は、男の子たちはある程度時間がたつとほとんど不能状態に陥っちゃうのよね」

「それは、わかります。正直、則江のような欲求不満が毎日幾人も押しかけてきたら、地獄の責め苦ですよ」

明日香さんはそれに答えず、小さく痙攣した。イクオの上に突っ伏した。しばらくじっとして呼吸を整え、苦笑いのような笑顔をうかべながら額に汗ではりついた髪の毛をかきあげた。イクオは問いかけた。

「いったんだ」

「うん。唐突。けっこうきつかった」

「あまり動いてなかったじゃない」

「そうなの。密着よ。密着していて、盛りあがってきて、イクオがなかでぴくぴくってさせたから……」

「俺にはそんなことをした覚えがないけど」

「偶然かもしれないけれど、波長がぴったりあってしまったのね」

「明日香さん、可愛い」

「――生意気ね」

「年下のくせにって言いたいんだろう」

「恐ろしい子供よ、イクオは」

「やめてよ。俺は気が短いくせに小心な田舎者だ」

「自分が田舎者であるって気づいたときから、その人は田舎者じゃないのよ」

「そんなもんかなあ」

「田舎だろうが都会だろうがどうでもいいことだけれど。ああ、そうだ。もうひとつ教えておきたいことがある」

「なに」

「女は誰もが素晴らしい構造をしているわけではないでしょう」

「うーん。あれこれ比較できるほど女の人を知らないから」

「わたしはどう」

「別格。たしかに、特別な女性だと思う」

「ありがとう。ところで、世の中にはこれがおなじ女なのかって悩んでしまいたくなるような女がいるのよ」

「どんな女」

「ゆるい女」

「そう。指が二本どころか、拳骨《げんこつ》だって迎えいれてしまうくらいの構造をした女」

「見分けかたってあるの」

「ない。耳の様子を見ればいいとかいうけれど、どうかしら。きれいな顔をした女に、案外そういったルーズな構造の持ち主が多いとかいうのも俗説かな」

「ブスのプロパガンダ」

「ふふふ。なんていうのかな。運動量がたりないお淑《しと》やかな女は疑ってかかったほうがいいかもしれないけれど、これればかりは先天的なものが大きいから、実際にあたってみないと判断はつかないわね」

「試してみないとわからない」

「そう。たとえば踊りなんかで鍛えた女がいるとするでしょう。そんなひとはたしかにいいと思うの。ただし、そういったことで鍛えられるのは入口だけ」

「入口だけ」

「そうなの。内部構造は、やっぱり生まれつきのものなのよ。入口だけはきつく締めあげてきても、なかはゆるゆるっていう場合が多いわけ」

「なんだかシビアだな」

「でも、愛しあうときは、入口ばかり使うわけではないでしょう。奥の奥まで進みたい。そして、奥の構造が男のひとにとって素晴らしい女というのは、やっぱり生まれつきね」

「ふーん」

「はっきり言って、心の底から感動できる女に出会える確率は、かなり少ないの。ほとんどは物足りない。物足りないくらいならまだいいけれど、どうにも引っかかりのない女もいる。そんな女にあたったときに、いつまでも終わることのできないのは、かなりの苦痛でしょう」

「明日香さんはまるで男みたいなことを言っている」

「ふふふ。たしかに変ね。でも、これは役に立つから覚えておきなさい。いいこと。わたしの上にきて」

イクオは素直に軀を入れ替えた。明日香さんを押さえつけるかたちになった。

「ちょっと恥ずかしいんだけれど、わたしのお臀に手をのばして」

明日香さんはイクオの指先を自分の尾骶骨《びていこつ》と肛門のあいだあたりに誘導した。指先に力を加えるように命じる。

「動いてごらんなさい」

「こう?」

「そう。どう?」

「ああ、すごい」

「すごく締まっているでしょう」

「うん。ゴリゴリして、痛いくらいだ」

「ゆるい女の人を相手にしたら、とことん愉しませてあげてから、ここを押さえて、自分も発散できるようになさい」

「なるほど」

「女のほうも、よろこぶはずよ。ゆるすぎて男のかたちを感じられない可哀想な境遇にあるわけだから、狂喜するかもね」

「ねえ、明日香さん」

「なに」

「ナニナニするかもね、っていうの、死語だと思うな」

「わあ……」

「どうしたの？」

「すごく恥ずかしい」

「ほんとうに赤くなってる」

「ばか」

「ごめん」

イクオは咳払いした。

「ねえ、明日香さん。話を本筋にもどしてよ。男性ソープはだめだったってことはわかったから」

「そうね。あのことをもう少し補足すれば、女は男とちがってそういう店に気安く入れるわけがないじゃない。そこからもう躓《つまず》いているのよね」

「なるほど。なにも女の人だけじゃなくて、俺だって、なんていうのかな、自意識過剰で風俗の店に入る勇気はないもんな」

「だから、わたしは男の子の宅配を考えている」

イクオは失笑した。

「出張ホストみたいなものでしょう」

「ちがう。愛人斡旋《あっせん》業かな」

「とにかくそれは、そんなにめずらしいことではないと思う」

「そうね。でも、わたしの考えているのは、底の浅いホストではないのよ。わたしのところに所属する男の子はなによりも普通であって、水っぽかったりヤクザっぽかったりしない。なにより も、馬鹿ではない」

イクオは明日香さんの上で横着に動きながら、考えた。やはり、いまいち理解できない。

「うーん、なんていえばいいのかな。断じてホストではない。愛人斡旋業という表現もよくないわ。しいて言えば、ヒモ斡旋業かな」

「ヒモ斡旋業」

「そう。売り物はセックスではなくて、あくまでも愛」

「ヒモの売り物は、愛なんですか」

「そうよ。覚醒剤でも使わなければ、セックスなんかで女を縛ることはできないわよ。ヒモとして大成する男は、愛情をかたちにして見せることがじょうずな男なのよ」

イクオは深く頷いていた。女は暴力とセックスで支配する。具体的には殴りつけ、肛門にシャブのかけらを突っこんで犯す、といった牧園の言い草の身も蓋もない殺伐さとは対極にある。

「愛情をかたちにして見せることがじょうずな男ですか」

「そう。そして、そんな素敵なヒモを買う女は、そこいらの貧しい女ではなくて、社会に出ていて活躍している高学歴、高収入の女」

「つまり、則江のような」

「そう。彼女の年収は一千万近いんじゃないかな」

「そんなに稼いでいるの？」

「ええ。婚期を逃して仕事が生き甲斐。残業もバリバリ、貯金もバリバリ」

「それで、具体的にどうするの」

「丸一日、二十四時間貸し切り料金が二十万くらいかなあ」

「そんな金、払えますか」

「払えるわよ。週末のお楽しみ。手頃よ」

イクオは動きをとめ、考えこんだ。いかに女が男と同様にふるまいはじめているとはいえ、商売としては成り立たないのではないか。

「イクオ」

「なんですか」

「柔らかくなっているわよ」

「あっ、すみません」

注意深く動きを再開する。徐々に硬度がもどってくる。明日香さんの息が切なくなる。

「ねえ、イクオ。男も孤独だけれど、女も切ないのよ」

「はあ」

「もちろん商品である男の子は、顧客のニーズに細かく応えられるように、料金設定なんかもかなり細分化するつもり。でも、なによりも大切なことは、男の子はお金をだす女と対等にふるまう。決して卑屈に笑わない。お世辞も言わない。本音で付きあう」

「俺が悩むのは、いろいろ頑張っても、いまひとつ商売としてうまみがないんじゃないかなあってことです。もうひとつ納得できないですよ」

「わかっていないわね。いいこと、イクオ。あなたは売春するんじゃない。決して性を売り物にするわけではない」

「でも、こうして鍛えられている」

「こんなことは、男としての身だしなみよ。成人した男が最低限身につけていなければならないこと」

「でも」

「もう、喋らないで。わたしに集中して」

明日香さんがイクオの腰に複雑に足を絡ませてきた。下から積極的に突きあげてくる。イクオは明日香さんに施してもらった処置のおかげで、明日香さんの狂態を冷静に受けとめることができた。淡々と対処した。

＊

朝までこのまま、というのは大げさだったようだ。イクオも疲労したが、四時間もたつと明日香さんにも限界がきた。

明日香さんは自ら躯をずらしてはずし、焦った手つきでイクオを覆っている防護壁をとりはずした。そして震える息を吐きながらイクオの裸の触角をその胎内におさめた。

イクオの触角は長時間の酷使に、ほとんど自らの意志と無関係に硬直し続けたせいで完全に感覚を失っていた。

それは無理やり苦しい体勢をとらされて、そのまま固定されてしまい、ガチガチに凝ってしまっているのに似ていた。イクオは一瞬不安を覚えた。

この硬直をほぐす手段があるのだろうか。

しかし、ひとつになってじっとしていると、明日香さんの潤いがイクオの硬直をほぐしていくのが伝わってきた。明日香さんがイクオに沁みていくのだ。

「明日香さん。俺は二度とこんなことをしたくない。愉しくないよ」

「イクオには征服欲がないの」

「わからない。でも、自分を不感症にして相手を乱れさせても、つまらない」

「いまは」

「ようやく痼りのようなものがとれてきた感じ。もう、長くないよ」

「きて。遠慮しないで、きて」

そう囁くと、明日香さんは徐々に人であることを放棄した。

イクオは、乱れて狂う明日香さんを見おろした。女の凄みに息を呑んだ。

やがて、イクオも人であることを放棄した。激突し、絡みあい、捩《よじ》れ、捻《ねじ》れて、押さえつけ、逃げ腰になり、襲い、圧迫し、締めつけ、放ち、解放し、解放された。

イクオは雄叫びをあげていた。明日香さんは硬直して、動かない。

まっていたのは、圧倒的な眠りだった。イクオは明日香さんとひとつになったまま、死を思わせる眠りに墜ちていった。それはまさに墜落を思わせる眠りだった。

イクオにのしかかられている明日香さんも死体だった。微動だにしない、ベッドサイドの小さな置き時計だけがチッチッチッ……とせわしなく時を刻んでいた。

7

早朝だ。カーテンから斜めに朝日が射しこんでいる。イクオは人の気配を感じた。寝返りをうつぶりをして確かめた。ベッドのかたわらに松代姉さんが立っていた。息をころして、眠っているふりをした。

松代姉さんが小さく咳払いをした。明日香さんが軽くのびをした。

「合格よ」

「そうか。よかった」

「あなたの眼に狂いはないわ。それどころか、わたしはこの子に、わたしの考えている商売が商売として成り立つのかって疑問を呈されてしまった」

「柔よく剛を制すで、女の柔らかさはしたたかだが、男の硬直は脆いからね」

「あなたも難しいと思う？」

「べつに大きく儲けなくてもいいだろう。先達《せんだつ》の名誉だけでも」

「そうね。問題はイクオみたいな男の子がそうざらにはいないってことよ」

「明日香の望みが高すぎるんだ」

「貧乏臭い出張ホストみたいなのだったら、やらないほうがましよ」

明日香さんがベッドから起きあがった。明日香さんと松代姉さんが絡みあう気配を感じて、イクオは身を固くした。生唾を飲んだ。その音が異様に大きく感じられて、背に冷や汗が浮かんだ。

揺れる音がする。イクオは寝たふりを続けたまま、そっと薄眼をひらいた。

最初に見えたのは松代姉さんの背中だった。松代姉さんは朝日の射しこむ窓をむいて、あぐらをかいて座っている。

その上に明日香さんが座っていた。松代姉さんと抱きあうかたちで座っている。明日香さんは貫かれていた。松代姉さんの肩越しに明日香さんの顔がある。

明日香さんがイクオに向けてさりげなく微笑んだ。イクオは完全に眼をひらいた。明日香さんが軽くウインクをした。その眉間には一見苦しげな縦皺が刻まれていたが、なんとも悪戯っぽい表情だった。イクオは胸苦しくなった。それほどに明日香さんが愛おしい。

イクオは凝視した。逆光の明日香さんの発散する性的な色香は尋常ではなかった。あれほどまでに絞り尽くされたにもかかわらず、ふたたび強烈な昂ぶりを覚えた。イクオは迫りあがってきた自慰の衝動にかろうじて耐え、眠ったふりを続けた。

第八章　狂おしい初夏

1

　徹底的に則江を焦らせと松代姉さんに命じられた。それは松代姉さんの命令というよりも、明日香さんの命令であることをイクオは知っている。

　できうることならば、永遠に焦らして近づきたくないというのがイクオの本音だ。だが、時期がくればイクオは職業意識で則江を抱き、それなりの金銭を要求するだろう。

　なぜと問われると困るのだが、いまのイクオには、則江を自由に操る自信があった。金銭と引き替えに、愛の切り売りができる自信があった。

　ともあれ則江を焦らすためには松代姉さんの店には近づけない。それに、いまや桂が松代姉さんの店のカウンターのなかで軽快に立ち働いて、イクオの立ち入る隙もない。

イクオは松代姉さんのマンションに居候して、ときに明日香さんのお相手をし、桂をよびだして明日香さん仕込みの技法を実際に試してみたりした。

桂はイクオの技巧に夢中だ。泣き声で快感を訴える。その訴えにはかなり直接的な言葉がまざっている。お嬢様育ちの桂にはあるまじき言葉がちりばめられていた。

どうやら桂は卑猥な言葉を愉しんでいるのだ。言葉だけでなく、その行為も積極的で、イクオの求めがどんなに過酷でも進んで受けいれた。

その日もイクオは桂をよびだして、歌舞伎町二丁目のラブホテルで明日香さんにもらった鈴を試していた。

その鈴は純金の小さなもので、桂の内部に挿入する。そしてさらにイクオが侵入してふたりで揺れはじめると、桂のお腹のなかからコロコロ……と秘めやかで涼しげな鈴の音がするという趣向だ。

思いきり突くと、鈴が子宮を傷つけるおそれがあるので、その行為は必然的にやさしく柔らかなものとなる。古来より伝わる風雅な技法であるとのことだ。

鍛練の甲斐あって、イクオはいまや数時間ならば充分に耐えられるようになっていた。桂は柔らかく溶ける数時間を堪能して、完全に虚脱していた。

イクオはそっとさぐって彼女の内部から鈴をとりだした。桂はうっすらと眼をひらき、囁いた。

「痺れてる」

「たまには、いいな。こういうのも」

「うん。新しい境地。ハードばかりがセックスじゃないわ」

「俺はけっこう気を遣うけれどね」

「もっときつく突いてもだいじょうぶよ」

「またこんど、な」

イクオは桂の軀の後始末をしてやった。桂はしばらく気怠そうにしていたが、腕時計を覗きこんで、あわてて身支度した。松代姉さんの店に行かなければならない時間だ。

「則江はどうしてる」

「三日に一回ね。そのくらいの割合でくる。必ず悪酔いして、ちょっと騒ぐ。どうせ経費だからって、松代姉さんは迷惑代も含めてかなり多めに請求書を書いているみたいよ」

言いながら桂は札を幾枚かイクオに握らせた。セックスをしたあと、こうして数万の金をもらうのは暗黙の了解になっていた。

おそらくは松代姉さんが命じたのだろう。物わかりのよさという点で、桂は則江の比ではない。自分がだせる範囲で精一杯の金額をイクオに与える。

途中まで桂を送ることにした。新宿区役所の前で彼女と別れた。夕刻だ。なんとも気怠い。気の早い少年たちの集団は、もう半袖のTシャツ一枚だ。

桂から金をもらうのは、どことなく気がひける。だからといって頑《かたくな》にそれを断わる気もないが。

イクオは桂に微妙な愛情を感じているのだ。桂の肉体には明日香さんの凄みはないが、かわりにある種の健気《けなげ》さがあった。そして与えられる快感に戸惑いを覚えて、精一杯対応しようと息んでいるふうでもある。

だから生々しく卑猥な言葉を譫言《うわごと》のように繰りかえしたりするのだ。のめりこんでいる自分を貶めて、それで与えられる快感との均衡を保っているような危うさと繊細さが桂にはみられた。

与えられる快感を素直に受けいれることができるようになれば、あの卑猥な言葉もおさまるだろう。桂は、桂にもどる。あるがままの桂を空想すると、イクオの内部でふたたび疼くものがあった。

ポケットのなかの鈴をとりだす。さりげなく鼻先に近づける。

桂の香りがする。幽かだが、桂の愛の徴《しるし》の残り香がした。

きつく勃起した。イクオは自分の性的な力をもてあました。なによりも、歩きづらい。イクオはさりげなく手をそえて、捩れている触角を正常な位置にもどした。

いまごろ桂は松代姉さんの店で開店準備の仕込みをしているだろう。大学には行っているのだろうか。おそらくは出席日数が足りないだろう。そんなとりとめのないことを考えながら、イクオはずっと手のなかで鈴を弄んでいた。

いまやイクオは歌舞伎町に完全に溶けこんでいた。松代姉さんの知りあいということが知れわたって、まわりの人間からもそれなりに扱われていた。いまも地廻りが馴れなれしく片手をあげた。

せまい歌舞伎町である。牧園と出会うこともあるが、イクオの落ち着きぶりに牧園は苦笑して、冗談をいう程度だ。よき先輩を演じてくれている。だから以前感じていたような孤独感はない。

だが、桂との濃密な時間を過ごしたあとのこの気怠さに含まれる孤独感には、胸のあたりをかきむしりたいような苛立ちが残されていた。

イクオは歌舞伎町公園の路地をだらだらと行く。鶴亀《つるかめ》食堂で腹を満たしてから、近くのポルノショップにはいる。

この店は松代姉さんと散歩しているときに連れてきてもらったので、店長とは顔馴染みだ。店長はポルノショップと言われることを嫌い、うちはアダルトショップだと言う。

「よっ、イクオちゃん元気？」

「うん。ちょっとナーバスかな」

店長は手の甲で顎の無精ひげをこすった。ザラザラと乾いた音がする。イクオの顔を覗きこむようにして言った。

「ナーバスっていうより、退屈してんでしょ」

イクオは頷いた。そうだ。退屈しているのだ。この気分は、この気怠さは、退屈からきているのだ。

店長が椅子を用意してくれた。折り畳みのパイプ椅子だ。座るとけっこう汗ばんでいたらしく、椅子の背もたれのビニールがねっとりとねばった。

「ねえ、店長」

「なに」

「この商売、長いの」

「うん。もう二十幾年になるかな」

「二十年以上もやってるんだ?」

「そう。東《ひがし》通りにレックスがあったころからだよ」

「レックス?」

「深夜営業のはしりのスーパー。もちろん当時ほかにも三平《さんぺい》ストアーとかがあったけどさ、レックスはアメリカの深夜営業スーパーを真似てできたから、けっこうキラキラしてて、惹きつけられるものがあったな。よく万引きしたよ」

「万引き」

店長はヒヒヒヒ、と笑い声をあげた。

「レックスの肉は抜群でさ。サーロインステーキ。癖になったなあ」

「ステーキ用の肉?」

「うん。ほとんど毎晩ステーキを食っていた時期があったから、いまでもステーキを焼かせれば抜群の腕だよ」

店長は遠い眼差しをした。その頬に柔らかな笑みがうかんでいる。

「昔はよかった?」

「うん。老人臭いって言われるかもしれないけど、昔はよかったな。レックスの店員なんて、みんな長髪でね、腰まで毛のあるやつがいた。ロンドンブーツなんか履いてレジ、打ってんの」

　客が入ってきた。サラリーマン風だ。店長は客を無視する。それがサービスであることは、イクオにも理解できた。店長は客の羞恥心を刺激しない抜群のキャラクターを持っているのだ。

「はじめは、アルバイトだったのよ。大学時代、友達のピンチヒッターでこの商売にはいったの。東大でて、この商売をやるとは思わなかったけれどねえ」

「東大をでたの？」

「そう。東京経済大学」

「それって東経大《とうけいだい》って言うんじゃないかな」

「いいの。細かいことにこだわらないの」

「ダメ。徹底的に糾弾しちゃう」

「そうですか。じつは東大中退なんですよ」

「東経大、中退」

「ヒヒヒヒヒ……」

　店長とイクオが声をころして不気味な笑い声をあげていると、客が近づいてきた。手にしたパッケージを差しだして客が訊いた。

「これ、自分のとおなじモノがつくれるの」

　店長が客にむかって深く頷いた。

「珍太《ちんた》くん。最近の売れ筋ですよ。シリコン樹脂に、硬化剤。それに型どり材がセットになってますから、お客さんの太魔羅の複製がそのままバイブレーターになっちゃうんですよね」

「いや、俺のって大したことないけどね」

「またまた、ご謙遜。一万三千円でお客さんのグレート大魔羅とそっくりおなじバイブレーターのできあがり。究極のドゥ・イット・ユア・セルフってやつですか」

「うまくいくの？」

「正直に言いましょうか」

「うん」

「失敗する可能性もある。型どりするとき、冷たいのよ。で、せっかく勃起したのが縮んじゃう人がいるんだ。そうすると、型どり材が無駄になっちゃうから。あと、なかには不器用な人もいるから」

「……俺ってあんまし器用じゃないのよ」

「でもさ、お客さん。人間は幾多の失敗を乗りこえて大きくなっていくわけよ。チンチンも一緒」

「なんか、強引」

客は顔を顰めながらも、愉しそうにククク と笑った。

「お客さんはいい人みたいだから、だませないね。正直に言いましょ。あえて断言しちゃうけどさ、幾度か失敗するんですよ」

「それじゃ、意味ないじゃない」

「でも、型どり材とかは、東急《とうきゅう》ハンズとかで売ってるから」

「だったら、はじめから東急ハンズで材料を揃えたほうがいいじゃない」

「それはそうだけど、バイブレーター本体は、さすがの東急ハンズでも売ってませんよ」

「あ、そうか」

「この商品は、シャレだから。でも、型どりがうまく成功したあかつきには、感動するよ。ちょっと見せましょうか」

店長はレジの下の引き出しを開いて、反りかえった物体をとりだした。そのものズバリだった。

「げっ」

客が驚いた。イクオも口を半開きだ。

「どう？　これは僕のなんだけど」

店長はカウンターに珍太くんでつくった分身のコピーをおいた。正視を躊躇うほどの生々しさだった。

「でけえ！　でかいよ、店長。俺、悲しくなっちゃう」

身悶えしそうな風情で客が言った。店長は肩をすくめた。なにをおっしゃる、と呟いて、手回しよく三十センチの定規をとりだした。

「ほら、十二センチ少々。ごく標準的な大きさなのよ。ただ、珍太くんでこうしてコピーすると、第三者の目で冷静に見ることができるから、本来の立派さに気づくわけ」

「そういうもんなの？」

「そういうもの」

客が財布をとりだした。店長は、うまくいかないことがあったら、アドバイスするから遠慮しないで来店してねと客を送りだした。

「なんか、愉しい商売だな」

「そう思う？」

「うん」

そこへ新しい客がはいってきた。客は痩せた中年男だ。ややくずれた感じがする。商品には目をくれず、まっすぐ店長のところにやってきた。

「ねえ、バイブがほしいんだけど、使って実際によがるやつ」

「よがるやつですか。評判いいのは、リモコンボーイ飛びっ子だね」

「なに、それ」

「無線なの。バイブ本体とコントローラーをつなぐコードがないから、違和感なしで使えるし、あれこれ複雑なこともできる」

「コントローラーがキーホルダーになってんだ？」

「そう。たとえば彼女に挿入して電車に乗せて、お客さんは離れたところからコントロールして、彼女が必死に耐えるところを見るなんて芸当もできちゃう」

「ほんとかよ、マジ？」

「ほんとも、マジも、コードがないってことは、お客さんの発想しだいってわけ」

「電車んなかで決めるってのは、そそられるなあ」

「本体は、これね」

「ちょっと面白味がないかたちだなあ」

「欧米と違って規制が多くてね。リアルなものは売りたくても売れないのよ。こっちのほうの規制緩和もよろしくって政府に言いたいね」

「幾ら？」

「一万二千円。お手頃でしょ」

「それ、くれ。他には、どんなバイブがある」

「ブラボーなんかいかが」

「げげっ、でかい」

「長さ三十センチ、直径七センチ。普通の子には挿入は無理だよ。ジョークってところかな」

「幾ら？」

「八千円」

「よし。ブラボー、くれ。あとはなにがある」

「シリコンプッシュ、一万二千円。標準的な製品ね。おさね用の小突起がバイブレートするの。バイブレーションと本体のグラインドの組みあわせは強弱までいれると、九通り。質実剛健、いちばんよがるのは、これかもね」

「よし。それも、くれ。よく見かけるやつだよな。他には？」

「最近は、お野菜、フルーツシリーズが人気あるよ」

「なんだ、そりゃあ」

「生々しいかたちって、バイブ初心者の女の子には抵抗があるのよ。そこで野菜や果物に似せたバイブってわけ」

「どれ。へえ、こんなに種類があるの」

「そう。いちばん小さいのがこれ。イチゴ。太いから挿入にはむかないけど、あてがうには、抵抗がないのよ」

「幾ら？」

「三千五百円」

「くれ」

「で、次に小さいのが、これ。モンキーバナナ」

「おっ、悪くないじゃん」

「長さ十センチ。はじめての女の子も、違和感なくお迎えできるのね。お値段は四千八百円」

「くれ。そっちのバナナは、でかいなあ」

「うん。バナナとナスは、中身の機械がほぼ同じだから、どっちかひとつにしたほうがいいね。チビのモンキーバナナのほうはバイブだけだけれど、こっちのバナナとナスはバイブにくねり機構も加わった本格派」

「幾ら？」

「六千円」

「バナナはモンキーがあるから、ナス、くれ」

「ありがとうございます。ところで、お客さん。お野菜シリーズは、キュウリでしめなくちゃ」

「まだ、あんのか？」

「あるんですよ。これ。バイブとくねりにくわえてパール機能つき。しかもコードがはずれるの」

「幾ら？」

「機能のわりにお買い得。六千五百円也《なり》」

「くれ。これでぜんぶか？」

「まだあるけど、今日はこれくらいにしておきなさいって」

「そうか。わかった。ぜんぶで幾らだ？」

「五万二千八百円。消費税がはいって五万四千三百八十四円」

「わかった。まからんか？」

「まからない」

「じゃあ、一、二の三、四ィ、五ォ、六と。六万円な」

男はカウンターの上に札を並べた。店長が顎をしゃくったので、イクオがかわりに受けとって、おつりを渡した。店長はバイブレーターの包装に専念した。

　客がでていった。イクオは呆れて頭をかいた。

「幾らだ？　くれ！　って、あんないっぱい、なんに使うのかなあ」

「さあねえ。順繰りに試すんじゃないの」

「よくわかんない趣味だなあ」

「退屈してんだよね、きっと」

「退屈か」

「そう。たまには、オマンコ、休めばいいのにねえ」

「休む」

「禁欲するとかさ」

「禁欲」

「そう。少しはお腹を空《す》かせなさいってことだな。そうすれば、また美味しくいただけるよ。ああやってあれこれ道具に凝ったりするのって、いわゆるグルメって人に似てるでしょ。グルメの法則ってね、あるんだ。チンチンが勃たなくなると美食にはしる」

　イクオが同意しようとしたとき、また新しい客がはいってきた。こんどは初老の男だった。身なりは立派だが、表情に覇気がない。店長から声をかけた。

「なにか？」

「うん……体調がいまいちでねえ」

「そうですか。ハイパー・メディックでもお使いになってみますか」

「なにかな、それは」

男はイクオが気になるようだ。それを察したイクオは、カウンター脇の椅子から立ちあがり、出口に近い場所に移動した。商品を揃えるふりをする。

断片的に、男が悩みを訴える声が聴こえる。どうやら、勃起力が弱いらしい。店長は吸引力で真空に近い状態にして陰茎を充血させる道具と、それを維持させるためのゴム製品をすすめているようだ。

こんどの初老の男には、切実さがあった。イクオ自身は今のところ不能に陥ることなど思いもよらないが、やがて人生の黄昏《たそがれ》が近づくと、そういったことで悩むようになるのかもしれない。ちらっと盗み見ると、男は瑞芬《ズイファン》という中国の塗り薬を手にとっていた。店長が険しい表情なのは、どうやらそれをあまりすすめたくないからだ。

「ねえ、お客さん。親身になってくれる薬屋を紹介してあげますよ。元《げん》気《き》堂《どう》って薬局があるの。区役所通り。そこへお行きなさいな。はっきりいってうちとは較べものにならないくらいお金がかかるけど、ちゃんとそれなりの結果をだせると思うから。うちは、あくまでも玩具屋なんだから」

店長が声を荒らげてまくしたてた。客は意外に頑固だ。とにかくこの店にある道具や薬を一式購入すると言ってきかない。

「だから、うちの薬っていうのは、認可されてる薬じゃなくて、単なる食品だったりするわけですよ。余裕があって遊びに使う人にはいいけれど、本気の人には意味がないから。ねえ、薬局に行きなさいよ」

「金は払うっていってるだろう」

「――わかりました。しかし、クレームは一切受けつけませんよ。返金もお断わりです」

「かまわん。包め」

店長は無表情にハイパー・メディックや、瑞芬、アマゾンでとれる媚薬を配合したというラブシュガー、女のほうに使うという御宮宝《ごきゅうほう》というチューブにはいったクリームを包んだ。

男は入ってきたときのしおたれた様子とはまったく逆に、過剰に肩をそびやかしてイクオを睨みつけるように一瞥して店からでていった。

「まいっちゃうよ。真剣な客には」

店長が顔を顰めて呟いた。吐きだすように続ける。

「シャレになんないよ」

「あくまでも、玩具屋」

「そういうこと。薬局か医者へ行くべき奴が、たまにまぎれこんでくんだよ。ひでえ勘違いだ」

店長は舌打ちして続ける。

「弱ってるオヤジが瑞芬なんか塗った日にゃ、痺れて腫れて、さらに使いものにならなくなっちゃうよ」

「痺れて腫れるの?」

「そう。痛いの。腫れちゃうの。そういう意味ではたしかにでっかくなるよ。でも、辻《つじ》の亀頭に一滴たらしたら、奴は股間を押さえてひぇーって泣きながらコマ劇まで走ってったもんね」

「辻って、前いた人？」

「そう。バイトしてた奴。いまは無事、出版社に就職して、小説ponていう本の編集をしているよ」

そうか。みんな、もう就職して少々落ち着いてくる時期だ。イクオは漠然とした寂しさを覚えた。

また、新しい客だ。こんどは若い。店内をうろうろして落ち着かない。服装や身なりがなんとなくイクオの親近感を呼んだ。

「あの、あれ。独りで楽しめるやつって……」

「オナニーマシンなら、このイクオちゃんが得意だから。毎晩お世話になってるらしいよ。使い心地を訊いてごらん」

イクオは焦った。このあいだ遊びにきたときに一応は自慰関係の商品を見せてもらってはいるのだが、実際に使ったことはない。戸惑っていると、店長が冗談だよ、とウインクした。

「まずは、高級品からいこうか、お客さん」

「高級品」

「買え、なんて迫らないから、いちど見ておきなさいよ。影華《えいか》ちゃん」

「影華ちゃん――」

「ちょっと失礼。どっこいしょっと」

店長が奥に引っこんだ。イクオはなんとなく照れて、客と顔を合わすことができない。やがて店長がマネキンのようなものを運んできた。いままでイクオが座っていた椅子に影華を座らせ、得意げに解説をはじめた。

「ほら、影華ちゃん。ボディは身長一メートル五十五センチ。バスト八十七、ウエストが六十二。この六十二センチっていうのがリアルでしょ。女ってみんな六十センチ台なのに五十八とか嘘をつくんだよね。影華は正真正銘の愛くるしさ漂う六十二センチ。そしてヒップが八十八。体重は、ちょっと軽い。九・五キロってところ」

客もイクオも、いささか呆気にとられて全裸の影華を見つめている。かなり、リアルだ。ラテックス製だという。いわゆるビニール風船のダッチワイフとはできが違う。

「顔。どう？　いい顔してるでしょう。笑顔の素敵なキュートな外人顔」

そうかなあ、とイクオは思ったが、もちろん黙っている。

「デスマスク方式でつくった顔なんだ。生体の美しさを完璧に再現。カツラは、自由に替えられる。オプションで金髪もあるでよ」

「下の毛もあるね」

「そうなのよ、お客さん。影華はアンダーヘアつき。しかも、ゾルを標準装備。ちょっと指、いれてごらん」

客は誘われるがままに、人形の下腹に手をのばした。

「あ——」

「どう？　ばっちりでしょう」

「うん。よくできてる」

「これ、オプションになってるから、使用したら早めに取り替えてあげてほしいわけ。あと、あそこの毛だけれどね、オプションでLサイズとSサイズがあるの。濃いめが好きな方にも、薄いのがお好きな方にも、ちゃんと対応」

「うーん。服も着せてあげたいな」

「もちろん、いろいろオプションで取り揃えてありますってば、お客さん。セーラー服、看護婦、OL、ネグリジェ、水着、セクシーランジェリー、網タイツまである」

「へえ……」

「そそられるでしょ？」

「うん」

「それでね、影華には足に秘密があるの。屈曲固定式になっていてね、こうして椅子に座らせてあげることもできれば、四つん這いのバックスタイルで責めることもできる」

「バック——」

「いま、生唾、飲んだね。いいのよ。照れなくて。説明してる僕だって、生唾よ。あのね、もうひとつ強調しておきたいのは、のっかっても大丈夫なの。お兄さんがのしかかっても耐えられるだけの強度がある」

「どれくらい、するの？」

「はい。オリエント工業特製、発売三年目にして千体以上を売る究極の特殊ボディ、影華。お値段は、二十四万八千円」

「高いよ」

「でも、それだけの価値はあるのよ。なにも、いますぐ買えって言っているんじゃないから。じっくり貯《た》めて、いずれということで」

「そうだね」

「じゃあ、ちょっとランクをおとそうか」

そう言って店長が影華を奥にしまってしまうと、男は未練がましさをその瞳に滲ませ、なんとも寂しそうな顔をした。こんな人形に惚れる男もいるのかよ、とイクオは少々呆れた。

「さてと、これなんか、どうかな。アメリカ製のパーフェクトテン。円高還元差益でお買い得の五万円」

それは大口をあけた金髪だった。股間にも穴が穿たれている。どちらも使用可能である。もっとも、イクオにしてみれば、これで勃起することはたぶん不可能だろうが。

とにかく毒々しいのだ。これに較べると、先ほどの影華はなるほどと思わせる完成度ではある。

男はイクオと同じことを思ったらしい。曖昧に苦笑しながら呟いた。

「ちょっとつらいよ。あれのあとでは」

「そうか。そうでしょう。そうでしょうとも。それなら、いわゆるダッチワイフ型ではなくて、オナニーマシンにいきましょうか。定番のダブルファンタジー。どう？」

「持ってる、それ」

「あ、そう。具合、いいでしょう」

「うん。悪くない」

「じゃあ、こんな新製品はいかがかな」

「なに、それ？」

店長がとりだしたのは、カップ麵の容器に似た代物だった。

「パラダイスっていうの。正体は、使い棄てラブホール。なかには潤滑ゼリーを染みこませた上質のウレタンが詰めこんであるの。五個セットで五千円」

マスターベーションをするのに一回千円は高い、とイクオは思ったが、客は頷いた。駅のトイレなどで使えるから、というのがその理由らしい。

「電動製品だと、音で怪しまれるんですよ」

客がしみじみとした声で説明した。どのみち公衆トイレにこんな道具を持ちこむのは怪しい行為ではないか。イクオは少々つきあいきれないと思った。

結局、彼はセーラーキット保奈美《ほなみ》ちゃんという三十センチほどのリカちゃん人形に穴があいているだけという理解に苦しむ道具と、パラダイスを買い、頰を上気させて店からでていった。

「ねえ、店長。いろいろな人がいるね」

イクオはアメリカ製のダッチワイフ、パーフェクトテンの口裂け女のような顔を一瞥しながら呟いた。

「そう。いろいろな人がいる」

「俺には信じられないよ。こんなので欲望を満たそうとするなんて」

「それって、健常者の傲慢」

「健常者の傲慢？」

「そう。世の中には、いろいろな障害をもった人がいる」

「それって、いろいろな趣味というか好みがあるってことの譬《たと》えかな？」

「ちがうよ。文字どおりの障害」

「文字どおりの障害……」

「そう。イクオちゃんのように軽やかに動いて、次から次に女を抱きまくっているような子にはわからないだろうけれど、世の中にはいろいろな障害をもった人がいる」

「それはそうだろうけど、抱きまくっているはないよな」

「だって、そうじゃないか。いいか、イクオちゃん。障害をもってる人だって性欲はあるんだよ」

イクオはハッとした。店長の言葉は、押しつけがましさのない淡々としたものだった。しかし、沁みた。

「障害者だって、ごく普通の感受性をもっている。僕があれこれ偉そうに喋るのもおこがましいけれどね、変わらないのよ、なんら。でも、女の子は避けるよね。その人の気持ちや性格を見ようとはしない。幾ら金を稼げるかとか、ジャニーズ系の顔かどうかなんてことばかり気にしている女ばかりさ」

イクオは店長と真正面から対峙《たいじ》しているのに耐えられず、影華が座らされていた椅子にそっと腰をおろした。

「べつにイクオちゃんを責めてるわけじゃないんだよ」

「うん」

「はっきりいって、人って良い奴か悪い奴かの二通りしかないって思うのよ。自分にとって良い奴か、悪い奴か。だから、障害者だって甘やかさないよ。性格の悪い奴には、こっちもそれなりの対応をする」

店長の言うことは差別からもっとも遠いように感じられた。桂と則江の住むマンションの近くに身障者施設が経営する〈ピュア〉という名前の喫茶店があるのだが、身障者イコール、ピュアという括《くく》りかたこそがもっともいやらしい差別ではないか。漠然とそんなことを考えていると、店長が念を押した。

「身障者だろうが健常者だろうが、嫌な性格の奴とは友達づきあいはごめんだ。でも、ハンデは認めてやろうよ。認めてやるってのも傲慢だけどね、認識してやるっていうのかな。僕は強度の近眼でコンタクトをしてるんだけど、ときどき眼球が乾いちゃってつらいときがあるんだ。デパートとかでエアコンが効いている場所でよくおきるんだけどね。そんなとき、前がよく見えなくなるから、立ち止まるんだ。目を閉じたり、開いたり、瞬《まばた》きするとましになるんでね。すると、後ろから突き飛ばしたり、舌打ちして押す奴がいる」

「いそうだね、そういう奴」

「たしかに通路をふさぐ僕が悪いんだし、迷惑をかけている。しかも僕のコンタクトの具合なんて、アカの他人にわかるわけがない。でも、白い杖をもっている人を押しのけたりする奴がいるんだよね。あるいは露骨に舌打ちしたりして邪魔者扱いさ」

「なんかつらい話だよ、店長」

「まあ、聞きなって。いいか。障害者にも性欲がある。あたりまえだろ。人間なんだから。眼が見えなくったって魔羅は立つし、アソコは濡れる」

「そりゃ、そうだ」

「でも、イクオちゃんは障害者と知りあおうとするか」

「いや、ほとんど見かけないし」

「見かけないんじゃないよ。見ようとしない。あるいは、障害者を施設や部屋からだそうとしない。閉じこめることに専念している」

「俺は、なにも、そんなことは考えてないけど」

「ねえ、イクオちゃん。この商売って下劣だと思うだろ」

「そんなことは、ないよ」

「でも、天下に胸を張れる商売だとは思わないだろう」

「まあ、なんというか——」

「いいんだよ。下劣でいいの。実際、こんな口裂け女みたいのを売ってるんだから。でも、こんな口裂け女を切実に必要としている人たちがいるのよ」

イクオは店長がなにを言おうとしているのかを察したが、黙って膝の上に手を組んだ。

「影華を見ただろう」

「うん」

「発売三年にして千体以上を売ったっていうのは、決して大げさじゃないんだよ。製造しているオリエント工業の三井《みつい》さんて人は、障害者や高齢者を念頭に置いて造ったって言っているんだ」

「必要としている人がいるんだね」

「そう。孤独をこんな人形でまぎらわすのは、やっぱり、みじめよ。でも、無視されちゃう人もいるってことよ」

「……そうか」

「そう。まあ、僕は正義の味方じゃないよ。あこぎな商売人だ。あまり偉そうに言えないけどね。でも、店を閉める寸前に影華を買いにくる奴のために、俺はこの商売をしてるのよ。口にすると、ちょっと恰好よすぎるけどね」

イクオは手を組んだまま、考えた。障害者を避ける女たちがいる。それは、程度こそちがえど、則江をブスといって遠ざけ、相手にしないのといっしょではないか。

だが、則江と桂が並んでいたら、九九パーセントの男は桂を選ぶだろう。外貌も、性格も、総合して桂のほうがはるかに好ましいからだ。

ブスだ、デブだ、ハゲだ、チビだ、メガネだ。外見に対する差別は際限なく存在し、しかし、やはりブスよりは美人がいいと感じるのは、人間として当然だろう。

桂と則江を前にして、則江を選ぶのは、そっちに偏った趣味の人か、偽善者だ。

では、障害者の場合は……。

なぜ、言葉が引っかかって空回りするのだろう。それは、たぶん差別用語であるとかの規制の結果だ。遣えない言葉がたくさんあるということは、その言葉が示す対象の自由を奪うということでもあるのだ。

軀の不自由な人は、それに触れてもらいたくないと自己否定し、ある自由を失ってしまったのではないか。

それは、たぶん居直る自由とでもいうべきものだ。障害者は、望む、望まざるにかかわりなく、ハゲをカツラで隠して卑屈に生きる男のような心理状態に陥らされ、あるいは陥ってしまっているのかもしれない。

それは周囲の人間の冷たさがもたらしたものだ。まわりの人間の差別がもたらしたものだ。そのことは否定しようがない。

しかし障害をもっている本人が、ハゲをカツラで隠してごまかしているような心理状態であったら、彼は永遠に自由を獲得できないだろう。

現実として、町を歩く素敵な女の子にアタックして、顔をそむけられることがわかっているならば、ラテックスでできた物言わぬ影華を抱いていたほうが心が安まるだろう。

だが、誇りはどうする。

人としての誇りは？

「しかし、則江の誇りを奪ったのは、たぶん俺なんだよな」

「なんのこと」

「なんでもない」

店長が微笑した。イクオも微笑をかえした。

「ねえ、店長」

「なに」

「人は差別する。そうだね」

「そう。僕は、ひどい差別主義者だよ」

「差別と区別の境界は」

「さあね。ただ、たとえば、足の不自由な人が移動するときにイクオちゃんといっしょに扱うのは無理がある。差別はいけないが、区別はしなければならないだろうね」

「区別は、差別でしょう」

「でも、みんな同じ顔ではない。顔がちがって声がちがうから、区別できる」

「個性だね」

「そう。個性」

「じゃあ、個性が区別のはじまりであり、差別のはじまりだ」

イクオは立ちあがった。お茶をいれるという店長を制して、アダルトグッズの店をでた。歌舞伎町の夜は、派手ではあるが惨めったらしい色電球で覆われている。

ブランド物で身を飾った田舎者や、あえてそういった物で身を飾るのを拒むことを選んだ貧乏人が、用もないのにうろついている。

客引きがイクオにむかって軽く挨拶する。イクオは愛想良く笑いかえす。松代姉さんのおかげで、すっかり歌舞伎町に馴染んだ。以前は緊張して歩いていたが、いまや完全に肩から力が抜けている。

イクオは松代姉さんの顔を脳裏に思い描いた。知りあったばかりのころは、理解しがたく、どのように対処していいのかわからなかった。ずいぶんと戸惑ったものだ。

明日香さんの顔も脳裏にうかんだ。あれこれ理屈をつけてイクオと一晩を過ごしたわけだが、いま思いかえすと、明日香さんの言うことには松代姉さんと共通した現実味のなさがある。

女衒ならぬ男衒。一生懸命になって理屈をつけていたが、イクオを使って明日香さんがつくりあげようとしているのは、結局は高級な出張ホストではないか。

生き馬の目を抜く歌舞伎町で生き抜いてきた松代姉さんや明日香さんともあろう人が、なにを血迷っているのか。イクオには理解できない。

いや、理解は可能だ。明日香さんも松代姉さんも充足しはじめたのだ。歌舞伎町という一級の盛り場のなかでは名士であるし、おそらくはあれこれに手をのばして成功し、金銭的には充分に満足したのだ。

そこで、イクオという駒を使って、なにか新しいことをしたくなった。それは金銭云々よりも、本人たちが言っていたように〈先達としての名誉〉が欲しいからだ。

イクオはテレホンカードをとりだした。電話をしたのは横山さんの事務所だ。呼び出し音三回で受話器をとったのは芳夫だった。はしゃぎそうになる声を抑えてイクオはこれから会おうと提案した。

2

どことなく芳夫には張りがなかった。懐かしそうにうかべる笑顔も、なぜか弱々しい。疲れているのかと尋ねると、そうではないという。

イクオは芳夫が微妙に迎合していることに気づいた。それは、明らかに自信をなくしている者の態度だった。

自分の喋ることや行動に自信をなくすと、なんとなく他人に合わせてしまうことがイクオにもある。まして、相手が自信満々だと、ほとんど無意識のうちに自らを卑下してしまう。

イクオは自分がいままでとちがった新しい物の見方を獲得しつつあるといった実感をもった直後だけに、その態度には明らかな自負と余裕があった。

それでも、イクオはしばらく芳夫に合わせて適当に世間話をしていた。相手も一人前の男である。まして、経済極道の道を志した芳夫だ。いったいどうしたんだ？　とは尋ねにくい。

イクオと芳夫は、とりあえず、ということで、その筋御用達の喫茶店にいた。ウエイトレスにマッチを頼むと、店の名前がはいった使い棄てライターをもってくる、そんな店だった。椅子もかなり凝った造りのソファーだ。それぞれのテーブルの距離は充分に離されていて、ちょっと声をおとせば、まわりに密談を聴かれるおそれはない。とどめは、やはりウエイトレスである。美人でスタイルのいい子ばかりを揃え、黒のシックなミニスカートできめている。

お歴々はまんざらでもなさそうな顔で彼女らに視線をやり、ひどくまずいコーヒーを啜る。煙草は赤いパッケージのラークが主流だ。それでも欠けた小指を見せつけるような田舎者はあまりいない。

芳夫もまだ包帯を巻いている小指をテーブルの下において、なるべく目立たないようにしていた。ときどき疼くのだろうか。無意識のうちに包帯の上からそっと切断部分を押さえることがある。

イクオは面倒くさがって元木医師のところに通うのをやめてしまった。小指にはまだ完全に治りきっていない傷口がひらいているが、バンドエイドを巻いてごまかしていた。

「疼くか」

さりげなく問いかけると、芳夫は小さく頷いた。

「元木のババアのところに行くと、よけいに痛くなる。ひでえ藪《やぶ》医者だ」

「俺は行くのをやめちまったけど」

芳夫は口をつぐんだ。憎まれ口をたたきながらも、芳夫は元木医師のところに行くことで精神的な安らぎを得ているのだ。

「まあ、俺の場合はただの傷。芳夫の場合はこんな生やさしいものじゃないからな」

「まあな。詰めたのと、切ったのじゃ、意味が違うさ」

芳夫の顔に、ようやくふてぶてしさがもどってきた。芳夫は、これから先、この指をずっと拠り所にして生きていくのだろう。なくしてしまったからこそずっと後々まで生きるものもあるのだ。

「芳夫は、半端じゃないからなあ」

イクオがおだてると、とたんに芳夫の頬が硬直した。イクオはそのひとことがわざとらしかったことを自覚した。

「すまん」

素直にイクオはあやまった。芳夫が鼻に腹立たしそうな皺をよせた。さらにチッと舌打ちをした。

「イクオ」

「なに」

「てめえ、同情してるだろう」

イクオは逆らわずに同意した。

「まあな」

芳夫はふたたび舌打ちした。

「同情だけはされたくない」

「そこが、俺と芳夫の差だ。俺は、親しい人には率直に甘えたい」

「なにが、率直かよ」

「インテリジェンスがじゃまするな」

「てめえなんざ、インテリじゃねえよ。どこがインテリかよ。どっちかってえとインテリアだ」

「芳夫。おまえ、あいかわらず、つまんないこと、言うなあ」

「うるせえよ」

「自覚があるだろう」

「男は冗談なんか、うまくなくったってかまわねえんだよ。親父がいつも、言っていた」

「そうか」

「そうだ」

「どんな親父さんだ?」

「カスだ」

「カスか」

「カスだ」

「なら、芳夫と一緒じゃないか」

「まあな。イクオと一緒だよ」

「丸くおさまったな」

「俺は、納得してないぜ」

「そうだな」

「そうだ」

芳夫とイクオはお互いをちらっと見あった。お互いの頬が笑っていた。

「なあ、芳夫」

「なんだ」

「友達だよな」

「そうだ。あまり乗り気じゃないが、いちおうはダチ公だ」

「忠犬ダチ公」

呟いて、ニヤッと笑いかけると、芳夫はうつむいた。聴きとれないような声であやまってきた。

「すまん」

「なにが」

「甘えていた」

「甘えてくれよ。俺でよかったら」

言ってから、イクオは激しい羞恥を覚えた。赤面する。芳夫がそんなイクオの顔を上目遣いで覗きこんだ。イクオは哀願した。

「勘弁してくれ」

「勘弁もなにも、よくもそこまで言えるな」

「口が滑ってしまったんだ」

「本心だろう」

「もう、なにも言いたくない」

イクオは真っ赤になったままうつむいた。芳夫が大きく深呼吸した。

「すまん」

そう、呟いて、頭をさげた。イクオはまだ恥ずかしくてたまらない。素早く芳夫を盗み見た。芳夫は首をがっくり折るようにして頭をさげていた。イクオは唐突に打たれた。

「やめてくれ。口先ならなんでも言える。こんな青臭いことを口ばしってしまう自分が許せないよ」

「誰にでも言うわけじゃないだろう」

「当然だ」

「ありがとう」

芳夫は柔らかな表情で礼を言い、ふたたび頭をさげた。イクオは溜息に似た、しかし心の底から安らいだ吐息をついた。

「なあ、芳夫」

「なんだ」

「どうしたんだ。いつもの芳夫じゃなかった」

芳夫は曖昧な笑顔をうかべた。しばらく組んだ手をもてあそび、口をすぼめて思案した。イクオの顔を見ずに、言った。

「俺、自分の進路に疑問をもってんだよ」

「なんのことだ」

「このまま横山さんのところで修業していっていいんだろうかって」

「横山さんはたいした人じゃないか」

芳夫の口の端に皮肉な笑いがうかんだ。イクオはそれに納得できず、喰いさがった。

「俺は明日香さん、いや、松代姉さんに従って一応はヒモの道を歩んでいる。芳夫は横山さんに従って取り立てのプロになる。俺はちょっと恥ずかしいけど、女のプロを目指している」

「見かけ倒しなんだよ」

「なにが」

「横山さんだ」

「横山さんが？」

「俺があの人の下で、どんな仕事をしているか教えてやるよ。このあいだは、レンタルビデオの回収をやった」

「レンタルビデオ？」

はじめは投げ遣りに、やがて徐々に熱心に、芳夫は自分が横山さんとこなしているシノギについて語りはじめた。

それによると、最近とくに多い仕事が、レンタルビデオ回収であるとのことだった。ビデオ回収といっても、もちろんあたりまえの回収ではない。かといって、裏ビデオを集めたりするわけでもない。

たとえば、イクオが町のレンタルビデオ屋でビデオを幾本か借りたとする。AVでも映画でもいい。合法的な作品だ。そして、忙しさにとりまぎれ、借りたことを忘れてしまった。

借りたビデオが五本としよう。べつにいちどに五本借りなくてもいいのだ。二本借りて、さらに翌週三本借りたとしよう。計五本だ。

返さないなどという気持ちはもちろんない。ただ返却期限を過ぎ、日常の雑事にかまけて忘れてしまい、借りたビデオは部屋のビデオラックのなかで埃をかぶっていく。

やがてイクオはビデオを借りたこと自体を忘れてしまう。一年たち、二年が過ぎた。ある日イクオは、唐突に横山さんと芳夫の訪問をうける。

横山さんと芳夫がイクオに示したのは、レンタルビデオ屋が横山さんに債権譲渡した債権だった。その額、六十八万九千四百円也。

レンタルビデオ五本を二年数ヶ月返済しなかったために、なんと、七十万円弱の延滞金支払いを迫られるのである。

六十八万九千四百円！

イクオは息をのむ。呆然とする。信じられない。だが横山さんは淡々と日毎《ひごと》に延滞金がつもっていき、雪だるま式に増えていくことを論理だてて説明する。

その説明と論理に、そして金額を算出する計算に詐欺めいたところは一切ない。それらは、ビデオを借りたときの契約事項に解説されていることである。

だが、二年間で五本のビデオが七十万円にもなるということなど、誰も思いもしないだろう。

イクオは狼狽する。

非はイクオにあるのだ。まして、相手は指のない男たちである。そして、横山さんはあくまでも紳士的だ。ビデオレンタルの契約事項どおりに計算してごらんなさいとイクオに電卓を手渡す。

イクオは掌にびっしょり汗をかいて電卓を叩く。計算してみる。まちがいない。

六十八万九千四百円。

幾度計算しても、その数字が並ぶ。横山さんはイクオをじっと見つめて、哀れむように言う。

「督促状《とくそく》、きたでしょう」

「きたわけ？」

「うん。でも、ビデオを返さないような奴って、だいたい、みんな共通してるんだけど、ルーズなんだよね。実際の社会のなかでの契約でも、まるで友達との口約束程度にしか考えていない。まして、たかがビデオ五本だろう」

「うーん」

イクオは腕組みをして唸り、それから苦いだけのコーヒーを口に含む。カップが空と見るや、美人のウエイトレスがすました顔をしてコーヒーをつぎ足しにくる。

「でも、現実問題として、アパートに住んでいる学生みたいな奴にいきなり七十万払えって言っても、無理だろう」

「そう。そこがつけめなんだよ」

「つけめ？」

「横山さんは、さも同情したように、やさしく言うんだ。ねえ、イクオ君。いきなり七十万全額払えっていわれても無理だよね。たかがビデオ。盗んだわけじゃない。返し忘れただけだもんね。そこで、どうだろう。とりあえず、気持ちをみせてくれないか」

「気持ち……」

「そう。僕たちも七十万近いお金を苦学生のキミからせびるのは、いかに正当な債権があるとはいえ、心苦しい。だから、どうだろう。いまキミがもっているお金、幾らでもいい。とりあえずあるだけの額を正直に申告してくれないか」

「申告するのか？」

「うん。正直にかどうかはともかく、横山さんの口調がいかにも誠意をみせれば、それなりにしてあげるといった感じのやさしいものだから、みんな手持ちの金を申告する」

「幾らくらい？」

「少ない奴で三万とか。なかには誠意をみせようと十万とか、十五万、親の仕送りなんかを銀行からおろす奴もいる」

「三万から十五万……あまりうま味のある商売じゃないみたいだな」

「話を最後まで聞けよ。手持ちの金を誠意とかにかこつけて払わせるのは、債権譲渡書に記された全額をとるための手段なんだよ」

イクオは首をかしげた。わけがわからない。

「いいか。しかるべきところにでて、不服の申し立てもできるんだよ。たしかにビデオを返却しなかったのは私の落ち度ではありますが、悪意はありませんでした。なにとぞそこのところをお汲みとりいただきまして、とかなんとか言っちゃってさ」

「なるほど。どうやら、それをされたら困るんだな？」

「そういうこと。それをされたら、困るわけよ。取りっぱぐれる。ところが、だ。とりあえず幾万かを横山さんに払ってしまうと、債権を認めてしまったことになるんだよ」

「債権を認めた」

「そう。払う意思がある。その気持ちのあらわれということになる。そうなると、でるところにでても、本人が落ち度を認めて債権の支払いを認めたのだから不介入、ということになる」

イクオは、はぁーと声をあげた。なんだか拍手をしたいような気分だ。

「智恵がまわるなあ」

芳夫が舌打ちした。

「姑息《こそく》だよ」

吐き棄てるように言った。その瞳には、心底からの嫌悪感が見てとれた。

「もう、債権取り立てなんて、惨めったらしい詐欺まがいばかりだよ。俺はつくづく嫌気がさしてんだ」

「でも、もとはといえばビデオを返さない奴が悪いんだし、俺がつきあった下北沢のときのように、金を借りて返さないネーチャンが悪いんだろう」

芳夫は、ふう、と短く溜息をついた。

「それは、そうだ。そうだけどなあ」

「他にどんなことをしてるんだよ。この際、ぜんぶ喋っちまえよ」

「イクオ」

「なに」

「単純な好奇心だろ」

「まあ、な。でも、芳夫は喋ったほうがいいと思うよ」

「しかたない。野次馬の好奇心を満たしてやるか。安売り家電ショップなんていうのは、いかがかな」

「ぜひ、お聞かせ願いたいものです」

イクオは大げさに頭をさげた。芳夫は喋ることでだいぶ発散できることに気づいたのだろう。もったいつけながらもわりあい滑らかに口をひらいた。

「不動産なんかの大きなシノギはのけといて、話を進めるぜ。個人のチンケな取り立ての話だけど、商品価値って、あるだろう」

「商品価値？」

「その人間の商品価値」

イクオは推理した。こんな場合の人間の商品価値とは、男だったら頑健な肉体、女だったら美貌だろう。

「この世の中、イクオが思っているとおり、まったく商品価値がない奴がいるのよ。とくに、女」

「顔やスタイルだな」

「そう。男は多少貧弱でも頭数として富山とか新潟の山奥のダム建設現場なんかに送りこんで現場で頑丈な軀に鍛えあげていただくとか、漁船に乗って遠洋航海をしていただくとか、腎臓を売っていただくとかできるけど、女は、そうはいかない」

「女だって腎臓とか、売れるだろう？」

「それはそうだ。でも、男はあきらめがはやいから、腎臓摘出にＯＫするけど、女はだめだね。大騒ぎだよ。下手《へた》うつと、隙を見て警察に駆けこまれる」

「なるほど」

イクオは頷いた。このあたりの対応は、まさに男女の性差というものだろう。男は自棄になって投げだし、女はあくまで自分を可愛がる。

「まいるぞ。ブスな女」

「なんとなく、わかるよ」

「いや、イクオはブスのほんとうの恐ろしさをわかっていない」

よほど則江のことを語ってきかせようかと思ったが、イクオは曖昧に口をとじた。芳夫が怪訝そうに問いかける。

「なにか言いたいことがあるのか」

「いや。つづけてくれ」

「ぜんぶコミコミで一万円とかいう格安ソープに売りつけるんだって、基準ていうものがあるだろう。いや、売りつけるからこそ、それなりのレベルが必要だ。外国にだすんだって、それこそ不良品を送りだせば、日本国の威信にかかわるぜ」

イクオは失笑しながら、頷いた。

「そうだな。店に勝手に面接にきたブスなネーチャンを断わるのは簡単だけど、芳夫や横山さんが押しつけてきた女をそう無碍《むげ》には断われないだろう」

まあ、そういうことだ、と芳夫は苦笑した。そして、断定した。

「ほんとうに使いものにならない粗大ゴミがいるんだ」

「そんなゴミは、どうする？」

「とりあえず、注ぎこんだ金は回収しなければならない」

「手に入れた債権の代金だな」

「うん。取り立ての依頼と、債権買い取りとがあるんだけどな。ここではわかりやすく買い取りで話を進めよう」

イクオは芳夫の顔をまっすぐ見つめて、先を促す。

「もう、その女の経済は破綻している。サラ金、街金、借りまくりだ。ただし、俺たちが扱うのはリストに載る直前のまだきれいな状態の女だ」

「ブスだけど、ブラックリストに対しては、まだきれいな女」

「そういうこと。そのへんの見極めは、横山さんがなにか情報をもっているらしいんだ」

どうやら芳夫は、そのへんのノウハウは教えてもらっていないらしい。まあ、自分なりの情報源をつかむだけの才覚があることが、この世界で生き残っていくポイントなのだろう。

「とにかく、その女は、まだ買い物ができる」

「尻に火がついてはいるけれど、まだ買い物はできるんだな」

「そう。軽率なんだよ。サラ金、街金に関してはマイナーだからってなおざりにしてしまう。逆に駅の前のクレジットとか、テレビで宣伝している信販会社には、サラ金、街金から借金してそれなりに返済している。そんなバカが多いわけ。借金もブランド志向なんだよな」

「まあ、ブランドにこだわるっていうのは、いまの日本の貧乏人の特徴だな」

「カード社会の特徴、と言い換えて欲しいね。貧乏人にとことん物を買わせようっていうんだから、資本主義はおっかないよなあ」

「資本主義ときたか」

「横山さんがうるさくてな。あれこれ本を読まされたり、勉強させられているよ」

だ」

「目をかけられているんじゃないか」

「そんなもんかなあ。まあ、いいや。話をもとにもどすぞ。とにかくそんな商品価値のないネーチャンにあたったら、俺たちがすることといえば、ひたすらネーチャンに買い物をさせること

「買い物。カードで？」

「そう。それも、主に家電品が多い。事務所にはいつもいちばん新しいカタログがあって、売れ筋の商品ばかりをピックアップして、いろいろなところで買わせるんだ」

「そんなにいっぱい電気製品を買って、どうするわけだ？」

「こんどは、それを、安売り家電店に売りつける」

「ひょっとして、ネーチャンに買わせた電気製品が、店頭に商品として並ぶわけか」

「その通りでござる。なんだかせこいことをしているようだけど、女難《じょなん》電気の社長がいつも札束を詰めたトランクをひけらかしているように、安売り家電の取引は、必ず現金なんだよ」

「手形とかでなくて、確実に現金が手に入る」

「そういうこと。こっちも綱渡りみたいなことをしているから、現金が入ってくるというのは、実にありがたいんだ。だから、実際にはブスは嫌わない。一週間先の一億より、今日の五十万だよ」

「なるほどなあ」

「なるほどじゃないよ。せこいとは思わないか、こんなシノギ」

「せこいとは思わないな」

「イクオは、いまの債権取り立てが、いかに苦しい立場にあるかを理解してないんだよ」

芳夫がテーブルの上にポケベルと携帯電話をおいた。頬が苦々しそうに歪む。

「いつだって、居場所をはっきりさせておかなければならない。今日は取り立てで茨城まで行ったかと思うと、明日は土地ブローカーとの交渉で栃木、その午後にはまた飲み屋の取り立てで千葉にいる、といった具合だ」

「それって、商売が繁盛しているからだろう」

「逆だよ。どんなちんけなことにも喰いついていかないと、バブル崩壊、不景気、暴対法の三点セットに追いつめられて、首をくくるしかないからだよ」

意外だった。横山さんのやっているようなシノギがそこまで苦しい状態であるとは、思いもよらなかった。芳夫は小さく溜息をつくと、日々のシノギについて淡々と語りはじめた。

「もともと、債権の取り立てっていうのは、弁護士以外がやると違法なわけだ。借金は弁護士が理詰めで取りかえす、というのが法律で定められているんだよな」

「そうだったのか」

「そうなんだ。でも、暴対法以前はやり放題だった。バブルのころも、債権ばかりでなくて地上げなんかがあったからな」

芳夫は懐から封筒に入っている債権譲渡書をとりだした。周囲の眼を気にしながら、そっとイクオに示す。

それは、資金繰りがにっちもさっちもいかなくなった鉄工所のものだった。この鉄工所の社長は〈街金〉から高利の金を借り、返せなくなったのだ。そこで横山さんのところに〈街金〉から取り立ての依頼がきたというわけだ。

「あのなあ、街金は金を貸すと同時にむちゃくちゃな利息分をさっ引いて渡すんだよ。つまり金壱千万円也を貸して、利息分の四百万を抜いちゃうの。借り手にわたるのは利子を引いた六百万。しかし、一千万借りたことになるわけだ」

「一千万で、四百万！」

「いろいろあるけどな。弱みのある奴からは、とことん搾りとる」

「凄まじいもんだなあ。一千万借りて、結局手渡されるのは、六百万なのか」

「この件では、そういうことになっているな」

「なんで、そんな極端な借金をするんだ？」

「誰も、どこも金を貸してくれないからだよ。街金以外は、な」

「信じられない」

「鉄工所をつぶしたくない一心なんだよ。必死なんだ。資金繰りさえなんとかなれば、と、しがみつく」

「でも、絶対にうまくいかないわけだ」

「そうだ。銀行なんかが手を引いてしまうには、それなりのわけがある。合法的な金貸しは、絶対に金を貸さないよ」

「それで、どうする？」

「街金は利子の前払いというかたちでもう四百万回収している。さらに、極端な話、トイチどころか一週間ごとに強引に利子をむしりとっている。そして、俺と横山さんはそこに一千万円返してくださいと迫りに行く」

「返せるのか」

「返させるのさ。俺たちのやりかたには、背後に暴力が控えている。鉄工所の土地であるとか抵当に入っているものでもなんでも、処分させちゃう。腎臓抜かれたり、家族が売春させられるよりはいいだろう」

「それで」

「うん。一千万の仕事なら、半額の五百万が俺たちの取り分になる。街金は半額の五百万でも、いままでさんざん利子をむしっているから、損はしていない。あとは」

「あとは？」

「鉄工所社長が首をつる」

イクオは溜息をついた。とたんに芳夫が腹をかきむしるようにして笑いだした。

「それは、一昔前の話なんだ。いまは、こうだ。債権を持って社長のところに行く。金、返してよ、と迫る。すると社長はニヤッと引き攣れ笑いをかえして言う。――あんたは弁護士さんかよ」

少しでも脅すと、即座に警察に連絡されてしまう、と芳夫は嘆いた。暴対法施行以後、ヤクザの民事介入はことごとく封じられつつあるということだ。

「だから、いまは飲み屋のツケの取り立てなんていう地味でたいしてはかのいかない仕事ばかりしている。依頼するほうはもともとが値段があってないような酒の値段。正式裁判でどうこうするよりも、半額とられるにしても俺たちにまかせたほうが早いじゃない。だから、そっちの方面は細々とやってるよ。でも、最近は飲み屋のツケにまであんたは弁護士かと居直る奴がでてきてなあ」

芳夫が泣きそうな苦笑いをうかべた。先ほどの鉄工所の債権譲渡書を示して、吐き棄てるように呟く。

「これ、居直られて、取り損ねたの。いま横山さんがどう処置するか作戦をたてているけど、俺みたいな駆けだしに預けちゃうんだから、多分モノにならないんだろうな」

芳夫が嘆息した。うまくいかない現実を目の当たりにして、かなりナーバスになっているようだ。自分の将来に対しても、漠然とした不安を抱いているようだ。

「横山さんは取り立て専門なんだ。それ一筋できたから、いまの御時世で応用がきかない。だから、苦しい。俺は、いまのうちにちがうシノギの研究もしておいたほうがいいんじゃないかと思うんだ」

「うーん。俺から見たら、横山さんは羽振りがいいように感じられたけど」

「見栄張《みえっぱ》りなんだな。幾度も顔をあわせないような奴には、無理をしてでもいいところを見せようとする。しかし、その現実は火の車ってやつよ」

イクオは微笑した。即座に芳夫が見咎めた。

「なにか、おかしいか」

「うん。じつは、俺も松代姉さんや明日香さんの程度みたいなものが見えてきちゃってね。なんだ、こんなものなのかって感じなんだ」

芳夫は腕組みをした。小首をかしげて、言った。

「俺たちって、そういうことを感じやすい年頃なのかな」

「そうじゃなくって、駆けだしなりに、それなりに体験を積んできて、いままで良いところだけが見えていたのが、ある程度現実が見えるようになってきたんだろう」

「そうか。イクオは大人だなあ」

「やめてくれよ。俺なんて、ついこのあいだまでは童貞だったんだぜ。それが幾人か女を知って、技術を仕込まれて、少々いい気になっている。でも、やっぱりガキだよ。多分俺なんかが知らない境地がいっぱいあるんだよな」

「そういうもんかな」

「そういうもんだと思う。松代姉さんや横山さんがちっちゃく見えるということは、べつに俺たちが大物になったわけじゃなくて、ほんの少しだけ自分で物事を考えられるようになったっていうことだぜ」

言ってからイクオは咳払いした。やっぱりこういうことを口ばしるのは気恥ずかしい。案の定、芳夫が悪戯っぽい顔で覗きこんできた。

「自分で物事か」

「そうだ。てめえで考えるようになったんだよ。あこがれだけじゃ、飯は食えない」

イクオは頷いた。自分に言い聞かせた。あこがれだけでは、飯は食えない。

3

携帯電話にむかって芳夫は、はい、はい、と返事だけを連発し、顔色を白くして立ちあがった。

いったいどのような情況なのかはまったく窺い知ることができなかった。突然の呼びだしだった。芳夫は前後の事情も話さずに、焦って喫茶店をでていった。

イクオはテーブルにおかれた一万円札をぼんやりと見つめていた。芳夫がコーヒー代にとおいていったものだ。

首を左右に振った。吐息が洩れる。たかがコーヒー代に一万円札をおいていく。すっかりヤクザ者の作法に染まっている。こういった浪費をしていたら、いくら金があってもたりないだろう。

イクオはヤクザ者のこういった見栄が大嫌いだった。経済的に切迫していると告白したそばから、ピン札をこれ見よがしにテーブルにおいていくのだ。

友人ならば、金をもっているほうが払えばいい。それは当然のことだ。しかし、コーヒー代に一万円札をおいていき、つりをイクオにとらせるという遣り口は腹立たしい。

こんな笑い話がある。実話である。兄貴分が幾人も弟分を引き連れて喫茶店で飲み食いした。いざ支払いのとき、兄貴分はピン札を取りだし、レジにおき『つりはいらねえよ』と啖呵《たんか》をきった。

レジのお姉さんは恭《うやうや》しく一万円札を受けとり、しかし困惑しきった表情で告げた。『お客様、まことに申し訳ありませんが、これでは、たりません』

この話には続きがあって、派手に飲み食いした弟分たちに対して、兄貴分は恥をかかせたと怒り狂い、ヤキをいれたという。

恥の感覚のない人間は始末におえない。しかし、恥の感覚がいつのまにか見栄に転化していることがよくある。恥をかかされたということのほとんどは、見栄をつぶされたということだろう。

恥の感覚と見栄を張る気持ちは表裏一体ではあるが、あまりに愚劣だ。イクオは東京出身とはいっても、山奥の檜原村出身である。田舎者の見栄や恥の感覚は痛いほど理解していた。

そして、それを嫌悪している。たとえば檜原村では死者をないがしろにした派手な葬式が盛んだ。イクオはそんな遺族の見栄の充満した葬式に出席するたびに、虚ろな気分になった。眼前の一万円札は、それと同じであった。

イクオは一万円札をつかんだ。手のなかで握りつぶす。皺だらけにする。友達だからこそ、困っていると告白したあとに、こんなヤクザ者じみた見栄を張らないで欲しかった。

「普通にできないのかよ、普通に」

独白して、握りつぶした一万円札の皺をいいかげんにのばす。レジにむかう。つりを受けとる。喫茶店をでる。

ヤクザ者の品性の下劣なところは、こうしてつりを貰うほうの気持ちを一切考えていないところだ。

たしかにイクオの手元には幾枚もの千円札と小銭が残ったわけだが、得をした、と考えるにはイクオはまだ純粋すぎた。あるいは自意識を失っていなかったし、すれていなかった。

芳夫にしてみれば、いつものくせで何気なくこうしたのだろうが、イクオは腹立ちを覚えていた。投げ遣りな薄笑いをうかべて歌舞伎町をあとにし、靖国通りをわたり、新宿二丁目方向にむかった。

イクオは思う。松代姉さんはヤクザ者ではあるが、こういったつまらない見栄の張りかたをしない。単に吝嗇《けち》なだけかもしれないが、イクオの性にあっている。

芳夫が横山さんに対して抱いた不平不満は、おそらくは横山さんのこういった実《じつ》のない見栄の部分に対してではないだろうか。

だが、結局は芳夫も横山さんの影響をうけて同様のことをするようになっているのだ。影響とは恐ろしいものだ。嫌悪していながら、同じことをするようになってしまう。

中学生くらいの不良ならば、コーヒー代金に一万円札をだしてつりを受けとらないというハッタリに感激するだろう。しかし、さすがにイクオくらいの年齢になると、馬鹿らしさが先に立つ。

　朱《しゅ》に交われば赤くなる、ということばが胸中をかすめた。芳夫は横山さんの色に染まっていくのだ。横山さんが見かけ倒しだ、と不満をもらしながらも、露骨に同じ色に染まっていく。

　イクオは唐突に則江の性器の形状を思い出した。朱に交われば赤くなるという言葉からの突拍子もない連想だった。

　それにしても、人間の性器は、男女を問わず、なぜ、あのようにグロテスクなのだろうか。

　もともと人間のすがたかたちは左右対称ではなく微妙に乱れているものだが、性器にはその乱れが凝縮しているように感じられる。

　陰部なる名称は、実感がこもっていると思う。やはり陽のあたらぬ場所なのだ。少なくとも、自分の性器はそうであると思う。

　睾丸《こうがん》は左右の大きさがまったくちがっているし、その本体もごつごつに乱れてあやふやだ。この造形的な不完全さは、神様が手を抜いたせいなのだろうか。それとも、なにか他に理由があるのだろうか。

「朱に交われば、ドドメ色、だぜ」

　イクオは則江の性器を断ち割って侵入していく自分の性器を脳裏に描き、独白した。

　結局は、内臓が露出しているということなのだろう。それをパンツを穿いて隠し、蠱惑《こわく》的なものであるかのような隠蔽工作をしてすましている。

　だが、もし人に性欲がなければ、性器周辺は嫌悪されて目をそむけられてしまうのではないか。

イクオは夜の二丁目、メリケンストリートをあてもなくぼんやり歩きながら、漠然とあれこれ考えた。行くあてや目的はない。牧園が飲んでいる店に顔をだしてみようかとも思うが、たぶん行かないだろう。

ゲイたちの視線がチラチラとイクオをかすめるが、歌舞伎町を歩いているときのように松代姉さんの身内ということで馴れなれしい声をかけてくる者はいない。

結局は、芳夫が自分につきあわずに喫茶店から飛びだしていってしまったことが不満なのだ。イクオはそう結論した。

自分は芳夫にふられた。しかも芳夫が一万円札をテーブルの上に投げだすようにおいていったから、自意識を傷つけられた。自分も芳夫も、小物である。

そう結論すると、気分が楽になった。派手に遊ぶことはできないが、ちょっと酒を飲むくらいの金はある。今日は単独で男が男を愛する街を社会見学をしてみよう。

イクオは二丁目の路地を悠然と歩いた。もともとは松代姉さんに同性愛者の相手をさせられそこなったイクオである。そういった性向の男たちにはいまでも少々興味をもっていた。

ビルに区切られた夜空を見あげる。星はまったく見えなかった。雲が低く垂れこめている。天気は下り坂らしい。

いつのまにか仲通りにでていた。イクオは暇つぶしに、店に入った。コンビニのように思って入ったのだが、ポルノショップであるようだ。もちろん同性愛者御用達の店である。ジュラシック・パークというネーミングの張り型には苦笑させられた。なるほど、一見男根そのものだが、よく見ると恐竜の首になっている。歌舞伎町のポルノショップの店長が言っていたように、そのものずばりをかたどった造形は許されていないのだろう。サイズが小指大からいろいろあるのは、おそらくは肛門を徐々に拡げていくのに使うからではないか、とイクオは推理した。

ゲイ関係の雑誌はイクオにはよく理解できなかった。デブ専と呼ばれる肥満体を愛好する男たちのための雑誌におまけで付いている生写真など、苦笑して頭をかくしかない。

額の禿げあがった中年男の肥満した三段腹を見ながら自慰に耽ることができる男がいることがイクオには信じ難い。あるいは逆に、人間の可能性を感じさせるともいえる。

とにかく店内はその気がないイクオにとっては摩訶《まか》不思議で不可解な別世界だった。そして正直なところ、なんともいえない微妙な不潔感を覚えもした。

それは女の裸体写真を虚ろな眼差しで求める、いわゆる正常と呼ばれる範疇《はんちゅう》にはいる男が集まるポルノショップにも共通した不潔感であろう。

とにかく、人は生々しい。毒々しい。浅ましい。そして、女々しい。女たちに叱られてしまうかもしれないが、やはり男たちの性欲の歪みはじつに女々しい。

欲求不満で精液を溜めこんだ男というものは、男らしさのかけらもなく、無様なものだ。だが、それは自分の姿でもある。イクオはこの薄汚い人々を我が事としてとらえ、肯定することができた。

ポルノショップには、イクオの性欲を昂ぶらせる物がなにもなかった。苦笑を隠して店からでると、店内でイクオのことをチラッと窺っていた中年男が足早に追ってきた。

「キミは、ルミ子かね」

「はあ?」

中年男は問いかけがイクオには通じないことを悟ると、曖昧に眼差しをそらした。イクオは男を上から下まで観察した。地味だが金のかかっている恰好をしている。

かなり社会的地位の高い男だ。そんな直感がはたらいた。男は恨めしそうにイクオを一瞥すると、背をむけた。しばらく行って未練がましく振りかえる。

イクオはとりあえず小首をかしげた。実感が薄いが、イクオはあの男にくどかれかけたのだ。あるいは、買われかけた。そんなところだろう。

やれやれと思う。それにしても、ルミ子とはなんのことだろう。イクオは男の背と、妙に明るいポルノショップを交互に見た。

ポルノショップのビルの二階には〈どらま〉という看板のでているゲイバーらしきものがあった。イクオはそれを〈どまら〉と読んでしまった。どまら——怒魔羅。

どうやら二丁目の毒気にあてられているようだ。まいったなあと呟きながら、イクオは通称ハッテンストリートを左に曲がり、せまい路地にはいった。

毒気の強いハッテンストリートから逃げだしたわけだが、そこからもうひとつ南になる通りも、似たようなものだった。イクオは腹を決めた。今夜はとことん社会見学だ。

ゆるゆる歩いていくと、男たちの視線が絡む。イクオは自覚した。俺は男に人気がある。男の性欲の対象になっている。絶大な人気、といっていい。

複雑な気分だ。自意識としては、人気がないよりもあるほうがいいのだが、かといって迫られたら恐怖し、必死で逃げるだろう。

とにかくイクオは、自分に同性愛の気がまったくといっていいほどないことをあらためて自覚した。同時にはじめて松代姉さんの店のカウンターに入ったとき、ふたりの同性愛者から色目を遣われ、からかわれたことを思い出した。

あのとき感じた強烈な怒りは、イクオ自身にその気が全くないにもかかわらず、同性愛者の性的対象にされてしまったことに対する怒りだろう。不安と、もてあそばれたことに対する怒りだ。

あるいは、イクオの心のもっとも暗い奥底には、同性に対する性的欲求が圧し隠されていて、その部分にある波動が伝わると過剰反応をするのかもしれない。

自分のことなのに、結論はでない。まったく判然としない。イクオにとって表面上にあらわれた現象としての性とは、とりあえず単純な炸裂と一瞬の快感であるのに、その心理面は異様に複雑だ。

自分を支配しているのは自分ではない。自分はその内部に飼っているなにかに突き動かされてときに暴走し、無茶をし、周囲を傷つけ、苦い後悔を覚える。

無力感というには大げさだが、それに近い思いを抱きながら通りを行くと、雑居ビルから見覚えのある男がでてきた。

その見事に禿げあがった額と突出したおでこの骨、そして小太り気味の体型と曇りがちの眼鏡、鼻の下の貧乏くさい髭には記憶がある。だが、名前がでてこない。

それは男もそうらしく、口を半開きにしてイクオを凝視し、指をさして立ちつくしている。イクオはとりあえず頭をさげた。その間、記憶を総動員して男の名前を思い出そうと努力する。

「小山内先生じゃないですか」

躯が覚えていた、とでもいえばいいだろうか。口が勝手に動いた。そうだ。この男は小説家の小山内だ。

「……久しぶりだなあ、イクオ君」

「ええ。お久しぶりです」

そして、ふたりは同時におなじ質問をした。

「こんなところで、なにを」

小山内が咳払いをした。イクオはとりあえず、もういちど頭をさげた。誤解されると困るので、先手を打って釈明した。

「俺は、暇なんで社会見学ですよ。二丁目界隈がどうなっているか、よく知らないもんで」

「そうか。社会見学か」

「小山内先生は」

「――見ての通りだよ」

「見ての通り」

「僕がどこからでてきたか、わからないのか」

「このビルでしょう」

小山内が苦笑した。壁面のディスプレイを人差し指で示した。

「ここの三階には、ずばりSEX、そしてDANCE、さらにマリンボーイという店がある」

「はあ」

「はあって、イクオ君は、ここがどんな場所か把握していないね」

「まあ、よくわかりませんね」

小山内とイクオのやりとりを、路上にたむろしている同性愛者たちが少し離れた場所から、さりげなく窺っていた。小山内が上目遣いでイクオを見つめた。

「みんな、見ているよ。注目されている。イクオ君と僕の関係がどんなものであるか、鵜《う》の目鷹《たか》の目だ」

イクオは肩をすくめた。小山内がぎこちない手つきで煙草をくわえ、火をつけた。それから黙ってイクオに一本すすめてくれた。

「君には、僕たち同性愛者を強烈に惹きつける魅力があるということだね」

「同性愛者って……先生が」

「そうだ。僕は、同性愛者だ。正確には、両刀使いというやつだが、女房子供に愛情はない。かろうじて女とのセックスも可能だが、昂ぶることはない。嫌悪を圧し隠して義務を果たすというわけだ。僕にとってはこっちのほうの世界が、ほんとうの世界なんだ」

「小山内先生は」

「そうだ。ホモだ。ゲイだ。男色家だ」

「信じられない」

「なぜ。ちなみにいままで僕が過ごしていたのは、このビルの〈マリンボーイ〉というマッサージパーラーだよ」

「マッサージパーラー？」

小山内がイクオの肩を遠慮気味に押した。歩きながら話そうということらしい。とたんにさりげなくイクオを窺っていた男たちの表情に落胆がはしった。

その気配を薄々感じたイクオは、なんともいえないくすぐったさを覚えた。それは、驚いたことに、分類すれば快感の範疇にはいった。

「ねえ、小山内先生。マッサージパーラーってなんですか」

「惨めな個室だよ」

なんのことか要領を得ない。イクオはひどく好奇心を刺激されていた。

「教えてくださいよ、無知な小僧にこっち側の社会のことを」

「イクオ君には、同性愛の気が全くない」

「そうですね。そんな気がします」

「まったくその気のない男はいないんだが、とりあえずこの年齢までそういった機会をもたずにきてしまったから、よほどのことがない限り、こっちの世界にはやってこないだろう」

「そうですね。そんな気がします」

先ほどとおなじ台詞の受け答えをすると、小山内は寂しそうに苦笑した。

「イクオ君は、風俗、たとえばソープランドとかに行くのか」

「じつは、行ったことがないんですよ。俺って、すごい世間知らずなんです」

「いずれ、行くこともあるだろう。まあ、そういった場所が、どんなことをするか知ってはいるだろう」

「ええ。まあ、だいたいのところは」

「マッサージパーラーというのは、男が男の相手をしてくれる場所だよ。マッサージが主体だから、ソープというよりは、ファッションマッサージなんかと一緒かな」

「はあ」

いまいちイクオには意味がよくわからない。どうやら、男の子が小山内に対してマッサージをしてくれるということらしいのだが。

「つまり、男による男のための性感マッサージだな」

「そんなのが商売になるんですか」

「なるとも。僕みたいにもてない中年男がたくさんいるわけだからね」

「もてない、というのは、男に対して、ですよね」

「そうだが、イクオ君は遠慮のない子だね」

「すみません」

「まあ、しかたがない。事実だからね」

小山内が禿げあがった額を苦笑まじりに撫でた。なんだか愛嬌があって、イクオは以前とは違った好感を小山内にもった。

「マッサージパーラーというのは、店にマッサージボーイというのがいてね。彼らはだいたい十八歳から二十歳までだね。そして、その気のない少年たち、つまりノンケがほとんどだ」

「その気がない!」

「驚くことはないだろう。アルバイト情報誌のホスト急募といった欄の異様なまでの高給につられて面接にくると、ホストというのが男の相手をするホストであることを知る。しかし、なぜか断わる子は少ないっていうよ。やはり金が欲しいんだろうかねぇ」

イクオは黙っている。松代姉さんに拾われる前の、あの絶望的に金がない状況が続いていたら、こういった職業に誘われて現場まできてしまえば、たぶん断われなかったのではないか。イクオは実感として理解していた。食欲は、性欲に勝る。あるいは、ある追いつめられた情況では人類皆兄弟をわりあい淡々と納得してしまう。

「とにかく店の前に若いボーイさんが並んでいるわけだよ。そして、客、つまり僕がボーイさんを指名する。つまり好みの子を選ぶわけだ」

「選べるんですか」

「当然だよ。で、店のなかには三畳ぐらいのせまい部屋がある。板張りの、フローリングというのか。布団を敷いたら、ほとんどいっぱいの個室で、実際に煎餅《せんべい》布団が敷いてあるんだが」

「ベッドじゃなくて、布団なんですか」

「ああ。布団だよ。ピンクの枕カバーのかかった枕に、薄手の夏がけ布団があってね。殺風景なもんだ。皺だらけのシーツにシミがついていたりして、なんとも侘びしい世界だ」

「それで？」

「マッサージをしてもらうんだよ。とにかく目的は、射精すること。七十分コースで九千五百円也。一万円でつりがくる。良心的な商売だ」

「実際に、どんなことをするんですか」

小山内がイクオを横目で見た。

「――どんなサービスをうけるかは、喋りたくないな」

小さな溜息をもらすと、口をつぐんだ。イクオはなぜか罪悪感を覚えた。話題を変えることにした。

「じつは、さっき、サムソンとかの雑誌がおいてあるポルノショップからでてきたら、中年のおじさんに声をかけられたんですよ。君はルミ子かって」

「イクオ君なら引く手あまただろうなあ」

「なんですか。ルミ子って」

「この世界は、この世界の住人たちは、対象に〈子〉をつけるのが好きなんだ。ルミ子っていうのは〈ルミエール〉の前にたむろして売春をする少年のことだよ」

「ルミエールって、あのポルノショップの名前ですか」

「そう。あの店の前にたたずんでいるから、ルミ子。ルミエールの向かいの米屋の前に立っている子を、米子なんて呼んだりもする」

「ルミ子に米子」

「なんだか、興味がありそうだね」

「うーん。正直なところ、好奇心はありますよ」

「あぶないよ。好奇心は」

「怖いもの見たさですよ」

小山内が立ちどまり、イクオの顔をしげしげと見つめた。

「もし、よかったら、この世界のアウトラインを案内してあげようか」

イクオはしばらく思案した。気持ちはほとんど固まっているのだが、あえてもったいつけた。おそらくは男対男の愛と性の現場を覗くことは、自分のヒモ稼業のプラスにもなる。そんな計算もあった。

性は、いつだって精神的なやりとりと駆け引きが基本になっている。そこに極端な男女差はないのではないか。いや、男対男のほうが切迫しているだけに、勉強になりそうな気がする。

小山内が黙ってイクオの表情を窺っている。イクオは頭をさげた。

「お願いします」

「はっきりいって、浅ましい世界だよ」

「なぜ、否定するんですか。自己否定っていうのかな、それにつながってしまうような気がするけど」

「答は簡単だ。とりあえずこれから案内する場所は、すべてが金で解決するところだからだ」

「金」

「すべての浅ましさの源」

「金は浅ましいですか」

小山内が鋭い瞳でイクオを一瞥する。

「ノンケの子が、金も貰わずに僕の恥垢まみれの包茎を剝いて、必死になって舐めると思うか。便臭のする肛門に舌先をつっこむと思うか」

「べんしゅうって、なんですか」

「便の匂い。つまり、ウンチだよ」

イクオはうつむいていた。相手が男と女の差があるだけで、自分のヒモ稼業も小山内の陰茎を口に含む少年とおなじだ。社会見学などと調子にのっていたが、イクオは唐突に自分の立場を突きつけられた。

「すまんなあ、薄汚いことを言った」

「いや、そんなことは――」

力なく笑って、無表情をつくる。イクオは自嘲した。小山内の陰茎を舐める少年は九千五百円を稼ぐが、自分は則江を抱いて千円札一枚だ。

「なあ、イクオ君」

「はい」

「人間は、お月様なんだよね」

「お月様」

イクオは小山内の視線を追って夜空を仰いだ。雲の密度が増していて、月は見えなかった。

「人間は、決して太陽じゃない。お日様じゃない。お月様だよ」

小山内が自分に言い聞かせるような口調で呟いた。イクオはガムの噛みカスがこびりついて黒いシミをつくっている路上に視線をもどした。

「人間は、自ら光ることができないんだよ」

「自ら光ることができない」

「反射するだけだ。自ら光り輝くのは、神だ」

「小山内先生は、宗教を？」

「そう。無宗教という名の宗教を」

「俺の苦しいときの神頼みと一緒か」

「まあ、そういうことだが、イクオ君は、神が存在すると思うか」

「さあ。わからないですよ。突き詰めれば、いないと思います」

「覚えておきなさい。神は、存在する」

「存在しますか」

「する。だが、神は人間と一切関係ない」

「関係がない」

「関係をもとうとしないと言い直してもいい。不幸なのは、神が人間を無視しているにもかかわらず、人間は神の輝きを感知してしまうことなんだよ」

イクオは内心で首をかしげた。哲学的というのだろうか。理解できない。いや、なんとなく感じはつかめるのだが、神様が光っていようがくすんでいようが、自分には関係がない。そんな気分だ。

小山内が立ちどまった。眼で雑居ビルを示した。

「個室でビデオでも見ようか」

「ビデオボックスというやつですか」

「そう。ホモ専用の、ね」

入場料は千円だった。小山内がイクオの分もどこかうれしそうに払った。千円にはビデオのレンタル料と、二時間の個室使用料が含まれているという。

「リーズナブルっていうのかな。人気があるんだよ、ここは」

「でも、ビデオを見てオナニーに励むっていうのは、ちょっと寂しいですよ」

「それは、普通のビデオボックスの場合。ここはホモ専用だよ」

「ホモのビデオを取り揃えているとか？」

小山内が失笑した。だが、眼鏡の奥の一重瞼の瞳は、鋭い。

「異性愛者、つまりイクオ君が行くようなビデオボックスは、アダルトビデオで独りだけで完結してしまう孤独な世界だけれど、ここはお互いを求めあっている男同士がやってくる場所なんだ」

イクオは手を叩いた。納得した。

「ここで相手をさがすわけですか」

「そう。だから、この待合室が重要なわけだ」

小山内に背を押されるようにして入った待合室には、六人の男がいた。そして男たちはハッとした表情でイクオを見つめた。

男たちはイクオの背後の小山内に気づくと曖昧に視線をそらした。しかし、みんな落ち着きを失っている。チラチラとイクオを窺う。明らかにズボンの股間を突っ張らせているサラリーマン風もいる。

イクオはまさに針のむしろに座らされた心境だった。じわじわと恐怖が這い昇ってきた。多勢に無勢というやつだ。ここで襲われたら、ひとたまりもない。

どちらかというと喜劇的な情況であるような気もするのだが、背中にじんわりと冷たい汗が浮いてきて、それなのに顔が火照りはじめた。イクオは乱れる呼吸をさりげなく抑えこんだ。

小山内に促されて、イクオはダニがいそうな古ぼけたソファーに腰をおろした。小山内がそっと耳打ちした。

「ここは個室だけではなくて、迷路コーナーや入室フリーの部屋もあってね、いろいろ愉しめるんだよ」

「はあ……」

イクオはもじもじした。尻のあたりが落ち着かない。

「単独で個室にはいると、ショックを受けるだろうから、僕と隣りあった部屋に入るように案配してあげるからね」

「はあ」

「口数が少なくなっちゃったね」

「すみません」

「あやまることはない」

「あの」

「なに」

「俺は小山内先生と個室に一緒に入るんですか」

「そうしたいところだけどね、もちろんノンケのイクオ君にそんなことを強いるわけがない。連絡がとれるように、隣りあった部屋に入ろうということだよ」

「そうですか」

小山内が煙草をとりだしてすすめた。イクオと小山内は同時に煙を吐いた。口から吐きだす煙が妙に暑苦しく感じられたが、それでも気分はだいぶ落ち着いた。

まわりを見ないようにして煙草に集中していると、小山内に促された。イクオは灰皿に煙草を押しつけ、あわてて立ちあがった。

それは棺桶のような部屋だった。正面にはビデオの機械とテレビ、そしてティッシュペーパーの箱、その上の壁面には日焼けした筋肉質の外人男のヌード写真が貼られている。アルミの灰皿には、前の男が吸った煙草の吸い殻がそのまま残されていた。右斜め上の壁面には、赤いフードのついたスポットライトが取り付けてあった。

ポスター脇にはメモ用紙がさがっている。何に使うのか。ぼんやり見ていると、ごく近いところから小山内の声がした。イクオはビクッとしてせまい室内を見まわした。

唖然とした。呆然とした。左右の壁面に、それぞれ穴がふたつずつ開いているのだ。小山内の声がその穴からとどく。

「上穴は、隣の様子を覗くためのもの。下穴は、その、なんて言えばいいのかな——ちょうど股間の位置にあるだろう」

イクオは上穴と称する眼の高さに開いている穴に顔を近づけた。

そこから見えたのは、ズボンと下着をおろした小山内の姿だった。その股間から醜く立ちあがっている赤黒い陰茎は、ちょうど下穴の位置にあった。

4

小山内が追ってくる。イクオは泣き笑いの表情だ。足早に同性愛者の集う通りを行く。空気はいちだんと湿っぽい。雨が降るのは時間の問題だろう。

それにしても、まさかズボンをおろしているとは思わなかった。正気ではない。あの棺桶のような空間で、小山内は何をしようとしていたのか。

イクオを対象にして自慰か。それとも、あの下穴なる馬鹿らしい穴からイクオの個室に自らの触角を挿しいれて、イクオになんらかの愛撫を求めようとしたのか。

「冗談じゃねえ！」

イクオは憤りの声をあげた。小山内になめられていると思うと、怒りに毛穴が収縮した。実際にイクオの肌には鳥肌がたっていた。

「まってくれ」

小山内が震えた声をだして追いすがった。イクオの肩に手をかける。イクオはそれを邪慳に振りはらった。

「触らないでくださいよ！　ホモが移る」

「ひとを伝染病みたいに言わないでくれ」

ふりしぼるような小山内の声だった。イクオは振りかえった。すがる小山内の眼差しに、切実なものを見た。祈りに似ていた。息苦しくなった。小山内の惨めさには、心をうつものがあった。

「なんで、あんなことをしたんですか」

「魔がさしたんだ。素直についてくるから、その気があるんじゃないか、と」

「社会見学と言ったはずです」

「僕が誤解していた」

「そうです。俺はただ、小山内先生がいる世界を覗いてみたかっただけですよ」

「単なる好奇心だけではないだろう」

「ええ」

「教えてくれ。なぜ、僕の側の世界を覗こうと思ったか」

「俺は、ヒモになるんです」

「ヒモ」

「プロのヒモです。ホモは無理だけど、ヒモにはなれそうです。ホモじゃなくてヒモ。語呂《ごろ》あわせじゃないですよ。はじめは松代姉さんに押しつけられたんですけど、いまでは、自分の意志です。ヒモは性を売り物にするんだから所詮は男妾《おとこめかけ》ですよ。うまく言えないけど強いて言葉にすれば、俺は人の心の澱んだところに興味があるし、惹かれるんです」

「澱んだところに」

「そうです。なんていうのかな、影の部分ですよ。陽のあたる華々しいものではなくて、影をじっくり見てみたい」

「向上心が豊かだね」

「馬鹿にしているんですか」

「そんなことはない」

小山内があわてて否定した。御機嫌をとるような声でつづける。

「イクオ君は、文学的なんだよ」

「読書に励んだ時期もありましたけどね、いまは本なんてまったく読みませんよ。本で知ったことなんて、なんの役にも立たなかった。文学なんて糞喰らえです」

「文学的というのは本を読む読まないではなくてだね、人はなぜ性にとらわれて七転八倒しなければならないのか。つまり、ものを考えなければ、性欲はたいした問題ではないというか、欲望を完遂することだけが重要になるわけだが、ちょっとでもそれに疑問をもって思考を重ねるようになると、それは大いなる悩みにまで発展してしまうという――」

小山内は曖昧に語尾を濁すと、うつむいた。イクオは黙っていた。喋りに整理はついていないが、たしかに小山内の言うとおりだと思った。

人はなぜ、性にとらわれて苦しむのか。

性で得られる快感と、それによってもたらされる、あるいはそれにまとわりついてくる精神的な苦痛をはかりにかけると、性的欲求は、じつに割にあわない欲求のように思えるのだ。

とにかく性欲は、食欲のようなシンプルな欲求ではなく複雑に錯綜して始末におえないものであるということは実感している。食物に人格はないが、性には相手があり、そこには自分とはまったく別個の人格がある。

「僕はイクオ君が何を求めているのかを完全に理解することはできない。しかし、ある孤独のかたちを見せてあげることはできると思う」

「孤独のかたち」

「そうだ。それは、腐った匂いのする人間の本性だよ」

「小山内先生は、人間を否定するんですか」

「いや、肯定する。しかし、それでも人は腐りかけている」

「俺は、そうは思いたくない」

「イクォ君が求める性器は、女性のものだ」

「あたりまえですよ」

「冷静に判断して欲しい。ありのままの女性器はどんな匂いがするか」

「ありのままの女性器」

「きれいに洗浄された性器ではない。メスの性器だ。動物としての性器の匂いだ。いや、それは動物に対して失礼だ。あくまでも、人間の性器だ。生殖を離れて、性と制御不能の欲望の象徴として存在する器官のことだ」

「よく意味がわかりません」

「では、言いかたをかえよう。それは異性に相手にされない者の性器だ。自分を必要としている者があれば、その相手のために性器だってみがくだろう。きれいに洗うだろう。どうだ？　孤独な女性器を空想してごらん」

そんな質問に答えられるわけがない。だが小山内の言おうとしているところは、なんとなく理解できたし、一瞬ではあるが則江の軀を思いうかべて身につまされた。

「なあ、イクオ君。僕はろくな小説を書いていない。飯のタネと割りきって、いわゆるエログロを書きとばしている。しかしエロスは当然のこととして、グロテスクの語源である洞窟をあらわすグロッタ、それに思いを馳《は》せるとき、人の心の奥にある洞窟が胸に迫るんだ」

「グロテスクって、もとは洞窟っていう意味なんですか」

「そう。エロスとグロテスクは人間の真の姿をあぶりだすんだ。わかってるよ。僕が三流の、まさにエログロな物書きにすぎないことも。しかしロートレアモンは『人間を徹底的に侮辱しなければならない』と断言し、ボードレールは『美なんて、常に奇異でなければ価値がない』と呟いたんだ。ブルジョア市民が漠然と信じてる真善美なんていう御託がただの偽善であることは、もう、とっくに明らかにされてるのさ。だが、人間という奴は体裁を繕う。体裁ばかりかまって、糞も小便も性交もしないような顔をして太陽のもとを闊歩している。だが、僕が本心から書きたいもの、僕の小説家としての探求と表現の重要な核をなすものは、自ら光り輝くことのできぬ月についてだ。それを無理やり翻訳すれば、孤独の匂いについて、ということになる。それは性と不可分にあるんだ。いいかい、イクオ君。孤独は、腐った匂いがする」

「孤独は腐った匂いがする」

「そう。孤独が漂わせる匂いは、まちがいなく腐敗臭だ」

「なぜ、そんな暗い結論に達してしまったんですか」

小山内はがっくりと肩をおとしている。ビデオボックスで見せたような脂ぎったどぎついものはどこにもない。

「つきあってくれないか。男を愛することしかできない男たちが、どんなシステムを考案したかを」

イクオは逡巡した。先ほどのビデオボックスのようなことがあっては、たまらない。

「だいじょうぶ。僕は案内人に徹する。世界は、愚劣だよ。切ないよ。腐った匂いがするよ。でも、僕はそこで生きている。それを見て欲しい」

小山内が哀願というには淡々とした口調でイクオを見つめた。もう、先ほどのようなことはないだろう。イクオは首を縦に振った。小山内は頷き、歩くように促した。

ふたりは無言で歩きはじめた。イクオは正直なところ、太股や脹脛に懈《だる》さを覚えていた。二丁目界隈をぐるぐる歩きまわって休む間もなかったからだ。しかし同性愛者たちは路上にたたずんで、ひたすら夜のなかを泳ぎまわっている。

切実な性的衝動に突き動かされている人々のエネルギーは計り知れない。この新宿二丁目という空間には、呆然とするほどの徒労が充満していた。

いや、二丁目だけではない。それはなにも男と男の関係を志向する者たちだけの徒労ではないのだ。

歌舞伎町に氾濫《はんらん》する膨大な風俗産業の群れや、男と女の無数の出会いからしてほとんど虚無感を覚えてしまうほどの無駄、徒労だと思う。

「なあ、イクオ君。キミは、陽のあたる華々しいものではなくて、影をじっくり見てみたい、と言ったよね」

「ええ。言いました。恰好いいことは、もうたくさんなんですよ。綺麗事も、偽善も、もうたくさんです。うんざりだ」

「覚えているかな。人間はお月様だって言ったことを」

「ええ。覚えています。決して太陽ではないと」

「そうだ。人は月だ。自ら光ることができない。神の光を反射することは、できるがね」

「そこが、理解できないんですよ。なぜ、神様なんかもちだすんですか」

「人が救われないから、だよ」

「地獄は、存在する。いま、僕たちが息をしているこの星が、地獄だ」

「小山内先生は、ひたすら暗いことばかり考えているんですね」

小山内が頷いた。唇に醒めた笑いがうかんでいた。

「話をもとにもどそう。人間は、月だ」

「まあ、太陽であると言われるよりは、ぴったりきますよ」

「なぜ、月か。月はいつもおなじ面を地球にむけている。月の裏側を見ることは、できない」

「そういえば、そうですねえ」

たとえ話は、あまり好きではない。案の定、小山内の口調が老人じみてきた。イクオはいいかげんに相槌をうった。

「月の光があたる表側は、社会生活を営んでいる側だよね」

「光のあたる側は、道徳とか常識とかのいろいろな決まりがあって、それほど複雑な様相は呈していない。なにしろ体面にすぎないからね」

「なるほど」

「体面みたいのには、もう飽きあきしているんです」

「わかるよ。そういった考えや感情をもつことが、文学的であるというんだ」

なにが文学的か。エロスとグロテスク、ボードレールやロートレアモンを引用したときには迫力があったが、やはり、二流の物書きにすぎない。小山内のたとえ話と論理はイクオからみても苦笑しそうになるほどまっとうだ。あるいは、大きく欠けているものがある。

しかし小山内は、そんなイクオの醒めた気持ちなど理解できるわけもないのだろう、感情をこめて、握り拳をつくって言った。

「いいかい。そして、他人には絶対に見ることのできない月の裏側にたとえられる心の闇がある」

「推理することはできても、見ることはできない。理解するふりもできるけれど、それを証明しようがない。まあ、月の裏側みたいなものですね」

「いまでは、月の裏側の地図もだいぶ正確になってきたけれどね。それはあくまでも地図にすぎない。心理学者は地図をつくるのに躍起になってはいるが」

「心の月の裏側の本質は、永遠に見ることができない」

「そうだ。おもに行動から推理推測するしかない。そして、そこに芸術であるとかの表現の余地がある。僕は、つくづく思うんだ。行動を描く。行動から推理する」

「行動って、ビデオボックスで、オチンチンをだして下穴に挿入することですか」

適当な受け答えをするのに飽きたイクオは、小山内をからかった。小山内が赤面した。夜目にもわかるほど顔を赤くした。イクオはそれを横目で見て、鬱陶しいと思った。

「どこへ連れていこうとしているんですか」

「ウリ専だ。知っているだろう」

「聞いたことはあるけれど」

「売り専門という意味だろうな。男の売春を斡旋するシステムのことだ。ゲイのデートクラブといえばいいかな」

小山内が顎をしゃくった。二丁目に無数にある雑居ビルのひとつだ。エレベーターはない。せまく黴臭い階段をのぼっていく。

それでも店内は、あのビデオボックスとちがってかなりセンスのいい内装が施されていた。アールヌーボー風の植物じみた少年の裸体の彫刻がおいてある。

カウンターは大理石張りのようだ。エアコンの除湿が効いていて、肌がさらっとした。観葉植物が点々と配置されていて、そこに香水でも仕込んであるのか、甘い芳香が漂っている。

体裁としては、スナックといったところだろうか。カウンター内のボーイたちがいっせいに、いらっしゃいませと声をかけてくる。躾《しつけ》がゆきとどいていて、腰を折る角度がホテルマンのようだ。

ボーイは十数人といったところだろうか。みんなこざっぱりとした清潔な恰好をしている。二十歳前後、ほぼイクオと同じ年頃だ。小山内がそっと耳打ちした。

「この店には、二百人くらいのホストが登録しているんだよ」

イクオはしげしげと店内を見まわした。そういった露骨な態度をとっても許されるような、自由な雰囲気があった。小山内に従ってカウンターに腰をおろす。

「小山内先生。この店は、さっきのビデオボックスとはまったく雰囲気がちがいますね」

「かもしれないねえ。なにしろホストはみんなノンケだからね」

「みんな、ノンケ……」

「言わなかったかな。みんなヘテロだ」

「ヘテロって?」

「ヘテロセクシュアル。つまり、異性愛者。イクオ君とおなじ、正常とされている性向の持ち主たちだ。だからヘテロであるイクオ君に緊張を強いないんじゃないかな」

イクオは腕組みをして、もういちど店内を見まわした。緊張感がないのは、やはり小山内が言うようにホストたちが自分と同じく女が好きな男たちである、ということに尽きるようだ。

小山内は顔なじみらしい。カウンターのなかのマスターと呼ばれる中年男とふたことみこと笑顔で言葉を交わし、水割りを注文した。

ワンショット五百円というのは店のグレードからしたら安いのではないか。イクオがそんなことを思っていると、小山内がなよっとした仕草でおしぼりの包装を裂いた。囁き声でおしぼりが臭いと文句を言った。

イクオは小山内の囁きが聞こえないふりをして、お通しの乾きものをつまみ、水割りを舐めた。マスターがじっとイクオを見つめていた。

イクオは顔をあげた。マスターは団子鼻《だんごっぱな》にあばたがひどい醜男である。柔らかい声であやまってきた。

「ごめんなさいねぇ、じろじろ見ちゃって。あなたって、まったくその気がないでしょう」

「わかりますか」

「わかるわよ。ねえ、ウチで稼がない」

「その気がないんですよ」

「だから、いいのよ。その気がある子だと、男の好みってものがあるでしょう。この人は嫌だ、気持ち悪い、趣味じゃないって、仕事にならないのよ。ノンケならば、仕事って割りきって選《え》り好みしない」

イクオは苦笑した。そんなものなのか。いや、そんなものなのだろう。

「割り切れたら、稼げるわよ」

「どれくらい」

「最低でも月百万は堅いな、あなたなら。ウチはいま二百三十八人登録してるんだけど、あなたならその気になれば、ナンバーワンになれる」

イクオの苦笑は戸惑いにかわった。マスターが柔らかい微笑をかえして、囁いた。

「あなたのルックスは、模範的なホモ好み。あたしはもう少し肉付きのいいほうが好みだけれど、あなたがあと五キロくらい太ったなら、全部を捧げてしまうかもしれない」

「勘弁してくださいよ」

「無理強いはしないわよ」

マスターは愛想笑いをくずさぬまま、小山内に水をむけた。

「それより、小山内先生。どうしたの、彼」

「さっき偶然、会ったんだよ。僕がよく行くゴールデン街の店でバーテンみたいなことをしていたんだけれどね」

「ひょっとして松代姉さんのお店」

「そう」

「ちくしょう、あのニセオカマめ！　こんな子をかこってたんだ」

「いまは、独立して、なんでもヒモのプロを目指しているそうだよ」

「あなた、ほんとうなの？」

そう問いかけられて、イクオはあわてて頷いた。

「松代姉さんにそうしろって命令されたんです。でも、むずかしい。いままでにヒモで稼いだ金は、千円ですよ」

「それも、ドツボにはまったようなブスを相手にして、でしょう」

「よくわかりますねえ」

「わかるわよお。あたしはみんなお見通し」

マスターはわざとらしい皮肉っぽい笑い声をあげた。それは嫉妬深い女の笑いのようだった。笑いは唐突にやんだ。小山内に向きなおった。

「こら、屁理屈好きの二流オカマ小説家」

「勘弁しておくれよ。僕はとりあえず世間一般には女好きで通っているんだから」

「まったく先生の書くエロ小説を読んでいる読者は、まさか先生がオカマだとは思いもしないでしょうね」

「エロというが……」

「なに？　エロにも達していない」

「まいったなあ。イクオ君を連れているんで、攻撃がきつい」

「そうよ。こんな上玉《じょうだま》をモノにしやがって」

「ちがうんだよ、イクオ君はまったくノンケだから。ここに社会見学にきたんだよ」

マスターがイクオに向きなおった。

「ふざけるなよ、小僧。増長してると臀の穴に三本くらいブッこまれて糞まみれになって死ぬぞ」

イクオは首をすくめて苦笑するしかない。マスターがいきなり表情を変えた。おねえ言葉で迫る。

「ねえ、イクオちゃん。女なんかけちくさいから金にならないわよ。どんなブスだって、女っていう奴は、男にやらしてやったって思っているもんなのよお。そこへいくとオカマは、誠実。影の花。やらしていただいたっていう感謝の心と愛情を忘れない。お金もきっちり支払うわ。ねえ、イクちゃん、ウチでちょっと稼ぎなさいよお」

小山内が咳払いして割りこんだ。

「イクオ君。真に受けないで。研修で真っ先にマスターに喰われちゃうよ」

「うるさい、エログロ小説家。物書きのカス。おまんこばっかり書いておきながら、ホモ野郎。読者をあざむく不細工なオカマ作家。二流の使い棄て。貧乏人」

まったくマスターの罵詈《ばり》雑言には誰も太刀打ちできないのではないか。声が異様に大きいだけでなく、早口で、そのトーンは超音波のようにギラついていて耳に刺さる。

小山内はニヤニヤしながら耳に指をつっこんでいる。イクオは圧倒されていた。マスターにはオカマであるとかホモといった言葉から連想させられる、なよっとしたところがまったくない。

小山内はマスターに叫ばせるだけ叫ばしておいて、おもむろに立ちあがった。媚びをうる少年たちをとろんとした上目遣いで眺めまわし、品定めをする。

「やっぱり、浩二《こうじ》かな」

「うわぁ、先生ありがとう」

浩二はなかなか美少年だった。頬に両手をやって、身をくねらせる。頬にやった手は、小指が立っている。なんだかできの悪い少女漫画の一齣《こま》だ。

小山内がカウンターに一万円札をおいた。小銭のつりがきた。つまり九千幾らとられたことになる。ワンショット五百円と聞いていたから、イクオは首をかしげた。

キイキイと騒ぐマスターの声を背に、小山内とイクオと、浩二という少年は店をでた。イクオは小さく咳払いして、浩二に訊いた。

「ノンケなんだ」

「うん。電話ボックスのなかにヤングホスト募集っていう張り紙があって、なにもわからないで電話をかけたんだよね」

「出身は」

「なまり、わかる？」

「すこしだけ」

「かっこわるいなあ。群馬なんだけどさ、微妙に標準語じゃないみたいなんだよね」

「家出？」

「まあ、そうだけど、そんな大げさな感じじゃない。どうせ家にいたって相手にされないからね」

横目でそっと窺った浩二の表情に明確な感情はあらわれていなかったが、確かに翳っていた。

イクオは家庭事情についての質問を控えることにした。口調をかえて小山内に訊く。

「ワンショット五百円なのに、一万円札でおつりが小銭だけだったじゃないですか」

「ああ、たしかにドリンクは五百円だけど、店が仲介料を取るんだよ」

「仲介料」

「そう。店はそれで儲けている。仲介料八千円也。早い話が、人買いだな。奴隷の斡旋所だよ」

「先生、俺って奴隷?」

「その通り。金で買われた哀れな奴隷」

小山内と浩二は馴れた口調でやりとりした。小山内は浩二と幾度か寝ているのだろう。イクオが入りこめない独特の親密さがあった。ちょうど男女のアベックに付き従っているかのような気分だ。

「なあ、浩二。今日はあっちのほうはいいから。茶でも飲もう」

「いいって言われても、困っちゃうよな」

「二時間分の金は払ってあげるよ」

「ほんと?」

「ほんとうだ」

「うわー、先生って太っ魔羅!」

太っ魔羅とは太っ腹のシャレだろうか。イクオは苦笑するしかない。それにしてもノンケであるはずの浩二だが、その喋りは妙に女っぽい。あるいはオカマっぽい。やはりその空気に染まっていってしまうのだろうか。それとも、そういう演技をしていないとやりきれなくなってしまうのだろうか。

小山内が先頭に立って、靖国通りを横切った。通りに面したガラス張りの喫茶店に入った。ごくあたりまえの喫茶店で、客は男女半々といったところだ。

それぞれが注文したコーヒーや紅茶が運ばれてきてから、小山内が浩二にどんな仕事をしているのかをイクオに話して聞かせるように促した。

「そうねえ。電話ボックスのチラシを見てこの業界に入ったということはさっき話したよね。もちろん俺はそこがウリ専だとは夢にも思わなかった。電話でどんな店かって尋ねたら、女も男も客だっていうんだよね」

「女も男も」

「そう。ちょっと曖昧だけど、女も男もって言われると、普通の飲み屋かと思っちゃうよね。で、面接に行ったわけよ」

「男の客はともかく、女っていうのは納得できないけど」

「いや、嘘じゃないのよ。ほんとうに女の客もくるんだ」

イクオは小首をかしげながら渋い紅茶を口に含んだ。浩二が神経質に手をこすりあわせる。

「実際に女が俺たちを買いにくるんだよ。通の遊び人の女だけどね。ごくまれだけど、ないわけじゃないんだ。まあ、マスターが許可した女だけだけれど」

「じゃあ、女のお客さんがきたらみんな奪いあいじゃないの」

「いや、そうなりそうなものだけど、実際は妙にしゃちほこばるというか、こまっちゃうんだよね。困惑するっていうの？　決してその女のお客さんがひどいブスってわけじゃないんだけどね、なんて言えばいいのかなあ。あのね、臭いの。女臭いと言えばいいかな。生臭いんだよね、女は」

女は女臭い。そういうものだろう。イクオは苦笑した。つられるように浩二も苦笑した。

「馴らされちゃうんだよね。人間って保守的っていうのかな。それなんだと思う。男の人を相手に毎晩仕事をしていると、女が汚く見えてくるんだよね」

イクオは腕組みした。思わず唸ってしまった。

「それって、はっきり言って、ゲイになってしまったってことじゃないのかな」

浩二はイクオの眼前で手を左右に振った。

「それはないって。だって、俺、彼女、いるんだよ。同棲してるんだ」

「同棲してる」

「そう。毎日小山内先生みたいなお客さんに搾り取られているから、彼女とのセックスはせいぜい週一くらいだけど、自分からガンガン攻めてるよ」

「彼女には、その、なんていうのかな、生臭いとか、女臭いっていう違和感を感じることはないの」

「感じる。感じるけど、ああ、この匂いが俺がほんとうに欲しいものなんだなあってしみじみと思うんだな。小山内先生とやるときは絶対に金をとるけど、彼女にはとことんサービスしても金のことなんか考えもしない」

こんどは小山内が苦笑していた。僕の場合は結局は金か、と独白して頭をかいた。イクオは店で聞いた研修について尋ねた。

「ああ、研修ね。マスターが素っ裸でいてね、あちこちを舐めさせられるんだよ」

「あちこち……」

「そう。乳首くらいからはじめて、竿はおろか臀の穴まで、だよ」

「そこまで、できるのか」

「うん。誰にでもできる」

「誰でも」

「そう。人類愛に目覚めちゃってね、なんて」

イクオは、うーんと息をつく。冷めかけた紅茶で喉を潤す。やはり信じがたい。

「疑ってるね。信じられないのも無理ないけど、でも、密室でふたりきりっていうのは、なんていうのかな、男と男っていうよりも人間対人間て感じで意外と昂ぶりがあるんだよ。少なくとも俺はドキドキしたな。そして、ちゃんと勃起もした」

そういうものかもしれない。じつは男と女の境界なんて、ひどくあやふやなのではないか。イクオはまっすぐ浩二を見つめた。浩二がウインクをかえした。

「あとはマスターに後ろからやられる」

「そこまでするの」

「うん。試すんだよ。迎え入れ可能か、不可能かを」

「だめな奴もいるんだ」

「当然だよ。物理的にだめな奴もいるし、舐めることはできても、入れられることには徹底的に逆らう奴もいる」

「徹底的に逆らうのは、恐怖心からだね」

「そう。物理的にだめなのは、たとえばイボがあるとか」

「イボ痔《ぢ》」

「そう。肛門の疾患というやつですか」

「じゃあ、そっちに問題のある奴は、この商売には向かないと」

「そんなことはない。なにがなんでもアヌスってわけじゃないから。いろいろな趣味の人がいるからね、大丈夫だよ。アヌス調べはマスターの趣味だな」

「いやな趣味だ」

「まったく。でも、あっさり受け入れちゃった俺は、どうなるの？」

浩二が冗談めかして笑った。イクオに言葉はない。浩二はすぐに真剣な顔をした。

「そんなことより、面接では写真を撮られちゃうんだよ」

「ひょっとして、裸の」

「そう。他の店はどうだか知らないけど、ウチはそう。そして、脅されるというか、叩きこまれる」

「なにを」

「ヤミケンとヒキヌキ」

この業界独特の隠語だろう。イクオは首をかしげた。浩二は人差し指を立てて、まるで自分が経営者のような口調で言った。

「ヤミケンというのは、店の仲介を通さないで勝手に客と会ってやること。ヒキヌキは文字通り引き抜き。もっとも店と店の場合は二丁目というせまい場所柄、あまりないんだ。ヒキヌキは客が『ねえ、キミ。店をやめて僕の専属にならないか』ってやつだね」

「それがばれると」

「なんのために写真を撮られたかっていうの」

「ばらされてしまう」

「そういうこと。会社や家族に、裸の写真をばらまかれちゃう」

「ひでえなあ」

「まあね。小山内先生が言ったように、俺たちは奴隷かもしれない。世間に顔向けできなくなるぞって脅されているんだよね」

「たまらないなあ。最悪だ」

イクオは顔を顰めた。何気なく外に視線をやると、雨が降り始めていた。頭に新聞紙をのせたサラリーマン風が走っていった。

「まあ、たいして稼げないような子なら、身請けもありだけどね」

「身請け」

「そう。客がちゃんと店を通して話をつける。相場は五十から百万。金額が曖昧なのは、それぞれの弱みに応じてってところかな」

「正直なところ、がっかりしたよ。まさに人買いだな」

いままで黙っていた小山内が割りこんだ。

「世界は、やっぱり奴隷制度を克服していないんだ。なぜかといえば、人がそれを欲しているからだよ」

「欲している」

「そうだ。イクオ君も、僕も、浩二も、じつは奴隷の境遇で、いちばん安堵する。心の底から安心する」

世界は奴隷制度を克服していない。そして、人は奴隷の境遇でいちばん安堵する。小山内の指摘は、心に刺さった。そんなはずはないと思いながらも、イクオは打ちのめされた。浩二があくびまじりにコーヒーのスプーンをもてあそんで喋りはじめた。

「まあ、正直言って、いい商売だよ。二時間お相手して一万円。泊まりは二万。オール指名制だから、指名がなかったら、収入ゼロだけどね。店から交通費として二千円でるけど、それだけじゃあねえ。とにかく店は損をしないようにできてるのよ。所詮は、俺たちは小山内先生の言うとおり、奴隷だから。せめて、早く奴隷頭に出世したいものよ」

浩二は言うだけ言って、軽い笑い声をあげた。訊かれもしないのに、奴隷頭とは、店のマネージャーのことだと解説した。

小山内がイクオの表情を窺っていた。それに気づいたイクオは感情があらわれないように気を配って、顔をあげた。小山内がさりげなくイクオから視線をはずした。

「浩二、もういいよ」

聞きとれないくらいの小声で言って、小山内はテーブルの上に一万円札をおいた。

浩二の顔が輝いた。くどいくらいに礼を述べた。まだ一時間くらいしかたっていないし、ただお喋りをして報酬を得たのだから笑いがとまらないようだ。

残っているコーヒーを音をたてて啜って浩二が立ちあがった。つい先ほどまでの卑屈な笑いが消えていた。イクオを見おろす。耳元に顔をよせて囁いてきた。

「大きなお世話かもしれないけれど、ヒモ稼業なんて儲からないよ。俺にはわかってる。あんた、うまくいかないよ。あんた、俺のことを薄汚いニセホモ野郎と思っているだろうけど、金で決着がつくときは、いつだって攻撃するほうが払うことになってんだよ。抱かれて金をもらう。犯されて、金をもらう。社会は、世界はそういう具合にできてんだよ。お金っていうのは、ミサイルなんかとおなじ。武器なんだよ。いいか。俺は金というミサイルを撃ちこまれて、降参する。白旗掲げて、肛門をひらくんだ。金と一緒にお客さんの亀頭をぶちこまれるんだよ。金っていうのは、究極の兵器なんだよ。俺はあたりまえのことをしているの。軀を標的にしてミサイルをかきあつめてるんだ。金儲けの王道を歩んでいるのよ。職業に貴賤はないって言うじゃない。あるのは賃金の差だけだってか。どこに抱いて金をもらえるなんてうまい話がころがってるかよ。ミサイルを撃ちこんで金をもらおうなんて虫がよすぎるって。ヒモなんて、生活力のない惨めな男の願望にすぎないんだよ。いいか。奴隷は、あんただ。おまえが奴隷なんだよ。つまんない思いこみの奴隷だ。頭でっかちは、亀頭にも脳味噌があるって勘違いするんだよな。でもな、俺の見たところ、おまえの脳味噌に詰まっているのは精液だ。それも腐っている」

言うだけいうと、浩二は馬鹿にしたように肩をすくめて、喫茶店からでていった。自動ドアの開閉とともに、湿気《しけ》った雨の空気が流れこんだ。イクオは完全に顔色を失っていた。ぎこちなく小山内が咳払いした。とたんにイクオは苦笑した。苦笑してみせた。小山内が取りなすように呟いた。

「あいつは、嫉妬しているんだよ。理屈になってない」

「でも、説得力がありましたよ」

「嫉妬はいつも正当さ。絶望的に鬱陶しいがね」

「雨、降ってきてしまいましたね」

「ああ。これからどうする?」

「小山内先生は?」

「僕は男色の奴隷だからね。それにふさわしい場所に消えるよ」

「そうですか」

イクオはうつむいた。独りになりたくなかった。小山内でもいいから、そばにいて欲しかった。

思いかえせば今日一日、いろいろなことがあった。徹底的に則江を焦らせと命令されているから、松代姉さんの店や則江のマンションには近寄っていない。

だから桂を呼びだして歌舞伎町二丁目のホテルで抱いた。明日香さんにもらった鈴を挿入して、数時間堪能した。

それから、鶴亀食堂で腹ごしらえをして、ポルノショップで店長や客とのやりとりを愉しんで暇をつぶした。

その時間が過ぎてしまうと、妙に物寂しくなった。たまらず、芳夫に電話をかけた。筋者御用達の喫茶店で会って、久しぶりに近況を聞いた。

芳夫は愚痴ばかりならべあげた。懐かしさがやや鬱陶しさにかわっていき、もてあましだしたころ、芳夫は携帯電話で呼びだされて唐突にイクオの前から消えた。

イクオは芳夫がおいていった一万円札に腹立ちを覚え、なかば投げ遣りに新宿二丁目の社会見学に出かけた。

そこで小山内と出会い、ビデオボックスであるとかのゲイの蠢く世界に足を踏みいれた。そして、いま、金のために軀を売っている浩二にたっぷりと皮肉を言われた。

喫茶店のマスターらしき男が満面笑みでかたわらにやってきて、そろそろ閉店であると告げた。壁の時計を見ると、午前零時近かった。イクオは抑えた声で頼んだ。

「小山内先生。俺も連れていってください」

「いいのか」

「もちろん、あっちのほうに誘われるのはごめんですけど、まだ見逃しているものがあるんでしょう？」

「まあね。いちばんハードなクルージングスポットが残っている」

5

コンビニエンス・ストアでビニール傘を買った。相合い傘はごめんだとイクオが笑うと、小山内は少し寂しそうに笑いかえした。ビニール傘にまぶされている白い粉が小山内の黒っぽいスーツの肩を汚した。

二丁目にはもどらなかった。新宿通りを東にむかっている。このあたりは、イクオにとって未知の領域だった。もう方向感覚も満足にない。

「なあ、イクオ君。浩二の言ったことはあまり真剣に考えちゃいけないよ」

傘の透明なビニール越しに、透かし見るような眼差しで小山内が言った。イクオは頷きかえした。

「あいつは、イクオ君がうらやましかったんだよ。もしイクオ君がおなじ商売をすれば、自分なんか目じゃないくらいに稼げることを本能的に感じとったんだな」

「ノンケがゲイの相手をするということは、考えようによっては、じつは簡単なことかもしれませんね」

「そうだよ。そのとおりだ」

「しかし、考えていた以上に複雑な世界でした」

「そうなんだ。この趣味は複雑で、徹底的に細分化されている。飲み屋だけに限っても、さぶ、外人専門、デブ専、フケ専、ハゲ専、リーマン系って感じでとことん細かく分かれている。その細分化された実体には、ホモの神経質さが如実にあらわれているんだ」

「なんだか、他人事みたいですね」

「ああ、物書きの悪い癖がでたね。文章ばかり書いていると、客観視する能力ばかりが発達してきて、目の前でおこっていることも他人事に感じられてくるようになるんだな」

一人前のことを抜かす小山内であったが、イクオはこの小山内がどのような作品を書いているのかも知らないし、松代姉さんの店で作家と紹介されなければ小説家だとは思わなかっただろう。だいたい自ら自分の書いているものはエログロであると卑下してみせる程度である。そんなことを思ったせいで、なんとなく気の抜けた口調が洩れた。

「これから行くところは？」

「淫乱旅館」

淫乱――旅館。凄まじいネーミングである。イクオは思いきり首をかしげた。

「サウナのある旅館なんだけれどね、ホモ専用なんだ。洋風に言えば、クルージングスポットだ。だが僕くらいの年頃の年季のはいったゲイは、昔ながらの淫乱旅館という名前のほうを愛しているよ」

イクオは傘で自分の顔をさりげなく隠した。やや、不安だ。連れていってくれ、とは言ったものの、淫乱旅館なる名前は迫力がありすぎる。しかも、惨めで饐えた匂いがする。強烈な精液の匂いが漂ってきそうな気がする。むっとする男の匂いだ。

逃げだそうと思った。深入りはほどほどにしておかなければ。ミイラとりがミイラになるという可能性だって生じるだろう。強引に犯されてしまったら、自分も浩二化してしまうかもしれない。

小山内が咳払いした。気弱にイクオを覗きこむ。

「誤解、しているようだね」

「なにが、ですか」

「淫乱旅館なんていうすごい名前を口ばしってしまったからね、怖くなってしまったんだろう」

「ええ、まあ、正直なところ」

「実際は、ちがうんだ。昔は淫乱旅館という名前にふさわしいまさに日陰の世界だったんだが、いまは洋風に改装して今風な社交場になっている」

半信半疑ではあるが、イクオは観念した。逃げだすわけにはいかない。ここは腹を据えて、じっくり淫乱旅館なる場所を観察するしかない。

雨足が強まってきた。十分近く歩いただろうか。そこに着いたときは、ズボンの裾がびしょぬれになっていた。靴のなかにも雨水が浸みていた。

イクオは不快感を圧しころして濡れた靴下を脱いで、そのスペースにあがった。

そこにはバーベルやダンベル、あるいはバタフライマシンなどの筋力トレーニング用の機械が用意されていて、抑えた音量でヨーロッパ系ミュージシャンが演奏するレゲエが流れていた。

床はチェスの盤を思わせる白黒の市松模様のフローリングで、日焼け用の青いランプが備えてある日焼けルームまであった。

タンクトップに短パンの男が大きく呼吸を繰りかえしながら、バーベルをつかってトレーニングしている。

それを笑顔で見守る男も、はち切れんばかりの筋肉だ。かたわらに置いてあるコップにはいったバナナ臭い液体は、たぶんプロテイン系の飲料だろう。

トレーニングしている男が、その筋力を誇示するかのようにバーベルを持ちあげたまま、イクオに笑いかけた。その歯は染めたかのように白い。

イクオは曖昧に視線をはずした。なるほど。小山内の言う淫乱旅館という名称とはかけ離れた、健康的な世界ではあった。ただし、正確には、奇妙に健康的、と表現したほうがいいかもしれない。

男たちはその肉体を誇示し、筋肉にこだわらない者は、一心不乱に爪の手入れをしていたりする。

室内の装飾にも独特のセンスがあった。首のない男の裸体のマネキンには、ぴっちりしたカルバンクラインのブリーフが穿かされていた。食虫植物的な形状の観葉植物の鉢がたくさん置かれていて、その青臭い匂いが蒸し暑く感じられるほどだ。そして観葉植物の陰で寄りそって、お互いの乳首を愛撫しあっている男たちがいる。

サウナからでてきて、腰にバスタオルを巻いたまま、品定めの眼差しで男たちの間を行ったり来たりしている二重顎の中年男と視線があった。物欲しそうに凝視してきた。

同性愛者専用の〈フォルティシモ〉という銘柄のコンドームをパッケージから取りだして、額を寄せあい、含み笑いを洩らしながら、なにやら品定めしているカップルがいる。

背後から、小山内が囁いた。

「せっかくここまできたんだから、シャワーでも浴びていったらどうかな」

イクオは失笑した。

「せっかくですけど」

「そうか。べつに疚《やま》しい気持ちをもって言ったわけではないんだよ」

しかし、やや上擦った小山内の声には充分な疚しさが滲んでいた。だがイクオはにこやかに愛想笑いをかえした。小山内が同情の口調で言った。

「なあ、イクオ君。ここでこうしているのは、ノンケのキミにはちょっと辛いだろう」

「そうですねえ。眼のやり場にこまります」

「べつに部屋があるんだ。そっちへ移ろうか」

促されるまま、イクオは小山内に従って別室に移った。

そこは、ベッドが据えてあるだけの殺風景な個室だった。イクオの顔から笑いが消えた。こんなことだろうとは思っていたが、この中年ホモの遣り口はあか抜けない。

「あのビデオボックスよりは、清潔ですね」

イクオが呟くと、緊張しきっていた小山内の顔が弛緩した。

「そうなんだ。シーツも真新しいし、あそこのような不潔感はない」

「ただ、ふたりだけというのが、少々困りますけど」

「安心してくれ。僕はイクオ君をどうこうしようという野心はない」

「野心ですか」

「ちょっと表現がちがうか。ははは。物書きのはしくれとして恥ずかしいなあ」

この薄汚い中年ハゲはなにをはしゃいでいるのか。イクオは醒めきった眼差しで小山内を一瞥した。

「なあ、イクオ君。こうしてぼーっと立っているのもなんだ。座らないか」

「ベッドに、ですか」

「まあ、いいじゃないか。僕に不純な気持ちはこれっぽっちもない」

イクオは苦笑を隠して立ったまま壁に寄りかかった。いそいそとベッドに腰をおろした小山内は、真っ赤に上気している。呆れたことに、まるで十代の女の子のように含羞《はにか》み、親指の爪を噛んだ。

「ねえ、イクオ君。キミが描いていた淫乱旅館とはずいぶんイメージがちがうだろう」

「そうですね。なんだかユーモラスだ」

「そうだよ、それなんだ。同性愛の本質は、ユーモアなんだ」

「そうですか。本質がユーモアだとは思えないけど」

「なぜ」

「うーん。どこかシャレにならないぞっていう不安感がつきまとっていますもん。笑顔がいちばん恐ろしい。そんな感じです」

「そうか。その気がない者にはユーモアも不安になるんだな」

イクオは顔を露骨に顰めてみせた。小山内はそれに敏感に反応した。

「つまらないことを言ったようだな」

「なんていうのかな。オカマがよくテレビにでていたりするじゃないですか」

「厚化粧関係だな」

「ぬりもの関係？」

「化粧が趣味の同性愛者のことだよ」

イクオは失笑した。小山内も媚びるように笑った。イクオは咳払いして会話をもとにもどす。

「いつも思うんですけど、テレビにでているオカマは冗談が好きじゃないですか」

「まあね。テレビにでていなくたって、彼ら、いや彼女たちは冗談が好きさ」

「その冗談ですけど、痛々しいですよ」

「痛々しい」

「そう。引き攣れているといえばいいかな。なにも喋らない間があるのが怖くてしかたがないみたいな」

「なるほど。イクオ君の観察は的確だね」

「先生もそう感じてるんだ」

「うん。追いつめられているから明るくふるまうってことは、よくあるよね。明るくはともかく、やたらと口数が多くなったりする」

「オカマもしんみりと暮らせたらいいのに」

「緊張をほぐそうと必死なんだよ。道化以外に存在を認められる理由が見つからない異形の者の必死のあがきだ」

まったく作家という人種は大げさだ。豊富な語彙は表現を豊かにするというよりも、問題をより複雑化するだけであるような気がする。イクオは壁によりかかったまま吐息をついた。小山内がイクオの顔色を窺った。

「また、僕はつまらないことを口ばしってしまったようだな」

「いや、そんな。この旅館では、みんないきいきとしているみたいだし、場所が問題なんですよね。ノンケの俺たちと向かいあっていると、落ち着かない気分になるのは当然だと思いますよ。ちょうど、ここで俺が落ち着かないのといっしょだ」

「落ち着かないかい」

「正直、落ち着きませんよ」

「ここにいる連中は、みんな紳士だよ」

「でも、みんなマッチョだから、ちょっと怖いですよ」

「筋肉に対するナルシズムは、じつは同性愛者の証拠なんだがね」

「そんな気はしますよ。女好きの筋肉野郎でも、うっとりするのは逞《たくま》しい男の軀ですもんね」

「まあね。ホモの３Ｋ、５Ｋってやつだ」

「ホモの3K、5K?」

「黒い、刈りあげ、筋肉質が3Kだ。それプラス、気がいい、金持ちで5K」

壁によりかかったままイクオは首を左右に振った。笑顔をつくっているのが馬鹿らしくなってきた。

「俺はそろそろ帰りますよ」

「なぜ!」

「なぜって、俺は小山内先生のお役に立てませんから」

「少しのあいだ、会話するだけでいいんだ」

「お喋りですか。もう、飽きてしまったんだけど」

イクオは腕組みした。胸の前に腕を交差させるのは無意識の拒絶のポーズだ。それを意識的にした。小山内をまっすぐ見つめる。

松代姉さんの店ではじめてバーテンのまねごとをした晩だ。まだ凍えそうに寒かった。ゲイのふたり組の客が帰ったあと、小山内がやってきてカウンターに座った。

小山内はまったく同性愛者には見えなかった。どちらかといえば女好きの、しかし女たちにまったく相手にされない惨めな中年男といった感じだった。

唯一印象に残っていることといえば、酔っていながらも酒の量などについてかなり細かかったことぐらいだ。そして、則江に対してじつに棘のある言葉を吐きかけた。

「ねえ、先生。なぜ、隠すんですか」

「なにを」

「自分が同性愛者であることを、ですよ」

「――イクオ君は、ホモが社会からどんな仕打ちを受けるかわかっていないよ」

「そうかもしれません。でも、小山内先生は小説家じゃないですか。俺は先生の小説を読んだことはないけれど、先生がホモのことを描いた小説を書いたら絶対に読むと思います」

「そして、笑うか」

「笑う？　まさか。どんな気持ちをもつかはわからないけど、真正面から理解しようとつとめると思いますよ」

イクオは嘘をついた。真正面から理解する気など毛頭ない。その場しのぎの口からでまかせだ。小山内が細く長く吐息をついた。いつのまにか顔色が真っ白にかわっている。

「ねえ、小山内先生。松代姉さんの店みたいななんでもありの場所で、自分の趣味を隠すなんて、水くさいじゃないですか」

「ふざけるな」

「はあ？」

「ふざけないでくれ。カミングアウトするのは簡単だ。しかし、いっときの勢いで自分が同性愛者であることを告白すれば、あとに残るのは苦く哀しく、辛い後悔だけだよ！」

「大きな声をださないでくださいよ。俺は先生と喧嘩をするつもりでここにきたんじゃない」

イクオは背をむけた。個室から出ようとした。小山内が背後から肩をつかんだ。イクオは振りかえり、小山内を突き飛ばした。小山内はあっさり尻餅をついた。禿げあがった小山内の頭頂部を一瞥して、イクオは抑揚を欠いた声で言った。

「なにをするんですか。触らないでくださいよ」

尻餅をついたまま口を半開きにしてイクオを見あげる小山内の顔は、ほとんど泣きかけていた。イクオはその顔面にむかって唾を吐きかけたい衝動を覚えたが、それをかろうじて抑えた。

＊

さらに雨足は烈しくなっていた。路上が白く泡立つほどの土砂降りだ。西のほうの空が稲光《いなびかり》で青白く明滅した。

ビニール傘がしなうほどの雨量だ。イクオは全身ずぶぬれになることを覚悟した。ここがどこであるかはっきりしない。とりあえず新宿通りにでなければ、と裏路地をさまよった。

「まて！」

切迫した声に振りかえると、少ない髪を簾《すだれ》のように額に張りつかせた小山内だった。傘もささず、裸足《はだし》だ。イクオは闇を透かすようにしてその顔を凝視した。

「先生。ひょっとして泣いているんですか」

「うるさい！」

「――なにか、御用ですか」

「許せん」

「ずぶぬれでなにを息んでいるんですか」

　イクオはビニール傘を投げ棄てた。雨が即座に頭髪を濡らし、頭皮に突き刺さった。小山内と真正面から向きあった。小山内が怯むのが見てとれた。

　心のどこかで、箍《たが》がはずれる音がした。イクオはたしかにその音を聴いた。顔面から血の気がひいていくのがわかったが、不快ではない。感じているのは、充実だ。

「先生。いっときの激情に駆られて飛びだしてきてしまったことを後悔させてあげますよ」

　言いながら、距離を縮めた。その刹那《せつな》、世界が煌めいた。豪雨の夜が輝きに包まれた。青白く、盛大に燃えあがった。イクオは、生きていた。左手で小山内の襟首をつかみ、引き寄せるのにあわせて右の拳を叩きこむ。

　あっさり鼻が潰れるのが、拳に伝わった。同時に、勢いあまって鼻から滑った拳が小山内の前歯に激突した。イクオは拳に鈍痛を感じた。

　舌打ちする。ほどほどにしないと、以前に公園でいちゃついていたアベックを殴ったときのように拳を痛めてしまう。イクオは周囲を見まわした。

小山内は路上に膝をつき、顔面の下半分を両手で覆っている。両眼を大きく見開いているその顔は、東南アジアの仮面のようだ。イクオはしばらく観察したが、暗いのと雨のせいで出血の具合はよくわからない。

　イクオは視野の端に、路上の片隅にころがって雨に打たれ、小刻みに揺れている清涼飲料の空き缶を見てとった。腰をかがめて拾いあげると、うまい具合にスチール缶だ。缶の底を掌にあてがい、アッパーの要領で小山内の顎に空き缶の先を叩き込む。

空き缶が一息に潰れた。

小山内が路上に昏倒した。

小刻みに痙攣している。

痙攣にあわせて小山内の穿いているズボンの裾が路上の雨水を叩いてリズミカルな音をたてた。この烈しい降りのなかで、その音を聴き分けることができるのが不思議だ。

幻聴か。

耳を澄ました。聴こえる。裾が雨水の膜を叩く音だ。

唐突に我に返った。手のなかで完全に潰れたスチール缶を投げ棄てる。

イクオは不安になり、片膝をついて小山内を覗きこんだ。

小山内は白眼を剝いていた。缶の角が肉を削《そ》いだのか、顎の皮膚と肉がべろんと剝けて、ベーコンのように垂れさがっていた。

雨のせいで、出血は流され、ほとんど目立たない。眉間に皺をよせて凝視すると、白いものが露出していた。明らかに顎の骨だ。だが、自分の為《な》したことに対して現実感がない。

「やりすぎたかなあ」

独白した瞬間だ。小山内が寝返りをうつようにしてどうにか体勢をととのえた。肘で這って、イクオに迫った。イクオの膝小僧に小山内の手がかかった。

片膝をついていたイクオは、焦って立ちあがった。バックステップして間合いをとり、顔面を蹴りあげた。

小山内は真後ろに倒れた。後頭部が路上に激突して、ごつと音をたてた。

それきりだった。小山内は動かなくなった。おそるおそる窺うと、小山内は瞳を見開いたまま天を向いて声をたてずに泣いていた。イクオは顔をそむけた。

「先生が迫ってくるから――」

小声で釈明したが、雨音にかき消された。イクオはその場から逃げるように立ち去った。なかば眩暈がおきていた。立ち眩《くら》みがひどい。脹脛が重く、その一歩がつらい。とにかく安定しない気分だった。

なぜ、小山内に暴力をふるったのか。

小山内から明確な危害を加えられたことなど一切ないのだ。

先生、勘弁してくださいよ。そう笑ってすませられることなのに、喧嘩腰になり、あげくの果てに傷つけた。一方的に熱狂し、暴行を加えた。

スチール缶で突きあげて顔面にひどい傷をつくったことだけでない。イクオは小山内の心をもてあそび、そして、深く傷つけた。肉体と心を傷つけた。それを自覚した。

社会見学という大義名分を振りかざして、陰でひっそりと営まれている同性愛者たちの行為を盗み見し、好奇心を満たし、いわれのない優越感を抱いて小山内に接してきた。

そうだ。イクオは今日、小山内と出会ってから、ひたすら小山内をもてあそんだのだ。同性愛という負いめをもつ小山内を蔑み、優位に立って、自意識を満たした。

イクオのふるった暴力は、その延長線上にあるようだ。いわゆる〈いじめ〉に共通した心理ではないかとイクオは自分のサディズムを分析した。自己嫌悪が迫りあがった。

「汚らしいホモ野郎」

強がって独白してみるのだが、ひどく胸が痛む。イクオは小山内を生贄《いけにえ》として扱った。名前の知られていない三文小説家にして、同性愛者。自分より劣るもの、負の要素を持ったゴミのような存在。そう、蔑んだ。

自分がもっているこの残酷さは、いったいどのような衝動からもたらされるものなのだろうか。その本質がわからない。自分のことなのに、理解不能だ。

表面上は、とりあえず、いじめに似た心理であるなどとあれこれ屁理屈をつけることができはするのだが、イクオはそれに納得できなかった。

突出した暴力をふるってしまったその衝動を分析することはおろか、自分の心のことなのに、すべてがまったく理解できないことがつらかった。苛立ちは烈しいのだが、寝不足のときのように、頭に靄がかかっていた。それが苦しい。なんとかこの靄をすっきりと晴らすことができないものか。

暴力の衝動は、忘れたころにやってきて、それは逆らい難く、一瞬の光輝と熱狂を露にし、そして、最悪の後味と筋肉疲労だけを残して霧散してしまう。

小山内を殴っているときは、たしかに充実していた。世界は緊張と充実に満ちあふれ、鮮やかに光り輝いていた。降りしきる雨を刺し貫く強烈な光が射した。眼前に引かれていた分厚いカーテンが、いきなり左右に開かれたような感じだ。

しかし、それは一瞬で、あとに残るのは自分が暴力をふるったことさえはっきりとしない非現実感だ。

それは絶望的に不快な眩暈だ。視界がひどくせばまって、薄ぼんやりと暗い。筋肉は痙攣気味に弛緩と緊張を繰りかえし、世界の重力が増したかのような重さが脹脛や太腿を硬直させていき、肺の動きが規制されて口で息をしているかのような不自由感がある。

一瞬開けた、明るく、見通しのきいていた世界に、ふたたび分厚いカーテンが引かれて、イクオは目標を失った。失明した。

雨に打たれ、叩かれて、イクオは自分が誰で、何をしているのかさえもあやふやになってしまい、その不安感から、漠然とした迎合の笑いをうかべた。

不幸なことは、誰に向かって迎合の笑いをうかべているのかさえも判然としないことだ。イクオは銀色と藍色の溶けあった不純な色彩の雨の夜に、精一杯の迎合をしているのだった。

イクオは肩をおとして深夜の裏路地をさまよった。口許にうかんでいる迎合の笑いは、ほとんど泣いているのとかわらない。確かに孤独は腐った匂いがした。

烈しい雨が、降る。

（下巻へつづく）

（この作品『ぢん・ぢん・ぢん』は、平成十年七月、小社ノン・ノベルから四六判で刊行されたのを上下巻に分冊したものです）

祥伝社文庫

上質のエンターテインメントを！　珠玉のエスプリを！

祥伝社文庫は創刊15周年を迎える2000年を機に、ここに新たな宣言をいたします。いつの世にも変わらない価値観、つまり「豊かな心」「深い知恵」「大きな楽しみ」に満ちた作品を厳選し、次代を拓く書下ろし作品を大胆に起用し、読者の皆様の心に響く文庫を目指します。どうぞご意見、ご希望を編集部までお寄せくださるよう、お願いいたします。

2000年1月1日　　祥伝社文庫編集部

ぢん・ぢん・ぢん（上）

平成13年3月20日　初版第1刷発行
平成22年7月25日　第6刷発行

著者　花《はな》村《むら》萬《まん》月《げつ》

発行者　竹内和芳

発行所　祥《しよう》伝《でん》社《しや》
東京都千代田区神田神保町3-6-5
九段尚学ビル　〒101-8701
☎ 03(3265)2081(販売部)
☎ 03(3265)2080(編集部)
☎ 03(3265)3622(業務部)

印刷所　図書印刷

製本所　図書印刷

造本には十分注意しておりますが、万一、落丁、乱丁などの不良品がありましたら、「業務部」あてにお送り下さい。送料小社負担にてお取り替えいたします。

Printed in Japan
© 2001, Mangetsu Hanamura

ISBN4-396-32846-X C0193

祥伝社のホームページ・http://www.shodensha.co.jp/

祥伝社文庫

花村萬月　笑う山崎

冷酷無比の極道、特異なカリスマ性を持つ男の、極限の暴力と常軌を逸《いっ》した愛…当代一の奇才が描いた各マスコミ絶賛の問題作！

半村　良　長者伝説

政治資金を偶然、着服することに成功した若者は、仕手株戦に乗り出し大金を手にすることができたが…。

半村　良　魔人伝説

1999年初冬、超能力・人心操作《マインド・コントロール》で日本支配を企てる秘密計画が始まった！　近未来を予告する問題作！

半村　良　完本　妖星伝1　鬼道の巻・外道の巻

神道とともに発生し、歴史の闇に暗躍する異端の集団、鬼道衆。吉宗退位を機に、跳梁する！　大河伝記巨編第一巻！

半村　良　完本　妖星伝2　神道の巻・黄道の巻

徳川政権の混乱・腐敗を狙い、田沼意次に加担する鬼道衆。大飢饉と百姓一揆の数々に、復活した盟主外道皇帝とは？

半村　良　完本　妖星伝3　終巻　天道の巻・人道の巻・魔道の巻

鬼道衆の思惑どおり退廃に陥った江戸中期の日本。二〇年の歳月をかけ鬼才がたどり着いた人類と宇宙の摂理！